Reencontro Mortal

J. D. ROBB

SÉRIE MORTAL

Nudez Mortal

Glória Mortal

Eternidade Mortal

Êxtase Mortal

Cerimônia Mortal

Vingança Mortal

Natal Mortal

Conspiração Mortal

Lealdade Mortal

Testemunha Mortal

Julgamento Mortal

Traição Mortal

Sedução Mortal

Reencontro Mortal

Nora Roberts
escrevendo como
J. D. ROBB

Reencontro Mortal

Tradução
Renato Motta

BERTRAND BRASIL

Título original: *Reunion in Death*

Capa: Leonardo Carvalho

Editoração: DFL

Texto revisado segundo o novo
Acordo Ortográfico da Língua Portuguesa

2010
Impresso no Brasil
Printed in Brazil

CIP-Brasil. Catalogação na fonte
Sindicato Nacional dos Editores de Livros – RJ

R545r Robb, J. D., 1950-
Reencontro Mortal/Nora Roberts escrevendo como J. D. Robb; tradução Renato Motta. – Rio de Janeiro: Bertrand Brasil, 2010.
434p.

Tradução de: Reunion in death
ISBN 978-85-286-1450-3

1. Romance americano. I. Motta, Renato. II. Título.

CDD – 813
10-3834 CDU – 821.111(73)-3

EDITORA BERTRAND BRASIL LTDA.
Rua Argentina, 171 – 2º andar – São Cristóvão
20921-380 – Rio de Janeiro – RJ
Tel.: (0xx21) 2585-2070 – Fax: (0xx21) 2585-2087

Atendimento e venda direta ao leitor:
mdireto@record.com.br ou (21) 2585-2002

Há certos tipos de mesquinhez que são malévolos
em demasia até mesmo para um homem.
Só uma mulher, e uma mulher adorável,
poderia se aventurar a expressá-los.

— W. M. THACKERAY, *Uma história refinada e decadente*

O veneno mais confiável que existe é o tempo.

— EMERSON

Capítulo Um

Assassinato era algo trabalhoso. A morte era uma tarefa difícil para o assassino, a vítima e os sobreviventes. E também para os que se colocavam ao lado dos mortos. Alguns realizavam seu trabalho de forma devotada. Outros eram descuidados.

Para alguns, assassinato era um trabalho de amor.

Ao sair do apartamento na Park Avenue para sua caminhada matinal de todos os dias, Walter C. Pettibone desfrutava de uma dádiva maravilhosa: não sabia que as horas à sua frente seriam as últimas da sua vida. Com sessenta anos e compleição robusta, Pettibone era um homem de negócios astuto que aumentara a considerável fortuna da família por meio de flores e sentimentos.

Ele era rico, gozava de boa saúde e pouco mais de um ano antes conquistara uma esposa jovem e loura que tinha o apetite sexual de uma cadela doberman e o QI de uma alcachofra.

Para Walter C. Pettibone, seu mundo era perfeito, com precisão absoluta.

Tinha um trabalho que amava e dois filhos do primeiro casamento que, um dia, assumiriam os negócios da família, como um dia ele fizera com seu pai. Mantinha um relacionamento razoavelmente amistoso com sua ex-esposa, uma mulher sensível e refinada. Seu filho e sua filha eram pessoas agradáveis e inteligentes, motivos de orgulho e satisfação para ele.

Tinha também um neto que era a menina dos seus olhos.

No verão de 2059, a empresa Mundo das Flores era um empreendimento intergaláctico composto por floristas, horticultores, escritórios e estufas climatizadas dentro e fora do planeta.

Walter adorava flores, e não só por sua magnífica margem de lucros. Ele amava o perfume delas, suas cores, texturas, a beleza das folhas, dos brotos e o simples milagre da sua existência.

Todas as manhãs ele visitava vários dos seus floristas, para verificar o estoque das lojas, os arranjos ou simplesmente para sentir o perfume delas, bater papo com os funcionários e clientes, passar algum tempo entre as flores e as pessoas que as amavam.

Duas vezes por semana ele se levantava antes do amanhecer e ia ao mercado das flores, no centro. Circulava por ali, via tudo, curtia o ambiente, fechava novos contratos e criticava o que não gostava.

Essa era uma rotina da sua vida que mudara pouquíssimo ao longo de quase meio século, e da qual ele nunca se cansava.

Naquele dia, depois de passar uma hora, mais ou menos, entre as flores, ele iria para os escritórios da empresa. Ficaria mais tempo lá do que de hábito, a fim de dar à sua mulher tempo e espaço suficientes para finalizar os preparativos da sua festa surpresa de aniversário.

Quase riu ao lembrar disso.

Sua querida esposa não conseguiria guardar um segredo nem se tivesse os lábios colados. Walter já sabia dos preparativos da festa havia semanas, mas estava tão empolgado com o evento daquela noite que se sentia como uma criança.

É claro que ele iria demonstrar surpresa, e ensaiara diversas expressões de estupefação diante do espelho, logo de manhã.

E foi assim que Walter seguiu sua rotina diária com um leve sorriso nos lábios, sem fazer a mínima ideia do tamanho verdadeiro da surpresa que teria pela frente.

Eve não lembrava de alguma vez ter se sentido tão bem em toda a sua vida. Descansada, revigorada, ágil, leve e solta, ela se preparava para o primeiro dia de trabalho depois de maravilhosas e descompromissadas férias de duas semanas, nas quais a tarefa mais incômoda era decidir se tinha vontade de comer ou de dormir.

A primeira semana fora na villa no México, e a segunda em uma ilha particular. Nos dois locais houve muitas oportunidades para ela pegar sol, fazer sexo e curtir sestas maravilhosas.

Roarke, mais uma vez, provou que tinha razão. Eles realmente precisavam daquele tempo juntos, longe de tudo. Necessitavam urgentemente de um período de cura. E pelo jeito como ela se sentia naquela manhã, haviam cumprido a missão.

Em pé dentro do closet, Eve franziu a testa diante da floresta de roupas que havia acumulado desde que se casara. É claro que a sensação de confusão diante do vestuário não era pelo fato de ter passado a maior parte dos últimos quatorze dias completamente nua, ou quase. O fato é que, a não ser que ela estivesse enganada, seu marido conseguira ampliar ainda mais o número de peças do seu guarda-roupa.

Pegando um espetacular vestido longo azul feito de um material que parecia cintilar e ofuscar, perguntou em voz alta:

— Eu já tinha visto esse vestido antes?

— Está no seu closet. — Na saleta de estar do imenso quarto de dormir, Roarke analisava atentamente as cotações da bolsa no telão, saboreando uma segunda xícara de café. Mas olhou para trás. — Se pretende usar essa roupa hoje, querida, os elementos do mundo do crime em nossa cidade ficarão certamente impressionados.

— Tem muito mais roupas aqui do que havia duas semanas atrás.

— Sério? Mas como isso pode ter acontecido?

— Você precisa parar de me comprar roupas.

Ele esticou a mão para acariciar a cabeça de Galahad, mas o gato ergueu o focinho no ar, com ar de desdém. Estava de mau humor desde que eles haviam voltado de viagem, na noite anterior.

— Por quê?

— Porque isso é embaraçoso — resmungou Eve, entrando no meio das roupas em busca de algo razoavelmente simples que pudesse usar para trabalhar.

Ele simplesmente sorriu para ela, observando-a pegar um top simples, calças confortáveis e vesti-los sobre o corpo esguio e firme que ele não parava de desejar.

Eve adquirira um bronzeado belíssimo, um tom pálido de dourado; o sol clareara algumas das mechas dos seus cabelos castanhos muito curtos. Ela se vestiu de forma rápida, com movimentos curtos, precisos, e o ar típico de uma mulher que não se incomodava com moda. E essa era a razão, Roarke imaginou, de ele nunca resistir à tentação de cobri-la com roupas da última estação.

Ela descansara bem durante o tempo que passou longe, refletiu Roarke. Ele percebeu, hora após hora e dia após dia, as pesadas nuvens de fadiga e preocupação que foram se erguendo e se afastando dela. Agora havia uma leveza em seus olhos cor de uísque, sem falar no brilho saudável em seu rosto estreito, com traços marcantes e belos.

Quando ela prendeu o coldre sob a axila, uma expressão firme se instalou em sua boca — uma boca de lábios grossos e generosos —, e isso mostrou a Roarke que a tenente Eve Dallas estava de volta, pronta para botar pra quebrar.

— Por que será que uma mulher armada me deixa tão excitado?

Ela lançou um olhar para ele, voltou ao closet e pegou uma jaqueta leve.

— Corta essa! Não vou chegar atrasada ao meu primeiro dia de trabalho só porque você está com algum tesão residual.

Ah, sem dúvida ela estava de volta, pensou ele, levantando-se.

— Querida Eve... — disse ele, tentando falar de forma casual, sem caretas. — Essa jaqueta não!

— O que há de errado com minha jaqueta? — Ela parou um instante, antes de enfiar um dos braços pela manga da roupa. — Ela é leve, boa para usar no verão. E cobre a minha arma.

— Mas não foi feita para usar com essa calça. — Ele foi até o closet, procurou entre os cabides e pegou outra jaqueta igualmente leve, feita do mesmo material e na cor exata da calça cáqui. — Esta aqui é a jaqueta certa.

— Mas eu não vou ser filmada ou entrevistada hoje, nem nada desse tipo — argumentou Eve, mas acabou trocando de roupa, porque era mais fácil do que discutir.

— Use isso também. — Depois de um novo mergulho no closet, Roarke voltou trazendo nas mãos um par de botas de cano curto, feitas de couro fino, em tom castanho.

— De onde apareceu isso?

— O mago do closet trouxe.

Ela fez uma cara de suspeita e apertou a ponta das botas com ar desconfiado.

— Não preciso de botas novas. As minhas estão gastas, mas são boas.

— "Gastas" é um termo educado demais para o que elas são. Experimente estas.

— Vou só experimentar — murmurou ela, sentando-se no braço do sofá para calçá-las. Seus pés escorregaram para dentro das botas como se fossem manteiga, o que a fez olhar para Roarke com os olhos estreitos. Provavelmente ele mandara fabricá-las sob medida em uma das suas inúmeras fábricas, e certamente custavam mais de dois meses do salário de um tira em Nova York. — Que espantoso!

— debochou ela. — O mago do closet sabe direitinho o número que eu calço.

— Ele é mesmo uma figura surpreendente.

— Suponho que seja inútil explicar a ele que uma policial não precisa de botas que provavelmente foram costuradas a mão por alguma freirinha italiana, entre seus afazeres e orações diárias.

— Não adianta, ele sempre faz o que quer. — Passando as mãos pelos cabelos de sua mulher, ele ergueu-lhe o queixo na direção do seu rosto. — ... E adora você.

O estômago de Eve continuava a dar cambalhotas sempre que ela o ouvia dizer isso, especialmente ao olhar para o rosto dele de perto, como naquele momento. Muitas vezes ela se perguntava por que nunca se afogara naqueles olhos, que tinham um tom cruel e selvagem de azul.

— Você é tão lindo, sabia? — Eve não pretendia dizer isso alto, e quase pulou ao ouvir a própria voz. Viu o sorriso dele se acender, rápido e caloroso, tomando conta de um rosto com traços angulosos e uma sedutora boca de poeta que pertenciam a uma pintura e mereciam ser entalhados em pedra.

Jovem Deus Irlandês seria o nome da escultura. Pois os deuses não eram sedutores, implacáveis e cobertos de poder?

— Preciso ir. — Ela se levantou depressa, mas ele não saiu da frente e seus corpos se chocaram. — Roarke...

— Eu sei. Nós dois voltamos à realidade, mas... — As mãos dele acariciaram as laterais do corpo dela em um gesto lento e possessivo que a fez lembrar, com clareza, o prazer que aqueles dedos ágeis e espertos eram capazes de proporcionar ao seu corpo. — Acho que você pode pelo menos separar alguns segundos para me dar um beijo de despedida.

— Você quer que eu lhe dê um beijinho de tchau-tchau?

— Sim, quero sim. — Havia um jeito divertido em seu leve sotaque irlandês que a fez colocar a cabeça de lado.

— Tudo bem, então. — Em um movimento rápido como o sorriso que viu, Eve agarrou tufos dos cabelos dele, que chegavam quase à altura dos ombros, apertou-os, puxou-os com força e fez suas bocas se esmagarem.

Sentiu o coração dele pular ao mesmo tempo que o seu. Foi um salto de calor, reconhecimento e união. Ao ouvir o gemido de prazer que saiu dos lábios dele, Eve se deixou mergulhar ainda mais no beijo e enfrentou, feliz, uma batalha rápida e densa de línguas e pequenas mordidas nos lábios.

Então ela o empurrou e se afastou, meio tonta.

— Mais tarde a gente se vê, garotão — despediu-se, saindo do quarto.

— Cuide-se, tenente. — Ele soltou um longo suspiro e se recostou no sofá. — Agora vamos lá... — disse, olhando para o gato. — Quanto vai me custar fazer as pazes com você?

Ao chegar à Central de Polícia, Eve pegou uma passarela aérea, foi direto para a Divisão de Homicídios e respirou fundo, antes de entrar. Ela não tinha nada contra os penhascos de tirar o fôlego da região oeste do México, e não tinha nada a reclamar quanto à brisa morna das ilhas tropicais, mas a verdade é que havia sentido falta da atmosfera dali: do cheiro de suor, do café de má qualidade, do desinfetante barato e, acima de tudo, das energias ferozes que surgiam dos confrontos entre tiras e bandidos.

O tempo que Eve passou fora servira apenas para aguçar ainda mais seus sentidos diante de tudo que rolava ali: as muitas vozes que falavam ao mesmo tempo, a sinfonia cacofônica dos bipes e campainhas dos *tele-links* e comunicadores, a correria de pessoas andando de um lado para outro, como se tivessem coisas importantes a resolver em algum lugar.

Alguém gritou obscenidades tão depressa que as palavras se atropelaram em uma torrente furiosa que pareceu música aos seus ouvidos.

Tirasbabacasescrotosfilhosdaputa.

Seja bem-vinda, pensou ela alegremente.

O trabalho fora o seu lar, a sua família, era o único objetivo definido em sua vida, antes de Eve conhecer Roarke. Agora, mesmo com ele, ou talvez pelo fato de tê-lo, o trabalho continuava sendo parte essencial do que Eve era e do que fazia.

No passado, ela fora uma vítima — indefesa, usada e destroçada. Agora, se tornara uma guerreira.

Entrou na sala de ocorrências pronta para enfrentar qualquer coisa que aparecesse.

O detetive Baxter ergueu os olhos do trabalho que fazia e soltou um assobio.

— Uau, Dallas. Hubba-hubba!

— O quê? — Eve olhou para trás, por sobre o ombro, e só então percebeu que a exclamação de Baxter era para ela.

— Você é um cara estranho, Baxter. É quase tranquilizador saber que certas coisas nunca mudam.

— Você é que é a diferente aqui, tenente. — Ele se levantou e foi até onde ela estava, passando por entre as mesas. — Tá bonitona! — acrescentou, sentindo a lapela da jaqueta de couro dela, passando o polegar e o indicador para verificar a textura do material. — Tá parecendo uma modelo famosa, Dallas. Você põe todo mundo aqui no chinelo, em termos de sofisticação.

— É só uma jaqueta — resmungou ela, mortificada. — Corta essa!

— E pegou um superbronzeado também. Aposto que você não ficou nem com marca de biquíni.

Ela arreganhou os dentes em um sorriso forçado.

— Será que eu vou ter que te dar umas porradas?

Divertindo-se com tudo aquilo, ele balançou o dedo diante dela.

— E o que é isso pendurado nas suas orelhas? — Ao ver que ela colocou a mão na orelha, confusa, ele piscou duas vezes, fingindo surpresa. — Ora vejam! Acho que você está usando brincos. Muito bonitos, por sinal.

Ela se esqueceu de que estava de brincos.

— Será que o mundo do crime ficou em estado de animação suspensa enquanto eu estive fora, a ponto de vocês estarem com tempo de sobra para analisar minhas roupas e acessórios?

— Estou apenas deslumbrado, tenente. Absolutamente deslumbrado por esse momento fashion. Botas novas?

— Vá enxugar gelo, Baxter. — Ela saiu, deixando-o para trás, rindo.

— Está confirmado. Ela está de *volta*! — anunciou Baxter, ao som de aplausos.

Retardados, pensou Eve, marchando a passos firmes rumo à sua sala. O Departamento de Polícia e Segurança da Cidade de Nova York abrigava um bando de retardados.

Puxa, como ela sentira falta deles!

Ela entrou em sua sala, mas ficou em pé a um passo do portal, com os olhos arregalados.

Sua mesa estava vazia. Pior que isso, estava completamente *limpa*. A sala toda estava limpa. Era como se alguém tivesse aparecido ali, sugado toda a poeira e a sujeira, e depois tivesse dado um bom polimento no que ficara para trás. Desconfiada de tudo, ela passou o dedo pela parede. Sim, aquilo era tinta nova, sem dúvida.

Estreitando os olhos, foi em frente. Aquela era uma sala apertada, com uma janela ridiculamente pequena, uma escrivaninha caindo aos pedaços que agora parecia impecavelmente limpa, sem falar nas duas cadeiras com molas soltas. O arquivo, que também brilhava, fora todo limpo e organizado. Uma plantinha simpática fora colocada em cima dele.

Com um grito de desespero, ela deu um pulo e abriu uma das gavetas do arquivo e apalpou a lateral.

— Eu sabia, eu sabia, tinha certeza! O canalha tornou a atacar.

— Tenente?

Rosnando, Eve olhou para trás. Sua auxiliar estava em pé sob o portal, tão alinhada e impecável em seu uniforme de verão quanto a sala de Eve.

— O maldito ladrão de chocolates descobriu meu esconderijo!

Peabody apertou os lábios.

— A senhora tinha chocolate escondido em uma das gavetas desse armário? — Ela entortou a cabeça de leve. — Na letra *M*?

— Sim, *M* de "meu", droga. — Aborrecida, Eve fechou a gaveta com força. — Esqueci de levar as barras quando viajei. Que diabos aconteceu aqui, Peabody? Tive de ler meu nome na porta para me certificar de que essa era mesmo a minha sala.

— Como a senhora viajou, esse pareceu um bom momento para limpar e pintar sua sala. Tava tudo despencando por aqui.

— Mas eu estava acostumada. Onde estão minhas tralhas? — quis saber ela. — Havia alguns arquivos e umas listas importantes, sem falar nos relatórios do legista e da perícia sobre o caso Dunwood, que deve ter chegado enquanto eu estive fora.*

— Cuidei de tudo. Verifiquei as listas, acompanhei os arquivos e guardei os relatórios. — Peabody exibiu um sorriso que tentou esconder a alegria que seus olhos castanhos delataram. — Também tive um tempinho livre.

— Já cuidou de toda a papelada?

— Sim, senhora.

— E resolveu fazer uma limpa no meu escritório?

— Havia organismos multicelulares se reproduzindo pelos cantos da sala, senhora. Foram todos mortos.

Com toda a calma do mundo, Eve enfiou as mãos nos bolsos e se balançou para frente e para trás, sobre os calcanhares.

— Peabody... será que esse não é o jeitinho que você arranjou para me informar de que quando eu estou por perto você não tem tempo de cuidar nem dos assuntos de rotina?

---

* Ver *Sedução Mortal.* (N. T.)

— Nada disso, senhora. Seja bem-vinda, Dallas. Por falar nisso, tenho de reconhecer que você está com uma aparência fantástica. E que roupa transada!

Eve se deixou cair na cadeira.

— E como é minha aparência, normalmente?

— Quer que eu seja honesta?

Eve analisou o rosto quadrado de Peabody — e suas feições resolutas, emolduradas por cabelos que pareciam uma tigela com franjas na frente.

— Peabody, estou aqui pensando se senti saudade da sua língua ferina. Não — decidiu. — Não senti falta disso, nem um pouco.

— Ah, mas é claro que sentiu, Dallas. Espetacular o seu bronzeado, por falar nisso. Aposto que você passou um tempão lagarteando ao sol e fazendo coisas legais desse tipo.

— Foi mesmo. E você, como conseguiu?

— Como consegui o quê?

— Essa cor, Peabody. Fez uma sessão de bronzeamento?

— Não. Fui a Bimini.

— Qual Bimini? A ilha no Caribe? Que diabos você foi fazer em Bimini?

— Ah, sabe como é... tirei umas feriazinhas, que nem você. Roarke sugeriu que, já que você ia ficar algum tempo fora, eu também devia tirar uma semana de folga e...

Eve ergueu a mão.

— Roarke... sugeriu?

— Pois é. Ele achou que eu e McNab podíamos tirar uns diazinhos para relaxar, e então...

Eve sentiu um músculo começar a repuxar sob sua pálpebra esquerda. Acontecia isso sempre que ela se lembrava do lance que rolava entre Peabody e o detetive viciado em roupas da moda que trabalhava na Divisão de Detecção Eletrônica.

Para evitar que sua auxiliar percebesse, pressionou dois dedos sob a pálpebra.

— Você e McNab. Em Bimini. Juntos.

— Pois é... Já que nós estávamos a fim de reatar e levar a coisa mais a sério, a viagem pareceu uma boa ideia. E quando Roarke disse que nós podíamos usar um dos seus jatinhos e ficar na casa que ele tem em Bimini, não pensamos duas vezes.

— Usaram o jatinho dele? Ficaram na casa que ele tem em Bimini? — O músculo sob a pálpebra pulou debaixo dos seus dedos.

Com os olnos brilhando, Peabody se distraiu tanto que encostou o quadril na quina da mesa.

— Puxa, Dallas, foi absurdamente fantástico. A casa parece um palacete, fica em uma propriedade imensa. Tem uma cascata que cai na piscina, uma praia onde dá para fazer esqui aquático. A suíte principal tem uma cama de gel do tamanho de Saturno.

— Não quero saber detalhes sobre a cama.

— A casa era totalmente isolada, apesar de ficar na beira da praia, e deu para circularmos pelados como dois macaquinhos quase o tempo todo.

— Não quero saber de macaquinhos pelados nem de suas macaquices.

Peabody encostou a língua na bochecha.

— Bem, às vezes nós ficávamos semipelados. Só sei que... — completou ela, antes de Eve gritar. — ... Foi o máximo! Queria mandar um presente de agradecimento para Roarke, mas como ele tem tudo, literalmente, não faço a mínima ideia do que poderia comprar. Você tem alguma sugestão?

— Será que minha sala tem cara de lojinha de lembranças ou clube social?

— Qual é, Dallas? Está tudo em dia aqui no trabalho. — Peabody sorriu, esperançosa. — Pensei em dar para ele uma das mantas que minha mãe faz. Ela é tecelã, sabe? Faz coisas lindíssimas. Será que ele gostaria disso?

— Escute, ele certamente não espera presente de nenhum tipo, não precisa se incomodar, Peabody.

— Mas foram as melhores férias que eu tive em toda a minha vida! Quero que ele saiba o quanto fiquei grata. Puxa, significou muito para mim que ele tenha pensado nisso, Dallas.

— Sei, Roarke está sempre pensando nas pessoas. — Eve se derreteu, não conseguiu evitar. — Ele vai adorar receber de presente uma coisa feita pela sua mãe.

— Sério mesmo? Então já é!... Vou ligar para ela hoje mesmo.

— Agora que já tivemos a nossa festinha de reencontro, Peabody, será que não tem nenhum caso novo para resolvermos, não?

— Nadica de nada. Não há nada pendente.

— Então vamos pegar alguns dos casos não resolvidos que estão arquivados.

— Algum em especial?

— Pode escolher. Preciso fazer alguma coisa.

— Estou dentro! — Ela ia sair, mas parou na porta. — Sabe qual é a melhor parte de ficar fora algum tempo, Dallas? É voltar.

Eve passou a manhã analisando arquivos antigos que estavam em aberto, buscando uma pista que não tivesse sido investigada ou algum ângulo que não tivesse sido explorado. O caso que mais a interessou foi o de Marsha Stibbs, uma mulher de vinte e seis anos que fora encontrada submersa na banheira. Quem a encontrou foi o marido, Boyd, ao voltar de uma viagem.

A princípio, tudo parecia um daqueles acidentes domésticos trágicos e típicos, até que o relatório do legista descobriu que Marsha não morreu afogada e já estava morta quando foi colocada na banheira.

Como ela fora colocada lá dentro, com o crânio fraturado, a possibilidade de ter escorregado e se afogado em meio à espuma perfumada tinha sido definitivamente descartada.

O investigador levantou provas de que Marsha tinha um caso extraconjugal. Um pacote de cartas de amor, assinadas por um misterioso *C*, foi encontrado no fundo da gaveta de roupas de baixo da vítima. As cartas eram sexualmente explícitas e cheias de pedidos para que ela se divorciasse do marido para fugir com o amante.

Segundo os relatórios das investigações, as cartas e o seu conteúdo bombástico tinham chocado o marido e todos os entrevistados que conheciam a vítima. O álibi do marido era sólido, bem como seu histórico, que foi minuciosamente investigado.

Boyd Stibbs, representante para vendas regionais de uma empresa de artigos esportivos, era, por todos os ângulos, o cidadão norte-americano padrão. Ganhava um pouco mais do que a média dos profissionais da sua área. Casado com sua namorada de faculdade, passou a trabalhar como comprador de uma grande loja de departamentos. Aos domingos, gostava de jogar *flag football*, uma versão mais leve do futebol americano. Não tinha histórico de bebidas, vício em jogo nem em drogas ilegais. Não havia um único registro de violência em seus dados. Ofereceu-se para ser submetido ao mais avançado modelo de detector de mentiras e foi aprovado com louvor.

O casal não tinha filhos e morava em um prédio calmo do West Side. Curtiam encontros sociais com um pequeno círculo de amigos e, até o momento da morte da esposa, exibiam todos os sinais de um casamento sólido e feliz.

A investigação fora minuciosa, muito cuidadosa e completa. Mesmo assim o investigador principal não conseguira achar um único indício sequer da existência do amante que assinava como *C*.

Eve convocou Peabody pelo *tele-link* interno.

— Sele os cavalos, Peabody. Vamos sair pelos campos interrogando algumas pessoas. — Enfiando o arquivo na bolsa, Eve pegou a jaqueta pendurada nas costas da cadeira e saiu da sala.

* * *

— Nunca trabalhei num caso arquivado.

— Não pense nele como arquivado — aconselhou Eve. — Veja nele um caso não resolvido.

— Há quanto tempo esse crime está em aberto?

— Quase seis anos.

— Se o cara com quem ela estava de roça-roça fora do casamento não apareceu nesse tempo todo, como é que você vai conseguir rastreá-lo agora?

— Dando um passo de cada vez, Peabody. Leia as cartas.

Peabody pegou o material guardado na pasta. Nem tinha chegado ao meio da primeira carta quando fez sua observação inicial.

— Nossa, isso aqui é um material quente mesmo! — comentou, soprando os dedos.

— Vá lendo.

— Tá brincando? — Peabody ajeitou o traseiro no banco. — Não iria parar agora nem que você mandasse. Estou aprendendo uma porção de técnicas eróticas aqui. — Continuou a ler, com os olhos se arregalando de vez em quando, entre pequenos gemidos. — Jesus, me abana! Acho que acabei de ter um orgasmo.

— Obrigada por compartilhar essa pequena informação. O que mais conseguiu lendo esse material?

— Uma admiração genuína pelo sr. C, por sua imaginação e por sua energia.

— Deixe-me refazer a pergunta... O que você *não* conseguiu aí?

— Bem... Ele não assinou o nome completo em nenhuma das cartas. — Percebendo que deixava escapar alguma coisa importante, Peabody olhou mais uma vez para as cartas. — Não há envelopes, então elas devem ter sido entregues em mãos ou colocadas diretamente na caixa do correio. — Suspirou. — Vou levar nota baixa nesse teste, Dallas. Não sei o que mais você viu aqui que eu não vi.

— A questão é o que eu *não vi*. Não há referências a como, quando ou onde eles se conheceram. Nem como se tornaram amantes.

Não há menção ao lugar onde eles trepavam até virar do avesso, nas mais acrobáticas posições. Foi isso que me fez pausar e refletir.

— Sobre o quê? — quis saber Peabody, completamente perdida.

— Sobre a possibilidade de nunca ter existido um sr. *C* de verdade.

— Mas...

— Temos aqui uma mulher — interrompeu Eve —, bem casada, que tem um bom emprego, com muita responsabilidade, um círculo de amigos que mantém, como o casamento, há vários anos. Todas as declarações desses amigos concordam em um ponto: ninguém tinha a mínima desconfiança de que ela estava tendo um caso. Ninguém estranhava o jeito como ela se comportava, falava e vivia. Ela nunca faltou um único dia ao trabalho. Quando é que todas essas trepadas atléticas aconteciam?

— O marido dela viajava muito.

— Tudo bem, isso abre a possibilidade de uma mulher se envolver com um amante, se tiver índole para isso. No entanto, nossa vítima indicava de todas as formas ser uma mulher fiel, responsável, honesta. Ia para o trabalho e voltava para casa. Só saía em companhia do marido ou em grupo, com outros casais. Não foram encontradas ligações estranhas ou questionáveis feitas para o apartamento dela, nem de lá para fora; nem dos *tele-links* do escritório, nem do seu *tele-link* pessoal. Como é que ela e o sr. C combinavam o próximo encontro amoroso?

— Pessoalmente? Talvez ele fosse alguém do trabalho dela.

— Pode ser.

— Mas você não acha isso provável, certo, Dallas? Tudo bem que ela parece ser uma mulher dedicada ao casamento, mas as pessoas de fora, mesmo amigos íntimos, muitas vezes não sacam o que está acontecendo no casamento dos outros. Aliás, muitas vezes nem o parceiro percebe.

— Verdade verdadeira. O investigador principal do caso concordava com isso, e com certa razão.

— Mas você não concorda — notou Peabody. — Acha que o marido armou tudo, fez parecer que ela o traía, montou um álibi sólido, entrou em casa e a matou, ou mandou alguém fazer isso?

— Uma opção plausível. É por isso que estamos indo conversar com ele.

Eve avistou uma rampa que levava ao segundo andar de uma vaga junto à calçada e conseguiu apertar seu carro entre um sedã e uma moto a jato.

— Agora ele trabalha a partir do seu escritório doméstico quase todo dia. — Eve apontou com a cabeça para o prédio de apartamentos diante delas. — Vamos ver se Boyd Stibbs está em casa.

Ele estava. Um homem muito atraente, usando apenas um short curto e uma camiseta, abriu a porta com uma criança de colo apoiada no quadril. Ao olhar para o distintivo de Eve, uma sombra passou pelos seus olhos. Uma sombra de dor.

— Trata-se de Marsha, tenente? Algo novo surgiu? — Ele olhou de relance para os cabelos curtos da menininha que trazia no colo. — Desculpem... Entrem, por favor. Faz tanto tempo que a polícia não me traz novidades, nem me procura para falar sobre o que aconteceu, que eu... Se vocês quiserem sentar, fiquem à vontade. Vou levar minha filhinha para o quarto. Preferia que ela não participasse de...

A mão dele se moveu e acariciou os cabelos da garotinha.

— Por favor, me deem só um instantinho — pediu ele.

Eve esperou até ele sair da sala.

— Que idade tem essa criança, Peabody?

— Uns dois anos. Eu acho.

Eve concordou com a estimativa e foi até a sala de estar. Havia brinquedos espalhados em toda parte e a decoração era alegre.

Ouviu-se uma gargalhada infantil alta e um pedido:

— Papai! Qué brincá!

— Depois, Tracie. Brinque sozinha um pouco, que quando mamãe chegar ela leva você ao parquinho. Mas tem de ficar boazinha enquanto eu converso com as moças lá na sala. Combinado?

— Eu vô no balanço? Promete?

— Prometo.

Ao voltar para a sala, ele passou as duas mãos pelos cabelos louro-escuros.

— Não quero que ela nos ouça conversando sobre Marsha nem sobre o que aconteceu. Apareceu algo novo? Vocês finalmente o encontraram?

— Sinto muito, sr. Stibbs. Trata-se apenas de um acompanhamento de rotina.

— Então não há nada? Eu tinha esperança de que... Acho que é tolice minha, depois de todo esse tempo, achar que vocês poderiam achá-lo.

— O senhor realmente não faz ideia de quem poderia estar tendo um caso com sua esposa, certo?

— Ela não estava tendo um caso com ninguém! — Ele pareceu cuspir as palavras e um ar de fúria surgiu em seu rosto, que se tornou duro. — Não me importo com o que as pessoas dizem. Ela não tinha nenhum amante. Nunca acreditei nisso... No princípio, sim, quando começou toda aquela loucura e eu não conseguia raciocinar direito. Mas Marsha nunca mentia, não iria me trair. E ela me amava.

Ele fechou os olhos, parecendo tentar se recompor.

— Podemos nos sentar? — pediu ele.

Ele se largou sobre uma poltrona.

— Desculpem-me eu ter gritado. É que eu não aguento as pessoas falando essas coisas de Marsha. Não suporto imaginar que todo mundo lá fora e os nossos amigos pensam isso dela. Marsha não merece.

— Muitas cartas foram encontradas em uma das gavetas dela.

— Não me importam as cartas. Ela nunca iria me trair. Nós tínhamos...

Ele olhou para trás, na direção do quarto onde a menina cantava algo, meio desafinada.

— Olhem, nós tínhamos um bom relacionamento sexual. Um dos motivos de termos nos casado tão jovens foi o fato de não conseguirmos manter as mãos afastadas um do outro, e Marsha acreditava na instituição do casamento. Vou lhes dizer o que eu acho. — Ele se inclinou para frente. — Na minha opinião, algum cara andava obcecado por ela e fantasiava coisas, ou algo desse tipo. Ele é quem deve ter mandado aquelas cartas para ela. Nunca saberei o porquê de ela não me contar nada. Talvez não quisesse me deixar preocupado. Ele deve ter aparecido aqui quando eu viajei para Columbus e a matou porque não conseguiu tê-la.

Boyd Stibbs estava conseguindo pontos altos no seu medidor de sinceridade, Eve avaliou. Tudo aquilo podia ser fingimento, é claro, mas com que finalidade ele faria isso? Por que insistir que a vítima era fiel quando pintá-la com as cores do adultério funcionaria melhor?

— Se esse foi o caso, sr. Stibbs, o senhor continua sem ter ideia de quem poderia ser esse homem?

— Nenhuma. Pensei muito sobre isso. No primeiro ano depois do crime eu mal conseguia pensar em outra coisa. Queria acreditar que ele seria encontrado e punido, que haveria algum tipo de castigo para o que fez. Nós éramos felizes, tenente. Não tínhamos nenhuma preocupação no mundo. De repente, tudo virou fumaça. — Ele apertou os lábios. — Puff...

— Sinto muito, sr. Stibbs. — Eve esperou um segundo. — Sua filhinha é linda.

— Tracie? — Ele passou a mão sobre o rosto, como se para obrigá-lo a voltar ao presente. — Ela é a luz da minha vida.

— Quer dizer que o senhor voltou a se casar?

— Faz quase três anos. — Ele soltou um suspiro longo e encolheu os ombros de leve. — Maureen é fantástica. Ela e Marsha eram amigas. Ela foi uma das pessoas que me ajudaram muito durante o primeiro ano. Não sei o que teria feito da vida sem ela.

No momento em que ele falava isso, a porta da frente se abriu. Uma linda morena trazendo no colo uma sacola de mantimentos entrou e fechou a porta de costas, com o pé.

— Olá, queridos, cheguei. Vocês não imaginam o que acabei de ver na... — Parou de falar ao ver Eve e Peabody. No instante em que seus olhos pousaram na farda de Peabody, Eve percebeu o ar de medo que se instalou em seu rosto.

Capítulo Dois

Boyd deve ter percebido isso também, pois se levantou depressa e foi até onde ela estava.

— Não aconteceu nada de ruim, querida. — Ele tocou o braço dela, em um gesto simples para acalmá-la, e pegou a sacola de compras. — Elas vieram aqui para falar de Marsha, mas é só um acompanhamento de rotina.

— Ah, bom... E Tracie?

— Está no quarto. Ela...

Nesse instante a menina surgiu lá de dentro como um bólido louro, se lançou na direção da mãe e agarrou sua perna.

— Mamãe! Vamos no balanço?

— Não queremos atrapalhá-los mais e iremos embora o mais rápido possível — disse Eve. — A senhora se importaria de conversar conosco por alguns minutos, sra. Stibbs?

— Sinto muito, mas não sei em que eu poderia... Preciso guardar as compras.

— Pode deixar que Tracie e eu guardamos tudo, não é, gatinha? — propôs Boyd.

— Mas eu preferia...

— Ela acha que nós não sabemos o lugar das coisas — interrompeu-a Boyd, piscando para a filha. — Pois vamos mostrar a ela. Vamos lá, filha, temos trabalho na cozinha.

A menininha correu na frente dele, balbuciando coisas no incompreensível idioma de crianças pequenas.

— Desculpe a amolação — começou Eve. O olhar que lançou para Maureen era frio, sem emoção nem expressão. — Não vamos tomar mais do que alguns minutos do seu tempo. A senhora era amiga de Marsha Stibbs?

— Sim, era amiga dela e de Boyd. Esse assunto ainda o deixa muito perturbado.

— Sim, compreendemos isso. Há quanto tempo a senhora conhecia Marsha Stibbs, antes de sua morte?

— Fazia um ano, talvez um pouco mais. — Ela olhou com ar desesperado para a cozinha, onde se ouviam alguns barulhos e risos. — Marsha se foi há quase seis anos. Precisamos deixar isso para trás.

— Tanto faz se passaram seis dias ou seis anos, alguém tirou a vida dela. A senhora e ela eram amigas?

— Sim, muito. Marsha era uma mulher extrovertida.

— Alguma vez ela lhe fez confidências? Contou que estava saindo com alguém?

Maureen abriu a boca para dizer alguma coisa, hesitou por um instante e, por fim, balançou a cabeça para os lados.

— Não. Não sei de nada. Conversei muito com a polícia quanto tudo aconteceu, e contei tudo o que lembrava. O que aconteceu foi terrível, mas não existe jeito de mudar nada. Temos uma vida nova, agora. Uma vida boa, sossegada. A polícia voltar aqui depois de todo esse tempo só vai servir para fazer Boyd sofrer novamente. Não quero que a paz da minha família seja perturbada. Desculpe, mas gostaria que vocês se fossem, agora.

Fora do apartamento, no corredor, caminhando ao lado de Eve em direção ao elevador, Peabody olhou para trás.

— Ela sabe de alguma coisa.

— Ah, sim. Com certeza!

— Pensei que você fosse lhe dar uma prensa.

— Não na casa dela. — Eve entrou no elevador, já calculando e reunindo as peças do quebra-cabeça. — Não dá para fazer isso com a filha dela e Stibbs por perto. A vítima já esperou pela chegada da justiça por tanto tempo que mais um pouco não vai fazer diferença.

— Você acha que ele está limpo nessa história?

— Acho... — Eve pegou o disco e a pasta sobre o caso em sua bolsa e entregou para Peabody. — Tome, vá investigar isso.

— Como assim?

— Trabalhar nesse caso, desvendá-lo, Peabody. Encerrar o caso!

Com a boca aberta de espanto, Peabody olhou fixamente para Eve.

— Eu? Trabalhar como investigadora principal? Em um caso de homicídio?

— Você vai ter de correr atrás disso nas horas vagas, ainda mais se aparecer algum caso novo. Leia a pasta toda, estude os relatórios, as declarações feitas nos interrogatórios. Marque novos interrogatórios, se necessário. Você conhece a rotina.

— Você está me dando um caso?

— Se tiver perguntas, pode fazê-las. Se tiver dúvidas, pode tirá-las. Servirei de consultora para qualquer coisa que precisar. Coloque-me a par de todos os dados novos que surgirem e do progresso da investigação.

Peabody sentiu a adrenalina disparar na corrente sanguínea, e uma sensação de pânico lhe provocou frio na barriga.

— Sim, senhora. Obrigada. Não vou desapontá-la.

— É Marsha Stibbs que não deve ser desapontada.

Peabody abraçou a pasta de encontro ao peito como se ela fosse uma criança muito amada. E manteve-a ali durante todo o percurso até a Central.

Quando elas saltaram na garagem e entraram no elevador, Peabody olhou meio de lado para Eve.

— Tenente...

— Humm.

— Estou pensando aqui comigo... Será que eu tenho permissão para pedir ajuda a McNab na pesquisa dos dados eletrônicos? Verificar o *tele-link* da vítima, averiguar os discos de segurança do prédio dela e assim por diante?

— O caso é seu. — Eve enfiou as mãos nos bolsos da jaqueta.

— O caso é meu... — sussurrou Peabody, quase sem acreditar. Ainda ria de orelha a orelha quando saíram do elevador e seguiram pelo corredor que dava na sala de ocorrências.

— Que zona é essa? — As sobrancelhas de Eve se uniram em uma expressão de estranheza e seus dedos se posicionaram sobre a arma, por instinto, diante da bagunça, dos gritos e assobios que vinham da Divisão de Homicídios.

Eve entrou na frente de Peabody e analisou o ambiente de um lado a outro. Ninguém estava em sua mesa ou estação de trabalho. Pelo menos uns dez oficiais da lei estavam, em pleno turno de serviço, amontoados no centro da sala, curtindo o que Eve suspeitou ser uma tremenda festa.

Ela sentiu cheiro de algo no ar e empinou o nariz. Pão ou bolo.

— Que diabos está acontecendo aqui? — Ela precisou gritar para ser ouvida, e sua voz foi quase abafada diante da balbúrdia generalizada. — Pearson, Baxter, Delricky! — Como esses gritos foram acompanhados de um soco forte no ombro de Pearson e uma cotovelada no estômago de Baxter, ela conseguiu abrir caminho pela muvuca e lhe ofereceram um pouco de atenção. — Qual é, vocês piraram? Alguém lhes passou a informação errada de que hoje é feriado no mundo do crime? Onde foi que vocês arranjaram esses bolinhos?

Quando ela esticou o dedo para balançá-lo diante de Baxter, este enfiou na boca, de uma vez só, todo o bolinho que comia. Como resultado disso, a explicação oferecida soou incoerente. Ele sorriu ao olhar para o glacê preso em seu dedo e apontou para a mesa.

Eve se viu diante de um caos completo — muitos bolinhos, doces e o que parecia ter sido uma torta, antes de uma alcateia faminta descer sobre ela. Avistou também dois civis no meio da multidão. Um homem alto e magro, mas robusto, e uma mulher baixinha muito bonita. Eles distribuíam sorrisos e copinhos com uma espécie de líquido rosa-claro, que saía de uma enorme jarra térmica.

— Vamos acabar com essa zona! Todo mundo pode baixar a bola e voltar bonitinho para sua mesa. Este não é um lugar apropriado para organizar a festa do chá maluco.

Antes de conseguir forçar a passagem para tirar satisfações com os civis envolvidos na bagunça, ouviu Peabody dar um grito.

Eve girou o corpo, já tocando a arma, mas foi quase atropelada por sua auxiliar, que se lançou para frente e pulou sobre os dois civis.

O homem a agarrou no ar e, mesmo sendo magro, conseguiu erguer a robusta Peabody a dois palmos do chão. A mulher virou o corpo e sua saia azul muito rodada girou também, como se ela estivesse em câmera lenta, ao mesmo tempo que estendia os braços e fazia um estranho sanduíche de Peabody, apertando-a de encontro ao homem alto.

— Aí está minha garotinha! Que saudade, DeeDee! — O rosto do homem brilhou, exibindo uma óbvia adoração. Eve deslizou a mão lentamente da arma e a deixou cair ao lado do corpo.

— Papai! — Com algo que ficou a meio caminho entre um soluço e uma risada, Peabody enterrou o rosto junto do pescoço dele.

— Isso me deixa emocionado — murmurou Baxter, pegando outro bolinho. — Eles chegaram aqui faz uns quinze minutos e trouxeram essas delícias todas. Cara, esses bolinhos são letais para qualquer dieta — acrescentou, lançando na boca mais um bolinho.

Eve batucou com os dedos na lateral da calça.

— Que torta é aquela?

— Do tipo deliciosa. — Baxter riu, voltando para sua mesa.

A mulher aliviou um pouco a força da mão que agarrava a cintura de Peabody e se virou. Ela realmente era muito bonita, com os mesmos cabelos lisos da filha, só que os seus lhe desciam em cascata até o meio das costas. Sua saia azul vinha acompanhada de uma sandália simples, de sisal. Sua blusa era comprida e solta, da cor de manteiga, e por cima dela havia pelo menos meia dúzia de correntes e pingentes.

Seu rosto era mais suave que o de Peabody, com pequenas rugas que pareciam formar um leque a partir dos olhos azuis muito brilhantes e diretos. Ela se moveu como uma bailarina ao caminhar, com as mãos estendidas, até onde Eve estava.

— Você é a tenente Dallas! Eu a reconheceria em qualquer lugar. — Ela apertou as mãos de Eve, colocando-as entre as suas. — Sou Phoebe, mãe de Delia.

As mãos da simpática senhora tinham um calor especial, pareciam calejadas nas palmas e estavam enfeitadas por vários anéis. Braceletes tilintavam e se misturavam em seus pulsos.

— Muito prazer em conhecê-la, sra. Peabody.

— Phoebe, por favor. — Ela sorriu e, sem largar as mãos de Eve, puxou-a para frente. — Sam! Largue essa menina e venha conhecer a tenente Dallas.

Ele girou o corpo de leve, mas manteve o braço em torno dos ombros de Peabody.

— Estou muito feliz por conhecê-la — cumprimentou Eve pegando a mão dela, que continuava pousada sobre a de Phoebe. — Até parece que já a conheço, depois de tantas coisas que Peabody nos contou a seu respeito. E Zeke também. Nunca poderemos lhe agradecer o bastante pelo que a senhora fez por nosso filho, tenente.*

Um pouco sem graça diante de tanta benevolência calorosa dirigida a ela, Eve puxou as mãos, com delicadeza.

— E como vai Zeke? — perguntou.

---

* Ver *Lealdade Mortal.* (N. T.)

— Muito bem. Tenho certeza de que ele lhe mandaria lembranças, se soubesse que vínhamos a Nova York. — O homem magro sorriu com leveza e graça. Dava para ver a semelhança entre ele e o irmão de Peabody. O rosto comprido e marcante, os olhos de um cinza sonhador. Mas havia alguma coisa mais penetrante nos olhos de Sam Peabody. Algo que deixou Eve impressionada e levemente arrepiada.

Aquele homem não era um cãozinho de estimação, como o filho.

— Mandem um abraço meu para Zeke, quando falarem com ele. Peabody, tire o resto do dia de folga.

— Sim, senhora. Obrigada.

— Que gentileza a sua — elogiou Phoebe. — Será que poderíamos aproveitar um pouco da sua companhia? Sei que deve ser uma mulher muito ocupada, tenente — continuou ela, antes de Eve abrir a boca para falar —, mas é que eu esperava ter a chance de compartilharmos uma refeição juntos em companhia de você e de seu marido. Trouxemos lembranças para ambos.

— Vocês não precisavam nos trazer presentes.

— São pequenas recordações oferecidas não por obrigação, mas como prova de afeto. Esperamos que gostem. Delia nos contou muita coisa a seu respeito, e também sobre Roarke e a linda casa onde vocês moram. Deve ser um lugar magnífico. Espero que Sam e eu tenhamos a oportunidade de conhecê-la.

Eve sentiu uma espécie de pressão em torno dela, e foi como se a tampa de uma panela estivesse se fechando lentamente sobre sua cabeça. Phoebe continuava a sorrir serenamente, enquanto Peabody subitamente demonstrou um ávido interesse pela pintura do teto.

— Claro! Ahn... Vocês poderiam ir jantar lá em casa, hoje.

— Puxa, nós adoraríamos. Oito da noite é um bom horário?

— Sim, às oito está ótimo. Peabody conhece o caminho. Sejam bem-vindos a Nova York. Agora eu preciso... resolver umas coisinhas

— terminou Eve, meio sem graça, e afastou o corpo, tentando escapar dali.

— Tenente? Senhora? — chamou Peabody. — Esperem um instantinho que eu já volto — murmurou para os pais, e saiu atrás de Eve. Antes mesmo de elas alcançarem a porta da sala de Eve, o barulho já recomeçara na sala de ocorrências.

— Desculpe, mas eles não conseguem evitar ser desse jeito — explicou Peabody, falando depressa. — Meu pai adora paparicar as pessoas e sempre leva comida, aonde quer que vá.

— Como foi que eles conseguiram entrar com tudo aquilo em um avião?

— Ah, eles nunca voam. Devem ter vindo de trailer, preparando bolos ao longo do caminho — acrescentou ela, com um sorriso trêmulo. — Eles não são o máximo?

— São, sim, mas precisamos avisá-los para não trazerem bolos e doces cada vez que vierem visitar você aqui na Central, senão vamos acabar com um monte de detetives gordos em coma diabético.

— Roubei um para você. — Peabody exibiu o bolinho que escondia atrás das costas. — Vou me afastar só algumas horas, Dallas, para acomodá-los em algum lugar.

— Nada disso, tire o resto do dia de folga.

— Tudo bem, então. Obrigada. Ahn... — Peabody franziu as sobrancelhas de preocupação e fechou a porta da sala. — Só tem uma coisinha que eu devo contar para você. É sobre a minha mãe. Ela tem um poder especial.

— Tem um poder? De fazer o quê?

— O poder de obrigar você a fazer coisas que realmente não deseja, ou acha que não deseja. Ela também consegue fazer a gente contar coisas que não pretendia contar. A gente acaba soltando a matraca.

— Eu nunca solto a matraca.

— Ah, mas vai fazer isso qualquer hora dessas — avisou Peabody, com um olhar de lamento. — Eu adoro a minha mãe, ela é fantástica, mas tem esse detalhe chato. É só olhar para a gente e ela já sabe de tudo.

Franzindo a testa, Eve se sentou.

— Ela é clarividente?

— Ah, não. Meu pai é que é, mas tem muito cuidado para não invadir a privacidade das pessoas, entende? Quanto a ela, bem... é simplesmente... uma mãe. Acho que esse troço tem a ver com ser mãe, mas ela é assim, direta, e sempre acerta na mosca. Nossa, e como! Minha mãe vê tudo, sabe de tudo, quer resolver tudo. Metade do tempo você nem sente que ela está fazendo isso. Foi o que aconteceu agorinha mesmo: você os convidou para jantar na sua casa, e eu sei que você nunca convida ninguém para ir lá.

— Convido, sim.

— Uh-uh, nada disso. Quem convida é Roarke. Você poderia dizer que estava ocupada, combinar de encontrá-los em um restaurante ou algo assim. Só que ela queria jantar na sua casa, e então você a convidou.

Eve precisou se obrigar a parar de se mexer na cadeira.

— Eu apenas fui educada, Peabody. Consigo ser educada, sabia?

— Nada disso. Você foi pega pelo Olhar. — Peabody balançou a cabeça para os lados. — Nem mesmo você tem poderes diante dele. Só achei que deveria lhe contar.

— Vaza daqui, Peabody!

— Vazando, senhora. Ahn... só mais uma coisinha. — Ela hesitou ao chegar à porta. — Eu tinha marcado uma espécie de encontro com McNab hoje à noite, então achei que ele poderia aparecer na sua casa para jantar também. Desse jeito, sabe como é, ele conheceria meus pais sem rolar um lance estranho, como aconteceria de outra forma.

Eve colocou as mãos na cabeça.

— Por Deus! — exclamou.

— Valeu, Dallas! A gente se vê à noite.

Ao se ver sozinha, Eve fez cara de aborrecida. Franziu o cenho e armou uma careta. Por fim, comeu o bolinho.

— Então eles pintaram minha sala e alguém roubou minha barra de chocolate. De novo! — Em casa, na espaçosa sala de estar, cercada de reluzentes antiguidades e cristais cintilantes, Eve andava de um lado para outro sobre o tapete oriental absurdamente caro. Roarke tinha acabado de chegar e Eve estava há quase uma hora sem ninguém com quem desabafar.

No que lhe dizia respeito, um parceiro para ouvir seus desabafos era a segunda maior vantagem em um casamento.

— Peabody arquivou toda a papelada enquanto eu viajei, e nem isso sobrou para encher meu tempo no trabalho, hoje.

— Puxa, ela devia ter vergonha de sacanear você desse jeito. Imagine, uma auxiliar que a livra de toda a papelada assim que você vira as costas.

— Pode reservar suas piadinhas para mais tarde, meu chapa, porque você também me deve algumas explicações.

Ele esticou as pernas e as cruzou na altura dos tornozelos.

— Ah, já saquei!... E então, Peabody e McNab apreciaram Bimini?

— Você curte mesmo ser o Lorde da Generosidade, não é? Mandando os dois malucos para uma ilha paradisíaca para eles circularem sem roupa, brincando de escorrega em cachoeiras.

— Já vi que eles se divertiram.

— Camas de gel — resmungou Eve. — Macacaquinhos pelados.

— Como disse?

Ela balançou a cabeça para os lados.

— Você precisa parar de interferir no lance que está rolando entre eles.

— Talvez eu faça isso — concordou ele, com descontração — ... assim que você parar de enxergar o relacionamento deles como uma espécie de bicho-papão.

— Bicho-papão? Que diabo é isso? — Ela passou a mão pelos cabelos, frustrada. — Não vejo o lance entre eles como um bicho-papão porque nem mesmo sei o que é isso. Só sei que tiras...

— ... merecem ter sua vida pessoa! — ele completou, interrompendo-a. — Como todo mundo. Relaxe, tenente. Nossa Peabody tem uma cabeça boa sobre os ombros.

Soprando com força, Eve se deixou cair em uma cadeira.

— Bicho-papão! — debochou ela. — Aposto que essa palavra nem existe de verdade, você acabou de inventá-la. Se existir, é uma expressão muito idiota. Hoje eu dei um caso para ela investigar.

Ele estendeu a mão com naturalidade e começou a acariciar os dedos com os quais ela tamborilava a coxa sem parar.

— Você nem mencionou que apareceu um novo caso hoje.

— Não apareceu, não. Pesquei um crime antigo no arquivo dos casos sem solução. Faz seis anos. Uma mulher bonita, jovem, independente, casada. O marido estava viajando e, ao voltar, encontrou a mulher na banheira, morta. Um homicídio muito mal disfarçado para parecer suicídio ou acidente. O álibi do marido é sólido e ele me parece mais limpo que neve recém-caída. Todo mundo que foi interrogado garantiu que eles eram perfeitos um para o outro, e mais felizes que pintos no lixo.

— Você já se perguntou como é possível medir a felicidade de um pinto no lixo? — filosofou Roarke.

— Vou refletir a respeito mais tarde. Só sei que havia cartas escondidas na gaveta das calcinhas dela. Cartas de amor muito explícitas descrevendo momentos de sexo ardente e escritas por alguém que assinava apenas com um *C*.

— Um caso extraconjugal que acabou em briga e assassinato?

— O investigador principal do caso pensou assim.

— Mas você não.

— O cara nunca foi encontrado, nunca ninguém o viu, nem mesmo ouviu falar dele. Pelo menos foi o que declararam. Passei lá para ver o marido e conheci sua nova esposa e a filha deles, uma garotinha de dois anos.

— É de imaginar que, depois de um período de luto e dor o marido resolveu, compreensivelmente, construir uma nova vida.

— Sim... é de imaginar — concordou Eve.

— Não que eu fizesse isso, é claro. Sob circunstâncias similares eu ficaria num estado lamentável, andando pela vida sem rumo, um homem arrasado, perdido, sem objetivos.

Ela olhou para ele com ar de descrença.

— Sério mesmo?

— Seríssimo! Agora é a sua vez de dizer algo nessa linha, sobre não existir mais graça no mundo se eu não estiver em sua vida.

— Sei, sei... — Ela riu quando sentiu os dedos com os quais ele brincava serem mordidos de leve. — Vamos voltar ao mundo real. Acho que sei como tudo aconteceu. É só dar umas sacudidas nos lugares certos e o caso vai para a pasta dos encerrados, em vez de continuar em aberto.

— Só que, em vez de fazer isso, você entregou o caso para Peabody resolver.

— Ela precisa dessa experiência. Um pouco mais de tempo não vai fazer diferença para Marsha Stibbs. E se Peabody pegar o caminho errado, eu a coloco de volta nos trilhos.

— Ela deve estar empolgadíssima.

— Nossa, ficou com os olhinhos brilhando de alegria.

Isso o fez sorrir.

— Qual foi o primeiro caso que Feeney deu para você resolver?

— Thomas Carter. O cara entrou em seu carro uma bela manhã, colocou a chave na ignição e tudo foi pelos ares, espalhando pedaços dele por todo o West Side. Era casado, tinha dois filhos, vendia seguros. Não tinha amantes, nem inimigos, nem vícios. Não havia motivo para o crime. O caso empacou e foi arquivado. Feeney desencavou a pasta e me entregou para investigar.

— E...?

— Thomas Carter não era o alvo. Thomas K. Carter, traficante de drogas ilegais de segunda linha com vício em jogo devia ser a vítima.

O incompetente contratado para eliminá-lo explodiu o cara errado. — Ela olhou para Roarke e o viu rindo de volta. — Sim, eu me lembro da emoção de ter um primeiro caso nas mãos e resolvê-lo.

— Você é uma boa instrutora, Eve. E uma boa amiga.

— Amizade não tem nada a ver com a história. Se eu achasse que ela não conseguiria dar conta do recado, não lhe entregaria o caso.

— Esse é seu lado de instrutora falando. O seu lado de amiga vai aparecer daqui a pouco, no jantar com os pais dela.

— Pois é, o jantar... O que é que eu vou fazer enquanto não estiver com a boca cheia, comendo?

— Uma coisa chamada "bater papo". Socializar-se. Tem gente que transforma isso num hábito e o exercita todos os dias.

— É... Tem maluco pra tudo. Aliás, você provavelmente vai gostar dos Peabody. Já contei que quando cheguei à Central, hoje de manhã, eles estavam na sala de ocorrências distribuindo bolinhos, doces e torta?

— Torta? Torta de quê?

— Sei lá. Quando cheguei ao local do crime só havia sobrado o prato vazio — e desconfio que alguém deve tê-lo devorado depois. Mas os bolinhos estavam absurdamente gostosos. E depois Peabody foi até a minha sala só para me contar uns troços esquisitos sobre a mãe dela.

Ele brincou com as pontas dos cabelos de Eve, curtindo os fios descorados pelo sol. Ele compreendia perfeitamente a declaração de Boyd Stibbs sobre não conseguir manter as mãos longe da mulher.

— Eu pensei que Peabody tivesse boas relações com a mãe.

— Elas se dão maravilhosamente bem, mas ela quis me alertar de que sua mãe tem certos poderes.

— Ela segue a religião wicca?

— Não, nada disso. E também não tem nada a ver com a magia dos partidários da Família Livre, embora ela tenha me avisado de que seu pai é clarividente. É que a mãe dela consegue que você faça coisas que não deseja fazer, e contar coisas que devia guardar para si mesmo. Segundo Peabody, eu só os convidei para jantar porque fui aprisionada pelo Olhar.

Intrigado, Roarke colocou a cabeça meio de lado.

— Controle da mente?

— Sei lá! Mas ela me garantiu que isso é coisa ligada à maternidade, e avisou que a mãe dela é especialista nisso. Ou algo assim. Não entendi nada.

— Nós dois sempre ficamos meio por fora quando o assunto é mãe, não é? Mas, como ela não é nossa mãe, suponho que estejamos perfeitamente a salvo de seus poderes maternais, não importa quais sejam.

— Não estou encucada com isso. Estou só te avisando.

Summerset, o mordomo sargentão, a grande maldição da existência de Eve, apareceu na porta da sala. Fungou uma única vez e colocou em seu rosto enrugado e ossudo um ar desaprovador.

— Essa caríssima peça chippendale é uma mesinha de café, tenente, não uma banqueta para os pés.

— Como é que você consegue caminhar com esse cabo de vassoura espetado na bunda? — Eve deixou os pés exatamente onde estavam e se ajeitou um pouco para ficar ainda mais confortável. — Ele machuca o seu traseiro ou provoca apenas uma coceira gostosa?

— Seus convidados para jantar — informou ele, com os lábios crispados — acabam de chegar.

— Obrigado, Summerset. — Roarke se levantou. — Vamos degustar os *hors d'oeuvres* aqui. — Ele estendeu a mão para Eve.

Ela esperou com toda a calma até Summerset se retirar da sala e só então tirou os pés da mesinha.

— Para manter o clima de descontração — começou Roarke, quando eles se dirigiam para o saguão —, será que você conseguiria evitar menções ao cabo de vassoura supostamente espetado no traseiro de Summerset? Só por esta noite?

— Tudo bem. Mas se ele me sacanear eu arranco o cabo lá de dentro e o quebro na cabeça dele.

— Assistir a essa cena seria divertido.

Assim que Summerset abriu a porta, Sam Peabody agarrou a sua mão, balançando-a com força, de forma amigável.

— É fantástico conhecê-lo! Obrigado por nos receber. Sou Sam, e esta é Phoebe. Você é Summerset, acertei? DeeDee nos contou que você cuida da casa e de tudo que está nela.

— Informação correta. Meus cumprimentos, sra. Peabody — continuou, dirigindo-se a Phoebe. — Policial... detetive. — Olhou para Peabody e McNab. — Permitem que eu guarde suas coisas?

— Não, obrigada. — Phoebe se agarrou à caixa que carregava. — Os jardins da frente e todo o tratamento paisagístico são fabulosos, belíssimos. É completamente inesperado encontrar isso em meio a um ambiente pesadamente urbano.

— Sim. Mantê-los bem conservados nos traz muita satisfação.

— Olá para vocês também! — Phoebe viu os donos da casa e sorriu para Eve quando Summerset fechou a porta da frente. — E você é Roarke! Minha filha Delia tinha razão. Você é mesmo espetacular.

— Ma-mãe! — Peabody quase se engasgou e ficou vermelha como um pimentão.

— Obrigado. — Roarke tomou a mão de Phoebe e a levou aos lábios. — Esse é um elogio que eu posso lhe devolver com muita sinceridade. É maravilhoso conhecê-la, Phoebe. Como vai, Sam? — Ele se moveu de lado e apertou a mão que Sam lhe oferecia. — Vocês criaram uma filha agradável e encantadora.

— Sim, gostamos muito dela. — Sam apertou o ombro de Peabody.

— Nós também. Por favor, vamos entrar. Fiquem à vontade.

Ele é ótimo para essas coisas, pensou Eve, enquanto Roarke acomodava os convidados na sala de estar. Suave como seda, polido como cristal. Em questão de minutos, todos estavam com um drinque na mão e Roarke já respondia a várias perguntas sobre as antiguidades e obras de arte espalhadas pela sala.

Já que seu marido estava dando atenção aos Peabody, Eve voltou a atenção para McNab. O mago da detecção eletrônica da polícia vestia o que, na opinião de Eve, talvez fossem as roupas mais discretas do seu armário. A camisa azul-violeta estava enfiada dentro de calças de seda largas, no mesmo tom. Suas botas de cano alto com amortecimento a ar também eram violeta. Várias argolas finas de ouro se exibiam, em fila, ao longo de sua orelha esquerda.

Seus cabelos louros e compridos estavam firmemente presos em um rabo de cavalo. Seu rosto bonito, Eve percebeu, estava com uma interessante tonalidade de camarão frito.

— Esqueceu de passar protetor solar, McNab?

— Só um dos dias. — Ele levantou os olhos verdes para o teto. — Você precisa ver como ficou a minha bunda.

— Não. — Eve tomou um gole de vinho, devagar. — Não preciso, não.

— É só pra puxar assunto, Dallas, porque estou meio nervoso. Sabe como é... — Ele apontou com a cabeça para Sam. — É muito esquisito conversar abobrinhas com o sr. Peabody quando nós dois sabemos que eu sou o sujeito que anda comendo a filha dele. O pior é que o cara é clarividente, então eu fico encucado de pensar nas minhas transas com ela, porque ele vai sacar que é nisso que estou pensando. Cara, é esquisitaço!

— Pois então não pense nisso.

— Não consigo evitar. — McNab riu. — Sou homem.

— Pelo menos é o que dizem — debochou Eve, olhando para a roupa dele de cima a baixo.

— Por favor. — Phoebe tocou o braço de Eve. — Sam e eu gostaríamos de oferecer um presente para você e Roarke. — Ela entregou a caixa. — Isso é por sua generosidade e amizade com dois dos nossos filhos.

— Obrigada. — Presentes sempre faziam Eve se sentir esquisita. Apesar de conviver com Roarke e seu hábito de dar presentes há mais de um ano, ela nunca sabia direito como lidar com a situação. Talvez por ter passado a maior parte da sua vida sem ninguém que se importasse o bastante para lhe dar presentes.

Eve colocou a caixa sobre a mesinha e puxou o laço de fita que a enfeitava. Abriu a caixa e procurou em meio ao ninho de papel de seda. Encontrou dois castiçais finos entalhados em pedras brilhantes fundidas, verdes e roxas.

— São lindos. De verdade.

— Essa pedra se chama fluorita — informou Sam. — Ela ajuda a limpar a aura, traz uma sensação de paz e promove clareza de pensamentos. Como vocês dois têm muitas responsabilidades e exercem profissões estressantes, essa pedra será muito benéfica.

— São realmente belíssimos. — Roarke pegou um dos castiçais. — E o trabalho de entalhe é excepcional. Foi você que fez?

Phoebe exibiu um sorriso brilhante.

— Nós dois os entalhamos, juntos.

— Então eles são duplamente preciosos. Obrigado. Vocês vendem as peças que entalham?

— De vez em quando — disse Sam. — Mas preferimos fazê-las apenas para dar de presente.

— Eu as vendo sempre que a grana aperta — completou Phoebe. — Sam é muito sentimental. Eu sou mais prática.

— Com sua licença, senhores... — Mais uma vez, Summerset estava sob o portal. — O jantar está servido.

Tudo foi mais fácil do que Eve imaginava. Eles eram pessoas agradáveis, interessantes e divertidas. O orgulho que tinham por Peabody parecia tão óbvio que era impossível não se comover.

— Nós nos preocupamos muito, é claro — comentou Phoebe, quando todos começaram a degustar a sopa de lagosta —, quando Dee nos contou o que queria fazer da sua vida, e em que cidade. Vejam vocês!... Uma profissão perigosa em uma cidade igualmente perigosa. — Ela sorriu para a filha, do outro lado da mesa. — Mas percebemos que ela estava atendendo à sua vocação, e confiamos em que faria um bom trabalho.

— Ela é uma boa tira — confirmou Eve.

— Mas o que é um bom tira? — Ao ver a expressão de estranheza no rosto de Eve, Phoebe estendeu a mão. — Qual seria a sua definição de um bom policial?

— Alguém que respeita o distintivo, tudo que ele representa, e não desiste até fazer a diferença.

— Sim. — Phoebe acenou com a cabeça em sinal de aprovação. Seus olhos escuros e diretos fitaram Eve.

Quando algo naquele olhar tranquilo e sagaz fez Eve sentir vontade de ajeitar o corpo na cadeira, ela decidiu que Phoebe seria uma fera na sala de interrogatório.

— É para fazer a diferença no mundo que estamos aqui. — Phoebe ergueu a taça, fazendo um gesto abrangente antes de beber. — Tem pessoas que fazem isso com orações, outras com arte ou com comércio. E algumas com a lei. Muita gente acha que os partidários da Família Livre não acreditam na lei; na lei da Terra, por assim dizer. Mas nós acreditamos. Acreditamos na ordem e no equilíbrio, e também no direito de alguém buscar sua vida e sua felicidade sem ser prejudicado por ninguém. Quando alguém se coloca ao lado da lei, defende esse equilíbrio e também os indivíduos que foram prejudicados.

— Tirar uma vida é algo que eu nunca vou compreender. Isso faz um buraco no mundo. — Sam pousou a mão sobre a da esposa. — Dee não conta muita coisa sobre o seu trabalho, não entra em detalhes. Mas ela nos diz que você faz a diferença, tenente.

— Esse é o meu trabalho.

— E nós aqui, deixando você sem graça — disse Phoebe, tomando mais um gole de vinho. — Vamos mudar de assunto. Vamos falar da casa belíssima em que estamos. — Ela se virou para Roarke. — Espero que depois do jantar nós possamos conhecê-la toda.

— Vai levar uns seis ou oito meses — avisou Eve, baixinho.

— Eve diz que aqui há muitos aposentos que nós mesmos nem sabemos que existem — comentou Roarke.

— Mas você sabe. — Phoebe ergueu as sobrancelhas. — Aposto que conhece cada um deles.

— Com licença. — Summerset entrou na sala. — Alguém a está chamando, tenente. Emergência.

— Desculpem. — Eve se levantou da mesa e saiu da sala a passos largos e decididos.

Voltou em minutos. Roarke, só de olhar para o rosto dela, percebeu que teria de entreter os convidados sozinho pelo resto da noite.

— Peabody, preciso de você. Desculpem — ela olhou para todos com pesar e terminou fitando Roarke —, temos de ir.

— Tenente? Quer que eu acompanhe vocês?

Eve olhou para McNab.

— É, talvez eu precise de você, detetive. Vamos nessa! Desculpem — repetiu, olhando para a mesa.

— Não se preocupe. — Roarke se levantou e passou os dedos de leve sobre o rosto dela. — Cuide-se, tenente.

— Pode deixar.

— Emergências da profissão — brincou Roarke ao voltar e se sentar à mesa, junto de Sam e Phoebe.

— Alguém foi morto — disse Sam, em voz alta.

— Sim, alguém foi morto — confirmou Roarke. — Agora eles vão trabalhar para equilibrar a balança da justiça.

Capítulo Três

Walter C. Pettibone, o aniversariante, havia chegado em casa às sete e meia da noite em ponto. Cento e setenta e três amigos e colegas gritaram "Surpresa!", em uníssono, no instante em que ele entrou na sala de estar.

Mas não foi isso que o matou.

Ele sorriu como um menino, brincou com sua mulher por ela tê-lo enganado e cumprimentou os convidados com prazer, de forma calorosa. Às oito da noite a festa já rolava a todo o vapor, e Walter apreciava sem limites a enorme variedade de comida e bebida que o bufê fornecia. Comeu muitos ovos de codorna, caviar, salmão defumado e rolinhos de espinafre.

Mas também não foi nada disso que o matou.

Dançou com sua mulher, abraçou seus filhos e deixou escorrer uma pequena lágrima diante do comovente brinde que o filho lhe ofereceu.

A tudo isso ele sobreviveu.

Às oito e quarenta e cinco, com o braço em torno da cintura da esposa, Walter ergueu uma taça de champanhe, chamou a atenção de todos os convivas e apresentou um discurso pequeno, porém sincero, sobre os resultados da vida de um homem e das riquezas verdadeiras que ele tem quando é abençoado por bons amigos e uma linda família.

— A vocês todos — brindou ele, com a voz tomada de emoção —, meus queridos amigos, os meus sinceros agradecimentos por estarem aqui comigo hoje. Aos meus filhos, que me fazem ter orgulho por toda a alegria que sempre me trouxeram. E para minha linda esposa, que faz de cada dia um motivo de gratidão por estar vivo.

Ouviu-se uma animada rodada de aplausos e Walter bebeu toda a taça de uma vez só.

E foi isso que o matou.

Ele se engasgou e seus olhos ficaram esbugalhados. Sua esposa soltou um grito curto de pânico quando o viu alargar o colarinho da camisa, em desespero. Seu filho lhe deu um forte tapa nas costas, para desengasgá-lo. Cambaleando, ele se lançou para frente, na direção dos convidados, derrubando vários deles como se fossem pinos de boliche, antes de cair de rosto no chão e começar a ter convulsões.

Um dos convidados era médico e correu para ajudá-lo. Uma ambulância foi chamada, mas, mesmo tendo chegado em menos de cinco minutos, Walter já se fora.

A dose de cianureto colocada em sua taça de champanhe tinha sido um presente de aniversário realmente inesperado.

Eve analisou o corpo, viu o tom levemente arroxeado em torno dos lábios, os olhos chocados, esbugalhados. Percebeu o cheiro sutil de amêndoas queimadas. Eles o haviam carregado até um sofá ali perto e chegaram a abrir e afrouxar sua camisa, na tentativa inicial de reavivá-lo. Até o momento, ninguém havia recolhido do chão os cacos de vidro e de porcelana. A sala cheirava a flores, vinho, camarão frito e morte recente.

Walter C. Pettibone, Eve pensou, entrara e saíra do mundo no mesmo dia. Um círculo perfeito que a maioria das pessoas preferiria evitar.

— Quero falar com o médico que o atendeu assim que ele caiu — disse Eve a Peabody, enquanto analisava o piso. — Vamos recolher todos esses cacos para identificar o que foi derramado e quebrado. Ninguém sai daqui, nem convidados *nem* empregados. McNab, comece a anotar o nome e o endereço das pessoas para interrogatório. Mantenha a família da vítima separada, por agora.

— Pelo visto, estava rolando uma tremenda festa — comentou ele, ao sair dali.

— Tenente, aqui está o dr. Peter Vance — disse Peabody, trazendo um homem ligeiramente corpulento com cabelos curtos claros, louros, e uma barba loura igualmente curta. Quando o olhar dele se fixou no corpo de Walter Pettibone, Eve notou pesar e raiva em sua expressão.

— Ele era um homem bom. — Sua voz estava entrecortada e exibia um leve sotaque britânico. — E um bom amigo.

— Alguém não nutria amizade por ele — afirmou Eve. — O senhor reconheceu que ele tinha sido envenenado e instruiu os paramédicos que vieram atendê-lo a entrar em contato com a polícia?

— Exato. Os sinais eram claros, nós o perdemos muito depressa. — Ele desviou o olhar do corpo e o levou de volta para Eve. — Gostaria de acreditar que isso foi um engano, algum acidente terrível. Walt havia acabado de propor um brinde movido a sentimentalismo, bem ao estilo dele. Estava em pé, com o braço em torno da esposa; seu filho e a esposa, e também a filha com o marido, todos o rodeavam. Ele estava com um sorrisão no rosto e lágrimas nos olhos. Nós o aplaudimos, ele bebeu e, na mesma hora, se engasgou. Caiu diante de nós e começou a ter convulsões. Tudo acabou em minutos. Não havia mais nada a ser feito.

— Onde ele pegou o champanhe que bebeu?

— Não saberia dizer. Os garçons e garçonetes passavam a toda hora com drinques. Outras bebidas podiam ser pegas nos bares montados nos dois cantos da sala. Quase todo mundo estava aqui desde as sete da noite. Bambi estava muito agitada, querendo que todos os convidados estivessem em seus lugares na hora em que Walt chegasse em casa.

— Bambi?

— Sua esposa — explicou Vance. — Segunda esposa, na verdade. Eles se casaram há pouco mais de um ano, e ela estava planejando esta festa havia várias semanas. Tenho certeza de que Walt sabia dos preparativos. Bambi não é uma mulher muito esperta, mas Walt fingiu surpresa, ao entrar.

— A que horas ele voltou para casa?

— Sete e trinta, em ponto. Todos gritaram "Surpresa!", seguindo instruções da própria Bambi. Todos deram boas gargalhadas e continuamos a comer e a beber. Havia gente dançando. Walt circulava por toda parte. Seu filho levantou um brinde. — Vance suspirou. — Gostaria de ter prestado mais atenção aos detalhes, mas tenho certeza de que Walt estava bebendo champanhe.

— O senhor o viu bebendo champanhe no instante em que morreu?

— Acho que... — Ele fechou os olhos, como se tentasse trazer de volta todas as imagens. — Acho que sim. Não creio que ele fosse capaz de não beber depois de um brinde proposto pelo seu filho. Walt adorava os filhos. Acho que ele tinha acabado de pegar uma taça cheia ao fazer seu próprio brinde. Mas não sei dizer com certeza se ele a pegou de uma bandeja ou alguém entregou a bebida em sua mão.

— Vocês eram amigos?

— Bons amigos, sim. — Uma nuvem de dor pareceu encobrir seu rosto.

— Havia algum problema no casamento dele?

— Não. — Vance balançou a cabeça. — Walt era abençoado. Para ser franco, quase todos os seus amigos ficaram atônitos quando ele se casou com Bambi. Walt foi casado com Shelly por... deixe ver... mais de trinta anos, eu acho. O divórcio foi amistoso, na medida do possível. Então, menos de seis meses depois, ele já havia se envolvido com Bambi. Para a maioria dos amigos aquele caso pareceu simples frivolidade de um cinquentão, mas a coisa foi em frente.

— A primeira mulher dele estava aqui na festa?

— Não. Eles não permaneceram assim tão amigos.

— Alguém que o senhor conheça poderia desejar vê-lo morto?

— Absolutamente ninguém. — Ele ergueu as mãos em um gesto de impotência. — Se eu lhe disser que Walt não tinha um único inimigo no mundo vai parecer clichê, tenente Dallas, mas é exatamente o que acontecia. As pessoas gostavam de Walt, e muita gente o amava. Ele era um homem de natureza doce, patrão generoso e pai devotado.

E muito rico, pensou Eve, depois de liberar o médico. Um homem rico que havia dispensado a esposa número um, trocando-a por outra, mais nova e mais sexy. Como ninguém usava cianureto como acessório para ir a festas, alguém naquela noite teve o objetivo específico de matar Walter Pettibone.

Eve realizou a entrevista com a segunda esposa em uma saleta de estar que ficava junto da suíte.

O quarto estava quase às escuras, com as pesadas cortinas em tom de rosa completamente cerradas; um único abajur listrado fornecia uma luz âmbar.

Mesmo sob essa luz deu para Eve perceber que o quarto era todo cor-de-rosa e branco e cheio de babados. Era como estar dentro de uma loja de doces caramelizados. Havia pilhas de almofadões, miudezas, bugigangas e o aroma pesado de rosas em demasia para um único cômodo.

Em meio a todo esse esplendor adolescente, Bambi Pettibone estava reclinada sobre uma chaise longue igualmente cor-de-rosa. Seus cabelos eram encaracolados, com partes trançadas e outras tingidas em um carnaval rosado que combinava com o rosto de boneca. Ela usava um vestido cor-de-rosa, com muitos panos que mergulhavam fundo sobre um dos seios, deixando o outro semiexposto, quase como um flerte, coberto unicamente por um pedaço de material transparente com o formato de rosa.

Seus olhos azuis imensos brilhavam lindamente devido às lágrimas que escorriam em gotas graciosas sobre sua face lisa. O rosto emanava juventude e inocência, mas o corpo contava uma história completamente diferente.

Ela segurava uma bola de pelúcia branca no colo.

— Sra. Pettibone?

Ela emitiu um som gorgolejante e enfiou o rosto em meio à bola branca. Quando o objeto emitiu um som agudo, Eve percebeu que aquilo era, possivelmente, uma espécie de cão.

— Sou a tenente Dallas, do Departamento de Polícia da Cidade de Nova York. Esta é minha auxiliar, a policial Peabody. Meus sentimentos, sra. Pettibone.

— Boney está morto. Boney, meu docinho!

Boney e Bambi, pensou Eve. As pessoas eram mesmo *esquisitas*.

— Sei que este é um momento difícil. — Eve olhou em torno e percebeu que não havia alternativa, a não ser sentar em algo fofo e cor-de-rosa —, mas o fato é que eu preciso lhe fazer algumas perguntas.

— Eu só queria preparar uma festa surpresa para comemorar o aniversário dele. Todo mundo veio. Estávamos nos divertindo tanto!... Boney nem chegou a abrir os presentes que ganhou.

As últimas palavras saíram entre choramingos. A bolinha peluda em sua mão exibiu uma língua cor-de-rosa e lambeu o rosto dela.

— Sra. Pettibone... Eu gostaria de saber o seu nome verdadeiro, para o registro da ocorrência.

— Meu nome é Bambi.

— Esse é seu nome verdadeiro?!... — espantou-se Eve. — Tudo bem, esqueça. A senhora estava ao lado do seu marido no instante em que ele caiu, não foi?

— Ah... Ele estava dizendo coisas tão lindas a respeito de todo mundo. Adorou a surpresa. — Ela fungou e olhou com ar de súplica para Eve. — Pelo menos isso, não é? Ele estava muito feliz quando tudo aconteceu.

— Foi a senhora que lhe entregou a taça de champanhe para ele fazer o brinde, sra. Pettibone?

— Boney adorava champanhe. — Ela soltou um suspiro abafado. — Era a sua bebida favorita. Contratei um bufê completo, com tudo que ele gostava. Mandei o sr. Markie servir champanhe o tempo todo, além dos canapés. Trabalhei muito para que tudo saísse perfeito para meu querido Boney, mas de repente ele passou mal. Tudo aconteceu tão depressa... Se eu soubesse que ele estava enjoado, teria cancelado a festa, mas ele parecia muito bem quando saiu para trabalhar hoje de manhã. Estava ótimo.

— A senhora compreende o que aconteceu com o seu marido?

Ela abraçou a bola branca peluda e enterrou o rosto dentro dela.

— Ele passou mal e Peter não conseguiu fazê-lo ficar bom.

— Sra. Pettibone, nós achamos que o champanhe foi responsável pela morte do seu marido. Onde ele pegou a taça de champanhe que tomou segundos antes de tombar?

— Quem colocou a bebida em sua mão foi aquela garota, eu acho. — Ela fungou e olhou para Eve, intrigada. — Por que o champanhe lhe faria mal? Isso nunca aconteceu antes.

— Que garota?

— Não sei. Que garota?... — repetiu Bambi, com o rosto desnorteado.

Tenha paciência, lembrou Eve para si mesma.

— Sra. Pettibone, a senhora disse que "aquela garota" entregou ao sr. Pettibone uma taça para ele fazer um brinde.

— Ah... Aquela garota. Foi uma das garçonetes. — Bambi ergueu um dos ombros e deu um cheirinho no cão. — Foi ela quem trouxe uma nova taça para Boney fazer seu brinde.

— Ele a pegou da bandeja?

— Não. — Ela apertou os lábios e fungou mais uma vez, baixinho. — Nada disso; eu me lembro muito bem que ela entregou a taça a Boney e lhe desejou um feliz aniversário. Foi exatamente o que ela disse: "Feliz aniversário, sr. Pettibone." Muito educadinha a moça.

— A senhora a conhecia? Ela já trabalhou nesta casa antes?

— Eu sempre contrato o sr. Markie e ele traz os garçons. Dá para deixar tudo por conta do sr. Markie. Ele é fabuloso.

— Como essa moça parecia?

— Quem?

Senhor, dai-me forças para não estapear esta imbecil.

— A garçonete, Bambi. A moça que deu a Boney a taça de champanhe para ele fazer o brinde.

— Ah... Sei lá. Ninguém presta atenção aos empregados, não é mesmo? — exclamou ela, com uma expressão confusa e trêmula, enquanto Eve a olhava fixamente. — Muito arrumada — decidiu, depois de um momento. — O sr. Markie sempre faz questão de que a aparência de seus funcionários seja impecável.

— Ela era jovem, velha, alta, baixa...?

— Não sei. Parecia uma garçonete como as outras. Todas elas têm a mesma cara.

— Seu marido falou com ela?

— Ele agradeceu, apenas. Boney era muito educado.

— Ele deu a impressão de que já a conhecia? A garçonete... — acrescentou Eve bem depressa, ao ver a boca de Bambi começar a formar uma palavra que certamente seria mais um "Quem?".

— Por que ele a conheceria?

Ninguém, decidiu Eve, conseguiria fingir ser tão imensuravelmente idiota. Aquilo só podia ser sinceridade.

— Tudo bem, vamos falar de outra coisa, Bambi. Você conhece alguém que desejasse mal ao seu marido?

— Todos amavam Boney. Era impossível não adorá-lo.

— Você já gostava de Boney na época em que ele ainda era casado com a primeira mulher?

Os olhos dela se arregalaram e ficaram muito redondos.

— Ele nunca a traiu. Nunca! Boney nem mesmo me beijou antes do divórcio. Ele era um cavalheiro.

— Como vocês se conheceram?

— Eu trabalhava em uma das suas lojas de flores. A que fica na Avenida Madison. Ele aparecia lá de vez em quando, dava uma olhada no estoque e conversava com os empregados. E comigo — acrescentou, com um sorriso trêmulo. — Teve um dia em que ele passou por lá na hora em que eu estava de saída e se ofereceu para me acompanhar até em casa. Pegou meu braço enquanto caminhávamos. Contou para mim que estava se divorciando e perguntou se eu gostaria de almoçar com ele, um dia. Fiquei imaginando se aquele papo não seria um daqueles, típico de homens que adoram falar coisas assim. Sabe como é... Dizem que estão largando a esposa, que ela não lhes traz felicidade e mil coisas desse tipo só para levar uma mulher nova para a cama. Não sou burra.

Não, concordou Eve. *Você é um conceito inédito para essa palavra.*

— Mas Boney não era homem desse tipo. Nunca tentou fazer nada inapropriado.

Ela suspirou e começou a esfregar o rosto de encontro aos pelos do cão.

— Ele era romântico — continuou. — Depois do divórcio, começamos a nos encontrar e ele me levou a lugares muito legais, mas continuou sem tentar avançar o sinal. Por fim, eu tive que tomar a iniciativa, porque ele era superfofo e muito bonito. Depois, ele pediu que eu me casasse com ele.

— A primeira mulher se ressentiu disso?

— Provavelmente. Que mulher não se ressentiria por não ter mais Boney como namorado? Mas ela sempre foi muito simpática, e Boney nunca disse nada contra ela.

— E os filhos dele?

— Bem... Acho que eles não gostaram muito de mim, no princípio. Mas Boney lhes disse que eles teriam que aprender a me amar, porque ele amava. Nunca tivemos brigas de família, nem nada desse tipo.

* * *

— Uma família grande e feliz — repetiu Eve, depois de mais dez minutos de papo com Bambi. — Todo mundo amava todo mundo e Pettibone era o sujeito mais legal do planeta.

— A esposa é uma anta — garantiu Peabody.

— É, mas trata-se de uma anta esperta o bastante para fisgar um marido rico. Poderia ser esperta a ponto de colocar um aditivo no seu espumante de aniversário.

Eve parou de caminhar por um instante no alto da escada e deixou várias opções brincarem em sua mente.

— Ela teria de ser realmente muito esperta — continuou —, sem falar nos nervos de aço necessários para matá-lo e ficar ao lado dele diante de uma sala cheia de convidados simpáticos e testemunhas atentas. Vamos cavar um pouco mais o passado dela para descobrir o quanto desse ar de fada açucarada é verdadeiro e o quanto é vitrine. Qualquer pessoa que passe a vida em meio a tanta coisa cor-de-rosa sobe como um foguete e vai depressinha para o alto de minha curta lista de suspeitos.

— Eu achei tudo muito bonito — comentou Peabody. — Ela tem um estilo, tipo assim... "adoro ser feminina".

— Às vezes você me apavora, Peabody. Faça uma pesquisa básica dela, para começo de conversa. Bambi... — acrescentou, quando começavam a descer as escadas. — Pais que colocam o nome de Bambi em uma criança sabem que ela vai ser uma anta quando crescer, se for menina. Agora, vamos conversar com o sr. Markie. Quem é que inventa tantos nomes esquisitos?

— Ele está à nossa espera na cozinha, acompanhado de toda a equipe.

— Ótimo. Vamos descobrir quem ofereceu a taça de champanhe a Walter Pettibone e lhe desejou feliz aniversário.

Ao seguirem através do andar térreo da casa, rumo à cozinha, McNab foi trotando atrás delas.

— Dallas? Os legistas chegaram. Eles concordaram com os paramédicos e com o primeiro médico que tentou socorrer a vítima;

acham que foi envenenamento. Só não podem afirmar isso oficialmente até levar o presunto para a quitanda dos mortos e fazer alguns testes.

— Obrigada pelo seu colorido relatório, detetive. Avise os legistas de que eu quero a confirmação da *causa mortis* o mais rápido possível. Caia dentro e dê uma olhada nas ligações dadas e recebidas pelos *tele-links* da residência nas últimas vinte e quatro horas, só para o caso de alguém ter sido descuidado.

— Fui! — Ele ainda teve tempo de dar um tapinha no traseiro de Peabody antes de sair.

— Ter seus pais como hóspedes vai acabar com essa sacanagem de mão aqui e mão ali, tão típica de McNab. Pelo menos por alguns dias.

— Ah, mas eles não vão ficar hospedados no meu apartamento, não. Disseram que lá é muito apertado e não queriam me incomodar. Não consegui fazê-los mudar de ideia. Resolveram dormir no trailer mesmo. Eu disse que não deviam fazer isso, por causa das leis municipais, tal e coisa, coisa e tal, mas eles se limitaram a me dar palmadinhas carinhosas na cabeça.

— Leve-os para um hotel, Peabody, antes que algum guarda de rua os multe.

— Vou tratar disso assim que voltar para casa.

Elas entraram na cozinha. O ambiente era muito grande, todo decorado em branco ofuscante e prata reluzente. No momento, o caos reinava. Alimentos em vários estágios de preparação jaziam espalhados por todas as bancadas. Centenas de pratos estavam em pilhas organizadas e os copos e taças formavam pirâmides. Eve contou um total de oito funcionários uniformizados e agrupados em uma saleta de refeição no canto do aposento, falando sem parar, exibindo a curiosa energia que as cenas de crime normalmente trazem às testemunhas.

Um garrafão de café fora colocado à disposição de policiais e funcionários do bufê. Um dos policiais da divisão de Eve já se servia de uma bandeja de canapés sofisticados e outro atacava o carrinho das sobremesas.

Bastou a presença de Eve para a cozinha entrar em estado de completa imobilidade e silêncio.

— Policiais! — bradou Eve. — Se vocês conseguirem se afastar da mesa do bufê, eu gostaria que ambos montassem guarda nas duas portas de saída desta cozinha. Como a causa da morte ainda não foi oficialmente determinada, devo lembrá-los, policiais, que vocês estão ingerindo elementos de investigação e possíveis evidências da cena do crime. Se necessário, mandarei abrir a barriga de ambos para a recuperação de tais evidências.

— Não há nada de errado com a minha comida! — exclamou, indignado, um homem, que deu um passo à frente enquanto os dois policiais saíam de fininho. Ele era baixo, tinha ar de pessoa simples e pele azeitonada. A cabeça completamente raspada e lisa brilhava como se fosse esculpida em gelo. Vestia um avental branco de mestre-cuca por cima de um terno preto, formal.

— Você deve ser Markie.

— Sr. Markie — corrigiu ele, com fria dignidade. — Exijo saber o que está acontecendo. Ninguém nos informou nada, só nos mandaram ficar confinados neste local. Se a senhora está à frente de tudo...

— Sim, estou à frente de tudo. Meu nome é tenente Dallas e o que está acontecendo é que Walter Pettibone está morto e eu vim descobrir a causa e o motivo da sua morte.

— Bem, tenente Dallas, o que eu posso lhe garantir é que o sr. Pettibone não encontrou seu triste fim por meio de nenhum dos meus pratos. Não quero que nenhum boato sobre a qualidade da minha comida atinja as ruas a partir deste local. Minha reputação é impecável.

— Segure a onda, Markie, porque ninguém o está acusando de nada, nem acusando sua comida. — Ela ergueu a mão, impedindo-o de falar, e voltou a atenção para os empregados. — Qual de vocês entregou ao sr. Pettibone a taça de champanhe que ele usou para fazer o brinde final?

— Não foi ninguém do bufê. Estávamos conversando exatamente sobre isso.

Eve analisou a bela jovem de origem oriental que informara isso.

— E você é...?

— Sing-Yu. Estava no salão no instante em que tudo aconteceu. Só que fiquei do outro lado, distribuindo as taças de champanhe naquela parte do aposento para os convidados que iriam se unir ao brinde do sr. Pettibone. E Charlie... — ela bateu de leve no ombro do homem negro e alto que estava ao seu lado — ... trazia as casquinhas de siri.

— Eu trabalhava no bar do terraço — informou outro empregado, erguendo a mão. — Meu nome é Robert McLean. Laurie também estava no terraço, servindo canapés. Não saímos dos nossos postos até ouvirmos os gritos.

— Eu estava na cozinha — disse outro homem. — Meu nome é... ahn... Don Clump. Lembra, sr. Markie, que estávamos os dois aqui na cozinha quando ouvimos a balbúrdia se instalar?

— Informação correta — confirmou Markie, também assentindo com a cabeça. — Eu acabara de liberar Charlie com as casquinhas de siri e instruía Don para que ele começasse a servir os champignons empanados. Gwen voltava para a cozinha com uma bandeja de copos e taças vazios quando ouvimos os gritos.

— Uma testemunha afirma que foi uma das garçonetes da sua equipe quem entregou a taça de champanhe ao sr. Pettibone, segundos antes de ele fazer o brinde.

Houve uma troca de olhares e todos fitaram o chão ao mesmo tempo.

— Então só pode ter sido Julie — disse Sing-Yu. — Desculpe, sr. Markie, mas ela é a única que poderia ter feito isso, e também é a única que não está aqui conosco.

— Quem é Julie e por que ela não está aqui? — quis saber Eve.

— Não gosto que meus empregados façam fofocas uns dos outros e... — começou Markie.

— Esta é uma investigação policial — Eve o cortou. — Declarações de testemunhas não constituem fofoca, e espero que o senhor e a sua equipe cooperem conosco. Quem é Julie? — perguntou, voltando-se para Sing-Yu.

— Ela tem toda razão. — Markie soltou um longo suspiro, foi até onde Sing-Yu estava e deu-lhe um tapinha solidário no ombro. — Desculpe, querida, não fiquei zangado, você está certa. Julie Dockport — informou ele a Eve. — Ela trabalha no nosso bufê há dois meses. Quanto ao local em que está no momento, não sei informar. Deve ter saído rapidamente no instante em que a confusão se instalou na residência, logo após o sr. Pettibone cair. Levei alguns instantes para perceber que havia algum problema grave, e só então me dirigi ao salão. Não a vi. Quando a polícia chegou e mandou que nos reuníssemos aqui e esperássemos novas ordens, ela não veio.

— Ela estava usando esse uniforme? — Eve apontou com a cabeça para as calças e saias pretas e as camisas e blusas imaculadamente brancas dos empregados.

— Sim.

— Descreva-a.

— Altura mediana, eu diria, com musculatura torneada por exercícios. Cabelos ruivos curtos, uma moça muito atraente. Tem cerca de trinta anos, talvez um ano a mais ou a menos. Eu teria de verificar a ficha dos funcionários para lhe fornecer a idade exata.

— Peabody, leve a equipe para outra área. Coloque um policial para lhes fazer companhia e vá procurar Julie Dockport.

— Sim, senhora.

Quando todos saíram da cozinha, Eve se sentou e fez um gesto para Markie acompanhá-la.

— Muito bem. Quero que você me conte tudo que sabe sobre essa mulher.

* * *

Não era muita coisa. Eve ouviu palavras como "competente", "confiável" e "prestativa".

— Ela se candidatou ao emprego — continuou Markie. — Suas referências foram confirmadas e ela era uma excelente empregada. A única explicação que me vem à cabeça é que ela pode ter ficado abalada ou preocupada com o que aconteceu aqui esta noite e foi embora.

Os dois olharam para a porta no instante em que Peabody voltou.

— Ela não se encontra na residência nem nas imediações, tenente.

— Faça uma busca mais ampla e consiga o endereço dela. Quero-a aqui, na minha frente. — Eve se levantou. — Você está dispensado.

— Minha equipe e eu vamos recolher toda a comida e os acessórios.

— Nada disso! Esta é a cena de um crime e deve ficar exatamente como está. Entraremos em contato com você quando tudo estiver liberado para ser recolhido e limpo.

Eve entrevistou o filho e a filha do morto em seguida. Em companhia dos respectivos esposos, eles estavam reunidos na ponta da mesa comprida da sala de jantar. Quatro pares de olhos muito vermelhos e inchados de chorar se voltaram para Eve.

O homem que se levantou e se apoiou à mesa com a mão tinha a pele muito clara e uma densa cabeleira loura, com fios retos não muito compridos. O desenho do seu queixo era suave e os lábios quase desapareceram quando ele os apertou com demasiada força.

— O que está acontecendo? Quem são vocês? Queremos algumas respostas.

— Wally! — A mulher ao lado dele também era loura, mas seus cabelos brilhavam mais e pareciam estar em desalinho. — Assim você vai piorar as coisas.

— Como eu poderia piorá-las? — quis saber ele, irritado. — Meu pai está morto!

— Sou a tenente Dallas. Sinto muito pela sua perda e peço desculpas pela demora em vir conversar com a família, sr. Pettibone.

— Sou Walter C. Pettibone IV — ele se apresentou. — Esta é minha esposa, Nadine. — Ele girou a mão que estava sob da mão da loura e seus dedos se entrelaçaram com força. — Esta é minha irmã, Sherilyn, e seu marido, Noel Walker. Por que motivo nos mandaram esperar aqui na sala de jantar? Precisamos estar ao lado de meu pai.

— Isso não é possível no momento. Há coisas que precisam ser feitas para trazer as respostas das quais todos necessitamos. Sente-se, sr. Pettibone.

— O que aconteceu com meu pai? — Foi Sherilyn quem perguntou. Era uma morena de tipo mignon, e Eve supôs que ela devia ser muito mais bonita sob outras circunstâncias. Seu rosto estava arrasado de tanto chorar. — Será que a senhora poderia nos explicar, por favor? — Ela esticou os braços, tateando para encontrar a mão do irmão e a do marido, formando uma unidade. — O que aconteceu com papai?

— A causa da morte ainda não foi confirmada.

— Eu ouvi os paramédicos. — Ela respirou fundo e sua voz pareceu mais firme. — Eu os ouvi comentando que ele foi envenenado. É claro que isso não é possível.

— Saberemos a verdade muito em breve. Ajudaria muito se vocês me dissessem o que faziam e onde estavam exatamente no instante em que o sr. Pettibone tombou para frente.

— Estávamos ali, ao lado dele — Sherilyn começou. — Todos estavam junto dele quando...

— Sherry. — Noel Walker pegou a mão dela, entrelaçada à dele, e a levou aos lábios. Esse era um gesto que Roarke fazia muito, notou Eve. Significava amor, apoio, solidariedade.

Ele voltou a atenção para Eve. Seus cabelos eram escuros como os da esposa e formavam ondulações em torno de um rosto forte e belo.

— Walt estava propondo um brinde. Um gesto sentimental e meigo. Ele era um homem sentimental e meigo. Bambi era a primeira, ao lado dele. Sherry postou-se ao lado dela e eu fiquei à direita da minha esposa. Wally estava à esquerda do pai, com Nadine ao seu lado. Assim que acabou de fazer o brinde, ele tomou um gole do champanhe. Todos o imitaram. Então ele se engasgou. Creio que Wally deu um tapa forte em suas costas, como se costuma fazer. Bambi tentou agarrá-lo com força quando suas pernas falharam. Ele alargou o colarinho, como se estivesse com falta de ar, e tombou para frente.

Ele olhou para Wally, como se esperasse confirmação do relato.

— Ele arfava, respirando com muita dificuldade — continuou Wally. — Nós o viramos de barriga para cima. Peter Vance, um médico amigo da família, abriu caminho por entre os convidados e foi acudi-lo. Foi nesse momento que meu pai... teve uma espécie de convulsão. Peter mandou que chamássemos uma ambulância, e Nadine correu para fazer isso.

— Ele conseguiu pronunciar alguma palavra para um de vocês?

— Não, não conseguiu dizer nada — respondeu Sherilyn. — Simplesmente olhou para mim. — Sua voz tornou a falhar. — Ele me olhou bem nos olhos antes de cair. Todo mundo falava ao mesmo tempo. Tudo aconteceu tão depressa que não houve tempo para ele falar nada.

— Onde ele pegou o drinque?

— De uma bandeja, imagino — informou Wally. — Os garçons não pararam de servir champanhe desde que os convidados começaram a chegar, às sete.

— Não. — Sherilyn balançou a cabeça para os lados, lentamente. — Não... Uma das garçonetes entregou a taça na mão dele. Ela não carregava bandeja nenhuma, apenas a taça. Pegou a taça quase vazia da mão dele, lhe ofereceu outra cheia... E lhe desejou feliz aniversário.

— Isso mesmo! — confirmou o marido. — Uma ruivinha. Eu reparei nela. A moça tinha olhos verdes belíssimos. Eu pinto quadros — ele explicou. — Faço retratos, basicamente. Costumo prestar atenção aos rostos e aos traços que os tornam únicos.

— O que a garçonete fez depois de lhe entregar a taça de champanhe?

— Ela... Ahn, deixe-me pensar. Walt pediu a atenção de todo mundo. A maioria dos convidados estava dispersa naquele instante. As conversas silenciaram quando ele começou a falar. A garçonete deu um passo atrás. Ouvia o que ele dizia, como todos nós. Estava até sorrindo, me parece. Sim... Lembro de pensar que ela tinha uma figura muito interessante, e notei que parecia genuinamente interessada no que Walt dizia. Creio que eu cheguei a sorrir para ela no instante em que Walt terminou de fazer o brinde, mas ela o observava atentamente. Então todos nós bebemos ao mesmo tempo e eu não prestei mais atenção em nada depois que Walt se engasgou de forma tão terrível.

— Acho que eu a vi. — Nadine colocou a mão no colar triplo de pérolas que usava. — Quando corri para buscar ajuda, eu a vi no saguão.

— O que ela estava fazendo? — perguntou Eve.

— Bem, acho que estava saindo. Pelo menos, caminhava com determinação na direção da porta.

— Nenhum de vocês a tinha visto antes, até a noite de hoje? — Quando todos se entreolharam e balançaram a cabeça para os lados, confusos, Eve continuou: — O nome Julie Dockport significa algo para algum de vocês? Talvez tenham ouvido seu pai mencioná-lo.

— Não, eu nunca o ouvi mencionar esse nome. — Wally olhou em torno para o resto da família e todos balançaram a cabeça novamente.

— Vocês sabem se o seu pai estava preocupado com alguém ou com alguma coisa? Um acordo de negócios ou um problema pessoal?

— Ele estava feliz — Sherilyn disse, baixinho. — Era um homem feliz.

— Um homem feliz — repetiu Eve, depois de liberar a família. — Um homem feliz, que é amado por todos, não é envenenado no dia do seu aniversário. Tem alguma coisa por baixo dessa imagem de perfeição, Peabody.

— Sim, senhora. Os policiais que foram até o endereço de Julie Dockport relataram que ela não estava lá. Um vizinho do outro lado do corredor informou que ela se mudou hoje de manhã. Disse que foi morar na Filadélfia.

— Quero que os peritos vasculhem o apartamento que ela ocupou agora mesmo. Quero que passem um pente-fino. Não vão encontrar nada, mas eu quero ter certeza.

— Como assim?

— Acho que estamos lidando com uma profissional.

Capítulo Quatro

Já passava de uma da manhã quando ela chegou em casa, mas Eve não ficou surpresa ao encontrar Roarke em seu escritório doméstico. Era raro ele dormir mais de cinco horas por noite, e ainda mais raro ir dormir sem ela ter voltado para casa.

O trabalho servia de combustível para ele, conforme Eve bem sabia. Mais do que a obscena quantidade de dinheiro que Roarke ganhava sempre que fechava um novo acordo, era o planejamento em si — as estratégias e a negociação — que mobilizava seu interesse e sua energia.

Roarke comprava coisas simplesmente porque elas estavam à venda. Embora Eve considerasse as companhias, os imóveis, as fábricas e os hotéis que ele adquiria como uma espécie de brinquedos, sabia perfeitamente que ele era um homem que levava todos os seus brinquedos muito a sério.

Ele ampliara os horizontes de Eve ao se casar com ela, e de forma considerável. Viagens, cultura, sociedade. De algum modo ele conseguia tempo para cuidar de tudo isso e de outras coisas. O dinheiro não representava nada para ele, a não ser que fosse usufruído.

O homem que comandava um império financeiro com alcance além da imaginação estava sentado diante de sua mesa à uma e quinze da manhã com um conhaque ao lado, um gato gordo ronronando no colo e as mangas arregaçadas, trabalhando no computador como um escriturário humilde.

Eve sabia que ele curtia cada momento daquilo.

— Você está no meio de alguma negociação ou em fase de planejamento?

— Um pouco dos dois. — Levantou a cabeça. — Salvar dados e arquivos — ordenou ao computador, usando o sistema de comando por voz, e se recostou na cadeira. — A mídia já sentiu o faro do seu homicídio. Senti muito por saber que Walter Pettibone morreu.

— Você o conhecia?

— Não muito bem, mas o bastante para apreciar seu tino para negócios, e também sabia que ele era um homem socialmente agradável.

— Sim, todo mundo adorava o bom e velho Walt.

— O noticiário informou que ele caiu morto em sua casa durante a festa do seu sexagésimo aniversário. Uma festa, aliás, para a qual nós havíamos sido convidados — acrescentou. — Como eu não sabia a que hora iríamos voltar para casa nem se estaríamos a fim de festas hoje, declinei do convite. Não mencionaram a palavra "assassinato" na matéria que foi ao ar, comentaram apenas que a polícia estava investigando o caso.

— Os urubus da mídia ainda não colocaram as mãos no relatório oficial dos legistas. Acabei de recebê-lo. Foi homicídio, sim. Alguém colocou cianureto na bebida da vítima. O que você sabe a respeito da ex-mulher de Walter Pettibone?

— Não muito. Acho que eles foram casados durante muitos anos, e o divórcio aconteceu sem escândalos. Ele se casou algum tempo depois com uma jovem bonita. Teve gente que desaprovou esse ato, mas as fofocas pararam logo depois de ter início. Walter não era o tipo de homem que se permitisse ser alvo de fofocas. Não fornecia material suficiente para isso.

Eve se sentou e esticou as pernas. Quando se agachou para pegar Galahad no colo, o gato grunhiu baixinho. Lançando um olhar vidrado típico de felino na direção de Eve, ele balançou a cauda, deu um pulo de lado e saiu do quarto de forma majestosa.

— Galahad ficou magoado porque nós não o levamos conosco nas férias — informou Roarke, disfarçando um sorriso, enquanto Eve fazia uma careta. — Eu e ele já fizemos as pazes, mas parece que ele continua com bronca de você, querida.

— Idiotinha!

— Xingamentos não vão ajudá-la a reconquistá-lo. Experimente um pouco de atum fresco. Funciona que é uma maravilha!

— Não vou subornar uma porcaria de um gato. — Ela falou isso em voz alta, sabendo que o animal ainda estava perto o bastante para ouvi-la. — Se ele não quiser nem que eu toque nele, por mim, tudo bem. E se quiser continuar de mal comigo só por causa de... — Parou e pensou no que estava dizendo. — Puxa, onde é mesmo que eu estava? Walter Pettibone. Ele não oferecia motivos para fofocas. Pois olhe, alguém tinha motivos muito fortes para desejá-lo mortinho da silva. E, pelo visto, esse alguém contratou uma profissional para fazer o serviço.

— Foi uma profissional que eliminou Walter Pettibone? — Roarke ergueu uma sobrancelha, surpreso. — Algo não encaixa nessa história.

— Bem... Uma mulher arrumou emprego como garçonete em um bufê exatamente na época em que a segunda sra. Pettibone planejava uma grande festa surpresa para o marido. Essa mesma mulher trabalhou como garçonete esta noite, no aniversário, e foi ela quem ofereceu a taça fatal de champanhe à vítima. Entregou-a na mão do aniversariante e lhe desejou um feliz aniversário. Recuou um pouco, mas ficou na sala, esperando até ele acabar o seu discurso meloso, erguer a taça e beber o drinque. Quando ele se retorcia em convulsões no chão, ela saiu com toda a calma do apartamento e, puf, desapareceu no ar.

Eve franziu a testa ligeiramente quando Roarke se levantou da cadeira, serviu-lhe uma taça de vinho e se sentou no braço da poltrona onde ela estava.

— Obrigada — agradeceu ela. — Coloquei uma equipe de peritos para ir ao apartamento que ela alugou dois dias antes de conseguir o emprego no bufê, e de onde se mudou nesta madrugada. Segundo os vizinhos, ela passava pouco tempo em casa. Não encontramos impressões digitais nem traços de nada. Nem um fiozinho de cabelo. Ela limpou e desinfetou a área. Fui até lá pessoalmente. É um apartamento pequeno, de quarto e sala, aluguel barato, sem câmeras de segurança. Mas ela instalou trancas pesadas para manter a ralé longe do seu lar.

— Você está pensando em investigar... Como é mesmo o nome dela?... Muffy? Twinkie?

— Bambi. Ela demonstrou a mesma capacidade intelectual de um brócolis, mas vamos investigá-la. Pareceu sincera quanto ao fato de ser uma anta, mas agora virou uma anta viúva e podre de rica. Talvez a primeira mulher tenha perdido essa oportunidade — Eve refletiu. — De repente a ex-mulher só posou de boazinha enquanto a coisa funcionou. Quando uma mulher está casada com um cara rico há quase trinta anos, considera isso um investimento sério. É irritante ser trocada por uma esposa mais jovem.

— Vou lembrar sempre disso.

— Ah, mas eu não contrato profissionais. — Ela olhou para o rosto dele, lindo de dar água na boca. — Eu lhe ofereceria a cortesia básica de matá-lo sem ajuda de ninguém.

— Obrigado, querida. — Ele se inclinou e beijou-lhe o alto da cabeça. — É reconfortante saber que você nutre por mim um interesse pessoal tão grande, a ponto de sujar as mãos de sangue.

— Vou verificar a primeira sra. Pettibone amanhã de manhã. Caso tenha sido ela quem contratou o assassino, será minha melhor ligação com a tal de Julie Dockport.

— Isso é interessante, querida. Uma assassina profissional que escolhe o nome de uma prisão como sobrenome.

— O quê? — Eve parou com a taça de vinho junto dos lábios.

— Centro de Reabilitação Dockport. Tive um amigo que cumpriu pena nessas instalações — explicou Roarke, enquanto Eve brincava com as pontas dos cabelos. — Acho que fica em Illinois, ou talvez em Indiana. Sei que é em um daqueles estados do Meio-Oeste.

— Espere um instante, espere um instantinho só... — Eve pulou da cadeira. Dockport... Veneno... — Eve pressionou as têmporas com os dedos, como se tentasse extrair informações do cérebro. — Espere, espere...

"Julie. Não, não era Julie... Julianna. Isso mesmo, Julianna Dunne. Faz uns oito ou nove anos, logo depois de eu receber meu distintivo. Envenenou o marido, um dos maiores levantadores de fundos para o Metropolitan. Eu investiguei o caso. Uma mulher esquiva e muito esperta. Já tinha cometido o mesmo crime duas vezes antes, uma em Washington e outra em Chicago. Foi assim que nós conseguimos agarrá-la, pelo crime de Chicago. Trabalhei com a polícia de lá. Ela se casou com um cara rico, o eliminou, herdou uma fortuna e caiu fora. Foi se reinventar para atacar o próximo alvo."

— Foi você que a mandou para Dockport?

Distraída, Eve fez que não com a cabeça e continuou a caminhar de um lado para outro.

— Mas tomei parte em tudo — informou. — Não foi possível dobrá-la no interrogatório, nunca consegui uma confissão, mas tínhamos o suficiente para um indiciamento e isso bastou para a condenação. Muito do que conseguimos aconteceu graças aos testes psicológicos. Ela tinha um perfil de pirada. Era seriamente destrambelhada das ideias. Odiava os homens e o júri não gostou dela. O pior é que era arrogante, fria e calculista. Eles a denunciaram pela morte dos três maridos e a condenaram pelo roubo de quase meio bilhão de dólares. Ela pegou entre dez e vinte anos de prisão. Não foi muito, mas foi o máximo que conseguimos, e mesmo assim tivemos sorte.

— Três assassinatos e ela pegou só de dez a vinte anos?

Tudo voltava à memória de Eve em um fluxo constante, agora.

— A polícia de Washington não conseguiu provas e os advogados de defesa solicitaram atenuantes. Como tudo o que tínhamos eram provas circunstanciais, tivemos de engolir um acordo. Ela ainda recebeu pena diminuída por incapacidade, trauma de infância e outros blá-blá-blás. Usou quase toda a grana do primeiro marido, a única que podia movimentar legalmente, para montar esse acordo, pagar os advogados e bancar as apelações. Ficou revoltadíssima. O julgamento aconteceu em Chicago e eu fui até lá para assistir ao veredicto. Fiz questão de estar presente. Depois, ela pediu para falar comigo.

Eve encostou na quina da mesa. Embora estivesse olhando para Roarke, ele sabia que ela se transportara para dez anos antes e se via, naquele momento, diante de Julianna Dunne.

— Ela disse que sabia que eu fora uma das responsáveis pela sua prisão e condenação. Os outros tiras... Espere um instante — murmurou consigo mesma enquanto voltava ao passado e ouvia novamente a voz de Julianna Dunne.

— Os outros tiras eram apenas homens, e ela nunca tinha perdido uma batalha contra um homem. Quanto a mim, ela me respeitava, de mulher para mulher, e compreendia que o que eu fiz foi apenas parte do meu trabalho. Do mesmo modo que ela. Disse também que estava certa de que eu compreenderia isso um dia, e que tornaríamos a nos ver quando isso acontecesse.

— E você, o que disse?

— Que se as coisas tivessem corrido como eu planejei, ela seria condenada pelos três assassinatos e nunca mais veria a luz do dia. Que ser responsável por ela ir para a prisão era ótimo, mas se eu fosse o juiz ela estaria cumprindo três sentenças de prisão perpétua.

Completei afirmando ter certeza de que ela compreenderia isso um dia, mas que não tínhamos mais nada a conversar.

— Clara, concisa, direta ao ponto. E com um distintivo recém-conquistado.

— Pois é... Ela não gostou do papo, nem um pouco, mas riu e disse que sabia que em nosso próximo encontro eu veria as coisas com mais clareza. Fim de papo. O dono do bufê vai me transmitir os registros dela na empresa amanhã de manhã, mas não quero esperar tanto tempo. Dá para você entrar no sistema deles, pegar os dados dela e a foto da sua identidade?

— Qual foi o bufê?

— Sr. Markie.

— Excelente escolha. — Ele se levantou e foi até a mesa de trabalho.

— Posso usar esse seu outro computador aqui do lado? — perguntou Eve.

— O que é meu é seu, querida. — Ele se sentou e pôs-se a trabalhar.

Enquanto ele fazia isso, Eve solicitou ao sistema os dados sobre Julianna Dunne. Passou os olhos rapidamente sobre o texto que apareceu no telão do escritório e ouviu por alto as informações apresentadas, ao mesmo tempo que analisava sua foto mais recente.

Na foto ela ainda estava de cabelo longo e lindamente louro, que combinava com suas feições de beleza clássica. Olhos azuis amendoados, cílios longos e espessos, encimados por sobrancelhas castanho-claras, levemente arqueadas e em tom mais escuro que os cabelos. Sua boca era suave, com traços marcantes, o nariz, reto e perfeito. Apesar dos quase dez anos de prisão, sua pele permanecia lisa e sedosa.

Parecia, percebeu Eve, uma daquelas atrizes glamourosas dos filmes antigos que Roarke tanto apreciava.

FOI LIBERTADA DO CENTRO DE REABILITAÇÃO DOCKPORT NO DIA 17 DE FEVEREIRO DE 2059. CUMPRIU OITO ANOS E SETE MESES DE PRISÃO. SENTENÇA REDUZIDA POR BOM COMPORTAMENTO. APROVADA PELO PROTOCOLO COM BOA AVALIAÇÃO DO NÍVEL DE RECUPERAÇÃO. CUMPRIU O PERÍODO OBRIGATÓRIO DE SESSENTA DIAS EM REGIME DE LIBERDADE VIGIADA. LIBERAÇÃO DEFINITIVA ASSINADA EM 18 DE ABRIL DE 2059, EM CHICAGO, POR OTTO SHULTZ, OFICIAL DE LIVRAMENTO CONDICIONAL E ANALISTA DE REABILITAÇÃO, SEM RESTRIÇÕES. RESIDÊNCIA ATUAL: TERCEIRA AVENIDA, NÚMERO 29, APARTAMENTO 605, EM NOVA YORK, ESTADO DE NOVA YORK.

— Mas já se mudou de lá — resmungou Eve.

— Seus dados, tenente — ofereceu Roarke, ordenando que as informações aparecessem no telão da parede.

Eve analisou as duas imagens de Julianna, lado a lado.

— Ela cortou o cabelo e pintou de ruivo, mas não se deu ao trabalho de mudar mais nada. Isso bate com seu antigo padrão. Informou o endereço correto, mesmo sabendo que seria temporário. Aparentemente fez tudo direitinho, como manda o figurino. O que será que ela tem a ver com Walter Pettibone?

— Você acha que ela se tornou profissional?

— Ela gosta de dinheiro — refletiu Eve. — Para, quem sabe, suprir alguma necessidade pessoal. A necessidade de matar homens, talvez. Mas isso certamente não se encaixa no seu velho padrão. A questão é que ela voltou e matou Walter Pettibone. Preciso atualizar todos os dados.

— Já considerou a hipótese de ela ter vindo até aqui e matado um homem nesta cidade por causa de você?

Eve bufou, soltando o ar com força.

— Talvez. Isso mostra que eu deixei uma impressão muito forte nela, anos atrás.

— Você sempre deixa uma impressão forte nas pessoas.

Sem ter uma resposta na ponta da língua para essa observação, Eve pegou o comunicador e ordenou que fosse distribuído um boletim geral sobre Julianna Dunne.

— Se ela seguiu o padrão antigo, já saiu da cidade. Mas nós a agarramos uma vez e vamos tornar a fazê-lo. Preciso colocar Feeney neste caso. Nós trabalhávamos em dupla quando Julianna foi presa da outra vez.

— E como eu gosto dele, torço para que você não planeje fazer isso agora de madrugada.

— Não. — Eve olhou para o relógio de pulso. — Não há mais nada que possamos agitar agora à noite.

— Não concordo. — Ele caminhou em volta da mesa e a envolveu com os braços. — Eu consigo pensar em uma coisinha que podemos agitar, sim.

— É, você sempre consegue.

— Podemos fazer o seguinte: vamos para a cama e eu deixo você peladinha. Aí nós vemos se você consegue acompanhar minhas ideias.

— Acho que é uma proposta razoável. — Ela saiu do escritório com ele. — Esqueci de perguntar, Roarke: como foi o resto da noite com os Peabody?

— Humm... Foi legal.

— Imaginei que sim. Você sabe lidar com estranhos muito melhor do que eu. Escute, soube que eles vão dormir dentro daquele trailer no qual viajam por aí, e isso não é uma boa ideia. Como você possui um monte de hotéis e pousadas, devia oferecer um quarto para eles.

— Isso não vai ser necessário.

— Vai, sim, porque se eles estacionarem aquele troço em uma rua, ou em um terreno baldio, um guarda municipal vai multá-los e talvez até os prenda. Não podem ficar com Peabody porque ela mora num *apertamento*, sem lugar para nada. Você deve ter algum quarto de hotel ou apartamento vazio em algum lugar por aqui que eles possam ocupar.

— Sim, claro que eu tenho, mas... — Ao chegar à porta da suíte do casal, ele a empurrou lá para dentro, na direção da cama. — Querida...

Ela teve um mau pressentimento.

— Que foi?

— Você me ama?

Péssimo pressentimento.

— Talvez.

Ele baixou a boca sobre a dela e a beijou de forma suave e apaixonada.

— Diga apenas que sim.

— Não vou dizer nada até saber por que você está me fazendo essa pergunta.

— Porque me sinto inseguro, carente e preciso restaurar minha confiança.

— Sei... E minha bunda vai congelar no inferno.

— Não, porque pretendo aquecê-la, querida, mas, antes, quero me certificar do seu amor grande, generoso e incondicional por mim.

Ela deixou que ele lhe desafivelasse o coldre, e percebeu que ele o colocou fora de alcance antes de se virar e começar a desabotoar os botões de sua blusa.

— Ninguém falou nada de incondicional. Não me lembro dessa cláusula no contrato de casamento.

— O que será que existe no seu corpo que exerce uma fascinação constante em mim? — Roarke acariciou-lhe os seios de leve, com as pontas dos dedos. — Ele é muito firme, mas consegue ser suave ao mesmo tempo.

— Você está me enrolando, e não costuma fazer isso. — Ela o agarrou pelos punhos antes que ele conseguisse distraí-la mais. —

Você aprontou alguma coisa. O que você andou... — Ela percebeu de repente e seu queixo quase caiu nos pés. — Meu santo Cristo!

— Não sei bem como tudo aconteceu, precisamente. Realmente eu não sei como foi, só sei que os pais de Peabody estão confortavelmente instalados na suíte de hóspedes do terceiro andar. Ala leste.

— Aqui?! Eles vão ficar aqui? Você os convidou para ficar aqui? Conosco?

— Não estou bem certo.

— Como assim não está bem certo? Você os convidou ou não?

— Não vale a pena ficarmos de picuinhas. — Como Roarke sabia muito bem, era melhor passar logo para o ataque, quando a defesa estava fraca. — Foi você quem os convidou para jantar, afinal de contas.

— Para jantar — ela falou entre dentes, como se fosse possível que eles a ouvissem na ala leste. — Um jantar não inclui privilégios de hotel. Puxa, Roarke, eles são pais de Peabody, o que vamos fazer com eles aqui?

— Não sei. — Um ar de humor surgiu de volta em seus olhos; ele se sentou e riu. — Não sou fácil de manipular, você sabe. Juro que até agora não sei como foi que ela conseguiu, mas o fato é que o fez. Depois do jantar eu fui lhes mostrar a casa e o resto da propriedade, pois Phoebe pediu uma "visita guiada". Ela ficou comentando sobre como é bom ter tantos quartos disponíveis, e ressaltou o quanto tudo parecia aconchegante e maravilhoso, apesar do tamanho. Estávamos na ala leste e ela circulava por um dos quartos de hóspede, até que foi à janela e elogiou a vista maravilhosa dos jardins. "Olhe aqui, Sam, esta vista não é maravilhosa?", e assim por diante. Ela sente falta das suas flores, segundo me contou. Eu digo que ela será bem-vinda se quiser visitar nosso jardim à hora que desejar.

— Quanto tempo levou entre o oferecimento para um passeio pelo jardim e o convite para eles dormirem na suíte de hóspedes?

— Ela olhou para mim.

— E...?

— Ela simplesmente olhou para mim — repetiu Roarke, com ar de confusa fascinação. — A partir daí é difícil de explicar. Ela começou a dizer o quanto era um alívio para ela e Sam saberem que sua querida Delia tinha amigos tão bons, almas tão generosas, ou algo desse tipo. E também o quanto ela agradecia pela oportunidade de conhecer esses amigos. Antes que eu me desse conta, mandei recolher as coisas deles e ela estava me dando um beijo de boa noite.

— Peabody diz que ela tem esse poder.

— Pois eu lhe garanto: ela tem algo especial. Não que eu me incomode em recebê-los. A casa é grande e eu gostei muito de ambos. Mas... puxa vida, eu gosto de saber o que vou dizer antes de ver as palavras saírem da minha boca.

Achando aquilo divertido, Eve se sentou sobre Roarke com uma perna para cada lado e enganchou os braços em torno do seu pescoço.

— Ela lançou um feitiço em você. Pena eu ter perdido a cena.

— Viu como é fácil reconhecer? Você me ama.

— Provavelmente.

Eve sorriu e deixou que ele a levasse até a cama.

Na manhã seguinte, Eve malhou durante trinta minutos na academia muito bem equipada que eles tinham em casa e terminou a sessão com algumas braçadas na piscina. Sempre que tinha chance, Eve seguia essa rotina, pois o exercício clareava suas ideias e fazia o sangue circular melhor. Ao cruzar a piscina pela décima vez, já planejara os próximos passos do caso Pettibone.

Rastrear Julianna Dunne era prioritário, e isso a obrigaria a desencavar arquivos antigos, dar uma boa olhada nos padrões, associações, rotinas e hábitos da suspeita. Significaria também, muito provavelmente, uma viagem até Dockport, a fim de entrevistar quaisquer colegas de prisão ou guardas com os quais Julianna tivesse criado um relacionamento.

Pelo que Eve lembrava, Julianna era ótima em se manter na defensiva e não comentava muita coisa sobre sua vida pessoal.

A prioridade seguinte era descobrir o motivo. Quem desejaria ver Walter Pettibone morto? Quem se beneficiaria disso? Sua mulher e seus filhos. Provavelmente um concorrente nos negócios.

Uma mulher como Bambi deveria ter tido outros homens em sua vida, e valia a pena pesquisar isso. Um antigo amante ciumento, talvez. Ou um plano de longo prazo para fisgar o ricaço, deixá-lo de molho por algum tempo e depois eliminá-lo.

E havia ainda a primeira esposa, que poderia estar atrás de vingança e satisfação pessoal, dando ao ex-marido o troco por ele tê-la deixado.

Talvez Walter Pettibone não fosse o santo que todos descreviam. Talvez ele conhecesse Julianna. Será que ele foi um dos seus alvos em potencial, dez anos atrás? Ou alguém que ela havia seduzido e com quem tentara ter um caso? Pode ser também que ela tivesse pesquisado a respeito dele quando estava na prisão, para se aproximar da vítima depois de ser solta.

Essa possibilidade era uma das primeiras da lista, mas ainda era cedo demais para ela dispensar qualquer opção.

Para conhecer o assassino, conheça a vítima, pensou Eve. Dessa vez ela conhecia a assassina, mas para encontrar um motivo ela teria de aprender mais sobre Walter Pettibone. E voltar a se familiarizar com tudo sobre Julianna Dunne.

Depois de atravessar a piscina vinte vezes, sentindo-se mais solta e flexível, ela tirou os cabelos do rosto e foi para a parte rasa. Quando se preparava para sair da água, percebeu um movimento entre as plantas que enfeitavam o lugar. Sua cabeça se ergueu e seu corpo se retesou.

— Puxa!... Se é essa visão que os bandidos têm antes de você prendê-los, é espantoso que não se ponham de joelhos na mesma hora, implorando piedade.

Phoebe apareceu, segurando uma toalha.

— Desculpe — pediu. — Sei que você não percebeu a minha chegada, e eu acabei me distraindo observando seu desempenho. Você nada como uma sereia. É lindo!

— Obrigada. — Como também estava nua como uma sereia, Eve pegou a toalha e rapidamente se enrolou nela.

— Roarke me disse que você estava aqui. Eu lhe trouxe um pouco de café. — Ela entregou a Eve uma caneca tamanho família. Trouxe-lhe também um dos croissants maravilhosos que Sam preparou. Desci aqui só para lhe agradecer por sua hospitalidade.

— Ora, não foi nada. Ahn... Vocês estão confortáveis?

— Seria impossível não estar, em uma casa como esta. Você tem um minutinho ou está com muita pressa?

— Bem, eu...

— O croissant está fresquinho. — Ele segurou o prato diante de Eve, que se sentiu hipnotizada pelo aroma. — Sam conseguiu convencer Summerset a deixá-lo usar a cozinha.

— Posso ouvi-la por um minutinho, sim, é claro. — Como para colocar o robe ela teria de despir a toalha, Eve se sentou do jeito que estava. E como Phoebe olhava com atenção para ela, Eve mordeu uma pontinha do croissant.

— Nossa, está muito bom. — Na mesma hora, comeu outro pedaço. — Está delicioso mesmo, de verdade.

— Sam é um cozinheiro fabuloso. Sabe o que é, Eve?... Posso chamá-la de Eve? Sei que você não permite essa intimidade para quase ninguém.

Talvez fosse o olhar fixo, ou o tom de voz, ou uma combinação de ambos, o fato é que Eve sentiu vontade de se ajeitar na cadeira.

— Claro que pode... — cedeu.

— Eu a deixo desconfortável. Gostaria que não fosse assim.

— Não, é que... — Ela se encolheu de leve. — É que eu não sou muito boa para lidar com as pessoas.

— Não creio que isso seja verdade. Você tem sido boa com Delia. Ótima, para ser franca. E não me diga que é uma relação normal de trabalho, pois sei que é mais que isso. — Phoebe pegou uma caneca de chá e observou Eve enquanto bebia. — Houve uma mudança dramática no jeito de minha filhinha, no ano passado. Ela amadureceu como pessoa. Sempre pareceu saber exatamente o que gostaria de fazer na vida, mas desde que começou a trabalhar com você ela realmente encontrou seu lugar. Está mais confiante, mas tristonha, de certo modo, embora eu saiba que isso é devido às coisas que viu ou enfrentou. Apesar disso, Dee também se tornou mais forte graças a elas. Nas suas cartas e nas ligações que nos faz, ela sempre fala muito de você, Eve. Eu me pergunto se você faz ideia do quanto significa para Dee fazer parte da sua vida.

— Escute, sra. Peabody... Phoebe — ela se corrigiu. — Eu não sei como... — Eve expirou com força. — Vou lhe dizer uma coisa sobre Peabody, mas não quero que chegue aos ouvidos dela.

Os lábios de Phoebe se abriram de leve.

— Prometo que o que você me disser ficará apenas entre nós.

— Ela tem olho bom e raciocínio rápido. A maioria dos tiras tem, pois sem isso ninguém vai muito longe na carreira. Ela se lembra de tudo e não é preciso repetir instruções. Peabody sabe o que significa servir e proteger, sabe de verdade. Isso faz muita diferença para o tipo de tira no qual ela se transformará. Eu trabalhei por muito tempo sozinha e gostava disso. Nunca quis ninguém ao meu lado desde que meu velho parceiro foi chefiar a Divisão de Detecção Eletrônica.

— O capitão Feeney.

— Ele mesmo. Quando promoveram Feeney e ele foi para a DDE, eu passei a trabalhar sozinha. Foi quando apareceu Peabody, com a farda impecável e uma observação sarcástica sempre na ponta da língua. Eu não queria uma auxiliar, não pretendia ser instrutora de ninguém, mas... Peabody tinha uma luz cintilante. Não há outro modo de descrever essa energia. Não se vê isso com frequência na minha área de atuação. Ela queria trabalhar com homicídios, e eu entendi que os mortos precisam de toda luz que puderem conseguir.

Ela teria chegado lá de qualquer modo, porque é muito boa. Eu só dei um empurrão.

— Obrigada. Eu me preocupo muito com Dee. Já é uma mulher-feita, mas continua sendo a minha garotinha. Sempre será. Ser mãe é assim mesmo. Porém, vou me preocupar menos, agora que você me contou tudo isso. Não creio que você deseje se abrir comigo do mesmo jeito com relação a Ian McNab.

Uma fisgada de pânico fez coçar a garganta de Eve.

— Ele é um bom policial — disse ela, simplesmente.

Phoebe jogou a cabeça para trás e deu uma gostosa gargalhada, em um tom brincalhão que encheu o ambiente.

— Eu tinha certeza de que você iria dizer isso! Mas não se preocupe, Eve, eu gostei muito dele, ainda mais agora que percebi o quanto está perdidamente apaixonado. Ele está caído de quatro pela minha garotinha.

— Caído de quatro descreve bem a situação — murmurou Eve.

— Vou embora, pois sei que você precisa trabalhar, mas antes queria lhe oferecer uma lembrancinha.

— Vocês já nos deram um presente.

— Aquilo foi um presente meu e do meu marido para você e o seu marido. Este aqui é de mim para você. — Ela se inclinou para pegar uma caixa que havia deixado no chão e a colocou no colo de Eve. — Presentes não deviam deixá-la nervosa. São apenas tributos de apreciação ou afeto. Neste caso, de ambos. Resolvi trazer esse presente comigo assim que decidimos vir até Nova York, mas ainda não tinha certeza se o ofereceria a você. Precisava conhecê-la antes. Por favor, abra-o.

Sem saída, Eve tirou a tampa da caixa. Dentro estava a estatueta de uma mulher, com cerca de vinte centímetros de altura, entalhada em uma espécie de pedra translúcida. A cabeça da figura aparecia jogada para trás, o que fazia com que seus cabelos escorressem quase até os pés. Os olhos estavam fechados e a boca formava o arco suave de um sorriso. A imagem tinha os braços estendidos para frente, com a palma da mão para cima.

— Ela é a deusa — explicou Phoebe. — Foi entalhada em alabastro. Representa a força, a coragem, a sabedoria e a compaixão singularmente femininas.

— É linda! — Segurando-a com cuidado, Eve reparou que a luz que entrava pelas janelas cintilava na figura entalhada. — Ela parece velha... de um jeito bom — atalhou Eve rapidamente, o que provocou uma nova gargalhada de Phoebe.

— Sim, ela é velha, e de um jeito bom. Era da minha tataravó. Foi passada de geração em geração pelas mulheres da minha família, até que chegou a mim. E agora eu a passo para você.

— Ela é lindíssima. De verdade. Mas não posso aceitá-la. Esse é um legado que você deve manter na sua família.

Phoebe esticou o braço e colocou a mão sobre a de Eve, de modo que ambas tocaram na estátua.

— Eu a estou mantendo na família — disse ela, com carinho.

A sala de Eve na Central de Polícia era pequena demais para reuniões com mais de duas pessoas. Seu pedido para agendar uma das salas de reunião do prédio da polícia resultou em uma discussão curta e rápida, mas sem resultados positivos.

Com poucas opções, ela resolveu mudar de estratégia e marcou a reunião com sua equipe no escritório de sua casa.

— Algum problema, tenente? — perguntou Roarke, saindo da sala pessoal dele e entrando na dela.

— Você acredita que não há nenhuma sala de conferências disponível antes de duas da tarde? — reclamou, olhando para Roarke. — Acho que eles estão de sacanagem comigo.

— Sim, foi exatamente o que ouvi você lhes jogar na cara agorinha mesmo, e com muita violência. Aliás, eu também tenho uma reunião importante daqui a pouco, no centro. — Roarke foi até onde Eve estava e passou a ponta do dedo indicador pela covinha do seu queixo. — Há alguma coisa que eu possa fazer para ajudá-la, antes de sair?

— Não, estou numa boa.

Ele colocou os lábios sobre os dela e deixou-se ficar ali por alguns segundos.

— Não devo voltar tarde. — Ele recuou um pouco e viu a estatueta sobre a escrivaninha. — O que é isso?

— Phoebe me deu.

— Alabastro — examinou, pegando a imagem. — É belíssima. Uma deusa, ou algo assim. Combina com você.

— Sim, isso mesmo. Sou eu. A deusa dos tiras. — Ela observou a face serena da imagem e se lembrou de como se sentiu presa ao olhar sereno e calmo de Phoebe Peabody. — Acabei lhe contando um monte de coisas pessoais. Acho que são os olhos dela que têm esse poder. Se quiser guardar seus pensamentos para si mesmo, nunca a fite diretamente nos olhos.

Ele riu e pousou a estatueta novamente sobre a mesa.

— Supondo que um monte de gente pode dizer exatamente a mesma coisa sobre você.

Eve gostaria de refletir um pouco sobre essas palavras de Roarke, mas tinha muito trabalho a fazer. Abriu velhos arquivos, colocou-os em várias pequenas janelas no telão e mergulhou de cabeça nas pesquisas sobre Julianna Dunne.

Já estava na segunda página de anotações quando Peabody e McNab chegaram.

— Podem atacar o AutoChef, vocês dois — ordenou, sem ao menos levantar os olhos. — Quero ambos de barriga cheia e sossegados quando Feeney chegar.

— Pintou alguma pista nova? — quis saber Peabody.

— Vou contar as novidades para todo mundo ao mesmo tempo. Agora eu preciso é de mais café.

— Sim, senhora. Quando Peabody foi pegar a xícara vazia de

Eve, avistou a pequena estátua. — Ela deu a deusa de presente para você!

Eve ergueu os olhos e, para seu terror, viu lágrimas nos olhos de Peabody. McNab deve tê-las visto também, porque saiu de fininho para a cozinha que ficava junto do escritório e murmurou para si mesmo:

— Isso é papo só para garotas.

— Escute, Peabody, com relação a isso, eu...

— E você a colocou sobre a sua mesa de trabalho!

— Eu... Ahn... Eu sei que essa estátua deveria ser dada para você, então eu...

— Nada disso! — A voz de Peabody estava embargada quando ela levantou os olhos rasos d'água e encarou Eve. — Minha mãe lhe deu a estátua, e isso significa que ela confia em você. Ela *aceita* você. Dallas, você faz parte da família. E você a colocou bem ali, em sua mesa de trabalho, o que significa que você também a aceitou. Puxa, este é um momento muito emocionante para mim — acrescentou, pegando um lenço. — Eu amo você, Dallas.

— Argh! Se tentar me beijar na boca, eu dou um soco na sua cara.

Peabody deu uma gargalhada molhada e assoou o nariz.

— Eu nem sabia se você iria falar comigo direito, agora de manhã. Papai ligou e me contou que eles iriam ficar hospedados aqui.

— Sua mãe colocou o feitiço dela em Roarke. Isso não é fácil de conseguir, não!

— Sim, eu devia ter imaginado. Você não está pau da vida?

— Sam preparou croissants maravilhosos agora de manhã e sua mãe me trouxe um deles, com café.

Um sorriso iluminou o rosto de Peabody.

— Está tudo bem, então.

— Pelo visto, sim. — Eve pegou a xícara e apertou os lábios ao olhar dentro dela. — Só que eu continuo sem café. Como é que a gente fica?

— Vou corrigir essa falha imediatamente, tenente. — Peabody pegou a xícara, hesitou por um momento e, por fim, disse: — Humm... Dallas? Muitas bênçãos para você.

— Como assim?

— Desculpe, não consegui evitar. É a saudação entre as pessoas da Família Livre. Significa "muito obrigada" em nosso linguajar.

Capítulo Cinco

— Julianna Dunne. — Feeney tomou um gole de café e balançou a cabeça de um lado para outro. O velho capitão tinha expressão de cão bassê e os olhos caídos de um camelo cansado. Seus cabelos ressecados, da cor de gengibre, meio espetados e com muitos fios grisalhos em desalinho, pareciam ter sido aparados por um maníaco brandindo uma tesoura de jardinagem. O que provava que ele os cortara recentemente.

Ele estava sentado no escritório doméstico de Eve com as pernas roliças esticadas. Como uma das meias que usava era marrom e a outra preta, Eve percebeu que sua esposa não dera uma geral na aparência do marido antes de ele sair de casa.

Feeney não ligava para moda nem estética, mas quando o assunto era eletrônica, ninguém era páreo para ele.

— Nunca pensei que fosse tornar a colocar os olhos nela — comentou.

— Não conseguimos impressões digitais ou DNA na cena do crime, nem no apartamento alugado a Julie Dockport. Mas o visual — Eve apontou para as duas fotos expostas na tela — diz tudo. Rodei um programa de probabilidades para as duas fotos e consegui

99% como resultado positivo quando perguntei ao computador se Julie Dockport e Julianna Dunne eram a mesma pessoa.

— Se ela saiu da cadeia no início deste ano — McNab comentou —, é sinal de que age rápido.

— E como age! — confirmou Eve. — Está com trinta e quatro anos agora, mas antes de completar vinte e cinco já tinha sido casada três vezes e matou os três maridos. Talvez tenha matado mais alguém. Aparentemente, os crimes eram motivados pelo lucro. Ela visava caras mais velhos e bem estabelecidos na vida. Todos já haviam se casado e divorciado antes de conhecê-la. Sua relação mais curta durou sete meses e a mais longa, treze. Em cada um dos casamentos ela recebeu uma gorda herança com a morte do marido.

— Um bom emprego esse, né? — comentou Peabody.

Ela escolhia a vítima e pesquisava cuidadosamente tudo sobre ele e seu passado, o que o alvo apreciava ou não, seus hábitos e assim por diante. Sempre de forma meticulosa. Soubemos de tudo isso porque localizamos uma caixa de depósito em Chicago onde ela guardava suas notas, fotografias e dados sobre o segundo marido, Paul O'Hara. Essa foi uma das armas que usamos para garantir sua condenação. Não encontramos caixa semelhante em Nova York, nem em Washington.

— Será que ela usou um cúmplice? — perguntou Peabody. — Alguém que removeu ou destruiu as provas?

— É pouco provável. Pelo que os investigadores conseguiram descobrir, ela trabalhava sozinha. Seu perfil psicológico confirmou isso. Seu problema mental era básico e conhecido. Sua mãe se divorciou do pai quando Julianna tinha quinze anos. Seu padrasto era rico, mais velho que ela, um sulista típico do Texas, daqueles que gostam de cantar de galo em casa. Ela afirmou que foi molestada sexualmente por ele. A psiquiatra da polícia não conseguiu determinar se o relacionamento íntimo de Julianna com o padrasto, que não negou o fato, fora consensual ou forçado, mas mostrou-se inclinada a acreditar em Julianna. De qualquer modo, ela era menor de idade e foi um caso de abuso sexual.

— Foi isso que lhe garantiu redução de pena — acrescentou Feeney.

— Então ela continua matando o padrasto — afirmou Peabody, olhando para o telão — em cada marido que elimina.

— Pode ser.

Ao olhar para a imagem, Eve viu a menina que ela mesma tinha sido, encolhida no canto de um quarto frio e imundo, com dores lancinantes provocadas pelo último espancamento e pelo mais recente estupro. Coberta de sangue, o sangue do pai que ela matara, o sangue que escorria, ainda gosmento e espesso, da sua mãozinha de criança de oito anos.

Sentiu a sensação de embrulho no estômago e se obrigou a pensar em outra coisa.

— Nunca acreditei nessa versão certinha. — Eve manteve a voz firme e baixa, tentando readquirir o controle e o equilíbrio. — Ela cometeu os assassinatos de forma calculista. Onde está a fúria, o terror e o desespero em seus atos? Seja lá o que aconteceu entre ela e o padrasto, Julianna usou a seu favor. É uma assassina absurdamente fria. Nasceu desse jeito, ninguém a fez assim.

— Estou com Dallas nessa abordagem — concordou Feeney. — Tem pedrinhas de gelo correndo nas veias dessa mulher. Ela não é nenhuma vítima indefesa. É predadora.

— Ninguém sabe dela — continuou Eve —, e não acredito que descubram para onde foi. Ela certamente planejou tudo com cuidado, já deve ter trocado de nome, está com uma nova personalidade e um novo passado. Mas não deve ter mudado muito sua aparência. Ela é vaidosa e gosta de manter o visual. É muito feminina. Adora roupas novas, cuida muito dos cabelos, usa bijuterias caras, vive em salões de tratamento estético. Só frequenta as melhores lojas e os restaurantes mais caros. Ninguém irá avistá-la em lojas barateiras, nem em boates e clubes populares. Prefere as cidades grandes e nunca vai para fora do planeta. Se espalharmos as fotos dela pela mídia, talvez tenhamos sorte.

Dessa vez ela precisaria de um pouco de sorte, e não só dedicação, pensou Eve. Julianna cometia poucos erros.

— Nosso problema é que ela se mistura bem com os outros e é habilidosa nisso. As pessoas que reparam nela veem uma mulher atraente, que cuida dos seus interesses. Quando faz amigos, eles são apenas ferramentas temporárias. Ninguém se torna íntimo dela.

— Se ela virou assassina profissional, pode apostar que é boa nisso. — Feeney encheu as bochechas e soprou o ar com força. — E pode estar em qualquer lugar a essa hora, Dallas.

— Então, vamos cair dentro e começar a procurá-la. Em todo canto. Você lembra quem foi o investigador principal do caso em Chicago?

— Sim, lembro. O nome dele é... Spindler.

— Isso mesmo. E o de Washington se chamava Block. Será que você pode entrar em contato com eles, para ver se pintou alguma novidade?

— Claro. Guardei algumas anotações sobre o caso, também. Vou acrescentá-las à mistura.

— A psiquiatra que montou o perfil de Julianna já se aposentou. Vou passar o caso para Mira e pedir que ela entre em contato com a colega. McNab, você vai cuidar do trabalho burocrático. Pegue os dados de todos os casos. Quero referências cruzadas, similaridades e outros detalhes. Ligações familiares, associados conhecidos, vida financeira. Quero que você contate o oficial responsável na penitenciária de Dockport para me conseguir os nomes das detentas com quem ela trabalhou e que cumpriam pena no seu bloco. Quero saber também quais são as pessoas lá de dentro com quem ela conversava ou interagia. Vou ver o que consigo arrancar da primeira sra. Pettibone.

Em seguida, Eve girou o corpo e avisou:

— Peabody, você vem comigo.

* * *

Eve se instalou atrás do volante e, como Shelly Pettibone morava em Westchester, consultou o GPS para saber que direção tomar e qual o caminho mais rápido. Foi uma agradável surpresa ver que a rota apareceu na tela na mesma hora.

— Viu só? Está funcionando!

— A tecnologia é nossa amiga, tenente.

— Sim, mas só quando não resolve esculhambar com a gente só para se divertir. Shelly Pettibone mora a poucas quadras da casa do comandante Whitney. Com a minha sorte, aposto que ela é a melhor amiga da sra. Whitney.

Matutando sobre essa possibilidade, Eve saiu com o carro pelos portões da casa.

— Papai disse que ele e mamãe estavam planejando ir ao centro da cidade, hoje. Iam dar uma passada no Greenwich Village, no SoHo e lugares assim.

— Hein?... Ah, é? Que bom!

— Vou levá-los para jantar hoje à noite, de modo que eles não vão atrapalhar você.

— Hã-hã...

— Depois vou levá-los a uma espelunca sensual de baixo nível, onde eu e McNab pretendemos exibir vários atos sexuais exóticos para eles assistirem.

— Parece bom.

— Pensei em convidar você e Roarke para irem também. Podíamos armar uma pequena orgia a quatro, para divertir meus pais um pouco mais.

— Pois é, você acha que eu não estou prestando atenção, mas estou, sim. — Eve costurou com o carro em meio ao tráfego.

— Opa... Foi mal.

Eve passou no último segundo de um sinal de trânsito no amarelo e rosnou para o maxiônibus que a cortou e se colocou à frente.

Com um curto golpe de direção para a esquerda, levou a viatura por uma passagem estreitíssima entre o maxiônibus e a calçada, pisou fundo no acelerador, cortou o gigante e se colocou à sua frente, exatamente como ele fizera com ela.

A explosão da buzina irritada atrás dela fez os olhos de Eve brilharem de satisfação.

— E aí, Peabody? Acho que com os seus pais de visita e o novo crime você não teve muito tempo de investigar o caso Stibbs.

— Fucei algumas coisas. Maureen Stibbs, cujo nome de solteira era Brighton, não só morava no mesmo prédio que a falecida, como também no mesmo andar. Como acontece hoje em dia, Boyd Stibbs muitas vezes trabalhava on-line, de casa mesmo, enquanto a primeira esposa saía para o trabalho de segunda a sexta. A antiga srta. Brighton, que prestava consultoria na área de decoração de interiores, eventualmente trabalhava em casa. Isso dava ao casal atual tempo e oportunidade para colocar elaborados chifres na esposa ausente.

— "Colocar elaborados chifres"? Esse é algum novo termo técnico, Peabody?

— Boyd Stibbs se casou com Maureen Brighton dois anos e meio depois da morte trágica de Marsha Stibbs. Muito tempo de espera, na minha opinião, para quem já estava de roça-roça e rala e rola...

— "Roça-roça e rala e rola" — interrompeu Eve. — Mais termos técnicos, Peabody. Estou impressionada.

— ... Desde o tempo em que Marsha ainda estava viva — continuou Peabody... De qualquer modo, isso era o mais esperto a fazer. Se eles realmente estavam dançando a rumba na horizontal... esse é um termo médico, tenente... e queriam tornar o lance oficial e permanente, um divórcio seria a opção mais fácil e segura. Marsha não tinha um monte de grana que Boyd pudesse perder, caso lhe desse um chute na bunda. Não consegui achar motivo algum para um crime premeditado.

— E por que acha que houve premeditação?

— As cartas. Partindo do princípio de que são válidas todas as declarações de amigos, parentes e colegas, e até do marido, só resta pensar na possibilidade de nunca ter existido um amante. Portanto, alguém plantou as cartas. Alguém as escreveu e as colocou na gaveta. *Depois* do assassinato.

— Por que depois?

— Porque uma mulher sempre sabe o que tem em sua gaveta de roupas de baixo. Já pensou...? Ela vai pegar uma calcinha para vestir, dá de cara com as cartas e... — Peabody parou de falar. — Você tá me testando, Dallas?

— Vá em frente. Monte a cena para mim.

— OK. Alguém que tinha acesso ao apartamento e estava lá na noite em que ela morreu colocou as cartas na gaveta. E foi uma mulher que escolheu o esconderijo, porque essa é uma atitude feminina. Um homem dificilmente escolheria uma gaveta de calcinhas para esconder algo comprometedor. Não sabemos quando as cartas foram escritas porque não havia envelopes nem selos. Elas todas podem muito bem ter sido escritas na noite do crime. Se isso aconteceu, sai a premeditação e entra a necessidade de cobertura para um ato impulsivo. Um crime de paixão.

— Então, a sua teoria é a de que uma pessoa, ou mais de uma, matou Marsha Stibbs por impulso, num momento impensado, e resolveu colocá-la na banheira para disfarçar o crime e fazer parecer acidente. Preocupada em criar mais indícios, essa pessoa, ou pessoas, escreveu as cartas de um amante inexistente, plantou-as na gaveta de calcinhas da vítima para fazer parecer que ela fora morta pelo amante durante uma briga.

— Já sei, está parecendo implausível demais.

— Tente tornar tudo mais plausível.

— Estou nervosa, porque isso está me parecendo um teste. — Peabody pigarreou quando Eve simplesmente olhou para ela com cara feia. — Sei que minha história é baseada apenas em instinto, mas lembra da reação dos dois ao nos verem, naquele dia? Boyd se mostrou triste e um pouco abalado, a princípio, mas depois ficou feliz por nos ver ali. Pode ter sido fingimento, mas ele nem teve tempo de se preparar para a visita, e me pareceu convincente, além de bater com sua insistência de que Marsha não tinha amante nenhum.

Ela parou, esperando que Eve confirmasse ou refutasse suas ideias, mas só obteve silêncio.

— Tudo bem — continuou ela —, já vi que estou sozinha nessa. O álibi do marido é sólido, e mesmo que ele soubesse ou tivesse contratado um assassino, me parece que ficaria nervoso ou irritado por alguém invadir o seu mundinho novo e organizado, devido à possibilidade de expô-lo. Por outro lado, quando ela entrou, logo se mostrou assustada, zangada, quis que déssemos o fora e fôssemos para bem longe da sua vida nova com o marido da amiga morta. Pode ser que essa seja uma reação normal, mas também pode significar culpa e medo de se expor.

— Culpa por ter ficado... como é mesmo?... de *roça-roça e rala e rola* com o citado marido da amiga *antes* de ela ser morta?

— Talvez. Mas e se não for culpa o que ela sente? — Ansiosa e ligeiramente empolgada, Peabody se remexeu no banco para analisar o perfil de Eve. — E se ela quis cometer o crime? E se estava apaixonada por ele e o via dia após dia no apartamento em frente, curtindo um casamento feliz, enxergando-a apenas como amiga da sua mulher? Ela o quer só para si, mas ele nunca vai olhar para ela com intenções românticas enquanto Marsha estiver na área. É culpa de Marsha o fato de ele não amá-la e ela não poder curtir um maridão, num apartamento bem decorado, talvez com um ou dois filhos mais à frente. Isso a deixa revoltada e infeliz. Ela continua a bancar a vizinha gentil e boa amiga, mas não consegue tirar da cabeça as fantasias de como as coisas poderiam ser.

— E o que ela faz?

— Maureen tem um confronto com Marsha. Boyd está viajando e a hora é essa. Ela arrasa com Marsha, reclamando por ela ficar fora o dia todo, em vez de ficar em casa cuidando do marido. Ela não merece Boyd. Se Marsha é sua esposa, deveria preparar as refeições e comprar os mantimentos. Ela lhe daria um filho, uma *família.* Elas discutem por causa disso.

Peabody queria ver a cena, como Eve conseguia fazer, mas as imagens ainda não tinham muita definição.

— Marsha provavelmente a manda sair da casa dela e ficar longe do marido. Aposto que ela ameaçou contar tudo a Boyd e avisou que nenhum dos dois iria querer continuar a amizade com ela. Isso foi demais para Maureen. Ela empurra Marsha, que cai de costas e bate com a cabeça. A perícia garante que a morte ocorreu por impacto contra uma superfície de vidro reforçado. Maureen entra em pânico e tenta encobrir o acidente. Tira a roupa de Marsha e a coloca na banheira. Quem sabe assim a polícia acha que ela escorregou, bateu com a cabeça na borda e se afogou?

"Só que, logo depois, ela começa a pensar melhor no assunto e percebe que talvez eles não achem que foi acidente. Mesmo assim, é uma boa oportunidade. Parece um presente. Ela não pretendia matá-la, mas agora já era, não dá mais para voltar atrás. Se Boyd e a polícia acharem que Marsha tinha um amante, isso resolveria o problema. Todos sairiam em busca desse homem misterioso. Por que alguém suspeitaria dela? Então ela escreve as cartas, coloca-as no fundo da gaveta e espera a coisa estourar. Aposto que, depois de algum tempo, até começou a acreditar que a coisa toda realmente aconteceu do jeito que fez parecer. Só assim ela conseguiria conviver com a culpa. Só assim conseguiria dormir ao lado dele noite após noite, sem pirar."

Peabody soprou com força e engoliu depressa, com a garganta seca.

— Essa é a teoria que estou lapidando. Você vai me dizer que não tem nada a ver?

— Como foi que você chegou a essa história, Peabody?

— Analisei os relatórios, os dados, as fotos. Li e reli os depoimentos até ficar com os olhos ardendo. Quando estava deitada na minha cama, ontem à noite, tudo isso ficou girando na minha cabeça. Tentei colocar o assunto num cantinho da mente e usar o resto do cérebro para racionalizar tudo, como você faz, ou como acho que faz. Você entra na cena de um crime e começa a visualizar tudo, como se a cena estivesse acontecendo diante dos seus olhos. Foi desse jeito que eu vi tudo acontecer. Pode ser uma viagem total na maionese, mas foi assim que imaginei.

Ela se preparou para respirar fundo mais uma vez, mas piscou.

— Você está sorrindo, Dallas!

— É melhor pegar Maureen numa hora em que Boyd não estiver por perto. Você deve questioná-la quando ela estiver sozinha. Com o marido e a filha por perto ela terá as defesas armadas e poderá dizer a si mesma que os está protegendo. Leve-a para interrogatório, torne tudo formal. Ela não vai topar, mas sua farda servirá para intimidá-la. É pouco provável que convoque um advogado logo de cara, pois sabe que isso a fará parecer culpada. Quando estiver pronta, me avise, Peabody. Posso observar a entrevista de fora.

Peabody sentiu o coração dar uma cambalhota.

— Quer dizer que você acha que eu estou certa? Também acha que foi ela?

— Claro que eu acho. Aliás, tenho certeza.

— Você já sabia. No instante em que ela entrou no apartamento você sacou!

— Não importa o que eu sabia nem o que eu saquei. O caso é seu e o que vale é o que *você* acha e o que conseguirá arrancar dela.

— Se você fizesse o interrogatório...

— Nada disso, *você* é quem vai fazer. O caso é seu. Planeje sua estratégia, seu tom, sua abordagem, depois convoque-a para interrogatório e acabe com ela.

Eve parou junto da calçada e Peabody olhou em torno, sem entender. De algum modo elas já tinham ido do centro até um bairro residencial.

— Agora deixe isso de lado — ordenou Eve. — A morte de Walter Pettibone é o mais importante no momento.

Eve se recostou no banco e olhou para fora por um instante, analisando a casa de tijolinhos aparentes e bordas rosadas. Era bem modesta, simples demais, a não ser pelos jardins. Enxurradas e cascatas de flores transbordavam dos canteiros em torno da casa e se espalhavam pelo caminho de entrada, até a calçada. Não existia propriamente um gramado, embora houvesse alguns arbustos ornamentais muito bem podados em meio a um mar de cores.

Um estreito caminho pavimentado com pedras serpenteava até a entrada da varanda coberta, onde trepadeiras de flores em tons de roxo-escuro se enrolavam em torno dos pilares.

Havia poltronas com almofadões brancos na varanda, mesas com tampo de vidro e mais flores plantadas dentro de vasos artísticos com tons de ouro velho. Era óbvio que Shelly Pettibone gostava de se sentar ali para apreciar suas flores.

No instante em que pensava nisso, uma mulher apareceu na porta da frente carregando uma bandeja.

Com a pele bronzeada, seus braços eram compridos e bem torneados. Vestia uma camiseta azul larga com mangas curtas. Seus jeans surrados haviam sido cortados à altura da panturrilha.

Ela pousou a bandeja sobre a mesa e observou Eve, que saltava do carro. Uma brisa suave fez esvoaçar seus cabelos castanhos com pontas descoradas pelo sol, com um corte simples, que serviam de moldura para o rosto marcante de uma mulher que devia ter passado grande parte da vida ao ar livre.

Ao se aproximar, Eve percebeu que os olhos da mulher também eram castanhos e exibiam vestígios de lágrimas.

— Posso ajudá-la? — perguntou a mulher.

— Sra. Pettibone? Shelly Pettibone?

— Sim. — Seus olhos desviaram para Peabody e sua farda. — Trata-se de Walter?

— Sou a tenente Dallas. — Eve exibiu o distintivo. — Esta é minha auxiliar, a policial Peabody. Desculpe-nos por incomodá-la em um momento tão difícil.

— Vocês precisam me fazer perguntas, eu sei. Acabei de falar com minha filha pelo *tele-link*, mas não consegui ajudá-la a superar o desespero. Não encontrei as palavras certas. Nem sei se elas existem. Desculpem... sentem-se, por favor. Eu ia tomar um pouco de café. Vou pegar mais xícaras.

— Não precisa se incomodar.

— Não é incômodo algum, isso me dará algo para fazer, e é disso que eu preciso, no momento. Só um minutinho. Tudo bem se conversarmos aqui fora mesmo? Preciso de um pouco de ar fresco.

— Claro, aqui está ótimo.

Ela entrou, mas deixou a porta aberta.

— Um cara troca você por uma mulher duas vezes mais nova — começou Eve. — Como é que você se sente quando ele vai para o beleléu?

— Pergunta difícil essa. Não consigo me imaginar vivendo com alguém nem durante três anos, quanto mais trinta. Você, que é casada, é que pode dizer. Como se sentiria?

Eve abriu a boca para fazer um comentário ácido, mas se segurou. O fato é que se sentiria ferida, percebeu. Lamentaria profundamente. Não importa a reação, a verdade é que sentiria muito uma perda dessas.

Em vez de responder, foi até a porta de entrada e deu uma olhadinha lá dentro.

— Bonita casa, para quem curte esse tipo de coisa.

— Nunca vi nada parecido com esse jardim — elogiou Peabody. — É espetacular, e deve exigir muito trabalho e dedicação. Tudo parece natural, mas para mantê-lo desse jeito é necessário um planejamento fenomenal. E ela plantou as mudas certas para conseguir o máximo de efeito em todas as estações, o melhor perfume, as cores e texturas mais vibrantes. — Ela cheirou o ar profundamente. — Minha avó sempre plantava ervilhas-de-cheiro no peitoril das janelas.

— Você gosta de flores, policial? — perguntou Shelly, chegando de volta com as xícaras nas mãos.

— Sim, gosto muito. E o seu jardim é belíssimo, sra. Pettibone.

— Obrigada. Essa é a minha profissão. Sou paisagista. Estudava jardinagem e design quando conheci Walter, um milhão de anos atrás — disse, baixando a voz. — Ainda não acredito que ele se foi. É difícil aceitar que eu nunca mais vou vê-lo.

— A senhora o via com frequência? — perguntou Eve.

— Nós nos encontrávamos toda semana, no máximo de duas em duas semanas. Já não estávamos mais casados, mas tínhamos muita coisa em comum. — Quando ela serviu café, Eve reparou que não havia anéis de nenhum tipo em seus dedos. — Walter muitas vezes me recomendava aos seus clientes, e eu fazia o mesmo com ele. As flores são uma das coisas que nos ligavam.

— Mesmo assim, vocês se divorciaram e ele tornou a se casar.

— Sim. Foi ele quem quis colocar um ponto final no casamento. — Ela cruzou as pernas de forma elegante e ergueu a xícara. — Eu estava contente com a nossa vida, e essa satisfação me bastava, mas Walter precisava de mais. Ele precisava se sentir feliz, empolgado e envolvido com tudo. Perdemos alguma centelha essencial ao longo do caminho. Com os filhos adultos e morando sozinhos, voltamos a ser apenas nós dois e... bem, não conseguimos reavivar a centelha do início. Ele precisava disso muito mais do que eu. Embora a situação fosse difícil, ele me comunicou que queria uma mudança em sua vida.

— A senhora deve ter ficado brava.

— Fiquei. Zangada, magoada e atônita. Ninguém gosta de ser descartado, mesmo que seja de forma gentil. E Walter era gentil. Não havia um pingo de maldade no coração dele.

Os olhos dela se umedeceram novamente, mas ela piscou com força para espalhar as lágrimas e tomou lentamente um gole de café.

— Se eu insistisse ou forçasse a situação para que ele se mantivesse preso ao compromisso comigo, Walter teria permanecido ao meu lado.

— Mas a senhora não fez isso.

— Não. Eu o amava. — Ela sorriu ao dizê-lo, com uma expressão de cortar o coração. — Seria culpa minha, ou dele, que o amor que sentíamos um pelo outro tivesse se transformado em algo apenas confortável, suave demais e sem muito interesse? Não nego que tenha sido difícil deixá-lo ir e seguir em frente sozinha. Afinal, eu fora casada com ele por mais de metade da minha vida, mas não queria mantê-lo ao meu lado por obrigação. Sou orgulhosa demais e tinha muito respeito por nós dois para fazer isso.

— Como a senhora se sentiu quando ele se casou com outra mulher, mais nova que a própria filha?

— Achei divertido. — O primeiro sinal de humor apareceu no rosto de Shelly e o tornou mais bonito e brincalhão. — Sei que parece estranho ou mesquinho, mas senti que merecia um momento de diversão com tudo o que aconteceu, e não poderia me sentir de outro modo. Ela é uma mocinha fútil e palerma. Para ser franca, não acredito que eles fossem continuar juntos por muito tempo. Walter estava fascinado pela nova esposa, e também muito orgulhoso, como os homens costumam ficar quando carregam, pendurado no braço, algo estupendamente decorativo.

— Muitas mulheres se sentiriam embaraçadas ou furiosas.

— Sim, mas eu jamais permitiria comparar meu próprio valor com o de um ornamento tolo. Minha reação foi exatamente o oposto disso. Na verdade, esse relacionamento de Walter com essa jovem me ajudou a compreender e aceitar o que havia acontecido conosco. Se a felicidade dele, ainda que temporária, dependia de um par de seios belíssimos e uma moça que passava o tempo dando risadinhas agudas, o que eu tenho a dizer é que... bem... certamente ele não conseguiria isso de mim, não é mesmo?

Ela suspirou e pousou a xícara no pires.

— Ela o fazia feliz e, ao jeito dela, o amava. Era impossível não amar Walt.

— É o que todos dizem, mas alguém não o amava, sra. Pettibone.

— Sim, já refleti a respeito. — Todo resquício de humor desapareceu de seu rosto. — Pensei muito sobre o assunto. Isso não faz sentido, tenente. Absolutamente nenhum. Bambi... por Deus, que nomezinho!... ela é tola e frívola, mas não é má. É preciso ter maldade na alma para matar uma pessoa, não é?

— Às vezes basta um bom motivo.

— Se eu achasse, por um único momento, que Bambi teve algo a ver com isso, faria de tudo para ajudar a provar essa hipótese. Iria querer que ela pagasse pelo seu ato. Mas, ó céus, ela é uma idiota inofensiva. Se a pobrezinha conseguisse produzir dois pensamentos ao mesmo tempo, eles iriam se chocar dentro da sua cabecinha oca.

Eve reconheceu que nem ela teria feito uma descrição melhor.

— Além do mais, que razão ela teria para cometer esse crime? — quis saber Shelly. — Tinha tudo o que desejava. Walter era incrivelmente generoso com ela.

— Ele era um homem muito rico.

— Sim, mas não tinha ciúmes da própria fortuna. Walter era um homem generoso. O acordo do nosso divórcio foi mais do que justo. Eu nunca mais precisaria trabalhar para meu sustento e só continuei em atividade porque amo o meu trabalho. Sei também, porque Walter me contou, que ele abriu uma poupança fabulosa no nome de Bambi, quando eles se casaram. Nossos filhos, por sua vez, também usufruíram de sua generosidade. Eles receberam uma parte da empresa do pai, doada em vida. A herança que cada um de nós vai receber agora que ele morreu, e da qual eu também sou beneficiária, monta a uma quantia considerável, mas nós *já temos* dinheiro suficiente.

— E quanto a sócios ou concorrentes?

— Não sei de ninguém que desejasse o mal de Walt. Quanto aos negócios, matá-lo não alteraria em nada o equilíbrio dos negócios. A empresa está estabelecida, é sólida, muito bem organizada, e nossos filhos vão assumir de forma tranquila a totalidade do negócio. Matá-lo não faria sentido para ninguém.

Mas tinha feito sentido para Julianna, refletiu Eve. Julianna Dunne não fazia nada, a não ser que fizesse sentido para ela.

— Já que vocês mantinham um relacionamento tão amistoso, por que a senhora não foi à festa de aniversário dele?

— Eu iria me sentir esquisita. Ele insistiu para que eu fosse, mas não muito. Era para ser uma festa surpresa, mas obviamente ele já sabia do evento há semanas e estava muito animado. Walt sempre se empolgava como se fosse uma criança pequena quando o assunto era festa.

Eve colocou a mão no fundo da bolsa e pegou duas fotos de Julianna Dunne.

— A senhora já viu esta mulher?

Shelly segurou as fotos, uma em cada mão.

— É muito bonita. Saiu bem nas duas fotos. Nunca a vi antes. Quem é ela?

— Onde a senhora estava na noite da festa do seu marido?

Shelly sugou o ar com força, como se já soubesse que esse era um golpe que ela teria de encarar.

— Não tenho o que a polícia chamaria de álibi, pois estava sozinha aqui em casa. Trabalhei um pouco no jardim até o entardecer, talvez tenha recebido uma das vizinhas para um chá, mas fiquei sozinha o resto da noite. Um casal de amigos me convidou para jantar com eles no clube, o Westchester Country, mas eu não estava a fim de sair naquela noite. Talvez a senhora os conheça, tenente. Jack e Anna Whitney. Ele é o comandante da polícia de Nova York.

— Sim, eu conheço o comandante e a sua esposa. — O estômago de Eve pareceu despencar.

— Anna vem tentando consertar a minha vida desde o divórcio. Simplesmente não consegue compreender como eu posso estar feliz sem um homem ao meu lado.

— E está feliz? Alguma vez se pegou especulando se o seu marido voltaria para a senhora, caso o novo relacionamento dele acabasse, como a senhora supunha que iria acontecer?

— Sim, eu pensava nisso e considerava a possibilidade, mas, no fundo, acho que ele não voltaria.

Uma borboleta branca como creme chantili esvoaçou a esmo pela varanda e resolveu flertar com as flores de um dos vasos. Observando seu voo incerto, Shelly suspirou.

— No fundo, sei também que eu não o aceitaria de volta — acrescentou. — Eu amava Walt, tenente. Ele sempre foi uma parte vital da minha vida, mesmo agora que se foi. Foi o homem com quem vivi por muitos anos, com quem dormi e com quem criei meus filhos. Temos um neto adorado por ambos. Partilhamos recordações só nossas, lembranças preciosas. Mas não estávamos mais apaixonados um pelo outro, e eu acabei gostando da vida que construí sozinha. Curto o desafio e a independência de estar por conta própria. Apesar de isso deixar Anna e alguns amigos indignados, não estou disposta a abrir mão da minha independência. Nem sei se algum dia isso acontecerá. Walter era um homem bom, um ser humano maravilhoso, mas deixou de fazer parte da minha vida.

Ela entregou as fotos de volta a Eve e completou:

— A senhora não me disse quem é essa mulher, tenente.

Ela saberia mais cedo ou mais tarde pelo noticiário, pensou Eve, ou por meio de sua ligação com Anna Whitney.

— Esta é a mulher que ofereceu champanhe envenenado a Walter Pettibone. É nossa principal suspeita.

— Gostei dela — declarou Peabody, ao voltar com Eve para a cidade.

— Eu também.

— Não consigo imaginá-la contratando uma assassina profissional. Ela é muito objetiva e me pareceu uma mulher sensível. Se o motivo fosse vingança pelo divórcio, por que não atacar Bambi também? A nova esposa banca a viúva pesarosa e recebe uma boa grana, mas qual a vantagem para a ex-mulher?

Como Eve chegara à mesma conclusão, concordou com a cabeça.

— Vou ver se o comandante Whitney consegue me fornecer algum ângulo diferente do divórcio e da atitude da sra. Pettibone em relação ao ex-marido. Só sei que, por enquanto, podemos cortá-la da lista.

— Qual o próximo passo?

— Se Julianna foi contratada, cobrou caro pelo serviço. Vamos analisar a vida financeira dos envolvidos para ver se alguém gastou uma nota preta recentemente.

Julianna não se preocupava com dinheiro. Seus maridos, que Deus os tenha, haviam sido generosos com ela, nesse ponto. Muito antes de eliminá-los, ela abrira contas numeradas, muito seguras, sob vários nomes e em bancos discretos.

Investira muito bem sua grana e, mesmo durante o terrível tempo em que cumpriu pena, seu dinheiro gerou mais dinheiro.

Se desejasse, poderia levar a vida com folga e segurança em qualquer parte do planeta, ou fora dele. Mas ela nunca se sentiria completa, a não ser que tirasse a vida de outros. Ela adorava matar. Era um trabalho interessantíssimo.

Um dos benefícios do encarceramento foi ter tempo, quantidades generosas de tempo para planejar a continuação da sua carreira assim que readquirisse a liberdade.

Ela não odiava os homens única e simplesmente. Ela os abominava. Não só seus pensamentos, mas também seus corpos e suas mãos suadas e cheias de dedos capazes de apalpar. Com os homens, tudo na vida se resumia a sexo. Por mais que romantizassem o assunto, justificassem-no ou procurassem torná-lo mais digno, o principal objetivo da vida de um homem era enfiar seu membro dentro de uma mulher.

E eram burros demais para perceber que, depois de fazê-lo, passavam para ela todo o seu poder.

Ela não alimentava simpatia por mulheres que alegavam ter sido assediadas, estupradas ou molestadas sexualmente. Quando uma mulher era burra ou fraca demais para saber como capturar o poder de um homem e usá-lo contra ele, merecia exatamente o que lhe acontecia.

Julianna nunca foi burra. Aprendera muito depressa. Sua mãe não passara de uma tola dispensada a vida toda pelos homens, que logo seguiam em busca de outra presa. E vivia à disposição deles, sempre obediente e submissa.

Sua mãe nunca aprendera. Nem quando Julianna seduziu seu segundo marido, um completo idiota, arrastara-o para a cama e deixara-o fazer todas as coisas nojentas que os homens haviam nascido para fazer com o corpinho novo e suculento de uma menina de quinze anos.

Foi muito fácil fazer com que ele a desejasse, e ainda mais fácil manejá-lo, de tal forma que ele não hesitou em sair, no meio da noite, da cama da sua mulher para pular na cama da enteada, ofegante como um cãozinho.

Foi tão fácil usar isso contra ele. Tudo o que precisou fazer foi balançar a possibilidade de sexo diante dos olhos do otário, e ele lhe deu tudo o que ela queria. Depois, foi só ameaçar denunciá-lo para conseguir tudo que desejava.

Ela saíra de casa aos dezoito anos, com muita grana no bolso e sem olhar para trás. Nunca esqueceu a cara da sua mãe no dia em que ela lhe contou o que estava diante do seu nariz havia três longos anos.

Foi espantosamente satisfatório ver o choque, o horror e a desolação que provocou. Foi maravilhoso perceber o peso de tudo aquilo caindo sobre sua mãe.

É claro que ela disse que fora estuprada, forçada, ameaçada. Sempre valia a pena proteger a própria retaguarda.

Talvez a mãe tenha acreditado na sua história, ou pode ser que não, mas nada disso importa. O que vale mesmo é que foi naquele momento que Julianna percebeu que tinha o poder de destruir.

Foi isso que a construiu.

Agora, tantos anos mais tarde, estava deitada na cama de sua casa, perto da Madison Avenue. A casa que adquirira havia mais de dois anos, com outra identidade. Estudando o reflexo no espelho, decidiu que gostava mais de si mesma morena. Aquele era um visual muito sexy, ainda mais com o tom dourado que escolhera para a pele.

Acendeu um cigarro com ervas não nocivas, girou o corpo diante do espelho e passou a mão sobre a barriga lisinha. Ela certamente aproveitara ao máximo as facilidades da academia da prisão e se mantivera em ótima forma.

Na verdade, estava em melhor forma do que antes de ser presa. Seu corpo estava mais firme, mais ajustado, mais forte. Talvez ela se matriculasse em alguma academia ali perto, para malhar um pouco. Esse sempre era um jeito excelente de conhecer homens.

Ao ouvir o próprio nome, olhou para o telão, onde estava sendo anunciado o último boletim da polícia. Adorou ver seu rosto divulgado para milhões, tanto em seu visual original quanto na foto de Julie Dockport. Admitiu para si mesma que não imaginava que a polícia fosse identificá-la tão depressa. Não que isso a incomodasse. Nem um pouco.

Não, a polícia não a preocupava. Os tiras — ou um deles, pelo menos — representavam um desafio para ela.

Detetive Eve Dallas, agora tenente.

Julianna voltara por causa de Dallas. E queria guerra.

Havia algo especial em Eve Dallas, pensava. Algo frio, algo escuro e que lhe dizia muita coisa.

Elas eram espíritos gêmeos, refletiu ela, naquele momento. Essa ideia a deixara intrigada desde o princípio, e Julianna havia passado horas infindáveis de seu tempo na prisão estudando aquela oponente especial.

E ainda havia muito tempo. A polícia continuaria a correr atrás do próprio rabo, tentando achar uma ligação entre ela e Walter Pettibone. No fim não encontraria nada, porque não havia nada para encontrar.

Esse era o foco de seu trabalho agora: destruir os maridos de outras mulheres. Nem precisava fazer sexo com eles, bastava eliminá-los.

Deslizando devagar para fora do quarto, ela seguiu até o escritório e passou uma ou duas horas estudando os dados que levantara sobre a próxima vítima.

Talvez se visse forçada a sumir por um bom tempo depois desse ataque, mas o fato é que Julianna estava de volta, e com força total.

Capítulo Seis

Como adiar as coisas importantes a fazia se sentir fraca e burra, Eve só conseguiu empurrar com a barriga a visita ao comandante Whitney até o meio do dia.

A única satisfação durante o caminho até a sala de seu chefe foi que ela conseguiu ignorar por completo Nadine Furst, repórter do Canal 75, que lhe pediu uma entrevista sobre a morte de Walter Pettibone.

Se bem que aquilo era algo que ela teria de encaixar na sua agenda, pensou ao pegar uma passarela aérea para sair da Divisão de Homicídios. As habilidades investigativas de Nadine eram tão apuradas e sofisticadas quanto as roupas espetaculares que usava. Ela seria uma ferramenta útil.

Como a mandaram entrar na sala do comandante Whitney sem um único minuto de espera, Eve percebeu que já estava sendo aguardada.

Seu chefe estava sentado à mesa. Um homem de ombros imensos, com rosto largo e ar experiente, o comandante tinha olhos bons e precisos, e Eve sabia que o tempo longe das ruas não suavizara sua visão.

Ele se recostou e fez sinal com o dedo para que ela entrasse.

— Olá, tenente. Vejo que tem andado ocupada.

— Como assim, senhor?

— Você realizou uma viagem até o bairro onde eu moro e fez uma visita a Shelly Pettibone. — Ele colocou as mãos grandes uma sobre a outra e cruzou os dedos, mas seu rosto permaneceu incognoscível. — Acabei de saber disso pela minha mulher.

— Comandante, é procedimento padrão interrogar todas as pessoas ligadas à vítima.

— Eu não disse nada contrário a isso. — Sua voz era profunda, trovejante e tão impossível de decifrar quanto o rosto. — Qual sua impressão de Shelly Pettibone?

— Uma mulher sensível, firme e objetiva.

— Devo reconhecer que essas palavras a descrevem com exatidão, e olhe que eu a conheço há quinze anos. Existe algo que a leve a crer que ela esteja envolvida na morte do marido?

— Não, senhor. Não há evidência alguma que me leve nessa direção.

Ele assentiu com a cabeça.

— Fico feliz em ouvir isso. Tenente, você tem medo da minha esposa?

— Sim, senhor — respondeu Eve, sem hesitar. — Muito medo.

Os lábios dele tremeram de leve no que pareceu um sorriso reprimido, e logo ele tornou a assentir.

— Você está em ótima companhia. Anna é uma mulher com determinação forte e opiniões muito especiais e bem definidas. Vou fazer tudo o que me for possível para impedir que minha mulher pegue no seu pé. Como Shelly está fora da sua curta lista de suspeitos, isso me parece fácil de conseguir, mas se a coisa despencar sobre mim por causa disso saiba que vou deixá-la por conta própria.

— Compreendido, senhor.

— Então, agora que ambos conhecemos o terreno onde pisar, deixe-me lhe oferecer o histórico da situação. — Ele apontou para uma cadeira. — Minha família tem laços de amizade com os Pettibone há muitos anos. Para ser franco, um dos meus filhos namorou Sherilyn, na adolescência. Foi um terrível desapontamento para minha mulher que esse relacionamento não tenha terminado em casamento, mas ela já superou isso.

Havia uma foto holográfica da esposa do comandante emoldurada sobre sua mesa. Com um movimento sutil da mão, Whitney a virou para a parede, em vez de ajeitá-la na direção dele.

— Anna e Shelly são grandes amigas. Quando Walter abandonou a mulher, creio que Anna demorou mais a aceitar a situação do que a própria Shelly. Na verdade, ela se recusou a ver ou falar com Walt, e foi por isso que nós e nossos filhos não estávamos na festa do seu aniversário. Fomos convidados, mas ninguém bate de frente com minha mulher em assuntos sociais.

— Não tenho menos consideração pelo senhor por causa disso, comandante.

As sobrancelhas de Whitney se arquearam e, por um ou dois segundos, percebeu-se um lampejar de humor em seus olhos.

— Anna está determinada a fazer com que Shelly se case novamente, ou, pelo menos, se envolva de forma romântica com algum homem interessante. Shelly, porém, não tem cooperado muito com esse plano. Como você disse, ela é sensível e objetiva. Montou uma vida confortável para si mesma e, para indignação de Anna, manteve um relacionamento cordial com Walt. Quanto a Walt, eu gostava muito dele.

O humor em sua voz desapareceu.

— Realmente gostava muito dele, tenente. Walt não era homem de fazer inimigos. Nem mesmo Anna conseguia deixar de apreciá-lo. Seus filhos o adoravam, e como eu os conheço quase tão bem quanto conheço meus próprios filhos, vou informá-la desde já: sei que devem ser devidamente investigados, mas você descobrirá que eles não têm nada a ver com esse assassinato.

— Não descobri evidências nem motivos que me levem a essa linha de investigação, comandante. Nem na direção do marido e da mulher deles.

— Mas você descobriu Julianna Dunne.

— Sim, senhor.

Ele empurrou a cadeira para trás e se levantou.

— Existem momentos, Dallas, em que o sistema penal falha. E ele falhou agora, pois não conseguiu manter essa assassina encarcerada. Um homem bom morreu porque o sistema falhou.

— Não existe sistema infalível, senhor, mas reconhecer esse fato não torna mais fácil a perda de um amigo.

Ele agradeceu essa oferta de condolências com um aceno de cabeça.

— Por que ela o matou, tenente?

Como ele continuava em pé, Eve também se levantou.

— O padrão da suspeita era buscar homens ricos e com prestígio, desenvolver um relacionamento com tais homens que levassem ao casamento e, depois de ligar-se legalmente a eles, usufruir de toda a sua fortuna, ou de boa parte dela, eliminando-os. Nos três casos que conhecemos, o alvo era pelo menos vinte e cinco anos mais velho do que a suspeita, e ela geralmente se tornava a segunda esposa da vítima. Apesar de Walter Pettibone se encaixar no padrão das vítimas de Julianna Dunne, não surgiram indícios, até agora, de que eles se conhecessem pessoalmente. Ela não era herdeira dele e, por conseguinte, não lucraria matando-o pelos métodos que normalmente utiliza.

Eve pegou no bolso os discos dos relatórios que preparara e os colocou sobre a mesa.

— O motivo mais lógico continua sendo ganho financeiro. Estou pesquisando a possibilidade de Julianna Dunne ter sido contratada. Já efetuamos uma pesquisa inicial na vida financeira dos familiares da vítima e de seus associados na área de negócios. Até agora não encontrei nenhuma retirada grande ou suspeita, nem débitos menores e constantes que pudessem servir para pagamento a uma assassina profissional. Preciso mergulhar mais nisso e já solicitei autorização para uma investigação profunda.

— Ela seria boa para esse tipo de trabalho — comentou Whitney.

— Sim, senhor, certamente seria.

— O padrão da suspeita é mudar de local e se estabelecer em outra cidade depois de receber o dinheiro.

— Ela já mudou seu padrão, nesse caso. Mas, se deixou Nova York, foi para outra cidade grande. De preferência uma com a qual já esteja familiarizada. Ela ainda está se firmando, e iria preferir o que lhe é familiar. Pedi a Feeney que continuasse em contato com as polícias de Chicago e de Washington. Também já marquei hora com a dra. Mira. Quero que ela analise os relatórios dos testes antigos feitos em Julianna.

— Pretende entrar em contato com o psiquiatra que montou o perfil original?

— Não, senhor. Em minha opinião, o profissional anterior pegou muito leve com ela. Prefiro a avaliação da nossa doutora. Julianna Dunne sabe como manipular as pessoas. Sua mãe e seu padrasto ainda estão vivos, e pode ser que ela entre em contato com eles em algum momento. Além dessas ações, McNab fez um levantamento das pessoas com quem ela possa ter desenvolvido amizade enquanto cumpria pena em Dockport. Uma viagem até lá me ajudará a avaliar melhor isso.

— Quando pretende partir?

— A ideia é ir amanhã, senhor. Pensei em pedir a Feeney para me acompanhar. Nós dois lidamos pessoalmente com Julianna. Apesar de uma viagem dessas ser muito boa para a formação de Peabody, ela está com a agenda cheia. Seus pais estão na cidade e, recentemente, eu lhe dei um caso arquivado para investigar.

— Um homicídio? — Ele franziu as sobrancelhas. — Ela está pronta para isso?

— Sim, senhor, prontíssima. Já está na pista certa e creio que conseguirá encerrar o caso.

— Mantenha-me informado de todos os desdobramentos. Não estarei aqui amanhã de manhã. Vou ao funeral de um amigo.

Para Eve, era estranho conseguir sair no fim do turno e ir para casa cedo. Mais esquisito ainda era entrar pela porta principal e não ver Summerset surgindo de alguma sombra com uma observação desagradável na ponta da língua. Eve chegou a ficar parada na porta por mais de um minuto à espera dele, sem se aperceber.

Sentindo-se envergonhada consigo mesma, subiu as escadas, quase certa de que o encontraria de tocaia lá em cima, à espera dela. Mas foi até o quarto sem ver sinal dele. Nem do gato.

Percebeu que aquilo lhe fazia falta.

Até que ouviu o chuveiro aberto e murmúrio de vozes no banheiro. Entrou e viu a silhueta magra e musculosa de Roarke pelo vidro jateado do boxe. Ele estava se ensaboando.

A visão era de dar água na boca em qualquer mulher.

As vozes vinham de uma pequena tela embutida no recesso de um dos azulejos e ofereciam uma espécie de relatório financeiro. Roarke vivia pensando em números e índices o tempo todo, pensou Eve, resolvendo atrair a atenção dele para outra coisa.

Despiu-se completamente ali mesmo, onde estava, entrou silenciosamente por entre os jatos que se cruzavam sobre o corpo dele, colocou os braços em torno da sua cintura, por trás dele, e começou a fazer seus dedos descerem bem devagar.

O corpo dele se preparou e seus músculos se retesaram em um instante de puro instinto animal.

— Querida... — a voz dele veio num sussurro — ... Minha esposa está para chegar a qualquer momento.

— Ela que se foda.

Ele riu.

— Eu mesmo cuidarei disso. — Ele riu, girando o corpo com rapidez e colocando-a de costas contra a parede.

— Aquecer a água a 38 graus! — ordenou ela em voz alta.

— Isso é quente demais! — murmurou ele, esmagando sua boca contra a dela, sob os jatos d'água vaporosos que se formaram.

— É calor que eu quero. — Com um movimento inesperado, ela inverteu as posições deles e enterrou os dentes em sua mandíbula. — Quero você bem quente!

Ela já estava úmida por dentro e muito excitada. Suas mãos e sua boca trabalhavam nele sem parar, em uma espécie de agressão descontraída. Ele deixou de prestar atenção à voz monótona que vinha da tela, informando as últimas cotações e as projeções do mercado. Sentia unicamente o silvo da água que caía e o martelar do próprio coração.

Ele a desejava sempre, a cada minuto do dia. Tinha certeza de que iria continuar desejando-a mesmo depois de morto. Ela representava seu pulso, sua respiração, sua razão de ser.

Pegou entre os dedos os cabelos molhados dela, que escorriam. Puxou sua cabeça para cima, na direção dele, fazendo suas bocas se fundirem em uma tentativa de matar uma sede nunca saciada.

Ela sentiu o despertar do apetite violento que muitas vezes ele escondia sob uma máscara de estilo e tolerância. Sempre que experimentava essa sensação, Eve também sentia uma ânsia primal, um desejo primitivo de soltar o animal selvagem que existia dentro de ambos e o perigo que isso representava.

Com ele, ela se permitia ser terna onde nunca houvera ternura. Com ele, ela podia se mostrar brutal, sem medo.

— Agora. Agora, agora, *agora*! Quero você dentro de mim.

Ele a agarrou com mais força, seus dedos escorregando no corpo molhado até que conseguiram se enterrar com força em seus quadris. Ela se sentiu sem ar quando ele a apertou com violência, pregando-a contra os azulejos, e soltou um grito quando ele se lançou com toda força dentro dela.

O corpo dela pulou para frente no primeiro orgasmo violento e continuou a se lançar, querendo mais.

Os olhos de Eve se fixaram nos dele. Ela conseguiu se ver refletida ali, nadando e mergulhando no azul vívido. Confiando na força de Roarke, ela ergueu as duas pernas e o enlaçou com força pela cintura, para recebê-lo ainda mais fundo.

Rolos de vapor brotaram e uma névoa fina permaneceu no ar. A água descia como uma chuva quente. Ele continuou penetrando-a em estocadas firmes e profundas, deliciando-se com o prazer cintilante que irradiava dos seus olhos. Percebeu o instante em que ela subia rumo a um novo orgasmo pelo jeito como seu olhar se fixou no nada. Os olhos castanho-dourados dela cintilaram ainda mais até perder a expressão, um segundo antes de seu corpo reunir forças e estremecer novamente com violência.

Sua vagina se apertou em volta dele como uma mão quente e úmida, e isso quase os derrubou.

— Pegue mais. — A voz dele saiu entrecortada e seus pulmões arderam. — Pegue mais e mais, até gozar gritando o meu nome.

Ela percebeu o som estalado e rítmico de carne contra carne e da sua pele contra os azulejos. Sentiu a necessidade urgente que vinha dele quando sua boca esmagou a dela. Enquanto ele continuava a se lançar dentro dela, o seu prazer, a sua dor e a sua loucura se fundiram em uma massa abrasadora e indistinta. Eve se ouviu gritar com força. Frouxos como dois trapos, mas ainda acoplados fortemente, eles foram escorregando devagar até ficarem esparramados no chão, ela por cima.

— Por Deus! — ele murmurou.

— Vamos ficar aqui descansando, só por uma ou duas horas. Talvez a gente nem se afogue. — A cabeça dela se apoiou sobre o ombro dele como uma pedra.

— Acho que vamos nos afogar, sim, porque estamos tapando o ralo — ele informou, mas não fez esforço algum para mover o corpo.

Ela ergueu um pouco a cabeça, virou-a para cima e sentiu a ducha cair pelo rosto.

— Mas está muito gostoso.

— E como! — concordou ele, envolvendo com a mão um dos seios dela.

— Por onde anda o povo desta casa?

— Sei lá! Só sei que *nós* estamos aqui. — Os mamilos dela ainda estavam doloridos e quentes, e isso serviu de inspiração para que ele rolasse sobre ela e os lambesse.

— Você deve estar brincando! — espantou-se ela, piscando muito para tirar a água dos olhos.

— Espere uns cinco minutinhos. Eu levaria menos tempo se essa água não estivesse tão escaldante.

— Diminua a temperatura e você vai enfrentar a minha ira. — Ela colocou as mãos nos lados do rosto dele, emoldurando-o. Ergueu um pouco a cabeça e sorriu. — É melhor sairmos daqui, porque o nível da água está aumentando.

Quando conseguiram se levantar, ela foi direto para o tubo secador de corpo. Roarke preferiu uma toalha.

— Agora, falando sério: onde está todo mundo?

— Da última vez que eu soube, Phoebe estava se divertindo na estufa. Sam e Summerset se distraíam na cozinha, preparando uma receita. Os dois estão unha e carne, e passam o tempo conversando sobre ervas, molhos e coisas do gênero. Ouvi Sam e Phoebe comentarem que vão sair com Peabody à noite, então você não precisa se preocupar em fazer sala para as visitas.

Eve saiu do tubo, pegou o robe que Roarke lhe entregou e o observou enrolar frouxamente uma toalha em torno da cintura.

— Feeney e eu vamos voar até Chicago amanhã, para dar uma olhada no presídio de Dockport. Antes que você ofereça — apressou-se ela, sem deixá-lo dizer nada —, nós *não queremos* um dos seus jatinhos. Vamos num avião de carreira, como as pessoas normais.

— Vocês é que sabem. Pintou alguma pista nova?

— Nada sólido até agora. — Ela o seguiu até o quarto e foi procurar um jeans. — Descobri que a primeira mulher de Walter Pettibone e a esposa do comandante são amigas íntimas. Isso torna a coisa esquisita, apesar de ela não estar na minha lista de suspeitos. Mesmo assim, vou fazer uma pesquisa sobre as finanças dos principais envolvidos no caso.

Ele olhou fixamente enquanto Eve vestia o jeans e percebeu quando ela amarrou a cara.

— Eu não sugeri nada — reclamou ele.

— Consigo ouvir seus pensamentos muito bem, meu chapa. Nada de ajuda. Consegui autorização específica para pesquisar mais a fundo, e é só até lá que nós vamos, por agora. Não preciso que você utilize seu equipamento sem registro para cavar outras coisas. Estamos indo muito bem dentro do regulamento.

— Alguma vez você já se perguntou quem escreveu esse regulamento?

— Ele foi escrito pelo braço comprido da lei. Se você conseguir algum tempo livre, aceitaria que desse uma olhadinha no que conseguirmos levantar. Quando se trata de números, os seus olhos veem mais coisas que os meus.

— Tenente, eu sempre consigo tempo livre para você.

Roarke ofereceu a Eve duas horas de trabalho, e até aceitou comer uma pizza em sua sala enquanto avaliava informações financeiras e contas da família Pettibone e dos executivos mais importantes da empresa. Depósitos, retiradas, transferências, contas e bônus.

— Não há nada que indique algo estranho — informou Roarke, depois de um longo tempo. — Dois dos sócios de Walt mereciam melhor consultoria financeira para seus investimentos, e esta conta em Tribeca deveria estar rendendo mais por ano. Não me surpreenderia se uma parte do rendimento dela e mais um pouco aqui e ali estiverem indo direto para o bolso de alguém. Não é nenhuma fortuna, mas se essa conta fosse minha eu ficaria esperto quanto a esses pequenos vazamentos de grana.

— Quanto você acha que está sendo desviado?

— Oito, nove mil dólares, e isso só este ano. Ninharia. Muito pouco para matar alguém.

— Tem gente que mata por uma merreca, Roarke.

— Mas aqui não há grana que justifique contratar um profissional. Você pode bater um papo com o gerente financeiro, mas só para constar. Ele não tem bala na agulha para contratar um assassino profissional. Nem um amador, na verdade. Também não fez nenhuma retirada grande das suas contas pessoais nem da empresa, pois isso apareceria. Talvez ele seja viciado em jogo ou esteja bancando alguma gata.

— Como é que você sabe que ela é uma gata?

Ele olhou para Eve.

— Ora, porque mulheres que sugam homens geralmente são gatas, certo? Mesmo assim, a minha opção é vício em jogo, pois não encontrei nenhuma despesa que indique que ele tem uma amante. Nenhuma conta de hotel, nem recibos de jantares elegantes para dois, nem viagens a lugares onde os homens levam mulheres que não são suas esposas.

— Parece que você sabe tudo sobre homens que bancam amantes.

— Sei apenas o que a média das pessoas sabe, e isso mesmo através de análises puramente intelectuais e teóricas.

Ela pegou mais um pedaço de pizza.

— Não é legal saber que sempre concordamos em tudo?

— É um grande alívio para mim, querida.

— Vou bater um papo com o carinha de dedos leves. — Eve se levantou, comendo pizza enquanto caminhava. — O crime deve ter sido por dinheiro, esse é o motivo lógico. Só que essa morte *não parece* ter ocorrido por dinheiro. Ao mesmo tempo, por que Julianna Dunne resolveria voltar a Nova York para eliminar um homem que nunca conheceu?

— Talvez ela o tenha conhecido, ou pelo menos planejava fazê-lo quando sua carreira foi abruptamente interrompida há dez anos.

— Walter Pettibone estava casado nessa ocasião — começou Eve, mas parou de falar de repente e deixou as possibilidades impregnarem sua mente. — Mas talvez estivesse insatisfeito com o casamento desde essa época. Talvez existissem sinais do tipo de insatisfação que nem a mulher, nem a família, nem os amigos íntimos percebem. Uma pessoa de fora atenta a indícios de discórdia talvez os percebesse. Ele poderia estar na lista dela como um alvo em perspectiva, alguém que ela achava possível afastar da esposa para se envolver e se casar com ela. Esse seria um verdadeiro desafio para ela porque, basicamente, Walter Pettibone é um homem muito decente, muito honesto. Será que ela conseguiria corrompê-lo?

Considerando tudo isso, Eve se virou para Roarke.

— Isso teria um grande apelo para ela. Nunca conseguimos descobrir durante quanto tempo Julianna mantinha um alvo em vista. Pode ser que ela estivesse reservando Pettibone como um futuro alvo, mas foi pega, julgada e condenada. Enquanto ela ficou fora de cena ele se divorciou e está com uma esposa novinha em folha. Talvez ela o tenha matado unicamente por nunca ter tido a chance de atacar antes.

— Mesmo com essa teoria você continua sem a ligação entre eles.

— Não, mas tenho um motivo para o crime. Pode ser que ela não esteja matando por dinheiro, pois já tem grana escondida para levar uma vida opulenta; talvez o tenha matado por sentir falta da adrenalina. Tinha a grana da vítima de Washington, mas não conseguiu tocar nela, eu verifiquei. Deve haver outra fonte de dinheiro rendendo há uma década. Se eu a encontrar, acharei também Julianna Dunne.

— Se ela andava guardando dinheiro para garantir seu futuro, ele deve estar em contas numeradas, em várias instituições e em vários lugares. — Roarke engoliu outro pedaço de pizza acompanhada de um excelente Cabernet Sauvignon. — Essas contas devem estar aqui e no exterior, dentro e fora do planeta. Sempre pouca quantidade em cada lugar, como uma poupança — acrescentou, ao ver Eve franzir o cenho. — Desse jeito, se você não conseguir colocar a mão com facilidade em um dos pés-de-meia, por questões de segurança, sempre existirá outro disponível.

— Mas ela não teria tudo apenas em dinheiro vivo. Gostava de ações, títulos, esse tipo de coisa. Quando uma pessoa aplica grandes parcelas do seu patrimônio no mercado financeiro, não dá para se recostar e deixar a coisa rolando solta por quase uma década, não é?

— Se você tiver um mínimo de células cinzentas em atividade, não. É preciso estar sempre de olho nas coisas, trocar de fundos de investimentos, vender, comprar e assim por diante. Ou ter alguém em quem você confie para cuidar dessas coisas.

— Ela não confiava em ninguém. Isso me leva a crer que ela achou um jeito de lidar com a grana pessoalmente, mesmo estando na prisão. Isso implica transferências de uma conta para outra, e tudo isso seria monitorado e geraria registros.

— Uma propina na mão certa cuidaria desse detalhe. Bastaria ela aplicar em investimentos de perfil conservador, ações *blue chips* e coisas desse tipo e não seria preciso monitorar as contas o tempo todo, só algumas horas por semana.

— Ela molhou a mão de alguém. Feeney e eu vamos ter de descobrir quem.

— Você planeja voltar de viagem ainda neste século, querida? — Ele virou a cabeça meio de lado. — Investigar um guarda de prisão ou colega de cadeia específico que esteja disposto a receber propina não deve levar mais de vinte ou trinta anos.

— Tenha fé em mim. — Ela lambeu um pouquinho de pizza do polegar. — Pretendo voltar a tempo de jantar em casa.

— Você vai jantar em casa por duas noites seguidas? Vou marcar este momento inesquecível no meu calendário. — Quando viu Eve franzir o cenho, Roarke balançou a cabeça, rindo. — Que foi?

— Nada. Estava só pensando... — Ela voltou, analisou se devia comer mais um pedaço de pizza, mas desistiu.

Como Roarke conhecia muito bem a sua mulher, não disse nada e esperou que ela falasse.

— Quando eu conversei com Shelly Pettibone hoje, ela começou a falar de casamento. Parece que ela ainda nutre bons sentimentos pelo ex-marido, mesmo depois de ele tê-la dispensado por outra com metade da sua idade e peitos maiores. Só que parecia que ela estava falando de um irmão. Ela disse que... sei lá, você acha que a paixão, a vontade de transar, o tesão que existe entre nós pode ficar assim meio "nhé" e depois ir diminuindo até acabar, com o passar dos anos?

— Vira essa boca pra lá!

— Sabe o que é? Os casais não terminam engatados no chão do boxe depois de uma boa transa o tempo todo. Quando esse tipo de coisa deixar de acontecer, será que teremos algo que nos mantenha unidos? Será que vamos manter essa necessidade de estar sempre um com o outro ou vamos nos transformar em duas pessoas que simplesmente vivem sob o mesmo teto?

— Venha aqui.

— Não preciso de palavras de conforto, Roarke. — Eve já estava arrependida de ter aberto a boca. — Foi só uma coisa que me passou pela cabeça. É meio triste, mas compreensível.

— Venha aqui comigo. — Ele estendeu a mão. Quando Eve a pegou, ele a puxou e a colocou no colo. — Não consigo me imaginar sem desejar você com tanta voracidade que chega a doer. Não sei viver sem olhar para você, sem cheirar você, sem tocar você o tempo todo. Mesmo que nós cheguemos aos cento e vinte anos e tudo o que curtimos hoje seja mais lembrança que realidade, vou continuar precisando de você, Eve, de mil outras formas.

— Então tá... — Ela afastou os cabelos dos olhos dele.

— Espere. Você se lembra do dia em que eu vi você pela primeira vez? Foi no inverno do ano passado e havia uma mulher morta entre nós?

— Sim, claro que eu me lembro.

— Naquela hora eu não percebi que você era uma tira. Isso me incomodou muito, pois eu sempre me gabei de conseguir identificar um tira a mais de um quilômetro de distância, até mesmo no escuro. Mas quando me virei e olhei para você não vi uma tira. Vi uma mulher. Vi apenas *a* mulher que você é, embora não tenha percebido na hora. Quando olhei e vi você, tudo mudou. Percebi que nada na minha vida continuaria a ser como era, depois daquele instante.

Eve se lembrava da maneira como ele se virara para trás e a fitara por cima de um mar de pessoas em prantos, em um funeral.* Lembrava de como o olhar dele se fixara no dela, como se eles dois fossem as únicas pessoas presentes no local. Lembrava que o poder desse olhar a abalara dos pés à cabeça.

— Você me deixou perturbada — murmurou.

— Foi de propósito. Olhei para você, minha querida Eve, e vi a mulher que eu iria amar, confiar e de quem iria precisar. Nunca imaginei que fosse amar, confiar e precisar de alguém dessa maneira. Você é a única mulher com quem eu quero estar, com quem quero viver, com quem quero dormir e acordar. Eu também quero *a ghra*, envelhecer ao seu lado.

— Como é que você faz isso? — Ela encostou a testa na dele. — Como é que consegue sempre dizer o que preciso ouvir?

— Existem pessoas que passam a vida juntas não por hábito, nem por conveniência, nem por medo de mudanças, mas por amor. Talvez o amor tenha ciclos. Ainda não estamos juntos tempo bastante para descobrir se é assim, não é? Só sei de uma coisa, com toda a certeza: vou amar você até o dia da minha morte.

— Eu sei. — Lágrimas escorreram pelo rosto dela. — Sei disso porque acontece exatamente a mesma coisa comigo. Senti pena daquela mulher hoje, quando vi que ela perdeu isso. Ela perdeu e nem mesmo sabe onde ou quando. Puxa! — Eve precisou respirar

* Ver *Nudez Morta*. (N. T.)

fundo duas vezes, porque sua garganta estava apertada. — Eu pensei nela depois, no que ela disse e na forma como disse. A mim, pareceu que as coisas estavam muito tranquilas e paradas entre eles.

— Que bom! — Roarke apertou os ombros dela com força. — Tranquilas e paradas? Esse é um problema matrimonial com o qual nunca precisaremos nos preocupar.

Capítulo Sete

Com o rosto sem expressão e os pés arrastando, centenas de pessoas que faziam baldeação espremiam-se nos vagões para troca de voo no aeroporto. Ou, pensou Eve, eram espremidas como animais de carga ou cadáveres por funcionários uniformizados de vermelho que trabalhavam para o Serviço de Transportes e Transferência de Voo de Manhattan.

O terminal era uma colmeia barulhenta, com uma insana cacofonia de sons que pareciam convergir em um uníssono semelhante a zumbidos de insetos. Acima do ruído ouviam-se as vozes incompreensíveis que anunciavam voos. Bebês choravam e os *tele-links* de bolso tocavam sem parar.

Eve perguntou a si mesma quem tivera a ideia de projetar locais como aquele, com tetos altíssimos e paredes brancas que faziam com que as pessoas que tinham a infelicidade de usar os serviços se sentissem como formigas dentro de uma lata.

Sentiu aromas diversos: o cheiro de café de baixa qualidade, gente com desodorante vencido, as colônias enjoativas e o fedor de fraldas sujas que necessitavam desesperadamente de uma troca.

— Ah, é como nos velhos tempos! — exclamou Feeney, depois de forçar a passagem para conseguir dois assentos projetados para adolescentes anoréxicas de bunda magra e doze anos de idade. — Aposto que já faz um tempinho desde que você usou um avião de carreira.

— E eu achei que tinha saudade disso. — Eve fez o melhor que pôde para desviar o rosto do desfile de bundas e partes íntimas que se apertavam a quatro dedos do seu rosto, tentando abrir caminho pelo corredor apertado da aeronave. — Estava muitíssimo enganada.

— Não é tão mau. Vamos chegar em menos de meia hora, se não acontecer nenhuma merda. — Ele balançou o saquinho de amêndoas açucaradas que pegou no bolso. — Teríamos poupado um bocado de tempo com um dos jatinhos de Roarke.

Eve colocou a mão no saquinho, pegou uma amêndoa e refletiu, enquanto mastigava.

— Feeney, você acha que eu fui burra por não aceitar a oferta de Roarke?

— Que nada! Você é assim mesmo, garota. Além do mais, viajarmos esmagados assim nos ajudará a manter contato com a realidade das pessoas comuns.

Quando a terceira mala bateu em sua canela e um sujeito gordo se espremeu como uma rolha para se sentar no assento ao lado, esmagando-a contra Feeney de tal modo que eles ficaram com menos espaço pessoal que gêmeos xifópagos, Eve decidiu que manter contato com a realidade das pessoas comuns não era tão bom quanto parecia.

Decolaram com o trepidar mecânico que sempre fazia o estômago de Eve bater nos próprios pés. Ela manteve os olhos fechados, bem apertados, e os dentes cerrados quase o tempo todo, até o avião aterrissar.

Os passageiros foram devidamente vomitados na saída e se espalharam como formigas numa tarde de verão. Eve e Feeney se juntaram ao bando que ia pegar um trem para o oeste.

— Viu só? Não foi tão mau — comentou ele.

— É... Para quem gosta de começar o dia saindo num bloco de carnaval, foi legal. Esse trem vai nos deixar a meio quarteirão da penitenciária. O diretor se chama Miller, e vamos ter de falar com ele antes de farejar o local.

— Você quer correr a lista junto comigo ou nos dividimos?

— Acho melhor nos dividirmos, pois ganharemos tempo. Mas, antes, vamos sentir o clima da cidade. Talvez tenhamos que dançar uma rumba política, e quem sabe dar uma passadinha no Departamento de Polícia de Chicago.

— Pode ser que Julianna queira relembrar o passado. Se esse for o caso, Chicago é sua próxima parada.

Eve preferiu ficar em pé no trem e se agarrou a uma argola do teto.

— É... — concordou ela. — Não consigo entrar na cabeça dela. Qual será seu objetivo dessa vez? Existe uma lógica em tudo que ela faz. É uma lógica atravessada, mas possui um padrão. Ando me perguntando se não voltou a atacar em Nova York porque foi esse o lugar onde as coisas deram errado para ela. Julianna tem algo a nos provar, Feeney. Se for esse o caso, os alvos em si são secundários. O objetivo é ganhar de nós, vencer o sistema dessa vez. — Ela balançou a cabeça para os lados. — Só sei que, de qualquer ângulo que avaliemos, o certo é que ela já escolheu a próxima vítima.

A prisão de Dockport parecia uma cidade pequena, independente e bem organizada, com torres de guarda, muitas grades, muros e cercas eletrificadas. Eve duvidava muito que os residentes do lugar apreciassem as estradas bem pavimentadas que davam acesso ao local, as áreas verdes que existiam aqui, e ali ou a arquitetura sóbria em estilo suburbano. Eles sabiam que uma avassaladora vontade de pular as cercas intransponíveis, mesmo que só para dar uma voltinha lá fora, resultaria em um alerta geral e um choque de muitos volts que lançaria o fugitivo a uns bons três metros de distância, de bunda no chão.

Cães androides patrulhavam o perímetro. O pátio de recreação para as mulheres era vasto e equipado com quadra de basquete, pista de corrida e mesas de piquenique arrumadas e pintadas em um alegre tom de azul.

As paredes em torno tinham quatro metros de altura e um metro de espessura.

Lá dentro, os pisos eram tão limpos e brilhantes quanto os da cozinha de uma vovó de cidade do interior. As calçadas eram largas e confortáveis. As áreas eram divididas por paredes com vidros à prova de balas, projetados para resistir à explosão de bombas caseiras ou rajadas de laser.

As sentinelas usavam uniformes azul-marinho, e os outros funcionários e funcionárias vestiam roupas comuns cobertas por guarda-pós imaculadamente brancos. As detentas usavam macacões laranja néon com uma imensa aplicação em bordado, nas costas, onde se liam as iniciais CRD em letras pretas largas.

Eve e Feeney foram recebidos pelos guardas de segurança na entrada principal, onde delicadamente lhes prenderam um distintivo de identificação e um bracelete de localização. Aos visitantes foi solicitado ainda que entregassem todas as armas.

Miller, com ar animado e muito distinto, apesar do tolo guarda-pó branco, era todo sorrisos ao receber os visitantes. Apertou a mão de Eve e depois a de Feeney colocando-as entre suas mãos, de forma calorosa, desdobrando-se em gentilezas e saudações de boas-vindas, como se ali fosse um sofisticado resort para férias.

— Agradecemos muito o senhor reservar parte do seu tempo para nos receber, diretor Miller — disse Eve.

— Sou supervisor agora, tenente. — Ele deu uma risada curta e sincera. — Não utilizamos mais termos antiquados como "diretor". O Centro de Reabilitação Dockport é uma instituição moderna em todos os sentidos. As instalações foram inauguradas há vinte e cinco anos e começamos a aceitar residentes em 2034. Aqui no Centro Feminino do CRD abrigamos um máximo de mil e quinhentas residentes. Mantemos uma equipe de seiscentos e trinta funcionários em horário integral, cinquenta e oito em regime de meio expediente, além de vinte consultores externos. Somos completamente autossuficientes, com serviços e ambulatórios médicos, bancos, lojas e amplos refeitórios. Espero que vocês nos deem o prazer de sua companhia durante o almoço, no refeitório dos funcionários. Se precisarem, temos acomodações para abrigar visitantes e consultores que necessitem passar a noite aqui. Temos opções de terapia física e uma academia para as residentes se exercitarem. Também temos locais específicos para meditação e outras rotinas mentais e emocionais. Implantamos um programa de instrução e treinamento, com cursos que abrangem uma variedade de escolhas de carreiras e habilidades, visando a ressocialização das internas. O Centro Masculino é tão bem equipado quanto este.

Eles passaram por uma área onde pessoas trabalhavam com aparente dedicação e agilidade, circulavam a passos largos pelos corredores, desempenhavam diversas atividades atrás de mesas e atendiam a *tele-links*. Muitas delas usavam macacões laranja fluorescentes.

— As prisioneiras podem circular por estas áreas? — quis saber Eve.

— As residentes — corrigiu Miller, sorrindo suavemente — têm não apenas permissão como são também encorajadas a se inscreverem para trabalhos que lhes sejam adequados assim que completam metade do seu treinamento de reabilitação. Isso lhes possibilitará melhor ajuste ao mundo exterior, quando elas se forem daqui, e todas poderão fazer seu reingresso na sociedade com mais autoestima, por meio do exercício de uma profissão ou de um propósito significativo.

— Hã-hã... Pois é, uma das suas ex-residentes fez seu reingresso na sociedade com um propósito muito significativo. Ela gosta de assassinar homens. Precisamos conversar a respeito de Julianna Dunne, supervisor Miller.

— Sim. — Ele uniu as mãos abertas uma de encontro à outra, como se fosse um pregador prestes a convocar sua congregação para um momento de oração. — Fiquei muito preocupado ao saber que vocês acreditam que ela esteja envolvida em um homicídio.

— Eu não acredito que ela esteja envolvida em um homicídio. Eu *sei* que ela é uma assassina. Exatamente igual à que era quando veio para cá.

Ele fez uma pausa e olhou fixamente para Eve.

— Desculpe, tenente, mas pelo seu tom tenho a impressão de que a senhora não acredita nos dogmas básicos da reabilitação prisional.

— Eu acredito em crime e castigo, e sei que alguns aprendem desse modo. Aprendem tão bem que mudam sua forma de vida ao voltar para o mundo lá fora. Mas também acredito que existem criminosos que não conseguem mudar, ou simplesmente não querem.

Pela porta de vidro atrás do supervisor Miller, Eve observou duas detentas trocando envelopes de forma rápida e furtiva. Fichas de crédito para compra de drogas ilegais, foi a aposta de Eve.

— Há assassinos que curtem o que fazem — acrescentou ela —, e mal podem esperar pela chance de voltar à ativa. Julianna gosta do que faz.

— Mas era uma residente exemplar de nossa instituição — disse ele, com um tom firme.

— Aposto que sim. E aposto também que ela se ofereceu para trabalhar em algum local que pudesse diminuir sua pena em cinquenta por cento. Qual era o seu emprego?

Ele fungou com força. A maior parte do seu jeito simpático e de sua cordialidade esfriou e foi substituída por um ar de insulto e desaprovação.

— Ela ocupava uma posição no Centro de Recepção aos Visitantes.

— Com acesso aos computadores? — quis saber Feeney.

— É claro, mas nossas máquinas são seguras. O acesso é restrito, protegido por senha. Aos residentes não é permitido acesso não supervisionado, nem transmissões para fora. A superior imediata de Julianna, Georgia Foster, deu a ela as mais elevadas recomendações.

Eve e Feeney trocaram olhares.

— Poderia nos indicar a direção desse centro, supervisor? — pediu Feeney. — Vou conversar com a srta. Foster.

— E eu gostaria de entrevistar as detentas desta lista. — Eve pegou um papel do bolso. — Desculpe... residentes — corrigiu, tentando segurar um sorriso de deboche.

— É claro. Providenciarei isso. — O nariz de Miller empinou no ar. Eve se perguntou se o convite para o almoço em sua companhia ainda estava valendo, mas duvidou disso.

— Você viu duas detentas trocando envelopinhos? — cochichou Feeney quando Miller virou as costas para falar pelo comunicador interno.

— Claro.

— Quer contar a esse babaca?

— Não. O bem-estar dos residentes e suas atividades recreativas são um problema dele. Além do mais, se eu tiver que aturar mais uma palestra furada desse cara, prefiro ir atrás da mulher que passou a droga, pedir um pouquinho de Zoner e sair do ar por um tempo.

Eve interrogou uma detenta de cada vez em uma área de conferência equipada com seis cadeiras, um sofá estampado em cores alegres, um telão para entretenimento e uma mesa resistente fabricada de papel reciclado e prensado.

Havia suaves aquarelas de paisagens floridas nas paredes e um cartaz na parte de dentro da sala que lembrava aos residentes e seus convidados de que todos ali dentro deviam se comportar de forma cortês.

Eve percebeu que a “convidada” ali era ela.

Não havia nenhum vidro espelhado pelo lado de dentro, mas ela avistou as quatro minúsculas câmeras de alta definição instaladas nos cantos da sala, junto ao teto. A porta que levava à sala também era de vidro, com tela de privacidade opcional. Eve a deixou desligada.

A responsável pela guarda das detentas, uma mulher de cara redonda e ombros largos que parecia ter noção das coisas e experiência demais para considerar as detentas como “residentes”, trouxe Maria Sanchez, a primeira da lista.

Sanchez era uma mulata latina de olhar duro e cabelos cacheados pretos emaranhados, usava um rabo de cavalo. Trazia a tatuagem de um raio aplicada sobre a cicatriz larga que exibia do lado direito da boca.

Entrou bem devagar, rebolando discretamente, se lançou sobre a cadeira e começou a tamborilar com as unhas no tampo da mesa. Eve reparou nos braceletes com sensores que trazia nos pulsos e também nos tornozelos.

Miller podia ser um idiota, mas não era tão burro a ponto de se arriscar a dar mole com uma criminosa barra-pesada como Sanchez. Quando Eve acenou com a cabeça, a guarda se retirou para o outro lado da sala.

— Tem um cigarro aí? — Foi a primeira coisa que Sanchez quis saber, com uma voz pastosa, meio musical.

— Não.

— Merda. Você me obriga a vir até aqui no meio da minha recreação e não me traz nem um cigarrinho?

— Puxa, eu sinto muitíssimo interromper sua partida de tênis, Sanchez.

— Qual é? Eu jogo futebol, morou? — Ela se encostou no espaldar da cadeira e esticou o pescoço para olhar por baixo da mesa. — Você tem pernas compridas e fortes, mas aposto que eu faria seu traseiro beijar o gramado.

— Podemos marcar uma partida qualquer dia desses, mas hoje estou aqui por causa de Julianna Dunne. Você esteve presa na cela ao lado da dela nos últimos três anos.

— Não chamamos aquilo de cela por aqui. — Ela lançou um riso de escárnio para Eve. — Eles preferem "área pessoal". Cada uma das "residentes" tem uma porra de uma "área pessoal". Aquele Miller é um babaca.

Eve não sabia se era um bom ou um mau sinal o fato de Sanchez e ela concordarem tão completamente a respeito de um ponto.

— Sobre o que você e Julianna Dunne conversavam quando estavam em suas respectivas áreas pessoais?

— Não entrego nada a tiras. Mas espere aí... tem uma coisa que eu sempre mostro. — Levantou o dedo do meio, em um gesto obsceno.

— Aposto que existe um salão de beleza neste country club — continuou Eve, ignorando o gesto. — Você bem precisa de uma manicure. Você e Julianna conversavam sobre algum assunto de mulher?

— Eu não tinha nada a dizer para ela, e ela também não tinha nada a dizer para mim. Aquela vadia se achava melhor que todo mundo.

— Tudo bem, você não gosta dela e eu também não. Podemos começar daí.

— Gosto mais dela do que de tiras. O bochicho é que Julianna apagou um ricaço filho da puta em Nova York. Gostei de saber, mas estou cagando e andando para o lance.

— Ela está lá fora, e você está aqui dentro. Isso já não é razão para você se ligar?

Sanchez examinou as unhas como se estivesse realmente avaliando a ideia de cuidar delas.

— Meu cu não está na reta por ela ter sido libertada, mas aposto que o seu está.

— E eu aposto que você considera Julianna Dunne a espertalhona do pedaço.

Sanchez riu pelo nariz, com cara de deboche.

— Ela pensa que é.

— Esperta demais para um tira sacar. No entanto, eu fui uma das tiras que a colocou aqui dentro.

O sorrisinho se ampliou nos cantos da boca de Sanchez.

— Mas não conseguiu mantê-la presa.

— Meu trabalho não é esse. — Eve se recostou. — Quanto a você, vai encarar continuar trancada aqui por mais uns dez ou quinze anos, graças à sua preferência por enfiar objetos pontiagudos nas áreas sensíveis da anatomia alheia.

— Eu só faço com os filhos da puta o que eles tentam fazer comigo. Uma mulher precisa saber se defender nesse mundão mau que existe lá fora.

— Pode ser que sim, mas você não vai respirar o ar do mundão mau lá de fora por dez anos, considerando o seu comportamento aqui dentro. Essa atitude certamente não lhe trará o título de Miss Simpatia, nem vai lhe servir para ser libertada mais cedo por bom comportamento.

— Estou cagando e andando para isso também. Num lugar como esse, todo mundo ganha mais dez anos só por coçar a bunda.

— Você recebe visitas íntimas aqui dentro, Sanchez?

Os olhos dela brilharam.

— Claro! Isso é direito meu e parte do programa de reabilitação. De vez em quando todo mundo precisa trocar o óleo da máquina, né não?

— Mas você demonstra tendências violentas. Detentas violentas só conseguem trepar com androides. Quem sabe eu consigo encaixar um acompanhante licenciado na sua agenda? Não quer um corpo quente para aquecer você numa noite romântica de verdade? Em troca de algo interessante?

— Você tá de sacanagem comigo?

— Não. Eu lhe prometo uma noite com um garoto de programa genuíno se me der algo útil. Com quem Julianna conversava e quem ela usava. O que você sabe a respeito?

— Quero um cara bem-dotado, muito boa-pinta e que fique de pau duro até eu gozar.

— Me conte alguma coisa que eu queira ouvir e eu lhe consigo uma visita íntima de verdade. O resto do lance vai ser com você. Vamos lá... Julianna Dunne?

As opções eram sexo de verdade ou simplesmente enrolar uma tira. Sanchez escolheu o sexo de verdade.

— É uma vadia sebosa. Foi tipo "a rainha do baile" no Texas. Ficou na dela durante muito tempo. Tratava as guardas como se elas fossem professoras de catecismo. Sim, senhora; não, senhora; obrigada, senhora. Dava vontade de vomitar. As otárias engoliram o esquema furado e começaram a lhe dar alguns privilégios. Julianna tinha grana. Molhou algumas mãos e pagou a algumas carcereiras lésbicas para pegar leve com ela e protegê-la. Seu tempo livre era todo passado na biblioteca ou no salão de ginástica. Loopy era a cadelinha dela, mas não rolava transa entre elas duas, não.

— E quem é essa Loopy?

— Lois Loop, uma drogada barra-pesada. Pegou vinte anos por matar o pai. Ficava na cela em frente à da vadia. Eu ouvia as duas trocando ideias, de vez em quando. — Sanchez encolheu os ombros. — Julianna prometeu que iria conseguir um lugar legal para Loopy ir assim que conseguisse sair. Contou que tinha um monte de grana guardada e um lugar fantástico onde pretendia morar. No Texas, eu acho.

— Ela planejava voltar para o Texas?

— Disse que tinha negócios em Dallas. Negócios pendentes.

Eve refletiu um pouco sobre essas informações e mandou chamar Lois Loop.

Ela nem precisou de algumas das informações que Maria Sanchez lhe repassou. A mulher que entrou na sala tinha a pele completamente descorada, os cabelos igualmente despigmentados e os olhos cor-de-rosa típicos de coelhos e de viciados em psicotrópicos. Algumas dessas drogas tinham o efeito colateral de eliminar toda a melanina do organismo. As sessões de desintoxicação conseguiam recuperar o viciado, mas não conseguiam trazer a cor de volta.

Uma única olhada nas pupilas da detenta, finas como pontas de alfinete, serviu para mostrar a Eve que a desintoxicação não estava funcionando muito naquele caso.

— Sente-se e fique à vontade, Loopy.

— A gente se conhece? Acho que eu nunca te vi.

— Sente-se, mesmo assim.

Ela seguiu em direção à mesa aos solavancos, com movimentos mecânicos. Continuava recebendo drogas ali dentro, percebeu Eve, e tinha tomado uma dose recentemente.

— Você está na fissura, Loopy? Quanto tempo faz que você tomou sua última dose?

Loopy passou a língua pelos lábios brancos, para umedecê-los.

— Todo dia eu tomo uma dose de droga sintética. Faz parte do programa de desintoxicação. É a lei.

— Sei, tá legal. — Eve se inclinou para frente. — Julianna Dunne lhe dava alguma grana para você comprar a droga verdadeira aqui dentro?

— Julianna é minha amigona. Você a conhece?

— Sim, há muitos anos.

— Ela colocou o pé no mundo novamente.

— Isso mesmo. Vocês continuam se falando?

— Quando você se encontrar com ela, avise-a de que eles devem estar censurando as cartas dela, porque eu não recebi nenhuma até agora, e ela prometeu me escrever. Aqui nós podemos receber cartas.

— E de onde ela prometeu mandar essas cartas?

— Não sei. Ela ficou de me escrever e contar onde estava. Quando eu for solta, eu vou para lá também. — Os músculos dela exibiam pequenos espasmos, como se não estivessem presos aos tendões e aos ossos. Mas seu sorriso era sereno.

— Conte-me para onde ela foi. Eu a encontro para você e falo sobre as cartas.

— Ah, ela pode ter ido para aqui ou para ali. O paradeiro dela era o nosso grande segredo.

— Você já esteve em Nova York antes?

— Ela também contou para você? — Os olhos dela se arregalaram.

— É como eu disse, a gente se conhece há muito tempo. Só que Nova York é uma cidade imensa. Vai ser difícil encontrá-la se eu não tiver um endereço.

— Ela tem uma casa em Nova York. Não sei o bairro. E vai viajar um pouco, também, mas vem me visitar quando passar por Chicago.

— Quando ela ficou de voltar?

— Qualquer hora dessas. Vamos fazer compras. Nova York, Chicago, Nova Los Angeles. — Ela recitava os nomes das cidades como uma criança entoando cantigas de roda. — Dallas e Denver... Dá-lhe, caubói!

— Ela comentou sobre as pessoas que pretendia visitar? Amigos antigos ou novos? Ela disse os nomes, Loopy?

— Ela não quer saber de amigos antigos. Tivemos uma festa aqui no Réveillon, com bolo e tudo. Você conhece o homem das flores?

— Talvez.

— Julianna leu um monte de notícias para mim sobre o homem das flores. Ele mora em um palácio imenso na cidade grande. Tem dedos verdes; as flores brotam da sua mão. Ela planejava visitá-lo.

Walter Pettibone, pensou Eve. O primeiro alvo.

— Quem mais ela planejava visitar?

— Humm... O pastor das ovelhas, o caubói e o carinha de Dallas. Ela tem um monte de gente e de lugares para visitar.

— Quando ela leu essas coisas para você sobre o homem das flores, onde é que vocês estavam?

— É segredo! — ela sussurrou.

— Pode dizer. Julianna iria gostar que você me contasse. Depois eu vou encontrá-la e falarei das cartas.

— Fale do bagulho — completou Loopy, baixinho. — Ela ficou de me conseguir um bagulho do bom.

— Pode deixar que eu falo, mas você precisa me contar tudo, antes.

— Certo. Julianna tinha um computador na cela, daqueles pequenininhos, que cabem na mão. Ela agitava todos os lances nele. Tinha sempre um monte de coisas para resolver.

— Aposto que sim.

— Foi ela que mandou você vir me visitar? Ela me mandou um pouco do bagulho bom? Ela sempre consegue, mas o último que chegou está quase acabando.

— Vou ver o que posso fazer por você.

Eve olhou para os músculos dela, que se retorceram em um espasmo sob a pele fantasmagórica. *Reabilitação*, pensou. *Pelo amor de Deus!*

Quando voltou a se encontrar com Feeney, Eve soltava fumaça pelas orelhas, de tanta raiva. Cada uma das entrevistas que realizara tinha acrescentado mais dados à imagem de Julianna Dunne. Responsável por múltiplos assassinatos; circulando com toda a desenvoltura pelos corredores do sistema penal; cheia de privilégios e mordomias; aplicando golpes; subornando pessoas, guardas, funcionários e outras prisioneiras; convencendo-os a fazer o que ela queria que fosse feito ou precisava que fosse providenciado.

— É como se ela tivesse um monte de criados e vassalos aqui dentro! — explodiu Eve. — Esta prisão era o seu castelo. Ela não podia sair daqui, mas tudo o que precisava vinha até suas mãos.

Julianna tinha um *tablet*, uma porcaria de um computador de mão dentro da cela, Feeney! Só Deus sabe as mensagens que ela enviou e recebeu daqui.

— E em conluio com o pessoal que a vigiava — acrescentou ele. — Garanto que ela fez um monte de transmissões autorizadas usando a rede de computadores do prédio. Estava livre, leve e solta.

— Se solicitarmos um mandado judicial de busca e apreensão você conseguiria rastrear tudo?

— Já solicitei um, para começarmos a brincar. Pode ser que não dê em nada, mas a gente vasculha em todas as máquinas e tenta encontrar alguma pista. Falei com a psiquiatra de Julianna... Desculpe, com a *consultora de bem-estar emocional dela*... — Ele sugou o ar com força pelos lábios e fez uma careta, como se chupasse um limão. — Ouvi um monte de lero-leros sobre traumas na primeira infância, transferência psicológica, nome bonitinho para assassinato, perdas de memória, declínio gradual, posterior arrependimento sincero e sabe mais Deus o quê. Tudo somado deu nisso: o conselho diretor se convenceu de que Julianna Dunne estava reabilitada com sucesso e devidamente pronta para retomar seu lugar como membro produtivo da sociedade.

— Há grande chance de ouvirmos essa mesma ladainha do seu oficial de condicional. Vamos passar por lá para conversar com ele, verificar tudo com a polícia local e dar o fora de Chicago. — Eve bufou com força. — Será que tem algo de errado comigo, Feeney? Porque eu olho para este lugar e vejo um monte de embromação e papo-furado sendo jogado sobre os contribuintes, que bancam todo o sistema.

— O que tem de errado com você eu tenho também.

— Mas as pessoas podem mudar, elas podem dar a volta por cima graças a si mesmas, ou com ajuda externa. Eu sei que as prisões não são apenas almoxarifados de bandidos. Não deviam ser...

— Mas também não deviam ser hotéis cinco estrelas, como esta aqui. Vamos dar o fora, porque este lugar me dá calafrios.

* * *

O oficial de condicional Otto Shultz era obeso, dentuço e tentava disfarçar a calvície avançada deixando um dos lados do cabelo mais comprido que o outro para, em seguida, formar um topete colado na pele e que começava em cima da orelha esquerda.

Eve sabia que seu salário de funcionário público não era nenhuma maravilha, mas se perguntou por que ele não separava uma parte dos rendimentos para cuidar melhor da aparência.

Ele não pareceu feliz por receber Eve e Feeney. Reclamou que estava muito ocupado, terrivelmente sobrecarregado de trabalho, e tentou dispensá-los mais depressa com promessas de cópias de todos os relatórios e avaliações sobre Julianna Dunne.

Eve aceitaria isso numa boa se não tivesse detectado uma espécie de receio que parecia lhe brotar dos poros.

— Você ajudou a colocá-la na rua e a primeira coisa que ela faz ao sair da prisão é matar um homem. Isso deve ter deixado você meio tenso, não é verdade, Otto?

— Olhe... — Ele pegou um lenço e enxugou o rosto gorducho. — Eu segui os regulamentos. Ela foi aprovada em todas as avaliações, seguiu todas as regras. Sou um oficial de liberdade condicional, não um adivinho.

— Pois eu sempre achei que a maioria dos oficiais de condicional tem um faro de merda. O que você acha, Feeney?

— Trabalhar com bandidos todos os dias, ouvir um monte de historinhas pra boi dormir, um monte de desculpas esfarrapadas e baboseiras... — Com os lábios apertados com firmeza, Feeney concordou. — É isso aí, Dallas. Acho que um oficial de condicional experiente devia ter um olho melhor para esses tipos de armação.

— Ela passou em todos os testes — argumentou Otto.

— Ela não foi a primeira prisioneira esperta a ludibriar os técnicos, as perguntas e as máquinas. Onde foi que ela trepou com você, Otto? — perguntou Eve, demonstrando um interesse genuíno pela resposta. — Foi aqui mesmo nesta sala ou ela o convenceu a levá-la para a sua casa?

— Vocês não podem vir aqui e me acusar de ter relações sexuais com uma cliente.

— Cliente? Santo Cristo! Esses termos politicamente corretos estão me deixando revoltada. Não estou acusando você, Otto, apenas comentando. — Ela se inclinou de leve na direção dele. — Eu *sei* que você trepou com ela. Aliás, estou pouco me lixando para isso, nem me interessa relatar o fato aos seus superiores. Ela é uma gata e você deve ter sido fácil de seduzir. Deve até se sentir grato por ela só querer sua ajuda e não se interessar em matar você.

— Ela passou nos testes — repetiu ele, com a voz trêmula. — O detector de mentiras não deu nem um salto sequer; sua ficha estava limpa, eu acreditei nela. Não fui o único que acreditou em sua lábia, então não venha despejar toda essa merda em cima de mim. Temos um monte de escória entrando pela porta dessa sala todos os dias, e a lei determina que se essas pessoas não infringiram nenhuma das regras da liberdade condicional, devem ser reencaminhadas à sociedade. Além do mais, Julianna não era escória. Ela era... diferente.

— Eu sei. — Enojada, Eve se levantou. — Ela é diferente.

O primeiro alento de ar fresco que Eve sentiu o dia todo veio de um lugar parecido com um vagão-restaurante apinhado de clientes e que fedia a fritura. O lugar estava lotado de tiras e, do outro lado da mesa apertada, o tenente Frank Boyle e o capitão Robert Spindler devoravam sanduíches de peito de peru do tamanho do Havaí.

— Julianna Dunne. — Spindler limpou um condimento cremoso que se fazia passar por maionese e escorria do seu lábio inferior. — Rostinho de anjo e alma de tubarão. Foi a vadia mais fria e cruel que eu já conheci na vida.

— A segunda — lembrou Boyle. — A primeira foi minha ex-mulher. Puxa, é duro de acreditar que estamos aqui de volta, nós quatro, quase dez anos depois. — Boyle tinha um rosto risonho tipicamente irlandês, mas só até chegar aos olhos, que eram duros, penetrantes e um pouco assustadores.

Eve reparou nos sinais que seu rosto exibia: muita bebida, preocupações demais nas dobras rechonchudas do seu queixo duplo e na curva para baixo formada por sua boca.

— Ligamos as antenas e colocamos o bloco na rua — continuou Spindler. — Deixamos vazar dicas para a mídia e entramos em contato com antigas ligações dela, mas até agora não achamos nada. — Boyle mantivera sua cara de durão, o cabelo com corte à escovinha e o jeito militar e autoritário. — Não chegamos a nada que indique que comemos mosca. Fui à audiência de condicional de Julianna e apelei para que ela não fosse libertada. Levei pastas de antigos casos e muitos documentos. Não consegui nada. A bonitona ficou lá, sentada quietinha como uma dama antiga, com os olhos baixos, as mãos cruzadas sobre o colo e um brilho de lágrimas nos olhos. Se não a conhecesse tão bem, até eu teria acreditado na sua farsa de boa moça.

— Vocês conhecem alguma coisa sobre Lois Loop, uma viciada da prisão?

— Assim pelo nome, não — respondeu Spindler.

— Ela era "secretária" de Julianna lá, lhe servia de escuta e também de escrava. Estava entrando na fissura por droga quando conversei com ela. Consegui alguns dados, mas deve haver mais. Talvez vocês consigam arrancar outras coisas dela. Loopy me disse que Julianna estava indo a Nova York para se encontrar com o homem das flores. Pettibone. E tem também o pastor, ou algo assim. Vocês sabem de alguém que se encaixe no alvo básico de Julianna e tenha alguma coisa a ver com pastor?

Boyle e Spindler balançaram a cabeça ao mesmo tempo.

— Vamos correr atrás para ver o que pinta — prometeu Spindler.

— Tem também um caubói e o cara de Dallas.

— Pelo jeito ela planeja ir ao Texas fazer uma visitinha ao padrasto. — Boyle comeu mais um pedaço imenso do seu sanduíche. — A não ser que a Dallas da dica seja você e ela esteja de olho no *seu* cara.

Eve ignorou a fisgada no estômago.

— É, essa possibilidade já me ocorreu. Vamos notificar a polícia de Dallas. Quanto ao meu cara, consigo cuidar dele. Nova Los Angeles e Denver foram cidades que a amiga doidona também mencionou. Aposto que se sua cabeça estivesse limpa ela se lembraria de mais alguma coisa.

— Vou fazer uma visitinha a ela. — Boyle olhou para Spindler. — Se estiver tudo bem para você... Capitão.

— Ele adora me lembrar que eu fui promovido — explicou Spindler. — Não há muita coisa a mais que possamos fazer por você no momento, tenente. Para ser franco, gostaria que você a agarrasse em Nova York mesmo. Iria sentir falta da festa, mas prefiro isso a ter Julianna de volta a Dockport.

Eve voltou para Nova York antes das cinco da tarde, mas preferiu ir direto para casa, em vez de passar pela Central. Trabalharia a partir de casa e ficaria mais tranquila quanto à segurança de Roarke.

Ele não se encaixava no perfil da assassina, lembrou a si mesma. Era jovem demais e não tinha nenhuma ex-esposa. Mas tinha uma esposa atual que desempenhara um papel importante na condenação de Julianna.

Eve estava quase na porta de casa quando pegou um retorno por impulso e rumou para a casa da dra. Mira.

Estacionou a viatura em uma área apropriada, a meio quarteirão do prédio da psiquiatra, ligou a luz de serviço e seguiu quase correndo até a respeitável residência revestida de tijolinhos. Havia pequenas flores cor-de-rosa e brancas espalhadas em vasinhos azul-bebê para alegrar o lugar. Na porta de entrada do prédio ao lado, uma senhora saiu passeando com um cão enorme de pelo dourado comprido e enfeitado com laços vermelhos. O animal lançou um latido abafado e amigável para Eve e seguiu em frente em companhia da dona como se estivessem a caminho de uma exposição de animais.

Do outro lado da rua um trio de meninos surgiu, gritando como maníacos. Cada um deles carregava uma prancha aérea com borda fluorescente e seguia pela calçada a alta velocidade como foguetes recém-lançados da plataforma.

Um homem de terno que carregava um computador de mão e um fone espetado no ouvido teve de fazer um esforço para desviar dos jovens, mas em vez de praguejar e erguer a mão para reclamar, riu para si mesmo e continuou falando enquanto entrava pela porta de outra residência de tijolinhos, mais adiante.

Aquele também era um cenário comum em Nova York, pensou Eve. Um bairro amigável, típico da classe alta. Muito provavelmente as pessoas se conheciam pelo nome naquele bairro. Saíam juntas para coquetéis, eventualmente levavam filhos e netos para o parque em grupos e paravam para bater papo quando chegavam à porta de casa.

Aquele era exatamente o ambiente que combinava com a dra. Charlotte Mira.

Eve se voltou para a porta e tocou a campainha. Na mesma hora mudou de ideia. Não tinha nada de se intrometer nos momentos de descanso da doutora. Deu um passo atrás, pensando em uma rápida retirada, mas a porta se abriu nesse exato momento.

Eve reconheceu o marido de Mira, embora eles tivessem se encontrado poucas vezes no passado, sempre socialmente. Era alto e desengonçado, como um espantalho simpático em um cardigã largo e calças muito amarrotadas. Seus cabelos eram uniformemente grisalhos e formavam uma juba em desalinho que servia de moldura para um rosto comprido que lhe dava um ar de intelectual com um quê de inocência.

Trazia um cachimbo pendurado num dos cantos da boca e abotoara o suéter errado.

Ele sorriu e seus olhos cor de grama desbotada pareceram intrigados.

— Olá. Como vai?

— Ahn... Vou bem, sr. Mira. Eu nem devia estar incomodando vocês em casa a esta hora, mas é que eu estava...

— Você é Eve! — Seu rosto se iluminou e pareceu se aquecer. — Minha ficha às vezes demora a cair, mas eu a reconheci pela voz. Entre, entre, tenente.

— Na verdade eu estava só...

Mas ele esticou o braço, pegou a mão de Eve e a puxou pela porta.

— Eu não sabia que você vinha nos visitar, sou muito desligado. Charlie! — berrou ele, na direção das escadas. — Sua Eve está aqui.

O protesto morreu ainda na garganta de Eve, atônita diante da ideia da elegante dra. Mira ser chamada de Charlie.

— Venha e sente-se, fique à vontade. Acho que eu ia preparar uns drinques, mas não tenho certeza, porque a minha mente viaja e deixa Charlie louca, rá-rá-rá.

— Não quero incomodar. Pode deixar que eu encontro com a dra. Mira amanhã.

— Pronto, aqui está o vinho, eu sabia que tinha trazido a garrafa. Ajude-me a entender as coisas... Você veio jantar conosco?

Ele continuava segurando a mão de Eve com força, e ela não conseguiu achar um jeito educado de se desvencilhar. Mas ele sorria com um ar tão confuso, misturado com humor, que Eve se sentiu quase apaixonada por sua figura adorável.

— Não, vocês não esperavam me receber esta noite — explicou Eve.

— Então, esta é uma agradável surpresa.

Capítulo Oito

Antes de ela ter chance de responder, Mira entrou afobada na sala e Eve sentiu outro choque ao ver a sempre elegantérrima Mira usando uma camiseta branca vários números maior que o seu tamanho, acompanhada de calça legging preta. Seus pés, descalços, tinham as unhas pintadas em um lindo tom de rosa-chiclete.

— O que foi, Dennis? Quem você disse que chegou? Ora... Eve!

— Desculpe, doutora, eu não devia estar aqui. Estava a caminho de casa e resolvi... Desculpe vir incomodá-la em casa. Pode deixar que eu ligo para o seu consultório amanhã cedinho.

Era raro, pensou Mira, ver Eve aturdida.

— Você não está nos incomodando, em absoluto. Estamos tomando vinho, não é, Dennis?

— Estamos? — Ele pareceu atônito novamente ao olhar para a garrafa em sua mão. — Ah, é! Estamos. Vou pegar outra taça.

— Não, por favor, não se incomode, eu nem devia ter vindo aqui. Estou de saída.

— Que bobagem. — Mira sorriu para ela. — Sente-se. Se estiver de serviço, podemos lhe oferecer uma bebida mais leve.

— Não, já estou fora do meu horário, mas...

— Ótimo! — A doutora atravessou a sala, parando apenas para desabotoar e tornar a abotoar o suéter do marido, em um gesto de intimidade tão simples que fez Eve se sentir mais intrusa do que se eles tivessem trocado um beijo ardente e molhado. Mira pegou uma taça para si mesma no recesso envidraçado do bar e, em seguida, simplesmente colocou uma das mãos no ombro de Eve, forçando-a a arriar o corpo em uma das poltronas.

Foi assim que Eve se viu sentada em plena sala de estar colorida de Mira, aceitando uma taça de vinho.

— Como foram as suas férias? — começou Mira.

— Ótimas. Foram ótimas.

— Você parece descansada.

— É... Fiquei de papo para o ar metade do tempo.

— Precisava disso. Roarke também. Está tudo bem com ele, eu espero.

— Sim. — Eve se remexeu na poltrona, meio desconfortável. — Está tudo ótimo. — E ela pretendia manter as coisas assim.

Mira provou um pouco do vinho e inclinou a cabeça na direção do marido ao dizer:

— Geralmente eu converso a respeito dos casos que investigamos com Dennis, mas, se preferir, podemos subir e conversar no meu escritório.

— Não, doutora, não quero ocupar seu tempo livre. Nem tinha o direito de trazer um dos casos para sua sala de estar. Além do mais, ainda nem tive tempo de analisar todos os dados que levantamos.

— Mas eu tive.

— E o que a senhora acha de... — Eve se obrigou a parar de falar. — Tudo bem, então. Vou ligar para seu consultório amanhã de manhã para marcar uma hora.

— Relaxe, Eve. Podemos conversar a respeito agora mesmo. Você não teria vindo até aqui se não considerasse o assunto importante. Fico feliz por você se sentir confortável o bastante para fazer isso, pelo menos por um momento. Houve uma época, até pouco tempo atrás, em que você sequer consideraria essa possibilidade.

— Sempre respeitei muito suas habilidades, dra. Mira.

— Respeito e ajuda são coisas diferentes. Você está aqui para conversar sobre Julianna Dunne.

— O mal — comentou Dennis Mira em voz alta, sem se dirigir a ninguém em particular — surge sob todas as formas, muitas delas atraentes. — De repente, voltou os olhos muito claros e penetrantes para Eve. — Você acredita no mal?

— Sim.

— Excelente. Não dá para impedi-lo de atuar sem acreditar nele.

— Dennis tem a capacidade fabulosa de reduzir um fato à sua expressão mais simples. Isso me ajuda muito.

Mira tomou mais um gole de vinho e pousou a taça em uma mesinha lateral redonda, antes de continuar.

— Julianna Dunne foi extensivamente testada, avaliada e examinada antes e durante o julgamento. A opinião dos especialistas convocados para acompanhar o assunto foi de que ela havia sofrido trauma de abuso sexual por um membro da família, o que a prejudicou emocionalmente. Com a capacidade mental diminuída, ela, depois de adulta, passou a buscar outros homens, que representavam seu agressor. Ela os punia, já que havia sido incapaz de punir o homem que lhe fizera tanto mal.

A doutora fez uma pausa para encolher suas pernas de bela silhueta e colocá-las sob o corpo, na poltrona.

— Devido ao jeito frio e calculista dos assassinatos e o lucro que ela obteve a partir deles, a defesa não conseguiu negociar um cumprimento de pena em uma instituição para doentes mentais, nem convenceu o júri de que a acusada deveria ser considerada inocente por conta da sua capacidade mental diminuída. Eles conseguiram, entretanto, livrá-la de uma sentença de prisão perpétua.

— Gostaria de ter o perfil inicial da assassina traçado pela senhora, doutora.

— Então aqui vai ele... Na minha opinião, e considerando os dados apresentados, os especialistas foram incorretos nas suas avaliações e conclusões. Julianna não agiu com capacidade mental diminuída, no conceito legal do termo. Ela armou o jogo de forma perfeita. Suas respostas foram as mais acertadas, bem como suas reações, seus gestos e seu tom de voz. Foi o seu erro, um erro que os que trabalhavam com ela não perceberam: esse tipo de perfeição só pode ser calculado. Ela é uma mentirosa, mas uma mentirosa excelente.

— Ela não foi estuprada quando era adolescente. — Eve se inclinou para frente. — Ela não é assombrada nem caçada por ninguém. Não existe dor, nem medo, nem fúria dentro dela.

Mira estendeu o braço e envolveu a mão de Eve com a dela, por um curto instante. Sabia que elas não poderiam falar da infância de Eve com Dennis na sala.

— A minha opinião — continuou a doutora —, embora eu precisasse avaliá-la pessoalmente para ter certeza, é de que a relação sexual foi realizada com pleno acordo entre as partes. Para Julianna, o sexo é uma arma e o homem é o inimigo. É pouco provável que ela aprecie a experiência sexual em si. Trata-se apenas de um trabalho, um meio para alcançar um fim. O prazer que os homens conseguem ter com ela e com o seu corpo é uma questão dúbia em sua cabeça, algo que lhe provoca orgulho e nojo.

— Por que ela não voltou seu interesse sexual para as mulheres?

— Ela tem mais respeito pelo sexo feminino, como espécie. Além disso, como eu disse, sexo não é interessante para Julianna. Ela não busca prazer nisso. Seu prazer vem de causar dor, humilhação; vem de conquistar e recolher as pilhagens dessa guerra.

— Posso dar uma opinião? — Dennis espalmou as mãos, atraindo a atenção de Eve. Ele estava tão quieto e calado que ela se esquecera por completo de sua presença. — Os homens não são oponentes, aqui — sugeriu ele. — Acho que são vítimas. Ela precisa acumular vítimas para se sentir bem-sucedida.

— Ela arma tudo para atraí-los, como se faz para pegar uma presa qualquer — concordou Eve. — Ela se transforma no que atrai essa presa e veste uma personalidade diferente como se fosse uma roupa nova. Um homem mais velho que esteja cansado, insatisfeito ou simplesmente entediado com sua esposa, sua família ou sua vida sexual é o alvo perfeito. Quanto mais facilmente ele for atraído pela beleza, mais fácil será ludibriá-lo.

— Um homem de certa idade é mais passível de se sentir lisonjeado pelas atenções românticas de uma mulher linda e jovem. Os dois sexos possuem pontos fracos.

— Ela treinou tudo com o padrasto. Foi ela quem fez o jogo de sedução na época — afirmou Eve. — Estava aguçando suas habilidades. Ele não testemunhou no julgamento dela. A promotoria não podia se arriscar a convocá-lo e deixar o júri vê-lo, porque a defesa iria deitar e rolar. Vejam só, este homem violou nossa jovem inocente. Ela estava indefesa e não teve saída. Ele era seu pai, e ela deveria ter se sentido em segurança ao seu lado. Em vez disso, ele arrancou a inocência dela e a deixou destroçada. Se existe um responsável pelas mortes que ocorreram, é ele. Tudo isso a defesa iria alegar.

— Julianna também não podia deixar que ele fosse convocado para testemunhar sob juramento — disse Mira. — Deve ter feito questão de que ele não aparecesse. Você vai vê-lo?

— Ele mora no Texas. Em Dallas.

— Sim, eu sei. — Os olhos de Mira exprimiram mais que um milhão de palavras. — Vi os dados. Você conseguirá falar com ele?

Ela não perguntou se ela *iria*, pensou Eve. Queria saber se ela *conseguiria*.

— Não sei... não sei — repetiu.

Mira estendeu o braço e tocou a mão do marido.

— Dennis... — Foi tudo o que disse. Ele esticou suas pernas longuíssimas e se colocou em pé.

— Se as caras damas me dão licença, tenho algumas coisas para resolver. Você estava certa a respeito dela, Charlie. — Ele se inclinou e tocou a testa da mulher com os lábios, de leve, e, em seguida, acariciou com os dedos longos e magros os cabelos castanhos muito brilhantes dela. — Aliás, você sempre tem razão, querida. Foi bom revê-la, Eve. Apareça sempre que quiser.

— A senhora não precisava mandá-lo embora — disse Eve, quando ele saiu da sala. — Não estamos tratando de mim, aqui.

— Olhe para mim. Olhe para mim, Eve. — Mira pousou a taça e acolheu uma das mãos de Eve entre as suas. — Se você não está pronta para voltar a Dallas, convoque-o para vir prestar declarações. Traga-o para cá.

— Não tenho motivo nem autoridade para mandar trazer Jake Parker até Nova York.

— Então faça uma entrevista por *tele-link* ou marque uma teleconferência holográfica.

— A senhora sabe que a coisa tem de acontecer olho no olho para eu poder pressioná-lo a contar o que aconteceu, como aconteceu, o que ela fez e quem era, pois ele não vai querer abrir o jogo por conta própria. Além do mais, existe a possibilidade, pelos dados que levantei, de ele ser um alvo. Preciso ir até lá, mas não sei se consigo lidar com isso.

— Vou com você.

Por um momento, Eve só conseguiu olhar para a médica, sem ação, e seus olhos se encheram de lágrimas. Ela se levantou e desviou o olhar.

— Por Deus!

— Posso ajudar você, Eve. E quero fazê-lo. Durante muito tempo você nem mesmo me permitiu chegar perto e se ressentia com a minha presença. Isso mudou.

— Eu não me ressentia. O problema é que a senhora me deixava apavorada, e as pessoas que me apavoram também me deixam pau da vida.

— Estou feliz por saber que já não a apavoro mais.

— Às vezes ainda apavora. — Eve passou as costas da mão sob o nariz e se voltou. — Ainda não estou pronta, nem disposta a analisar como as coisas eram e como são agora. Tudo vem em pedaços e os pedaços estão ficando maiores. Não sei como vai ser quando o quadro ficar completo, mas prometo que quando eu estiver pronta, virei procurá-la. OK?

— Tudo bem.

— De qualquer modo... — Eve precisou respirar fundo duas vezes para retomar o equilíbrio. — Como eu disse, quem está na berlinda não sou eu. Feeney e eu fomos à prisão de Dockport, hoje.

Ela tornou a sentar, se recostou e contou a Mira todos os detalhes da viagem.

— Você acha que um dos alvos dela pode ser Roarke, Eve? Gostaria de poder lhe dizer que seus instintos estão errados.

Pareceu a Eve que sua garganta era apertada, enquanto uma fisgada lhe atingia a boca do estômago.

— Por quê? Ele não se encaixa no perfil das vítimas dela.

— Mas pertence a você. O que Dennis comentou sobre os homens não serem oponentes é exato. As mulheres, por outro lado, são oponentes dela, sim; são parceiras, mas também são ferramentas e rivais. Os sentimentos dela em relação às mulheres podem ter sido refinados ou aumentados ao longo de todo esse tempo em uma prisão feminina. Dentre os oficiais que conseguiram a prisão dela, você foi a única mulher. Foi também a única com quem ela pediu para conversar pessoalmente. Você a superou e isso a deixou impressionada. Ela desejava o seu respeito, mas você se recusou a dá-lo. É lógico que, tendo surgido uma oportunidade, ela iria querer um novo embate, não só porque você foi a mulher que interrompeu sua trajetória, mas também por tê-la dispensado. Isso explica a escolha de Nova York.

— E também o fato de ainda estar aqui. Sei que Julianna continua na cidade. Ela tomou um atalho no último ataque. Não se importa mais em ter um caso com o homem que se tornará sua vítima, nem em se casar com ele. Ela não vai tentar seduzi-lo, mas se avistar Roarke vai procurar um meio de alcançá-lo.

Eve se levantou da poltrona novamente, enfiou as mãos nos bolsos da jaqueta e começou a caminhar de um lado para o outro.

— Droga, a senhora sabe o que vai acontecer agora, não sabe? Vou chegar em casa e contar tudo a Roarke. Vou exigir que ele aumente sua segurança pessoal e aceite proteção da polícia. Ele vai escapar pela tangente, vai me garantir que sabe se cuidar sozinho, blá-blá-blá. Vamos acabar brigando. — Ela suspirou. — Tudo bem, já faz um tempinho que a gente não sai no braço, já estava na hora, mesmo.

— Você teme por Roarke e não quer que ele perceba isso.

— Claro que ele sabe se cuidar sozinho, mas isso não vai fazer com que eu pare de me preocupar com ele.

— Suponho que ele tenha esse mesmo conflito com relação a você, todas as vezes que você sai de casa com sua arma presa ao coldre. Não importa se isso vai ou não provocar uma briga de casal, o fato é que tentarão achar uma saída juntos. Isso é casamento.

— Muita coisa do casamento é um pé no saco.

— Ah, concordo plenamente!

— A senhora consertou os botões do suéter dele — murmurou Eve.

— O quê?

Surpresa por ter dito isso em voz alta, Eve ficou muda e quase enrubesceu.

— Nada, não...

— Botões? Mas que diabos... Ah! O suéter de Dennis. — Mira colocou a mão no peito e soltou uma gargalhada gostosa. — É verdade, acho que fiz isso, sim. Ele nunca presta atenção às roupas que veste. Nem às minhas, por falar nisso. Ainda me irrito profundamente quando visto uma roupa nova, me sinto linda e ele nem repara.

— Gosto dele.

— Eu também.

— Vou deixar vocês dois de volta à sua... rotina. Agradeça a ele pelo vinho. E obrigada por me atender numa hora dessas.

— Você é sempre bem-vinda aqui. — Ela se levantou para levar Eve até a porta.

— Dra. Mira?

— Sim?

— O que o seu marido quis dizer quando falou que a senhora estava certa a meu respeito?

— Ele pode ter se referido a um monte de coisas. Sob as atuais circunstâncias, porém, creio que ele achou que eu tinha razão ao descrever você como uma pessoa brilhante, complicada e corajosa. E agora fui eu quem a deixou sem graça. — Com carinho, Mira beijou de leve a face de Eve. — Agora, vá para casa brigar com Roarke.

Eve não queria brigar. Queria apenas que Roarke se mostrasse cordato dessa vez, só para variar. Como a chance de isso acontecer era igual a zero, ela foi pensando em várias abordagens, a caminho de casa.

Mas assim que colocou os pés dentro da residência notou que havia uma festa rolando ali.

Ouviu música, risos, vozes e, na mesma hora, sentiu as têmporas latejando diante da perspectiva de ter de lidar com pessoas. Nem mesmo o som das risadas escandalosas da sua queridíssima amiga Mavis impediu a enxaqueca de se instalar.

Imaginou-se subindo sorrateiramente as escadas, como um ladrão, e se escondendo em um quarto escuro depois de trancar a porta.

Valente uma ova, pensou.

Experimentou subir o primeiro degrau com toda cautela, mas Summerset surgiu no saguão, deslizando como uma serpente, e a pegou no flagra.

— Tenente. A senhora tem convidados.

— Já sei, pensa que eu sou surda?

— Talvez esteja com alguma deficiência auditiva, sim, pois se encaminhava na direção contrária ao som que vem da sala de estar.

— Talvez eu estivesse planejando subir um instantinho para vestir algo mais confortável. — Eve sabia que esse argumento era fraquíssimo, pois o mordomo continuou parado diante dela com um risinho que parecia a ponta de um sabre em seu rosto cadavérico. — Ah, vá enxugar gelo! — resmungou, e seguiu para a sala de estar.

— Dallas chegou! — gritou Mavis da outra ponta da sala, parecendo um pequeno redemoinho cercado de flores roxas colocadas em pontos estratégicos em torno do corpo. Seu cabelo estava pintado de prata enluarada naquela noite, e mais flores lhe brotavam da cabeça. Mavis abraçou Eve com entusiasmo e, em seguida, deu três pulinhos em suas sandálias prateadas com salto agulha de doze centímetros no formato do caule de uma flor.

— Leonardo e eu íamos à boate Baixaria para agitar um pouco. Resolvemos dar uma passadinha aqui para ver se você e Roarke estavam a fim de ir conosco, e veja só quem encontramos. — Ela girou o corpo e sorriu abertamente para Phoebe e Sam. — Liguei para Peabody na mesma hora. Ela e McNab vão se encontrar conosco na BB. Roarke disse que talvez você não voltasse para casa a tempo, mas vejo que chegou bem na hora.

— Sim, cheguei na hora, mas tenho muito trabalho a fazer, Mavis.

— Puxa, tire pelo menos duas horinhas para soltar a franga. — Ela puxou Eve para o centro da sala. — Comece tomando um golinho do meu zinger. Leonardo, meu bebê, amor da minha vida, onde foi que eu coloquei meu zinger?

Com seus dois metros de altura, o amor da vida de Mavis com sua pele cor de ouro velho parecia tudo, menos um bebê. Tinha o peito desnudo, exceto por duas faixas vermelhas de seda em forma de X que mal cobriam seus avantajados músculos peitorais e sustentava com leveza as calças fluidas muito brilhantes que lhe desciam da cintura até as pontas das sandálias vermelhas com tiras de couro entrecruzadas, em estilo escravo. Piercings de rubi em forma de V, incrustados no canto do seu olho esquerdo, cintilaram no instante em que ele sorriu e passou o copo de zinger para Mavis.

— Que bom rever você, Dallas. — Ele abaixou o corpanzil e pousou um beijo leve e tímido no rosto de Eve. — Posso lhe preparar um zinger, se desejar.

— Vou dispensar, obrigada. — Ela lançou um olhar de gratidão para Roarke quando ele baixou o volume da música. — Desculpe por ter levado mais tempo do que o planejado — ela lhe disse. — Precisei passar em um lugar a caminho de casa.

— Tudo bem. — Ele foi até ela e, sob o disfarce de um ardente beijo de boas-vindas, perguntou baixinho: — Quer que eu me livre desse povo?

Eve quase respondeu que sim, mas isso lhe pareceu mesquinho e cruel.

— Não. Podemos acompanhá-los durante uma hora na boate Baixaria, se você estiver a fim.

— Você está com alguma preocupação na cabeça — afirmou ele, erguendo o queixo dela.

— Nada de importante.

— E também está com enxaqueca.

— Vai passar. — E havia ainda a possibilidade de que passar algumas horas em companhia dos amigos pudesse ajudá-lo a cooperar com ela.

— Então? Vamos nessa? — quis saber Mavis, gingando o corpo com o zinger na mão.

— Claro — concordou Eve. — Me dê só um minuto para eu cuidar de umas coisinhas lá em cima.

— Beleza! Roarke? — Mavis puxou a ponta da manga do paletó dele assim que Eve saiu da sala. — Podemos ir de limusine? Vai ser totalmente mais que demais todo mundo montar no seu carrão e chegar-chegando na boate Baixaria com o maior estilo.

Como a boate Baixaria era uma espelunca com tanta classe quanto um esquilo raivoso, Eve sabia que eles marcariam a maior presença chegando ao local a bordo de uma limusine de um quilômetro de comprimento com motorista uniformizado. Ainda bem que o veículo era robusto e mais blindado que um tanque de guerra.

Ela tirou o coldre de ombro, colocou o de tornozelo e verificou a arma pequena, de uso fora do horário de serviço, para ver se ela estava com carga total. Para dar uma ajeitada no cabelo, ela se limitou a passar os dedos por dentro dele duas vezes e ficou satisfeita com o resultado.

Já estava saindo do quarto, mas parou de repente ao ver Sam à espera dela, no corredor.

— Não queria incomodá-la — começou ele —, mas você está com uma dor de cabeça muito forte. Eu senti — explicou, antes de ela retrucar. — Posso ajudá-la a se livrar dela.

— Tudo bem, não é nada sério.

— Detesto ver alguém sentindo dor. — Sua expressão era suave e transmitia compaixão. — Vai levar apenas um minuto.

— Não gosto de tomar remédios.

— Não a culpo. — Ele sorriu com bondade. — Sou sensitivo — ele deu um passo na direção dela — e também tenho um pouco de clarividência. A dor é bem aqui, não é? — Ele passou de leve a ponta de um dos dedos sobre o centro da testa de Eve, mas sem tocá-la. — Está um pouco dolorido atrás dos olhos também. A dor vai piorar se você for a uma boate barulhenta sem cuidar disso. Não vai doer nadinha.

A voz dele era tranquilizante e convincente. Enquanto ela balançava a cabeça para os lados, ele continuava a falar no mesmo tom suave e a puxava para perto de si.

— É só uma questão de toque e concentração. Feche os olhos e tente relaxar. Pense em outra coisa. Você foi a Chicago, hoje.

— Fui, sim. — As pálpebras dela se fecharam, inertes, quando ele esfregou a ponta do dedo, de leve, sobre sua sobrancelha. — Eu precisava interrogar pessoas em uma prisão de lá.

— Enfrentou toda aquela energia violenta e conflituosa. Não é de espantar que esteja com enxaqueca.

As pontas dos dedos dele tremularam de leve contra as pálpebras fechadas dela. Calor. Sua voz murmurava. Conforto. Nenhum homem jamais lhe oferecera essas duas coisas, com exceção de Roarke. Ela se deixou levar; era quase impossível não fazê-lo. E um pensamento passou por sua cabeça: a curiosidade de saber como seria ter um homem, um pai, que representasse na sua vida ternura e bondade, em vez de dor.

Sam arrancou a dor e a levou pelas pontas dos dedos até a base e a palma da sua mão. Sentiu a dor latejar ali, vagarosamente. Pulsar como um eco na sua testa antes de ele a fazer se espalhar e dissipar-se.

Quando ela se desfez, ele sentiu outra dor, mais forte e aguda. Mais profunda, ela penetrou de forma violenta no centro do seu corpo. Com ela, ele sentiu um clarão acompanhado de uma visão. E enxergou tudo dentro da mente dela. Leu seus pensamentos e suas lembranças, antes de quebrar a ligação forte e bloqueá-la.

— Uau! — Eve se sentiu meio tonta devido à súbita sensação de falta de apoio, embora não tivesse noção de estar com o corpo tão inclinado para frente. Percebeu que a dor se fora e em seu lugar se instalara uma calma sensação de bem-estar. — Puxa, isso foi melhor do que qualquer analgésico — disse ela, abrindo os olhos.

Ele estava olhando para ela fixamente, com o rosto absolutamente pálido e um ar de choque e pesar.

— Sinto muito. Sinto muitíssimo.

— Que foi? O que aconteceu? Me livrar da dor o deixou enjoado? — Eve estendeu a mão para segurá-lo, mas ele agarrou o braço dela com força. Suas mãos estavam geladas como o inverno em Nova York.

— Eve, eu não queria invadir... a sua mente é tão forte, eu devia ter percebido. Estava focado em dissolver sua dor. É necessário baixar o bloqueio entre as mentes, por alguns instantes, mas sempre trabalho com curas leves, rotineiramente, e nunca invado a mente das pessoas. Não pretendia fazer isso.

Eve sentiu o corpo enrijecer.

— Como assim, invadir?

— Eu não vi nada, eu lhe asseguro. É contra tudo o que eu acredito olhar dentro da mente de outra pessoa sem ser especificamente convidado a fazer isso. Mas você abriu as lembranças e a imagem começou a se formar antes de eu conseguir bloqueá-la. Foi um momento da sua infância. — Ele percebeu pela expressão no rosto de Eve que ela compreendeu muito bem o que ele sentira. — Não sei o que dizer. Sinto muitíssimo.

— Você olhou dentro da minha cabeça?

— Não. Mas eu vi. E ver, ainda que não tenha sido intencional, é uma traição de confiança.

Eve se sentiu despida e magoada. Recuou, afastando-se dele.

— Isso é uma coisa íntima.

— Sim, muito íntima. Não sei o que poderei fazer para compensá-la por isso, mas...

— Esqueça o que viu! — reagiu ela. — E não fale a respeito disso. Nunca. Com ninguém.

— Você tem minha palavra que jamais tocarei no assunto. Eve, se você quiser que Phoebe e eu nos retiremos da sua casa...

— Não ligo a mínima para o que vocês façam ou deixem de fazer. Só quero que você fique fora da minha mente. Fique fora da minha cabeça!

Ela saiu a passos largos, obrigando-se a não correr. Em vez disso, lutou para manter a compostura e se recompor antes de voltar para a sala de estar.

Não conseguia imaginar nada melhor para fazer, naquele momento, do que passar uma hora na boate Baixaria, onde ela poderia sufocar seus pensamentos com música horrível tocada a um volume de estourar os tímpanos e tomar drinques de péssima qualidade até que a dor submergisse e se afogasse.

O dever falou mais alto. Ela ficou só levemente bêbada, e mesmo assim foi trabalhoso chegar a esse estado na meia hora que dedicou a isso. Evitou Sam, sentando-se tão longe dele quanto possível durante a viagem ruidosa e agitada até o centro da cidade, e depois fez questão de se sentar no lado oposto ao que ele estava durante o tempo em que permaneceu na boate.

Ele tornou as coisas mais fáceis para ela e se manteve afastado.

Mesmo quando Mavis insistiu que todos dançassem com os outros companheiros de noitada, eles conseguiram se evitar. Só que nem isso nem a bebida de má qualidade ajudaram a levantar o seu astral.

O estado de Eve não passou despercebido a Roarke. Ele esperou até estarem de volta a casa, sozinhos, depois de se despedirem do resto do grupo na boate.

— Agora vai me contar o que há de errado com você?

— Estou com muita coisa na cabeça.

— Como sempre, mas para você isso nunca funciona como incentivo para beber com o propósito específico de ficar de porre.

— Não estou de porre. Parei na metade do caminho. — Mas seu equilíbrio não estava cem por cento e ela tropeçou logo no primeiro degrau da escadaria do saguão. — Acho que passei um pouco da metade. Qual é o problema? Você já me viu meio bêbada antes.

— Nunca quando há trabalho a ser feito, e muito menos quando você está preocupada. — Ele a segurou pelo braço para equilibrá-la.

— Sai pra lá! Não preciso de mais ninguém futucando a porra da minha mente!

Ele reconheceu o tom combativo na voz dela. Não se importava de encarar uma briga, pois chegaria ao fundo do problema mais depressa desse jeito.

— Já que você é minha esposa, creio que tenho o direito legal de futucar o fundo da sua mente, entre outras coisas.

— Não fale *minha esposa* com esse tom de babaca presunçoso. Você sabe que eu odeio isso.

— Sim, sei. É por isso que eu gosto tanto de usar essa palavra. O que aconteceu entre você e Sam antes de sairmos de casa?

— Sai da minha cola! Tenho muito trabalho pela frente.

— Não estou na sua cola. Ainda. O que foi que rolou? — repetiu ele, espaçando cada palavra com todo o cuidado, até que a levantou do chão, de repente, e imprensou-a contra a parede. — Agora sim, tenente, eu estou na sua cola.

— Eu e ele curtimos uma trepada rapidinha no chão do quarto. Qual é o problema?

— Uma rodada rápida de sexo geralmente não deixa um homem se sentindo tão miserável. E eu sei por experiência própria que isso também não deixa você tão revoltada da vida. Mesmo assim, podemos confirmar essa teoria, se desejar. — Ele enganchou a mão no cós da calça dela, puxou-o com força e o botão saltou longe.

Eve girou o corpo para escapar, mas seus reflexos estavam prejudicados. A cotovelada que tentou acertar nele passou longe do alvo e ela acabou grudada novamente contra a parede.

— Não quero que ninguém me toque. Não quero que ninguém coloque as mãos em mim. Deu para entender agora?

Ele emoldurou o rosto dela entre suas mãos e perguntou:

— O que aconteceu?

— Ele realizou uma espécie de sessão de magia para me livrar de uma dor de cabeça — desabafou ela. — E quando estava dentro da minha cabeça, deu uma olhada e viu uma cena de quando eu era criança.

— Ah, Eve... — Ele a abraçou com força e a manteve presa mesmo quando ela lutou para se desvencilhar.

— Sai de perto de mim! Cai fora, droga.

— Vou transferi-los para um quarto de hotel. Vou tirá-los desta casa hoje mesmo.

— Não importa se você conseguir um quarto para eles na porra da Lua. Agora ele *sabe.* — De algum modo ela havia parado de empurrá-lo para longe e se segurava nele com força. — Não importa que tudo isso tenha acontecido sem que fosse sua intenção. Não importa que ele esteja tão arrasado e sentido com o que houve. — Sentindo-se mais enjoada do que bêbada, ela encostou a cabeça nos ombros de Roarke. — Ele sabe de tudo e nada mudará isso.

— Por que isso a deixa envergonhada? Você era uma menina, uma criança inocente. Quantos inocentes você já defendeu em seu trabalho? — Ele ergueu o rosto dela e seus olhos se encontraram. — Quantos mais você terá pela frente ao longo da carreira? Mesmo assim, uma parte de você tenta se afastar de si mesma e daqueles que sentem pela criança que você foi.

— É um assunto particular.

— Você acha que talvez ele não respeite isso?

— Não. — Eve soltou um suspiro de cansaço. — Não é isso. Ele me deu sua palavra de honra. Um cara como ele é capaz de arrancar a língua com uma faca enferrujada para não precisar quebrar a palavra empenhada. Mas o fato é que ele sabe, e sempre que olhar para mim...

— Vai enxergar a amiga da sua filha. Uma mulher surpreendente. Vai ver aquilo que você muitas vezes se esquece de notar ao se olhar no espelho: coragem.

Ela se acalmou um pouco.

— Tem um monte de gente comentando sobre o quanto eu sou corajosa, hoje.

— Ora, ora... Já que é assim, por que não se mostra realmente corajosa e me conta o resto da história? Você já estava com problemas na cabeça quando chegou em casa, mais cedo.

— Foi mesmo... Temos que conversar, mas eu preciso vomitar antes.

— Assim é que eu gosto. Devemos respeitar nossas prioridades. Vamos lá. — Ele a envolveu com o braço. — Eu seguro sua cabeça enquanto você vomita.

Ela devolveu ao vaso sanitário a maior parte da bebida de má qualidade que ingerira. Quando acabou, aceitou sem protestar uma mistura que Roarke lhe serviu. Tomou uma ducha com água pelando, vestiu calças largas, uma camiseta regata e se sentiu quase humana novamente ao se juntar a Roarke no escritório. Para selar a cura, tomou uma caneca de café bem forte e contou tudo sobre a visita à penitenciária de Dockport.

— Você está achando que o cara de Dallas a que ela se refere possa ser eu.

— É uma possibilidade forte que eu apresentei a Mira quando voltava para casa. Ela concordou comigo. Fui a única mulher a tomar parte na condenação de Julianna Dunne, e isso me transformou em sua rival. Pior do que isso: sou uma espécie de opositora direta. Ela vem até o meu território, assassina um homem aqui, me mostra que está de volta e bem preparada para fazer estragos. Se ela derrubar você, porém, ela me derrotará definitivamente. Independentemente do que aconteceu nas batalhas que vieram antes ou depois da sua condenação, sairá vencedora.

— Uma teoria razoável e muito interessante. — Roarke girou o conhaque no fundo da taça. Ao contrário do resto do grupo, ele não tocara em um único drinque na boate Baixaria. — Gostaria de saber como ela planeja passar pela minha segurança e chegar perto de mim o bastante para me fazer algum mal.

— Roarke...

Ele sorriu e se inclinou na direção de Eve, como ela fizera.

— Sim, Eve?

— Corta essa. Escute, eu sei que você tem um sistema de segurança que é o máximo dos máximos, o melhor que o dinheiro pode comprar. Sei também que os seus instintos são melhores ainda que o sistema. Mas ela é esperta, meticulosa e muito, muito boa mesmo no que faz.

— Você também é — completou ele. — Isso representa um desafio adicional para ela. Como me matar quando eu estou tão completamente protegido, até mesmo intimamente?

— Você vai reforçar sua segurança — informou ela, com voz determinada. — Vamos estudar a logística de tudo e pedir algumas ideias a Feeney. Vou colocar tiras vigiando você e infiltrar alguns deles entre os seus funcionários no escritório do centro. Preciso conhecer sua programação diária até o último detalhe, para podermos deslocar os homens e posicioná-los onde quer que você tenha reuniões. Se você precisar sair da cidade usando qualquer tipo de transporte, o veículo precisará ser vistoriado e testado na ida e na volta.

Ele se recostou e tomou mais um gole do conhaque.

— Nós dois sabemos que eu não vou circular por aí com tiras nos calcanhares.

— Você prefere algum tipo de custódia defensiva ou prefere que eu o mantenha trancado dentro desta casa?

Ele virou a cabeça de lado.

— Você sabe que meus advogados farão picadinho de qualquer tentativa oficial com essa finalidade, então que tal economizarmos tempo e problemas?

— Seu filho da mãe cabeça-dura. Vou mastigar seus advogados e cuspi-los de volta sobre os sapatos de mil dólares que você usa.

— Tente.

Ela se levantou, irritada.

— Posso pegar aquele *tele-link* e solicitar uma autorização, sabia? Tranco você em um local que eu julgue adequado e ainda lhe coloco uma droga de bracelete de monitoramento até ter certeza de que seu traseiro está em segurança.

Ele se levantou com a mesma velocidade.

— E eu também pego o *tele-link*, faço a minha ligação e consigo um mandado de restrição que derrubará sua autorização de confinamento antes mesmo de ela ser emitida. Não vou ficar trancafiado em lugar nenhum, Eve, nem por você nem por ninguém. Também não vou me esconder nem fugir, então é melhor direcionar sua raiva e suas energias para rastrear sua suspeita. Quanto ao meu traseiro, pode deixar que eu sei cuidar dele muito bem.

— Mas esse traseiro não é mais apenas seu. Ele também pertence a mim. Droga, eu amo você!

— E eu também amo você! — Enquanto sua raiva cedia, ele pousou as mãos sobre os ombros dela. — Eve, pode deixar que eu tomarei cuidado. Prometo.

Ela afastou as mãos dele dos ombros e saiu caminhando pelo escritório.

— Eu *sabia* que você não iria fazer as coisas do meu jeito.

— Você acha que eu estaria onde estou se cada vez que sofri uma ameaça tivesse corrido para me esconder em um local seguro? Eu sempre enfrento o que aparece e lido com o problema. A única diferença é que agora eu lido de uma forma um pouco diferente.

— Eu sei. Sei muito bem que você é mais esperto em matéria de segurança do que qualquer outra pessoa, mas pelo menos você permitiria que Feeney desse uma olhada em tudo?

— Por mim, tudo bem.

— Vou pedir apenas que você me informe sobre seus compromissos, onde você vai estar, quando e com quem. Não vou mandar um monte de tiras atrás de você. — Ela se virou na direção dele. — Você iria despistá-los em poucos segundos, mesmo. De qualquer modo, vou me sentir muito melhor se souber onde você está.

— Vou mandar uma cópia da minha agenda para você.

— Certo, então. Outra coisa. Eu preciso ir a Dallas. — Ela disse isso muito depressa, como se as palavras pudessem queimar sua língua. — Preciso conversar com o padrasto de Julianna. Não sei quando vou até lá, mas deve ser nos próximos dois dias. Ela vai partir para a próxima vítima em pouco tempo, e ele é um alvo em potencial. Vai ser bom... Texas, caubóis. Talvez eu analise a coisa pelo ângulo do pastor das ovelhas também. Eles têm ovelhas no Texas. Só sei que...

Ele se aproximou enquanto ela tagarelava e cortou o papo-furado tomando-a nos braços.

— Vou até lá com você. Você não vai encarar isso sem mim.

— Acho que nem conseguiria. — Ela se obrigou a relaxar de forma deliberada, músculo por músculo. — Estou bem. Tenho trabalho a fazer.

Capítulo Nove

Eve passou horas analisando probabilidades, fazendo varreduras em nomes ligados a *ovelhas* e *caubóis*.

Enquanto o computador trabalhava, ela releu toda a pasta de Walter Pettibone, na esperança de ter deixado passar alguma informação ou qualquer coisa que pudesse indicar uma ligação mais direta entre a assassina e sua vítima.

Encontrou apenas um homem simpático de meia-idade, muito amado pela família, adorado pelos amigos e que dirigia uma empresa bem-sucedida de forma direta e honesta.

Eve não conseguiu ligar mais ninguém a nada. Não havia prova alguma de que qualquer das duas esposas da vítima, os filhos ou seus cônjuges conhecessem ou tivessem ouvido falar de Julianna Dunne. Também não encontrou motivo que a levasse a acreditar que algum deles poderia ter contratado uma assassina.

As duas esposas não poderiam ter características mais diferentes, mas dividiam um importante ponto em comum: uma afeição óbvia por Walter C. Pettibone.

Com relação ao que as datas, as provas e os cálculos de probabilidade indicavam, Julianna havia escolhido Pettibone em uma espécie de sorteio. Esse capricho sagaz significava que o próximo alvo poderia ser qualquer homem entre milhões de nomes.

Eve deixou o computador fazendo uma varredura nos nomes e foi para a cama, mas estava novamente em pé às seis da manhã, no escritório, repassando tudo.

— Você vai se estafar mais uma vez, tenente.

Ela olhou para trás e viu que Roarke também já levantara da cama, se vestira e parecia perfeito como sempre. Eve, por sua vez, ainda nem tinha escovado os dentes.

— Tudo bem, tá tudo ótimo. Dormi direto por cinco horas. Estou trabalhando com ovelhas, agora. — Fez um gesto na direção do telão. — Você faz ideia da quantidade absurda de palavras e nomes que têm a ver com ovelhas idiotas?

— Relacionadas a ovelhas eu conheço as palavras pastor, anho, borrego, além dos sobrenomes Carneiro e Cordeiro.

— Exibido!

Ele sorriu, foi até o escritório dela e lhe entregou uma das canecas de café que carregava.

— Além das incontáveis variações desses nomes e de outros — completou ele.

— Nem precisa ser um nome ou sobrenome. Pode ser uma profissão ou algo a ver com a aparência dele. Nossa, eu peguei essa dica de uma viciada interessada em colaborar que se chama Loopy... É mole?

— Existe uma lógica na história. O homem das flores, o cara das ovelhas. Acho que você está na estrada certa.

— Mas é uma estrada grande pra cacete! Mesmo que eu limite a pesquisa a homens casados mais de uma vez que tenham entre cinquenta e setenta e cinco anos, que são o alvo usual da assassina, terei dezenas de milhares de nomes só na região da Grande Nova York. Posso diminuir a lista ainda mais pesquisando quais valeriam a pena, financeiramente, mas continuo com uma área imensa a cobrir.

— Qual é o seu plano?

— Resolvi reduzir a abrangência da busca seguindo a teoria de que Pettibone talvez fosse um alvo oito ou dez anos atrás. Se a próxima vítima também já estava em campo no passado, vou buscar homens aqui da cidade que eram ricos naquela época. Depois vou torcer para Julianna não estar com pressa.

Eve mandou que o computador fizesse uma lista seguindo os novos critérios e tomou um gole de café, tentando parecer casual.

— Qual é sua programação para hoje? — perguntou a Roarke.

Ele pegou um disco no bolso do paletó.

— Aqui está minha agenda completa para os próximos cinco dias. Você será informada de qualquer mudança que aconteça.

— Valeu. — Ela pegou o disco e olhou para ele. — Obrigada. De verdade — completou. — Roarke, eu não devia ter despejado tudo em você daquele jeito, ontem à noite. Quem mandou estar por perto?

— Tudo bem. Da próxima vez que você ficar bêbada e grossa eu te dou uns tabefes para compensar.

— Parece justo. — Ela recuou quando ele se inclinou na direção dela. — Eu nem me lavei ainda. Pensei em malhar um pouco enquanto esperava os dados serem compilados.

— Uma sessão de malhação me parece uma ideia perfeita.

— Mas você já está todo vestido — protestou, quando ele a pegou pela mão e a levou na direção do elevador.

— A grande vantagem das roupas é que dá para vesti-las ou despi-las quantas vezes a gente quiser. — Ele se virou e arrancou fora a camiseta dela dentro do elevador. — Viu só?

— Estamos com hóspedes em casa e eles gostam de circular por toda parte — lembrou ela.

— Então a gente tranca a porta. — Suas mãos ágeis lhe subiram pela barriga e se fecharam sobre os seios dela. — Vamos agitar uma malhação íntima, bem rapidinho.

— Boa ideia.

* * *

Enquanto Eve completava sua maravilhosa sessão de exercícios físicos com algumas braçadas na piscina, Henry Mouton entrava pelo saguão em mármore polido da firma Mouton, Carlston e Fitch, advogados.

Tinha sessenta e dois anos e a estampa de um astro de cinema, estava em excelente forma física e era um dos advogados corporativos mais importantes da Costa Leste.

Caminhava com determinação. Vivia com determinação. Nos trinta e três anos desde que se formara em direito, sempre chegara ao escritório às sete da manhã em ponto, cinco dias por semana. Essa rotina não se modificou quando ele montou a própria firma, há vinte e três anos.

Henry era um homem que venceu na vida pela força do próprio trabalho, como ele mesmo gostava de apregoar, e trabalho era a palavra-chave em sua vida.

Ele adorava percorrer, todos os dias, os intrincados labirintos do mundo da lei.

Em termos pessoais, Henry levava a vida do mesmo modo que o trabalho, com dedicação e rotina. Mantinha a saúde e o corpo em excelente estado, e também a mente. Para isso, cultivara o hábito de fazer exercícios, seguia uma dieta equilibrada e acompanhava o mundo cultural. Saía de férias a cada seis meses e viajava por exatas duas semanas para um local diferente. Em fevereiro escolhia um lugar de clima quente, e em agosto preferia uma cidade interessante, onde houvesse oferta abundante de museus, galerias de arte e teatros.

No terceiro fim de semana de cada mês ele ia para sua casa de praia nos Hamptons.

Alguns o consideravam rígido demais em suas rotinas, incluindo suas duas ex-esposas, mas Henry gostava de se imaginar exatamente daquele jeito: um homem organizado. Como sua esposa atual era muito ligada em detalhes e quase tão guiada pela rotina quanto ele, pode-se dizer que o mundo de Henry Mouton estava em perfeita ordem.

O andar principal da firma Mouton, Carlston e Fitch era imenso como uma catedral e, às sete da manhã, silencioso como um túmulo.

Ele foi direto até a sala de frente com janelas para duas ruas, com sua privilegiada visão da parte norte de Manhattan. Sua mesa era uma ilha retangular sobre a qual ficavam apenas o centro de comunicações e dados, seu conjunto de canetas em prata, um risque-rabisque sofisticado, revestido em couro da Borgonha, além da foto de sua esposa em um porta-retratos de prata trabalhada, a terceira imagem feminina a habitar aquela moldura nos últimos vinte e quatro anos.

Colocou a pasta sobre o risque-rabisque, abriu-a, removeu sua agenda eletrônica e os arquivos em disco que levara para casa na noite anterior.

No momento em que dois ônibus aéreos se acoplaram para realizar uma conexão em pleno céu, Henry fechou a pasta e a colocou em uma prateleira ao lado da mesa, onde poderia ser acessada com rapidez.

Um som suave o fez erguer a cabeça e olhar com ar de estranheza para a morena impecavelmente vestida que se mantinha parada na porta.

— Quem é a senhorita? — perguntou Henry, educadamente.

— Desculpe-me, sr. Mouton. Sou Janet Drake, a nova estagiária. Ouvi o senhor entrando. Não imaginei que alguém da firma fosse chegar tão cedo.

Julianna cruzou as mãos diante da cintura e exibiu um sorriso tímido.

— Não pretendia incomodá-lo — desculpou-se.

— Você também chegou muito cedo, srta. Drake.

— Sim, senhor. É meu primeiro dia na empresa. Eu queria me familiarizar com o escritório e organizar minha estação de trabalho. Espero não ter feito nada de errado.

— Não, não! Apreciamos gente com iniciativa por aqui. — Muito atraente a jovem, avaliou Henry. Expressava-se bem e parecia ávida para trabalhar. — Deseja um emprego permanente aqui, srta. Drake?

— Será maravilhoso conseguir um emprego permanente em sua empresa, senhor. — Ela conseguiu fingir um leve rubor. — Se gostarem do meu trabalho.

— Vá em frente, então — assentiu ele.

— Obrigada, senhor. — Ela recuou um passo e parou. — Deseja uma xícara de café? Acabei de preparar.

Ele resmungou algo baixinho enquanto colocava um disco no computador.

— Aceito, sim. Não muito forte e sem açúcar, por favor.

Julianna voltou para a sala de café com seus sapatos práticos e elegantes que faziam um toc-toc discreto no piso do corredor. Dispunha de muito tempo. Sua cuidadosa pesquisa lhe mostrara que o dono da firma sempre chegava para trabalhar pelo menos trinta minutos e até uma hora antes de qualquer outro funcionário. Apesar disso, sempre havia o perigo de algum empregado dedicado demais, um puxa-saco ou, quem sabe, um androide de manutenção pudesse chegar e interromper a ação.

Preferia resolver tudo logo bem cedo. Certamente o próprio Henry iria aplaudir sua eficiência.

A ideia era tão divertida que ela riu sozinha ao colocar o veneno no café.

— Poderíamos ter resolvido isso nove anos atrás, Henry — murmurou consigo mesma enquanto mexia o cianureto com uma colher. — Só que você não foi o sorteado na ocasião. — Bateu de leve no cabelo, para ajeitá-lo. — Foi uma pena... uma pena, mesmo.

Acho que você adoraria estar casado comigo. Mesmo que só por um curto período.

Julianna levou o café servido em uma prática caneca de porcelana até a sala do chefe. Seu computador despejava palavras incompreensíveis a respeito de precedentes legais. Do lado de fora da parede envidraçada, um helicóptero de controle de tráfego passou, e o movimento no ponto de integração de veículos aéreos pareceu aumentar. Julianna colocou o café ao alcance do braço de Henry e recuou um passo.

— Precisa de algo mais, sr. Mouton?

Obviamente perdido em pensamentos, ele pegou a caneca e tomou o primeiro gole olhando para o movimento lá fora, enquanto ouvia as informações do computador.

— Não — respondeu, por fim. — Tenho tudo o que preciso, srta...

— Drake — repetiu ela, com um tom de voz simpático e um olhar gélido, observando-o ingerir mais um gole. — Janet Drake.

— Ótimo. Desejo que tudo corra bem no seu primeiro dia de trabalho, srta. Drake. Pode deixar a porta aberta quando sair.

— Sim, senhor.

Ela saiu da sala e esperou. Ouviu quando ele começou a engasgar e sentiu seu grito de choque e sua tentativa desesperada de sugar o ar. O rosto de Julianna pareceu terrivelmente belo quando ela voltou para vê-lo morrer.

Ela adorava assistir de perto, sempre que a ocasião permitia.

O rosto dele ficou vermelho como uma beterraba e seus olhos pareceram saltar das órbitas. Quando ele derramou o resto de café no chão ao socar a mesa, o marrom do líquido manchou o carpete cinza-claro.

Ele olhou fixamente para ela. A dor e o medo pareceram ganhar vida na sala, enquanto ele morria.

— A bebida entrou pelo buraco errado? — perguntou Julianna, com a voz alegre, e entrou na sala no instante em que ele caiu no chão. — Tivemos uma pequena mudança na rotina de hoje, Henry. — Virando a cabeça meio de lado, ela fez uma expressão de fascínio enquanto ele entrava em convulsões. — Na agenda de hoje temos a sua morte.

Aquela era a mais incrível das sensações, refletiu Julianna: testemunhar a morte chegando e saber que ela fora convocada e dirigida por suas próprias mãos.

Era espantoso que tão poucas pessoas desejassem experimentar aquilo.

Quando tudo acabou, ela lançou no ar um beijo maroto e, caminhando lentamente para fora da sala, fechou a porta cuidadosamente atrás de si. Era uma pena ser tão cedo, porque as lojas ainda não estavam abertas, pensou, ao pegar a bolsa e se encaminhar para o elevador. Ela estava louca para comprar e consumir coisas caras.

De cócoras diante do corpo de Henry Mouton, Eve sentiu raiva, frustração e culpa. Nenhuma dessas emoções serviria para alguma coisa, então ela fez o melhor que pôde para suprimi-las.

— Isto foi trabalho dela — afirmou Eve. — Como foi que Julianna conseguiu entrar aqui numa boa, depois de passar pela segurança do prédio, e ainda convenceu a vítima a beber o café envenenado? Sei a resposta para isso: ela parece normal. Consegue se fazer passar por alguém absolutamente normal. Transforma-se exatamente na pessoa que precisa ser. Devia saber que ele estaria aqui sozinho, isso não foi um golpe de sorte. E eu por aí, procurando carneiros e ovelhas.

— Tenente... *Mouton* é "carneiro" em francês — anunciou Peabody, entregando o computador de mão para Eve. — Eu pesquisei.

— Ah, que ótimo. Maravilha! Loopy estava certa, mas saber disso não serviu de nada para *salvá-lo*. — Chateada consigo mesma, Eve esticou o corpo. — Coloque uma etiqueta nele, ensaque-o e mande-o para o IML. Preciso dos discos de segurança do prédio, da declaração da testemunha que encontrou o corpo, ahn... Quero conversar com a gerente da firma e quero também os dados dos parentes mais próximos.

— Sim, senhora. Dallas? — Peabody hesitou, por um momento, mas resolveu falar. — Você não tinha como impedir isso.

— Claro que tinha. Era só enfiar a chave na porta certa. Só que eu não fiz isso, então continuamos a partir daqui.

Quando Peabody saiu, Eve pegou seu minicomputador tipo *tablet* e começou a colocar dados no sistema.

— Desculpe... a senhora é a tenente Dallas?

Eve olhou para trás e viu uma mulher muito bem-vestida, com cabelo preto ondulado e um penteado perfeito.

— Por favor, mantenha esta sala exatamente como está — pediu Eve.

— Sim, eu compreendo. Fui informada de que é a senhora quem está no comando. Sou Olivia Fitch, uma das sócias de Henry, e também sua segunda esposa. — Quando os olhos dela se fixaram no corpo, seus lábios tremeram, mas ela o apertou com força e sua voz continuou firme. — Tinha esperança de que a senhora pudesse me esclarecer... alguma coisa. Qualquer coisa.

— Há algum lugar tranquilo onde possamos conversar, sra. Fitch?

— Sim, claro. Pode ser na minha sala? Quero ter algo para explicar aos funcionários — começou, enquanto mostrava o caminho a Eve. — Antes disso, porém, preciso refletir sobre o assunto de algum modo racional, pela minha própria sanidade.

Ela abriu uma porta que dava para outro escritório de esquina, igual ao de Mouton, só que de frente para o sul, em vez do norte, além de exibir uma decoração mais leve e menos espartana.

— Sei que este é um momento difícil para a senhora — declarou Eve.

— Sim, tenente, dificílimo. — Em vez de ir para a sua mesa ou para o pequeno conjunto de estofados, Olivia caminhou até a parede envidraçada. — Henry e eu nos divorciamos há quatro... não, cinco anos. Ele tornou a casar, e o que aconteceu certamente vai ser um golpe terrível para Ashley. Sua morte, por si só, já seria difícil de aceitar, mas um assassinato? Nunca conheci ninguém que tivesse sido assassinado. — Ela se virou. — Estou indescritivelmente abalada.

— A senhora conhece alguém que desejasse mal ao sr. Mouton?

— Somos advogados — respondeu Olivia, encolhendo os ombros. — Quem não nos deseja mal? Mesmo assim, não consigo, honestamente, imaginar alguém que pudesse fazer isso a Henry. Ele era um homem irritante, impossível de se conviver na intimidade, pelo meu ponto de vista. Ele é... Isto é, era um homem incrivelmente linear, sempre focado de forma absoluta na manutenção de suas rotinas. Todos tinham vontade de dar umas boas sacudidas nele de vez em quando, mas ninguém pensaria em matá-lo por isso.

— Poucas pessoas que já foram casadas continuariam sendo sócias no trabalho.

— Essa era mais uma das características chatas de Henry. — Lágrimas brilharam em seus olhos, mas ela as segurou bravamente. — Ele era um adepto radical da lógica. Por que deveríamos provocar uma reviravolta na firma só porque um casamento acabou? Afinal, sempre tínhamos nos dado muito bem um com o outro, profissionalmente. Quanto a isso, eu e ele estávamos absolutamente de acordo. A verdade é que éramos companheiros de trabalho muito melhor do que amantes. Não sei dizer se éramos amigos. Provavelmente eu deveria entrar em contato com meu advogado neste exato momento — suspirou ela —, mas não tenho energia para isso.

— Por que ele hoje veio trabalhar antes de a firma abrir as portas?

— Henry se sentava à sua mesa de trabalho todo santo dia, exatamente às sete horas da manhã. Tanto fazia se havia chuva, sol, inundação, abundância ou crise econômica. Não importa o que se diga a respeito dele, o fato é que a sua dedicação e ética eram perfeitas e admiráveis. Ele se preocupava com esta empresa, com o seu trabalho e com a lei

Nesse momento a voz dela falhou, ela apertou a mão contra a boca e desabafou:

— Droga, droga, droga!

— A senhora precisa de alguma coisa? — ofereceu Eve. — Um copo d'água?

— Não, obrigada. Não sou de choramingar. — Ela tentava se controlar, visivelmente. — Eu também me preocupo com a lei. Quero que a pessoa que fez isso, não importa quem seja, receba o castigo que merece. Pode fazer seus interrogatórios, tenente. Eu lhe asseguro que a senhora terá a cooperação total de todos os funcionários dessa firma; do contrário, eu arrancarei a pele deles.

— Muito obrigada. — Eve parou de falar e se virou no instante em que Peabody entrou na sala.

— Posso falar com a senhora um instantinho, tenente?

— Por favor, espere aqui, sra. Fitch. — Eve saiu da sala, mas ficou junto da porta. — O que encontrou?

— Há impressões digitais de Julianna Dunne em toda a salinha do café. Ela esteve aqui e nem se deu ao trabalho de limpar os vestígios. Peguei os discos da segurança. Eles estão etiquetados.

— Ótimo. Procure a gerente geral e peça que ela venha aqui assim que eu terminar a conversa com a sra. Fitch.

Eve tornou a entrar na sala e perguntou:

— Sra. Fitch. A senhora conhece uma mulher chamada Julianna Dunne?

— Dunne? Esse nome me parece familiar. — Ela franziu as sobrancelhas e em seguida ergueu-as com ar de surpresa. — O assassinato de Walter Pettibone e dos outros homens. Vi as notícias e reportagens na mídia. A senhora acha que ela... Mas por quê? Como ela pôde simplesmente? — Ela se largou no sofá, desolada.

— A senhora a viu ou notou alguém com a descrição dela circulando por aqui nos últimos dias?

— Não. — Olivia cobriu o rosto com as mãos. — Não consigo nem raciocinar direito.

— Ela esteve aqui, na salinha de café. Imagino que o pessoal da faxina limpe aquela sala todas as noites.

— Sim, sim. O prédio tem um serviço de manutenção excelente.

— Se é assim, ela esteve aqui hoje de manhã. Posso usar seu equipamento? — perguntou Eve, apontando para o computador.

— Claro, fique à vontade.

Eve colocou o disco do saguão na máquina.

— A senhora sabe a que horas o pessoal da limpeza faz a faxina nessa área?

— Este andar está programado para ser limpo entre meia-noite e duas da manhã.

Eve programou o disco de segurança para começar a passar imagens a partir das duas. Viu tudo em velocidade acelerada e pausava apenas quando alguém entrava ou saía do saguão. Era pequeno o movimento de pessoas. Apareciam basicamente funcionários cansados, que haviam trabalhado até mais tarde, e gente da manutenção, e ocorreu uma mudança no turno dos seguranças do saguão. Às seis e quarenta e cinco da manhã, uma morena atraente vestindo um tailleur elegante entrou a passos largos e dirigiu-se diretamente à recepção.

Eve congelou a imagem e a ampliou.

— Reconhece esta mulher?

Olivia se virou e analisou a figura na tela.

— Não. Não me lembro de tê-la visto. Existem muitas empresas e escritórios funcionando neste prédio. Eu não teria como...

— Olhe mais de perto. Concentre-se no rosto. Esqueça o cabelo.

Havia um quê de impaciência na voz de Eve, mas Olivia fez o que lhe foi pedido.

— Eu conheço todo mundo por aqui e ela não... Espere. Meu Deus! Essa é a tal de Dunne, não é? Eu não a reconheci à primeira vista.

— É... a maioria das pessoas não a reconhece.

* * *

Ao meio-dia, Eve já agendara uma das salas de reunião e sua equipe estava reunida.

— Vamos ver como a coisa rolou — começou ela. — Julianna falsificou a identidade de uma funcionária, trabalho fácil para ela, e a exibiu para o guarda da segurança. Esse mesmo guarda estava de serviço ontem de manhã, no turno de seis ao meio-dia. Ela assinou o livro de chegada como Janet Drake, estagiária da Mouton, Carlston e Fitch às oito e quarenta e três da manhã de ontem. Fez questão de lançar um sorriso imenso, de flerte descarado, para o guarda, e puxou assunto, para ele lembrar bem dela quando a visse chegar hoje de manhã, quando ela voltou bem cedinho. — Eve continuou a explicar tudo, apontando para a gravação que passava no telão. — Saltou do elevador no andar da firma e temos imagens dela até a hora em que entrou pela porta da empresa. Oito minutos depois, vemos Mouton repetindo a rota que ela fizera. Nos vinte minutos seguintes, deduzimos o que aconteceu.

Ela parou a gravação.

— Declarações dos sócios e funcionários da empresa confirmam que Mouton sempre chegava para trabalhar às sete horas. Era um homem de rotinas rígidas e Julianna certamente estudou seus hábitos. O mais provável é que tenha se apresentado como estagiária. Deve ter dito que estava louca para começar logo a trabalhar, atingindo-o nos pontos fracos: sua firma, seu trabalho, dedicação total. Deve ter oferecido um café a ele, foi prepará-lo e despejou o veneno. Provavelmente ficou por perto para ter certeza de que ele ingeriu a bebida, e certificou-se de que estava morto. Ela curte acompanhar tudo de perto até o fim. Exatamente às sete e dezoito, saiu da firma e foi embora.

Eve ordenou ao sistema que retomasse a gravação e avançou as imagens.

— Ela está com um brilho diferente no olhar — comentou. — Curte muito tudo isso. Saiu do prédio por uma porta de incêndio do segundo andar, para não ter que se preocupar com o guarda.

Dali, pegou a passarela aérea até a calçada e chegou em casa a tempo de tomar seu café da manhã.

— Ela mudou o padrão — observou Feeney. — Permaneceu em Nova York e está mirando em caras que não conhecia antes. Mas alguns hábitos são difíceis de largar. Ela continua procurando o mesmo tipo de alvo e modifica a aparência, mas sem mudar os traços do rosto.

— Ela tem fixação por esta cidade. — Eve pegou uma xícara de café mais por hábito que por vontade. — Na opinião de Mira, eu faço parte dessa fixação: sou a única mulher com quem Julianna teve um combate direto. Ela precisa mostrar que é melhor do que eu, e a melhor forma de provar isso é matar pessoas em meu território enquanto eu fico girando como um cachorro que tenta morder o próprio rabo.

— Ótimo! — McNab atraiu a atenção de Eve. — Vai doer mais quando a senhora a pegar desprevenida e voar na garganta dela.

— Tá puxando meu saco, detetive?

— Estou, senhora. — Ele lançou um sorriso tão luminoso quanto as três argolas que lhe balançavam na orelha. — Mas é a pura verdade. Ela não é melhor que você... Isto é, que a senhora.

— Neste exato momento estou com dois homens mortos nas mãos, e eles não concordariam com você. Precisamos nos fixar nos dois computadores que apreendemos na penitenciária de Dockport. Ela tem um lugar fixo aqui em Nova York.

Em algum lugar, pensou Eve. Uma casa classuda na parte norte, ou um estúdio estiloso no centro.

— Ela tem um apartamento ou uma casa bem cara e metida a besta aqui na cidade. Ou comprou quando estava presa ou conseguiu que alguém cuidasse da manutenção dela durante aquele período. — Eve tomou um longo gole de café e esperou pelo efeito estimulante da bebida. — Deve haver registro de algum contato, ligação ou transmissão dela para alguém de fora. Ela é esperta demais para usar o *tablet* que contrabandeou para dentro da prisão, mas pode ter relaxado em algum momento. Ela pesquisava alvos específicos, deve haver dados dessas pesquisas.

— Estamos fazendo uma varredura completa — garantiu Feeney. — Se houver algo na memória daquelas máquinas, vamos descobrir.

— Pois descubra rápido, então. Deixei cópias do relatório psiquiátrico para todos vocês. Na opinião da dra. Mira, com a qual eu concordo, a história de o padrasto de Julianna ter abusado sexualmente dela é imprecisa. Preciso entrevistá-lo para tentar arrancar-lhe a verdade. Quanto mais eu souber a respeito dela, mais rápido conseguiremos agarrá-la. Além do mais, o padrasto pode se tornar um alvo. Vou para o Texas assim que conseguir agitar tudo por aqui.

— Eu vou junto, senhora? — perguntou Peabody.

— Não. Preciso de você aqui. — *Não posso levar você para Dallas*, pensou Eve. *Não posso me arriscar. Não aguentaria.* — Continue pesquisando o veneno. Ela está conseguindo a substância em algum lugar. — Eve teve o cuidado de manter a voz em um tom absolutamente profissional ao continuar. — Vocês também vão ver no relatório da dra. Mira que, independentemente da probabilidade pequena apontada pelo sistema, ela acredita que Roarke possa ser um alvo em potencial.

— Ca-ce-te! — exclamou McNab.

Embora isso a tivesse atingido direto no coração, Eve ignorou a reação exacerbada do detetive.

— Embora Roarke não se enquadre nos padrões de Julianna Dunne nem nos dados que acumulamos até aqui, o que resultou em uma probabilidade baixa na avaliação eletrônica, ele se encaixa à perfeição na guerra pessoal que ela aparentemente alimenta contra mim. O conhecimento da identidade de um alvo em potencial vai nos ajudar a fechar o cerco. Consegui a agenda pessoal de Roarke para os próximos cinco dias e há cópias dela em suas pastas. Ele recusou proteção policial direta, mas concordou em tomar algumas precauções básicas.

Viu, mentalmente, o corpo de Mouton esparramado no chão do escritório dele, mas, antes que o rosto de Roarke pudesse se sobrepor ao rosto da vítima, Eve se forçou a pensar em outra coisa.

— O esquema de segurança de Roarke é de altíssimo padrão. Porém, na condição de investigadora principal do caso... — Ela xingou baixinho e enfiou as mãos fechadas dentro dos bolsos, antes de continuar. — Feeney, gostaria que você desse uma olhada cuidadosa nos sistemas de segurança do escritório dele, nos de nossa casa e também nos veículos que ele usa.

— Ele me ligou faz uma hora. Vou me encontrar com ele hoje à tarde para cuidarmos disso.

— Obrigada. Muito bem! Isso é tudo que temos, então vamos agitar. Estarei na minha sala.

— Dallas está abalada — cochichou McNab para Peabody depois que Eve saiu. — Ela não é de se abalar por qualquer coisinha.

— Vou lá conversar com ela. — Peabody saiu da sala quase correndo, olhou para os dois lados do corredor e viu Eve descendo pela passarela aérea. Precisou correr e foi dando cotoveladas para abrir caminho, ao longo da passarela, mas conseguiu alcançá-la bem na saída.

— Dallas! Espere um instantinho.

— Não tenho tempo para ficar de papo, Peabody. Preciso organizar um monte de coisas antes de viajar e preciso trabalhar.

— Ela não vai chegar até ele, Dallas, não vai nem chegar perto! — Ela tocou o braço de Eve e o agarrou, impedindo-a de prosseguir. — Se fosse apenas um de vocês dois, talvez ela tivesse sorte e conseguisse provocar algum dano, mas ela está agindo contra os dois ao mesmo tempo. Não vai conseguir se dar bem, nem neste planeta nem no universo conhecido.

A frustração e o medo se acumularam na garganta de Eve e transbordaram em um tom baixo e rouco.

— Tudo o que ela tem a fazer é entornar um tiquinho de veneno em uma xícara de café, em uma taça de vinho ou em uma porra de um copo d'água.

— Não, nada disso! — *Dallas estava mais que abalada*, pensou Peabody. *Estava apavorada até os ossos.* — Você sabe que a coisa não é assim. Ela precisa passar pelo radar dele e pelo seu. Escute, Dallas, eu não sei os detalhes sobre o lugar de onde ele veio, como chegou aqui, mas dá para deduzir. Também não é o caso de ele não saber se defender, porque ele sabe, sim, e muito bem. O mais importante de tudo é que Roarke é um homem perigoso. Aliás, esse é um dos motivos de ele ser tão sexy.

Eve se virou e olhou sem expressão para uma máquina automática de venda de doces.

— Ele não está nem um pouco preocupado com isso em especial.

— Mas isso não quer dizer que ele não vai ter cuidado, nem que vai dar mole.

— Não, eu sei. Sei que ele não vai dar mole. — Para ter algo com o que ocupar as mãos, Eve pegou uma ficha de crédito, enfiou na máquina e apertou o botão do chocolate comum.

DESCULPE, MAS O ITEM SOLICITADO NÃO ESTÁ DISPONÍVEL. DESEJA ESCOLHER OUTRA COISA?

— Não chute! — gritou Peabody, ao ver Eve tomar distância e levantar o pé. — Você vai ser novamente proibida de usar essas máquinas. Tente esse aqui — apontou. — É uma delícia. — Antes que sua tenente pudesse provocar algum dano na máquina, Peabody apertou outro botão.

VOCÊ ESCOLHEU UM TABLETE CROCANTE GOOEY, QUE É DE DAR ÁGUA NA BOCA. TEM TRÊS CAMADAS DE SUBSTITUTO DE CHOCOLATE, FLOCOS CROCANTES E UM RECHEIO CREMOSO SEM LACTOSE.

Eve pegou a barra e se afastou, enquanto a voz incorpórea continuou recitando os ingredientes, os índices calóricos e a quantidade de gordura do produto.

— Posso lhe perguntar uma coisa a respeito do caso Stibbs? — quis saber Peabody, andando mais depressa para acompanhar Eve.

— Vá falando, mas continue caminhando.

— Andei analisando a pasta e estou prestes a convocar Maureen Stibbs para interrogatório, mas pensei em segui-la durante algum tempo, se tiver chance, pelo menos por alguns dias. Quero captar o ritmo dela, entende? Só fico me perguntando se devo deixar ou não que ela perceba que está sendo vigiada.

Com algum esforço, Eve ajustou seus pensamentos e aconselhou:

— Permaneça à vista e sempre de farda. Ela vai ficar meio bolada.

— Vou conversar com algumas das pessoas que prestaram depoimento a respeito do homicídio, gente que conhecia os três envolvidos. E vou deixá-la perceber tudo que está acontecendo.

— Isso! Deixe-a instável, matutando sobre o que anda rolando. Ela ficará no ponto certo quando você entrar em contato.

— Quero esperar até você voltar do Texas antes de intimá-la a depor, para o caso de eu estragar tudo.

— Pode me esperar, mas você não vai estragar nada. Eu nunca trabalho com gente incompetente — acrescentou, fazendo Peabody sorrir no instante em que as duas se separaram, na sala de registros.

Ao chegar à sua sala, Eve levou alguns instantes para se acalmar, deu a primeira mordida na barra de chocolate com recheio e decidiu que realmente era de dar água na boca. Com a agenda de Roarke na cabeça, fez uma ligação para o trabalho dele, no centro da cidade.

— Já sei que você tem uma reunião marcada para daqui a cinco minutos — ela começou, assim que ele atendeu. — Só Deus sabe como é que você atura fazer reuniões com tantas pessoas todos os dias da sua vida.

— Sou um cara que gosta de gente, tenente. Uma alma amigável.

— Rá-rá... Tá bom! Vai zonear muito a sua vida se você desmarcar todas as reuniões de amanhã?

— De que adiantaria eu ser o chefão de todas as coisas se não pudesse desmarcar reuniões quando bem me aprouvesse? O que você precisa?

— Quero ir para Dallas amanhã bem cedinho.

— Tudo bem, pode deixar que eu cuido de tudo.

— Não sei quanto tempo vai levar, mas acho que dá para resolver tudo em um dia ou, no máximo, um dia e uma noite.

— Leve o tempo que precisar. Eve, você não está mais sozinha.

Ela concordou com a cabeça e, embora se sentisse tola ao fazer isso, tocou o rosto dele na tela, com carinho.

— Você também não está mais sozinho.

Capítulo Dez

A probabilidade de Roarke ser o próximo alvo é de 51,58%.

Eve estava em pé diante da janela estreita de sua sala. O número pouco acima de cinquenta por cento, entoado pela voz sem vida do computador, não a confortava nem um pouco.

— Em que local ela o atacaria?

Os dados são insuficientes para calcular esta probabilidade...

— Não estava perguntando a você — resmungou ela, apertando o alto do nariz com o polegar e o indicador. — Pense! — ordenou a si mesma. — Pense, pense... O que vai pela cabeça dela?

O impacto seria maior, descobriu Eve, se Julianna atacasse Roarke num momento em que a sua tira estivesse por perto. Poderia ser em casa, em um lugar público ou em um evento social no qual os dois estivessem. Ela pegou a agenda dele e a analisou na tela. Pela enésima vez.

Eve não conseguia entender como é que uma pessoa era capaz de participar de tantos encontros, reuniões, acordos, conversas e contatos em um único dia sem perder a sanidade. Mas Roarke era assim.

Eram muitas as pessoas com quem ele se encontrava todos os dias! Havia um monte de parceiros de negócios, funcionários, empregados, garçons, assistentes, mais os assistentes dos assistentes. Por mais brilhante que fosse o seu esquema de segurança, sempre haveria uma brecha por onde penetrar.

Mas ele estava consciente disso, lembrou a si mesma. Em todos os níveis, a começar pelo mais elementar. Do mesmo jeito que um tigre fica atento ao predador e à presa ao mesmo tempo em sua selva.

Se ela permitisse que o medo por ele a inundasse, acabaria perdendo algum detalhe.

Tornou a se sentar e tentou esvaziar a mente.

Na primeira leva dos assassinatos de Julianna Dunne, ela assumira o papel de princesa da alta sociedade. Uma borboleta jovem e glamorosa que esvoaçava por entre as flores dos mais abastados. Como se fosse um deles, refletiu.

Agora o seu padrão era se passar por empregada eficiente. Muito esperta, reconheceu Eve. As pessoas raramente reparam em quem as serve. Ela quase certamente iria continuar naquele esquema. Garçonete, empregada, servente.

Quem quer que fosse o próximo alvo, ela provavelmente chegaria ao seu negócio ou à sua casa por meio da empresa da vítima.

O método de escolha era o veneno. O velho veneno, refletiu Eve. Por quê? Porque era um jeito fácil de matar sem sujar as mãos e normalmente dava ao assassino, ou assassina, a oportunidade de ver o plano em pleno funcionamento. Observar de perto o choque, a confusão, a dor. Uma pessoa é capaz de compreender um tiro ou uma lâmina que a atinge, mas o veneno é sutil, até mesmo elegante. E confunde a vítima.

Mas não dá para entrar na farmácia da esquina e comprar um vidro de cianureto. Era hora de rastrear a fonte.

Antes, porém, havia um detalhe pendente que ela precisava resolver. Ligou para Charles Monroe.

O bonito acompanhante licenciado atendeu a ligação em seu *tele-link* de bolso. Eve ouviu o murmúrio de vozes e o suave tinir das porcelanas e dos cristais de um restaurante de classe no instante em que o rosto de Charles encheu a tela.

— Tenente Docinho! — Ele sorriu. — Que maravilhosa surpresa.

— Você está acompanhado?

— Não. A cliente ainda não chegou, mas geralmente ela se atrasa. O que posso fazer pela minha justiceira favorita?

— Você conhece algum colega ou tem um parceiro profissional na região de Chicago?

— Dallas, quando a gente exerce a profissão mais velha do mundo tem conhecidos e parceiros em toda parte.

— Sei. É que eu preciso de um profissional disposto a ir até o Centro de Reabilitação de Dockport, a fim de fazer uma visita íntima a uma detenta, seguindo um procedimento policial padrão.

O rosto dele e seu tom de voz exibiram um interesse imediato na proposta. Eve viu que ele olhou para baixo e sabia que ele estava consultando sua agenda eletrônica.

— Essa pessoa encarcerada é homem ou mulher?

— É uma presa em busca de um homem atraente com tempo de sobra para passar em sua companhia.

— Qual a data?

— Em algum momento das próximas duas semanas seria ótimo. Quanto mais cedo, melhor. O orçamento da polícia pode cobrir até duas horas de atuação, sem firulas, além de transporte básico de ida e volta.

— Como eu duvido muito que a polícia esteja preocupada com a qualidade da vida sexual dessa detenta, suponho que o mimo seja o pagamento por alguma informação que ela tenha dado ou uma colaboração prestada em uma investigação em andamento.

— Suponha o que quiser. — O rosto de Eve e seu tom de voz espelhavam o ar dele, de negociação em andamento. — Preciso do contato. Você consegue me indicar algum conhecido que trabalhe nessa área? É importante que ele saiba se cuidar. Ela deseja apenas uma bimbada, mas tem tendências violentas e eu não quero colocar nenhum novato nessa situação.

— Eu poderia indicar alguém, sim, mas por que não deixa que eu cuide disso pessoalmente para você? Certamente não sou novato e devo a você tanta coisa que ainda vou ficar devendo.

— Você não me deve nada.

— Eu lhe devo Louise* — ele a corrigiu, e o seu rosto se iluminou por inteiro ao pronunciar o nome dela. — Repasse para mim tudo que eu vou precisar saber e eu encaixo essa missão na minha agenda. E tudo vai ficar por conta da casa para você, tenente Docinho.

Eve hesitou. Era muito esquisito ela estar agendando uma rodada de sexo para ele. Ainda mais estranho era imaginar o relacionamento de amor que Charles estava construindo com a dedicada dra. Louise Dimatto enquanto, por trás, ela marcava uma visita íntima entre ele e Maria Sanchez.

O relacionamento em uma amizade era quase tão complicado e escorregadio quanto o do casamento.

Aquilo era só trabalho, Eve lembrou a si mesma. Se Louise não se incomodava com a profissão de Charles, por que ela deveria se incomodar?

— Você vai ser escalado para essa missão oficialmente. Quero manter tudo registrado, conforme manda a lei. O nome dela é

---

* Ver *Sedução Mortal.* (N. T.)

Maria Sanchez — informou Eve, repassando a Charles todas as informações das quais ele iria precisar. — Agradeço de coração a você, Charles.

— Não, você está absolutamente sem graça com esta situação, o que prova a pessoa doce que é. Envie meu carinho para Peabody e eu enviarei lembranças suas a Louise. Minha cliente que gosta de dar uma escapadinha na hora do almoço acabou de chegar. Se não há mais nada importante, preferia que ela não me visse conversando com uma policial ao chegar à mesa. Há coisas que podem macular o delicado equilíbrio de uma tarde romântica.

Os lábios dele se abriram em um sorriso insinuante que fez Eve balançar a cabeça.

— Avise-me quando conseguir agendar o dia e a hora, e depois quero saber se houve algum empecilho em Dockport. O diretor de lá é um babaca.

— Pode deixar que eu a informo de tudo, tenente Docinho.

Quando encerrou a ligação, Eve ligou para o próximo nome da lista. Direcionando a chamada, de propósito, para a caixa de mensagens de Nadine Furst, Eve deixou uma mensagem rápida e sucinta.

— Estou lhe oferecendo uma entrevista exclusiva na minha sala às quatro da tarde de hoje, em ponto. Nada de transmissão ao vivo. Se você se atrasar não vou estar aqui, pois tenho coisas melhores a fazer.

Ela se afastou da mesa com um impulso, saiu a passos largos e deu uma passada na apertada estação de trabalho de sua auxiliar.

— Venha comigo, Peabody. — Foi tudo o que disse.

— Não estou conseguindo nada quando tento rastrear o fornecedor do cianureto pelos métodos normais — informou Peabody, entrando no elevador logo atrás de Eve. — Mesmo considerando os muitos pontos de distribuição legalizada dessa substância de uso controlado, é obrigatório apresentar uma autorização e deixar até impressões digitais. Essas impressões são analisadas por um rigoroso controle de busca universal. Julianna Dunne está na lista negra e seu nome teria sido vetado.

— E quanto às fontes de fornecimento ilegal?

— Pesquisei envenenamentos por cianureto através do CPIAC, Centro de Pesquisa Internacional de Atividades Criminais. A substância é muito mais popular do que eu poderia imaginar. O carinha da cidade de Washington onde Dunne costumava fazer suas comprinhas era o maior distribuidor do veneno no planeta, mas está morto. Os outros fornecedores ilegais de que temos conhecimento atuam basicamente em áreas restritas, sendo que a maioria deles está *cumprindo pena*. São basicamente traficantes de drogas ilegais que forneciam veneno por fora. As pesquisas indicam que o custo-benefício de lidar com substâncias venenosas não é bom; a margem de lucro é pequena e ninguém costuma se especializar nisso.

— É possível que ela tenha conseguido ludibriar o sistema de controle dos fornecedores legais, mas vamos tentar outra coisa. — Eve foi até o seu carro e parou. — Rolam um monte de ti-ti-tis na prisão, e ela pode ter conseguido um contato lá dentro. Além disso, já sabemos que ela conseguia ter acesso ao mundo inteiro através do computador. Sem falar no tempo de sobra para buscas e pesquisas. O fornecedor dela pode nem ser de Nova York; talvez seja o conhecido de um contato que indicou uma terceira pessoa e assim por diante. Vamos dar um passeio pelo submundo.

Peabody, uma policial durona, empalideceu.

— Lá vamos nós, mais uma vez! — lamentou.

Por baixo de Nova York existia outro mundo: a cidade degradada dos perdidos e dos cruéis. Alguns se deixavam seduzir pela curiosidade de conhecer o perigo, como uma criança que gosta de brincar com uma faca afiada para experimentar sua lâmina. Outros simplesmente curtiam a crueldade elementar, o fedor da violência que permeava o ar de forma quase palpável, como o odor nauseabundo de lixo e esterco.

Outros simplesmente chegavam ali e não sabiam voltar.

Eve largou a jaqueta de couro no carro. Queria deixar a pistola à vista de todos. Levava uma arma secundária presa ao tornozelo e uma faca de combate espetada na bota.

— Tome! — Ela entregou a Peabody um pequeno bastão que emitia choques elétricos. — Sabe usar isso?

— Sei, senhora. — Peabody engoliu em seco e fez que sim com a cabeça.

— Enfie-o no cinto e mantenha-o à vista de todos. Está em dia com seu treinamento para luta corpo a corpo?

— Estou. — Ela expirou o ar com força. — Consigo me defender.

— Muito bem, então. — Eve não queria apenas ouvi-la dizer isso, queria acreditar. — Quando colocar os pés lá embaixo, lembre-se de que você é uma tira má e implacável que bebe sangue no café da manhã.

— Uma tira má e implacável que bebe sangue no café. Irgh!

— Vamos nessa!

Elas desceram uns cinquenta degraus imundos e desviaram quase no fim da escadaria que levava a uma velha estação de metrô. Entraram em um túnel escuro que mais parecia um buraco de rato e levava ao submundo. Ali, as luzes eram sempre em tons sujos de vermelho e azul, em um festival desordenado de sexo, jogo e diversão criado sob medida para agradar aos frios e atrozes.

Eve sentiu um fedor azedo no ar, olhou na direção do cheiro e viu um homem de quatro no chão, vomitando sem parar, de modo horripilante.

— Você está bem?

— Vá se foder! — respondeu ele, sem nem mesmo erguer a cabeça.

Sentindo outros olhos a observá-la, Eve se espremeu para passar por trás dele e lhe deu um chute no traseiro que o fez cair de cara no vômito.

— Nada disso... — disse ela, com ar alegre. — Vá *você* se foder.

A faca da bota já estava em sua mão, com a ponta grudada na garganta imunda do homem, antes que ele conseguisse xingá-la novamente.

— Sou uma tira, seu babaca, e não pense que eu hesitaria em rasgar sua garganta de orelha a orelha só para me divertir um pouco. Onde é que Mook se escondeu hoje?

Os olhos dele eram vermelho-sangue e sua respiração estava muito ofegante.

— Não sei que porra de pessoa é esse tal de Mook.

Arriscando-se a pegar toda espécie de germes e bactérias, Eve agarrou a cabeça dele pelos cabelos ralos e jogou-a para trás com violência.

— Todo mundo conhece a porra de pessoa chamada Mook. Você quer morrer aqui e agora ou prefere viver para continuar vomitando amanhã?

— Não sou babá desse filho da puta chupador de rola. — Seus lábios se arreganharam quando a ponta da faca pressionou um pouco mais sua jugular. — Talvez ele esteja no Inferno, uma loja de games de realidade virtual, mas como é que eu posso saber ao certo?

— Tudo bem. Continue o que estava fazendo. — Ela o largou com tanta força que ele caiu novamente de cara na gosma nojenta. Depois, Eve fez um gesto elaborado na hora de recolocar a faca serrilhada na bota, para facilitar a visão das pessoas que observavam tudo das sombras.

— Se alguém mais por aqui estiver à procura de encrenca, ficarei feliz em fornecer essa diversão — anunciou isso em um tom de voz tão alto que suas palavras se chocaram com o bater ritmado do rock pesado que se ouvia atrás das portas reforçadas. — Não fiquem bolados, porque meu assunto é com Mook, que acaba de ser descrito por este verme sub-humano como um filho da puta chupador de rola.

Ao perceber um vaga agitação em meio às sombras à sua esquerda, Eve colocou a mão sobre a arma, mas o movimento parou.

— Se alguém pretende me perturbar ou mexer com minha auxiliar, vou logo avisando que o pau vai comer e cabeças vão rolar. Não estamos nem um pouco preocupadas com quantos corpos decapitados vão acabar na mesa do necrotério, estamos, policial?

— Não, senhora tenente. — Peabody torceu para sua voz não sair fraquinha e se transformar no maior mico para ela e para a tenente. — Na verdade, estou até com esperança de faturar o bolão dessa semana como a policial que mandou mais cadáveres para os legistas.

— O bolão já está em quanto?

— Duzentos e trinta e cinco dólares. E sessenta cents.

— Até que não está mal. — Eve relaxou um pouco o quadril, mas seus olhos continuaram atentos e afiados como uma lâmina. — Uma grana dessas viria a calhar, policial. O pior é que, quando nós acabarmos de esculachar quem vier perturbar — acrescentou, com a voz alegre —, um esquadrão completo da polícia vai baixar aqui para raspar o restinho que tiver ficado para trás. Isso vai te deixar muito pau da vida, pois vamos ter de dividir o bolão com o resto da galera. Onde está Mook? — perguntou mais uma vez, em voz alta, e esperou dez longos segundos.

—- Mook está no Inferno da Realidade Virtual — informou uma voz anônima, em meio à escuridão. — Eu o vi dançando no setor de sadomasoquismo. Babaca!

Eve simplesmente concordou com a cabeça, resolvendo atribuir o "babaca" a Mook do que tomá-lo como uma ofensa.

— E onde fica o Inferno da Realidade Virtual neste paraíso fascinante e delicioso que muitos de vocês chamam de lar?

Ao pressentir um movimento, ela girou o corpo, se protegeu e viu Peabody se colocar em estado de alerta total ao seu lado. À primeira vista, lhe pareceu que um menino vinha em sua direção, mas logo ela reparou que era um anão. Ele a chamou com o dedo indicador em gancho.

— Vamos continuar de costas uma para a outra — ordenou Eve, enquanto eles desciam por um dos túneis úmidos e gotejantes, olhando para todos os lados e protegendo-se mutuamente.

O anão se movimentava com rapidez, seguindo com desenvoltura pelo túnel fedorento e enfumaçado, como uma barata de chinelos que caminhava fazendo *flap-flap* sobre o piso molhado. Passou direto por bares, boates, barraquinhas e espeluncas diversas, virando em esquinas e serpenteando através do labirinto subterrâneo.

— O bolão do necrotério foi uma ideia interessante — disse Eve, baixinho.

— Obrigada. — Peabody resistiu bravamente à vontade de enxugar o suor que lhe escorria da testa. — Adoro improvisar.

Em algum ponto da escuridão úmida, Eve ouviu uma mulher soltar um grito penetrante de dor ou êxtase. Em seguida, reparou num homem gigantesco largado no chão e mamando um líquido leitoso que saía de uma garrafa marrom imunda. Provavelmente bebida falsificada. Atrás dele um homem e uma mulher copulavam, em uma medonha paródia de um ato sexual.

Eve sentiu o cheiro de sexo, urina e coisas piores.

O túnel se alargou um pouco e se abriu para uma área com vídeo, telões virtuais e deques holográficos.

O Inferno da Realidade Virtual era um prédio preto. As paredes, janelas e portas vinham todas cobertas por uma camada uniforme de tinta preta brilhante que parecia pegajosa. Na fachada, em letras que Eve imaginou que imitavam as labaredas do demo, estava o nome do estabelecimento. Uma imagem muito mal pintada de Satã em vestimenta de gala, com direito a chifres, rabo com ponta em flecha e tridente parecia dançar no meio das chamas coloridas.

— Mook está aí dentro. — O anão falou pela primeira vez, com uma voz que parecia vir de um tambor revestido por uma lixa. — Ele vive no simulador da Madame Electra, a dominatrix. É um boçal doente da cabeça. Tem cinquentinha aí pra mim?

Eve enfiou a mão no bolso para pescar fichas de crédito.

— Só tenho vinte. Cai fora.

Ele exibiu seus dentes escuros, quase pretos e muito afiados. As vinte fichas sumiram em sua mão num passe de mágica, e ele também.

— A gente encontra tantas pessoas interessantes aqui embaixo — comentou Peabody, com a voz trêmula.

— Fique colada em mim — ordenou Eve. — Se alguém se mover, pode dar porrada.

— Nem precisa falar duas vezes. — Com a mão firmemente agarrada ao bastão, Peabody seguiu Eve e entrou no Inferno.

O barulho era ensurdecedor: gritos, sirenes, grunhidos e lamentos vinham de dezenas de máquinas simuladoras de conflitos e de seus clientes. A iluminação do lugar consistia em uma luz vermelha desagradável que oscilava e piscava muito. Aquilo desencadeou uma série de flashes do passado que levaram Eve de volta a um quarto frio demais na cidade de Dallas e fez seu estômago se contorcer antes que ela conseguisse evitar.

Ouviu uma respiração ofegante e entrecortada, e ruídos que pareciam silvos de sexo violento. Também ouviu os mesmos sons no quarto frio e pequeno, antes de tudo acabar. Ouvira aqueles ruídos em tantos cômodos apertados que nem sabia quantos foram, mas lembrava que as paredes eram finas como papel e a brutalidade estava à distância de um sussurro.

O som de carne se esfregando com carne. E punição impingida com alegria.

Pare! Droga, Rick, pare! Você está me machucando!

De quem era aquela voz?, perguntou-se Eve, olhando em volta, sem ver nada. Será que era de sua mãe? Ou de uma das vadias que ele usava quando não se fartava com a própria filha?

— Dallas? Tenente?

O tremor de insegurança na voz de Peabody a trouxe de volta Aquele não era o momento certo para perder o foco. Não era hora de lembrar.

— Fique colada em mim — repetiu Eve, e começou a circular por entre as máquinas.

A maioria dos frequentadores estava absorta no jogo, todos muito ligados no mundo virtual que haviam criado, e nem repararam nela. Outros, porém, tinham instintos afiados demais e pressentiam uma tira de longe. Embora muitos ali dentro estivessem armados, nenhuma dessas armas foi apontada na direção delas, pelo menos naquele momento.

Eve passou por um estande denominado Chicotes e Correntes, onde uma mulher magra como um espeto, usando óculos de realidade virtual, gritava de êxtase. O suor lhe escorria pelo corpo como óleo e continuava pelo macacão de couro colado ao corpo, brilhando nas algemas que prendiam seus pulsos e pernas ao console da máquina.

— Pelo visto estamos no setor certo. Lá está Mook.

Ele estava em um tubo virtual. Quase nu, usando unicamente um tapa-sexo de couro que lhe envolvia o pênis e uma coleira coberta de tachinhas pontiagudas, seu corpo muito musculoso se debatia em solavancos; gemidos de prazer lhe saíam da garganta. Seus cabelos dourados e cintilantes lhe desciam até os ombros e estavam colados no rosto devido ao suor.

Suas costas exibiam vergões que se cruzavam em várias direções, provando que nem sempre ele se contentava apenas com punições virtuais.

Embora aquilo não fosse o procedimento padrão da polícia, Eve usou sua chave mestra para destrancar o tubo. O corpo dele estava arqueado e os lábios, esgarçados em uma careta de dor erótica. Eve desligou o aparelho e o deixou estremecendo à beira de um orgasmo.

— Qual é? — Seu corpo perdeu a firmeza e sucumbiu, com os músculos trêmulos. — Mestra do Prazer, por favor, eu lhe imploro!

— Pode me chamar de *tenente* Mestra do Prazer, seu anormal. — Eve arrancou os óculos de realidade virtual do rosto dele. — Oi, Mook. Lembra de mim?

— Ei! Essa é uma cabine com tubo virtual privativo!

— Sério? Ah, que pena. E eu aqui, louca para agitar uma sessão grupal divertida. Tudo bem, fica para a próxima vez. Agora, você e eu vamos procurar um lugar sossegado para conversar.

— Não sou obrigado a conversar com você. Tenho meus direitos. Droga, eu estava quase gozando!

Se ele fosse outra pessoa, Eve teria lhe dado uma cotovelada curta e profunda. O problema é que, sendo Mook, ele iria adorar a punição.

— Então eu reboco você para a Central e prometo que ninguém vai machucá-lo pelas próximas trinta e seis horas. Você não está a fim de passar tanto tempo assim sem sentir dor, certo, Mook? Então? Vamos conversar numa boa e logo você poderá voltar para essa Madame Electra e suas... como é mesmo?... seis milhões de torturas.

Ele ergueu o corpo, lutando contra a força das algemas.

— Force-me a ir com você.

— Quer que eu dê umas porradas em você, Mook? — Eve manteve a voz baixa, quase num sussurro. — Quer que eu o obrigue a ir? — Quando o brilho da excitação iluminou seu rosto, ela deu de ombros. — Nã-nã-não... não estou a fim de entrar nessa. Mas posso lançar uma rajada curta na sua máquina dominatrix. Aposto que nessa espelunca o serviço de reparo e substituição das máquinas leva um tempão para aparecer.

— Não faça isso! — ele guinchou, em protesto. Agindo rápido, ele apertou um botão com o dedão do pé e as algemas se abriram. — Por que você veio até aqui me sacanear assim, de graça?

— Faz parte da minha rotina diária de divertimentos. Vamos para uma cabine de privacidade, Mook. Uma cabine *sem* brinquedinhos.

Eve deu um passo para trás e, quando ele a acompanhou, reparou que os olhos dele pousaram no bastão que Peabody carregava. Ele armou uma arremetida inesperada em sua direção, mas Peabody foi mais rápida, pegou o bastão no cinto e lançou-lhe uma descarga elétrica bem no peito. O corpo dele estrebuchou, pareceu dançar e depois ficou tremendo sem parar.

— Obrigado — agradeceu Mook.

— Não incentive a tara dele, Peabody. — Agarrando Mook pelo braço com firmeza, Eve seguiu com ele até a cabine mais próxima e se sentou à mesa. Como a cabine estava ocupada por dois viciados que tratavam de negócios, Eve deu um chute no tubo de realidade virtual que estava ao lado, exibiu seu distintivo, apontou para a porta e lançou o polegar para trás.

Eles saíram de fininho e desapareceram como fumaça.

— Puxa, que lugar aconchegante! — Eve se sentou. — Vigie a porta, Peabody, quero resolver tudo sem alarde e rapidinho. Quem anda vendendo veneno por aqui ultimamente, Mook?

— Não sou seu informante.

— Um fato que sempre me traz alegria e júbilo. Tanto quanto outro fato: o de que eu posso colocar você em uma solitária durante trinta e seis horas, durante as quais você ficará longe desse inferno que tanto ama. O reverendo Munch está tão morto quanto Hitler, Mook, bem como todos os capangas dele, com exceção de você.

— Eu testemunhei direitinho — lembrou Mook. — Dei aos federais todas as informações.

— Sim, eu sei. Pelo visto, suicídio em massa era pesado demais mesmo para alguém com seus apetites bizarros. Mas você nunca me contou quem forneceu aquele curare e o coquetel de cianureto que o reverendo misturou na limonada que ofereceu à sua congregação.

— Eu era peixe miúdo, longe do comando. Contei tudo o que sabia.

— É, os federais ficaram satisfeitos, mas quer saber de um segredo? Eu não fiquei. Me informe esse nome e eu deixo você voltar para a sua vidinha doente e patética. Esconda o jogo e eu passarei a visitar você regularmente, aqui ou em outro esgoto que você resolva frequentar, e vou fazer isso todo santo dia. A cada manhã eu vou passar lá só para interromper seus joguinhos virtuais sadomasoquistas até que um orgasmo não passe de uma querida e longínqua lembrança em sua vida. Toda vez que você estiver prestes a trepar, gozar ou se masturbar, eu vou aparecer para estragar sua alegria. Qual é, Mook, faz quanto tempo? Tem mais ou menos dez anos desde que o culto do reverendo Munch se autoextinguiu. O que isso importa agora para você?

— Eu fui enganado. Eles me fizeram uma lavagem cerebral e...

— Sei, sei, blá-blá-blá... Quem conseguiu todo aquele veneno?

— Não sei quem era. Todos o chamavam de "doutor". Só o vi uma vez na vida. Era um cara magro, muito alto e velho.

— De que raça?

— Branquelo azedo. Acho que ele também bebeu a merda do veneno.

— Bebeu?

— Escute aqui, Dallas... — Mook olhou para os lados e, mesmo em uma cabine fechada, baixou a voz. — A maioria das pessoas por aqui nem se lembra do que rolou naquela época; quase ninguém sabe do lance. Se o povo descobrir que eu fazia parte da Igreja do Além, vai começar a agir esquisito comigo.

Eve também olhou em torno, ouvindo os gritos dos corpos que se retorciam de dor e prazer.

— Puxa, imagino o quanto ficar cercado de gente esquisita deve afetar você. Vamos lá, solte a língua.

— Em troca do quê?

Eve pegou vinte fichas de crédito e as espalhou sobre a mesa acanhada.

— Porra, Dallas, isso não paga nem uma hora de realidade virtual. Dá um tempo, vai!

— É pegar ou largar, mas lembre-se de que eu vou deixar de ser amigável e nós vamos para a Central. Você vai ficar sem a companhia de Madame Electra e suas requintadas torturas por, no mínimo, trinta e seis horas.

Ele pareceu triste, sentado ali como um cãozinho sem dono com sua coleira tacheada.

— Por que você tem de ser tão sacana?

— Mook, eu me faço essa mesma pergunta todas as manhãs, e nunca cheguei a uma conclusão satisfatória.

Ele agarrou as fichas e mal conseguiu enfiá-las no tapa-sexo.

— Quero que você lembre sempre que eu a ajudei.

— Mook, como eu poderia esquecer de um cara como você?

— Certo. — Ele olhou em volta novamente, como se tentasse enxergar através do vidro fosco da cabine, e passou a língua sobre os lábios. — Vamos lá. Não vai espirrar merda nenhuma em mim, vai?

— Nem um respingo.

— Pois é... Eu ia contar tudo aos federais, na época, entende? Cooperação total.

— Vá direto ao ponto, Mook. Tenho minha vida à espera lá fora.

— Tô só lembrando a você. Eu estava cooperando com eles e ia entregar todo mundo. Só que eu vi que ele estava do lado de fora, atrás das trincheiras da igreja, quando começaram a retirar os corpos. Nossa, foi uma tremenda cena, você estava lá.

— Sim, eu estava lá.

— E aí... Ele olhou para mim, entende?

Com o rosto muito sério, ele se inclinou para frente, falando depressa.

— Era um sujeito assustador, Dallas. Muito pálido, meio fantasmagórico. Eu não queria ser envenenado. Ele percebeu que eu saí com os tiras, em vez de cumprir o pacto suicida. Tive que salvar meu traseiro, entende? Deixei o "doutor" fora do lance. Sabe como é, né?

— Quer dizer que ele está vivo?

— Estava na época. — Mook encolheu os ombros musculosos. — Nunca mais o vi. Pra mim, foi ótimo. Eu nem o conhecia — insistiu Mook. — Juro pelo meu pau.

— Puxa, que juramento solene.

— E é, mesmo. — Feliz por ela ter compreendido, ele concordou com a cabeça, depressa. — A única coisa que eu sabia era que ele era um médico de verdade, mas foi expulso do clube. Sei também que ele era podre de rico e maluco de pedra.

— Agora eu quero o nome.

— Eu não o conhecia! Sério mesmo, Dallas. O pessoal da ralé só podia falar com quem era soldado.

— Preciso de mais dados.

— Não sei mais nada. Ele era um velho doido. Parecia um cadáver. Magro como um palito, com cara de doente, chegava e cochichava com o reverendo Munch, às vezes. Quando encarava as pessoas, parecia enxergar através da gente até os ossos, e deixava a galera arrepiada. Todo mundo o chamava de doutor Doom. Só sei isso. Qual é, Dallas? Só sei isso, mesmo! Quero voltar para o meu jogo.

— Tá legal, volte para o seu jogo. — Mas ela o agarrou pelo pulso assim que ele fez menção de se levantar. — Se eu descobrir que você sabe mais coisas e não contou, juro que eu volto aqui, te prendo e te jogo em uma sala acolchoada, com travesseiros macios, pintada em tons pastéis, com música lenta daquelas bem antigas.

— Puxa, você é cruel demais, Dallas. — O rosto dele ficou rígido.

— Pode apostar.

— Reverendo Munch e a Igreja do Além. — Peabody estava tão impressionada com a história que esqueceu até de beijar a calçada quando elas saíram ao nível da rua. — Você participou dessa batida?

— De longe, muito de longe. Era uma operação federal e a polícia local serviu só de apoio. Duzentas e cinquenta pessoas se mataram porque um monstro as convenceu de que a morte levava a pessoa à experiência mais emocionante da vida. — Ela balançou a cabeça. — Pode até ser, mas já que todos nós vamos chegar lá em algum momento, por que apressar as coisas?

— Dizem que nem todos os seguidores do culto estavam dispostos a ir até o fim, mas os soldados os obrigaram a beber o veneno. E havia crianças. E bebês.

— Sim, havia bebês. — Eve ainda usava farda na época. Saíra da academia menos de um ano antes, mas essa foi uma das imagens que mais lhe marcaram a memória. E sempre seria. — Bebês e crianças cujas mães lhes deram o líquido fatal com uma mamadeira. Munch filmou toda a cerimônia. Foi parte do seu legado. Essa foi a primeira e última vez que eu vi agentes federais derramando lágrimas. Alguns deles soluçavam feito crianças.

Ela balançou a cabeça para os lados, tentando afastar a lembrança.

— Precisamos pesquisar médicos que perderam a autorização para exercer a profissão entre os últimos dez e vinte anos. Mook disse que ele era velho. Vamos supor, pelos critérios de Mook, que esse "doutor" tinha pelo menos sessenta anos durante o reinado do reverendo Munch. Foque a busca nos homens caucasianos que tenham entre sessenta e cinco e oitenta anos hoje em dia. Quase todos os seguidores da Igreja de Munch eram de Nova York. Por enquanto, vamos pesquisar os registros médicos aqui do estado.

Eve olhou para o relógio.

— Tenho um encontro na Central. Vamos fazer o seguinte: vá até a clínica na Canal Street e veja se Louise conhece alguém que se encaixe nesse perfil. Se ela não conhecer, tente descobrir se alguma das fontes dela sabe de alguma coisa. Ela tem contatos excelentes, e isso pode nos poupar tempo.

Eve hesitou.

— Tudo bem para você lidar com Louise, Peabody?

— Claro. Gosto dela. Estou feliz com o que anda rolando entre ela e Charles.

— Então tá... Traga o que você descobrir e depois tire algumas horas de folga para vigiar Maureen Stibbs.

— Posso mesmo? Obrigada, tenente.

— Pode trabalhar no arquivo Stibbs o tempo que puder amanhã, enquanto eu viajo, mas lembre-se de que o caso atual é prioritário.

— Compreendido. Dallas, tem mais uma coisinha de fundo pessoal. Meus pais estão deixando você chateada ou nervosa? Parece que você e meu pai estavam se evitando, ontem à noite.

— Não, eles estão numa boa lá em casa. Está tudo ótimo.

— Legal, então. Eles vão ficar por aqui só mais alguns dias, e vou mantê-los ocupados o máximo que conseguir. Talvez papai esteja detectando um pouco do seu estresse com este caso. Ele às vezes sente a dor dos outros, mesmo quando tenta bloquear isso. Acho que a única coisa que o deixa abalado de verdade é quando ele percebe os sentimentos de alguém sem a permissão da pessoa. Vou nessa, então. — Ela se mostrou mais animada. — Posso ir de metrô até a clínica. Talvez a gente tenha sorte e descubra algo com Louise.

— É... — Já estava na hora, pensou Eve, de elas terem um golpe de sorte.

Eve entrou em sua sala cinco minutos antes da hora que marcara com Nadine. Não ficou nem um pouco surpresa ao ver que a repórter já havia chegado. Suas pernas com pele extralisa estavam cruzadas com elegância enquanto, muito concentrada, aplicava uma nova camada de tintura labial e conferia o rosto no espelhinho do estojo, sempre pronta para enfrentar os refletores.

Sua operadora de câmera estava encostada em um canto da sala, mastigando uma barra de chocolate.

— Onde foi que você pegou esse chocolate? — quis saber Eve, e voou em cima da jovem com tanta velocidade que os olhos da pobrezinha se arregalaram.

— Co-comprei na máquina... — gaguejou ela. — Aquela do corredor. — Ela estendeu o braço e levantou o resto do chocolate como se fosse um escudo. — Quer um pedacinho?

Eve olhou com firmeza para ela, notou as gotas de suor que lhe surgiram acima das sobrancelhas e concluiu que a operadora de câmera de Nadine não era a pessoa que roubava covardemente seus chocolates.

— Não, não quero, obrigada. — Eve se encostou na mesa e esticou as pernas.

— Estava torcendo pelo seu atraso — confessou Nadine —, só para eu poder tirar onda em cima de você.

— Qualquer dia desses alguém lá da frente vai ser competente o bastante para manter você na área reservada à mídia, em vez de deixá-la entrar quando eu não estou, como se minha sala fosse a casa da sogra.

Nadine exibiu um sorriso afetado e fechou o estojo de pó compacto com um estalo.

— Você não acredita que isso vá realmente acontecer, acredita? Agora que já acabou de intimidar a minha auxiliar e já soltou suas rabugices habituais, do que se trata este encontro?

— Assassinato.

— Com você o assunto é sempre esse. Pettibone e Mouton. Obviamente conectados. Antes mesmo de começarmos, posso lhe adiantar que não encontrei nada em minhas pesquisas que os liguem de algum modo em nível pessoal ou profissional. Claro que você já sabe de tudo isso. Também não achei nada que ligue membros das famílias das vítimas entre si, nem colegas de profissão. Pettibone usava os advogados da própria empresa para cuidar de seus assuntos jurídicos.

Observando Eve, Nadine usou as unhas perfeitamente cuidadas para enumerar alguns pontos.

— Pode ser que eles tenham se conhecido vagamente, de algum contato social, mas não frequentavam os mesmos círculos. As atuais esposas usavam salões de beleza diferentes, spas distantes um do outro e costumavam comprar em lojas e butiques sem relação umas com as outras. — Nadine parou. — Suponho que você já sabe de tudo isso também.

— Sim, aqui na Central a gente consegue trabalhar direitinho.

— Eis por que estou me perguntando como foi que consegui uma entrevista exclusiva sem ter que implorar por ela.

— Você não implora, você chantageia.

— É verdade. E muito bem, por sinal. Por que essa oferta, Dallas?

— Quero impedir a assassina de continuar matando e pretendo usar todas as ferramentas disponíveis. Quanto mais nós a colocarmos na mídia, mais chance teremos de alguém reconhecê-la. Ela já deve estar se preparando para atacar o próximo alvo. Agora vou lhe oferecer um dado extraoficial, Nadine, mas não vou responder a nada relacionado a isso durante a entrevista. Há mais de cinquenta por cento de chance de Roarke ser um alvo.

— Roarke? Por Cristo, Dallas, não pode ser! Ele não é o tipo de homem que interessaria a Julianna Dunne. É claro que ele é o tipo de homem que interessa a qualquer mulher, mas você me entendeu. Ele é muito jovem e demasiadamente amarrado pelo casamento.

— Mas se casou comigo — explicou Eve. — Isso é o bastante para ela.

Nadine se recostou e ficou absorvendo a nova informação. Ela valorizava uma amizade muito mais do que altos índices de audiência.

— Muito bem. Como é que eu posso ajudar?

— Esta entrevista. Exiba-a em todos os horários e o máximo de vezes que conseguir. Mantenha o assunto e o rosto dela na mente de todo mundo. Ela espera se misturar com as pessoas e passar despercebida, mas pretendo tirar essa vantagem dela.

— Quer deixá-la revoltada, é isso?

— Se ela ficar revoltada, vai cometer um erro. Ela tem gelo nas veias, e por isso é tão boa no que faz. É hora de aquecê-la um pouco.

— Tá legal — concordou Nadine, chamando a operadora de câmera. — Vamos acender esse fogo.

Capítulo Onze

— Julianna Dunne é a prova viva de o quanto o sistema judicial muitas vezes erra na hora de identificar uma ameaça verdadeira e de mantê-la afastada do convívio social. — A voz de Eve era serena e clara. O zoom foi se aproximando do seu rosto, até que ele encheu toda a tela. — O nosso sistema prisional cometeu uma falha grave ao não encarcerar e punir devidamente Julianna Dunne por seus crimes contra a sociedade.

— No entanto... — a câmera focalizou Nadine; seu rosto sério demonstrava interesse — ... a senhora faz parte desse sistema, tenente, e se propõe a acreditar nele.

— Sim, eu acredito no sistema. Estou falando aqui exatamente como representante desse sistema, e lhe asseguro que do mesmo modo que falhamos, vamos corrigir o erro. As buscas por Julianna Dunne continuam a pleno vapor em todas as direções e níveis possíveis. Não importa se ela está em Nova York ou não, Julianna Dunne será procurada, encontrada, presa e acusada dos assassinatos de Walter C. Pettibone e Henry Mouton.

— Em que direções e níveis a busca está prosseguindo, especificamente?

— Não posso oferecer mais detalhes sobre as investigações, mas garanto que estamos seguindo todas as pistas. Sabemos quem ela é, e também sabemos *o que* ela é.

— E o que ela é, tenente?

— Julianna Dunne é uma assassina. É isso o que ela faz e continuará a fazer até que a impeçamos de uma vez por todas.

— Tenente, na qualidade de representante do povo de Nova York...

— Não sou representante do povo de Nova York — interrompeu Eve. — Jurei proteger e servir o povo de Nova York. Farei isso. Cumprirei esse juramento e pela segunda vez ajudarei a afastar Julianna Dunne da sociedade. Eu, pessoalmente, vou colocá-la atrás das grades.

— Ah, é? — Em seu quarto, Julianna Dunne escovava seus cachos recém-tingidos de louro e fez um biquinho de desdém diante da imagem de Eve na tela. — Sua vadia exibida! Você teve sorte da primeira vez, apenas isso! Foi pura sorte. Dessa vez você não está nem perto de mim. Estou aqui, bem debaixo do seu nariz, e você não faz a *mínima ideia*!

Enfurecida, atirou a escova com força na parede do outro lado do quarto.

— Vamos ver qual vai ser sua declaração depois que aquele sujeito com quem você se casou cair duro aos seus pés, mortinho. Vamos ver se você vai parecer assim, toda convencida, quando ele estiver lutando para conseguir um pouco de ar antes do último suspiro. Vamos ver quem é que vai curtir *a cena*! Siga as pistas daqueles velhos patéticos. Eles não significaram *nada*. A coisa é entre mim e você dessa vez, Dallas. Vou derrubar você e o seu homem. Chegou a hora do troco.

Ela se virou e se acalmou diante da própria imagem no espelho.

— Pelo menos em uma coisa você está certíssima. Matar é o que eu faço. E faço isso muito bem.

Esperta, pensou Roarke ao assistir à entrevista da sua mulher no noticiário. Muito esperta. Continue repetindo o nome dela e mostrando o seu rosto até eles ficarem gravados na cabeça de todo mundo. Nadine fez a sua parte e exibiu várias fotos da assassina durante a matéria.

Ninguém que assistiu à curta entrevista que seria reapresentada a cada noventa minutos esqueceria o rosto de Julianna Dunne.

O nome e o rosto de Eve Dallas também ficariam gravados a fogo na mente de Julianna Dunne.

Eve tentava desviar o foco de Julianna para si mesma, concluiu Roarke. Tudo para salvar outro inocente. Mesmo que fosse o seu próprio marido, que estava longe de ser inocente.

Roarke tinha ideias precisas a respeito de tudo aquilo, e essas ideias sem dúvida iriam se chocar com as de Eve. Mas, antes de chegarem a esse ponto, eles teriam de lidar com a cidade de Dallas e as lembranças do passado de Eve, que continuavam lá.

Em parte ele sentiu alívio por Eve estar indo tão longe para, finalmente, enfrentar seus pesadelos. Talvez isso não a libertasse, mas Roarke torcia para que o fardo que ela carregava todos os dias da sua vida pudesse ao menos ser aliviado.

Por outro lado, ele também queria que ela se mantivesse afastada de tudo aquilo, como acontecera durante tantos anos. Enterre o passado bem fundo e siga em frente.

Ele, especificamente, sabia que o passado de uma pessoa sempre a perseguia como um grande cão negro, pronto para atacar e enterrar as presas na sua garganta no momento exato em que ela se sentia segura.

Por mais que ele tivesse tentado enterrar o seu passado, nada parecia ser o suficiente. Seu passado convivia com ele. Mesmo ali, naquela mansão cheia de tesouros, conforto e beleza, o fedor dos becos de Dublin convivia com ele. Mesmo assim, talvez seu passado fosse de convivência mais fácil que o da sua mulher, refletiu Roarke. Suas negras lembranças tinham a ver com uma família marcada por relacionamentos lamentáveis que permaneciam em um cantinho da sua vida e talvez nunca fossem embora.

Ele sabia o que era sentir fome e medo. Sabia o que era ser agredido por punhos cruéis. Punhos formados por mãos que deveriam tê-lo acariciado, confortado e abraçado, como as mãos de um pai geralmente fazem com o filho. Mas ele se livrara de tudo aquilo. Ainda criança, obteve meios para escapar. Conseguiu isso através de amigos, más companhias e empreendimentos que, embora longe da legalidade, eram muito interessantes. E lucrativos.

Ele roubara, enganara e armara grandes esquemas. Embora nunca tivesse tirado a vida de ninguém sem motivo, ele também já matara. Construíra o seu nome, depois os seus negócios e, mais tarde, montara indústrias. Por fim, uma espécie de mundo, concluiu.

Viajara muito e absorvera ainda mais. Aprendera tudo. O menino que começou a vida à custa de espertezas, trapaças, dedos leves e pés velozes se tornou um homem com muito dinheiro e poder. Um homem que tinha condições de possuir o que bem quisesse e flertava de forma habilidosa com o lado escuro da lei sempre que isso servia aos seus interesses.

Tivera muitas mulheres, e por várias delas tivera um carinho especial. Mas sempre se sentiu sozinho. Nem imaginava o quanto estava só até conhecer Eve. Ela mostrara a Roarke o seu próprio coração. Talvez tivesse levado mais tempo para ela ver a beleza de si mesma, mas o fato é que mostrara seu coração a ele.

O mundo que ele construíra e o homem que vivia nele haviam se transformado para sempre.

Em poucas horas eles voltariam a Dallas para enfrentar o passado dela e todos os seus horrores. Mas estariam juntos.

No console ouviu-se um bipe curto, indicando que o portão da rua fora aberto. Olhando para o painel, ele viu a identificação da viatura policial que Eve usava.

Então ele se levantou e caminhou até a janela, para vê-la chegar em casa.

Eve reparou nas duas figuras atrás do arco formado pelos galhos de uma das árvores imensas e frondosas assim que o carro fez a primeira curva na alameda que levava à casa. Seus corpos estavam ocultos quase por completo, protegidos do exterior pelas folhas muito verdes e pelas flores em tons quase descoloridos pelo crepúsculo.

Eve pisou mais fundo no acelerador e sua arma já estava na mão antes de ela perceber quem eram aquelas pessoas e o que faziam.

Os pais de Peabody estavam sob os galhos perfumados agarrados um ao outro, em um abraço apaixonado.

Divertindo-se com a cena e ligeiramente embaraçada de tê-la testemunhado, Eve recolocou a arma no coldre, desviou os olhos e continuou dirigindo pela alameda. Estacionou junto à escadaria que levava à porta principal porque isso servia a dois propósitos: era conveniente e Summerset odiava. Mas a esperança de que todos poderiam fingir não terem visto uns aos outros se dissipou no instante em que Sam e Phoebe vieram do jardim na direção dela, de mãos dadas.

Eve enfiou as suas nos bolsos da jaqueta.

— Como vão as coisas? — perguntou ao casal.

— Que dia maravilhoso!

Os lábios de Phoebe se curvaram amplamente em um sorriso, mas seu olhar era firme e direto, e Eve sentiu a nuca coçar. Propositadamente, Eve dirigiu o olhar para um ponto bem no centro da testa de Phoebe.

Não a olhe diretamente nos olhos, lembrou a si mesma. Não faça contato visual direto.

— Sam e eu estávamos aproveitando esse dia magnífico. — Phoebe balançou os cabelos de leve e as argolas de prata entrelaçadas emitiram tinidos. — Assisti à sua entrevista com Nadine Furst no Canal 75, no telão da sala de vídeo, antes de sairmos para passear. Você pareceu muito forte e determinada.

— Eu *sou* determinada.

— E forte. Roarke nos contou que vocês dois vão viajar amanhã.

— Sim. A viagem tem relação com o caso — explicou Eve, pouco à vontade, evitando olhar para Sam.

— Há algo que possamos fazer por vocês enquanto estiverem fora?

— Não, obrigada. A não ser que encontrem Julianna Dunne por aí e a prendam como cidadãos comuns, em nome da lei.

— Acho melhor deixarmos isso para você e Delia. Preciso conferir uma coisinha na estufa. Sam, convença Eve a terminar a caminhada em sua companhia.

Antes que um deles conseguisse falar alguma coisa, Phoebe já deslizava suavemente para longe dali com sua saia leve e florida.

— Sinto muito — disse Sam, na mesma hora. — Phoebe percebeu que existe certa tensão entre nós. Não contei nada a ela.

— Tudo bem.

— Não, não está nada bem. — Pela primeira vez desde que o conhecera, Eve percebeu irritação na sua voz, e a notou em seu rosto quando ele se virou para olhá-la. — Estou deixando você perturbada e pouco à vontade em sua própria casa. Você e Roarke abriram seu lar para nós e eu abusei desse privilégio. Estava pensando em como convencer Phoebe de que devemos nos transferir para um hotel nesses últimos dias de estada na cidade, mas você entrou pelo portão e...

Ele parou de falar e, imitando Eve, enfiou as mãos nos bolsos, como se não soubesse o que fazer com elas.

Os dois permaneceram imóveis por mais alguns instantes olhando para o gramado, para as cores e para o verde. Eve não sentia coisas que não fossem físicas, mas percebeu que a dor que emanava dele era capaz de amassar uma parede de aço.

— Escute, vamos esquecer tudo o que aconteceu — propôs ela. — Faltam apenas alguns dias para vocês irem embora, e eu fico a maior parte do tempo fora de casa mesmo.

— Tenho um código de conduta — disse ele, falando baixinho. — Uma parte dele é decorrente de eu seguir os preceitos da Família Livre, e outra parte é pura e simplesmente o jeito pelo qual acredito que uma pessoa deve levar sua vida. Todos devem valorizar a família e desempenhar bem o seu trabalho. Devemos aproveitar o tempo que nos é dado nesta vida e fazer de tudo para não causar danos a nada, nem a ninguém. Com o dom que recebi, veio também outro código e outra responsabilidade: respeitar, *sempre*, a privacidade e o bem-estar de todos. Nunca usar o que me foi dado para ganho pessoal, para divertimento ou curiosidade, e muito menos para causar mal. No entanto, foi o que eu fiz.

Eve suspirou fundo. Ele tocou no ponto que mais a comovia.

— Eu compreendo códigos. Sei o que é ser guiada e buscar sempre ser fiel a eles. Também compreendo erros. Sei que você não fez nada de propósito e provavelmente preferiria arrancar a língua do que comentar o assunto com qualquer pessoa. Só que eu mal o conheço, e é muito difícil ter alguém que é quase um estranho olhar para mim e enxergar esse tipo de... horror.

— E você acha que eu enxergo horror quando olho para você? — As mãos dele saíram dos bolsos e se lançaram para frente, tentando tocá-la, mas logo recuaram. — Pois não vejo. Vejo o horror de uma lembrança do passado, o horror que nenhuma criança deveria saber que existe, muito menos experimentar. Não sou um homem violento, nem por natureza, nem por crença, mas creio que eu seria capaz de...

Ele parou de falar, seu rosto ficou vermelho de fúria e a mão ao seu lado formou um punho que pareceu estranhamente poderoso.

— Acho que seria capaz de fazer o que qualquer pai faria. — Ele se acalmou e abriu os punhos cerrados. — Quando eu olho para você, enxergo força, coragem e determinação além de qualquer coisa que já vi na vida. Enxergo a amiga da minha filha, uma mulher em quem confiaria a vida da minha menina. Sei que você vai voltar à cidade do seu passado, amanhã. Roarke comentou que vocês iam a Dallas. Vou rezar por você.

Eve olhou para ele.

— Alguém consegue ficar pau da vida com você, Sam?

— Phoebe consegue isso, mas só por curtos períodos de tempo. — Ele exibiu um sorriso lento e hesitante.

— Então ela é mais durona do que parece. Vamos esquecer tudo o que aconteceu — propôs Eve, estendendo a mão para ele.

Quando Eve entrou em casa, viu Summerset polindo o pilar da escadaria, enquanto o gato se instalara como um Buda peludo no primeiro degrau. Ambos lhe lançaram um olhar longo e penetrante.

— Sua mala está pronta — informou o mordomo. — Roarke indicou que seriam necessárias vestimentas para um dia de viagem, apenas.

— Já lhe disse que eu mesma faço minhas malas. Não quero seus dedos esqueléticos futucando as minhas coisas. — Eve pulou o primeiro degrau para não pisar no gato, que a ignorou solenemente, mas antes de continuar subindo as escadas, congelou. Estendendo o braço num gesto súbito, agarrou a ponta do pano que Summerset usava para polir o pilar. — Isso aqui é a minha camiseta!

— Desculpe, mas discordo da senhora. — Summerset esperava que Eve reconhecesse a camiseta. — Embora este pedaço de tecido possa ter tentado se passar, muito tempo atrás, por uma peça de vestuário, atualmente não é mais que um trapo. Inexplicavelmente, encontrei este verdadeiro pano de chão na sua cômoda, mas foi devidamente removido e eu já encontrei o único uso possível para ele.

— Quero minha camiseta de volta, seu cara de ameixa enrugada, seu inseto de bunda magra!

Ela puxou a camiseta de um lado e ele puxou do outro.

— A senhora dispõe de numerosas vestimentas perfeitamente respeitáveis e utilizáveis.

— Mas eu quero *essa*!

— Isto não passa de um trapo! — Eles puxaram com mais força, um para cada lado, e a camiseta não teve saída a não ser se rasgar em duas. — Agora... — apontou ele com satisfação — são *dois* trapos.

Eve rosnou, fez uma bola com a metade da velha camiseta do Departamento de Polícia de Nova York e subiu as escadas, enfurecida.

— Fique longe das minhas gavetas, seu pervertido, ou vou morder seus dedos fora até sobrarem só os cotocos.

— Pronto! — comentou Summerset, olhando para o gato. — Não é bom saber que agora a tenente vai partir para essa viagem difícil com a cabeça um pouco mais leve?

Eve entrou no quarto como um furacão e atirou longe a camiseta rasgada, no exato instante em que Roarke saía do elevador. O pano o atingiu no queixo.

— Puxa, é ótimo rever você também, querida.

— Veja só o que aquele filho da mãe fez com a minha blusa.

— Humm... — Roarke examinou o material em frangalhos. — Isso era uma blusa? — Com ar distraído, enfiou o dedo em um dos buracos desfiados da camiseta. — Que pena. Bem que eu ouvi você e Summerset trocando as amabilidades de costume, a plenos pulmões.

— Por que diabos você o mandou fazer a minha mala?

— Eu poderia justificar isso lembrando que você está absolutamente sem tempo, o que é verdade. Mas sejamos honestos, minha querida Eve: você é péssima para fazer as malas e nunca leva o que vai precisar na viagem.

— Aposto que ele cheira minhas calcinhas.

Os lábios de Roarke estremeceram.

— Agora você me colocou na cabeça uma ideia interessante. — Ele foi até ela e emoldurou-lhe o queixo com as mãos. — Você fez as pazes com Sam? Vi da janela.

— Ele estava tão ocupado se martirizando que eu não tive coragem de xingá-lo.

— Você tem coração mole.

— Vá sonhando, meu chapa.

Ele se inclinou e beijou sua boca, que já preparava uma careta.

— Esse vai ser o nosso pequeno segredo, querida. Ninguém que tenha assistido àquela entrevista com Nadine vai suspeitar que existe um coração mole no seu peito. Esteve fantástica, tenente! Cintilante e dura como um diamante verdadeiro. Mesmo assim, ela não virá atrás de você.

— Não sei do que você está falando.

— Sabe, sim.

Ela encolheu os ombros, tentou recuar, mas ele a agarrou com mais força.

— Pelo menos eu tentei — disse ela.

— Você não vai se colocar na frente para me proteger, nem nada desse tipo.

— Não tente me ensinar a trabalhar.

— Tudo bem, mas então não tente me ensinar também. Tenho uma pergunta para lhe fazer, e depois prometo deixar o assunto de lado, ao menos por enquanto. Quero a verdade, Eve, e vou descobrir se você está mentindo só de olhar para os seus olhos, não importa o que você responda.

Ele descobriria mesmo, ela pensou. Roarke era melhor que um detector de mentiras para identificar alguém que não falava a verdade.

— Por que não faz logo a porcaria da pergunta, em vez de me pôr na defensiva e me irritar?

— Vamos a Dallas amanhã só para você me afastar de Julianna Dunne?

— Não. Não é esse o motivo, mas isso é um bônus e me fará ganhar tempo. O motivo realmente não é esse. Agora me solte um pouco, tá bom?

Ele passeou as mãos pelo rosto dela, acariciando-a, desceu para os ombros e os braços. Por fim, soltou-a.

— Eu poderia pedir a Feeney que fosse até lá no meu lugar. Ele tem todas as condições para conversar com Parker numa boa. Aliás, quase pedi para ele fazer isso. Tanto ele quanto eu poderíamos fazer essa viagem, e cheguei a justificar para mim mesma que era até melhor que ele fosse; pensei em lhe dizer que talvez ele arrancasse mais informações de Parker do que eu. Conversa de homem para homem, esse tipo de coisa. Mas isso é papo-furado, porque quando a conversa é entre tira e testemunha o sexo dos envolvidos não tem nada a ver com o resultado. Existe o distintivo, e é isso que conta. Estive a ponto de pedir para ele ir porque, no fundo, queria salvar a mim mesma.

— Isso não é vergonha nenhuma, Eve. Se você não estiver pronta...

— E *quando* estarei? — Essa reação pareceu explodir de dentro dela, amarga e forte. — Amanhã? Daqui a um ano? Nunca? Se eu deixar que isso interfira com meus padrões de investigação policial, como vai ser da próxima vez que eu encarar algo que me assuste em nível pessoal? Não serei covarde, vou fazer meu trabalho. Esse é o motivo número um. O motivo número dois é tirar você de campo por um dia ou dois, até refletir a respeito. O resto... quando eu chegar lá, vejo como resolver.

Ela se enterrou até o pescoço em trabalho. Peabody lhe trouxe uma lista de vários médicos com licença cancelada que se encaixavam nos critérios básicos da pesquisa e residiam em Nova York.

— Está tentando descobrir alguma ligação entre esses cento e vinte médicos desafortunados e Julianna Dunne? — quis saber Roarke.

— Quero uma ligação com a fonte original — explicou Eve. — Quero analisar tipos de personalidade. Qualquer médico que fornecesse curare e cianureto para matar toda a congregação da Igreja do Além não teria escrúpulos em fornecer a uma psicopata assassina de homens respeitáveis tudo o que ela precisasse. Ou talvez ele saiba informar quem faria isso.

Ela analisou os dados, e Roarke se colocou atrás da cadeira, massageando-lhe os ombros daquele jeito distraído e perfeito que era típico dele e o levava sempre a descobrir o exato ponto de tensão que precisava de cuidados.

— Mesmo que um determinado médico não seja a fonte da substância, poderá saber quem é. Se, por outro lado, eu falhar em encontrar a ligação, mas conseguir identificar o doutor Doom, passarei essa informação para o FBI, e essa será a minha grande façanha desta década.

— Por que os federais não conseguiram pegá-lo até hoje?

— Não souberam lidar com Mook do jeito certo, na época, e ele foi o único que restou. Sempre achei que Mook tinha deixado de contar alguma coisa, mas os agentes imaginaram que ele entregara todo o ouro e eu não tinha nenhuma ponta solta para puxar e insistir nele. Forçaram a barra na base da força, em vez de ameaçar tirar o que Mook mais curte na vida: sentir dor. Quando ele garantiu que havia contado tudo, os federais acreditaram.

— Esse caso já tem mais de dez anos, não tem?

— Tem. Eu ainda usava farda. Por quê?

— Você nasceu para ser tira — declarou ele, beijando-lhe o alto da cabeça.

— Segundo Mook, o doutor Doom dispensou a limonada naquela noite. Isso me diz que o aspecto religioso não era sua motivação principal. Talvez o que ele curta mesmo é o suicídio, desde que não seja o dele. Encontrei três caras aqui que perderam a licença para exercer a medicina por ajudarem pacientes a encontrar Jesus face a face sem o consentimento deles.

— Brincar de Deus é um negócio de peso.

— David P. Robinson, Eli Young e Oscar Lovett, em ordem alfabética. Aposto em um desses nomes. Vou sugerir a Feeney que dê uma boa olhada neles. Se isso não der em nada, procuramos outro caminho e seguimos em frente.

O *tele-link* da mesa de Eve tocou, e como ela continuava olhando fixamente para a tela do computador, Roarke atendeu.

— Oi, Roarke! — Louise Dimatto abriu um sorriso simpático. — Espero não estar interrompendo nada importante.

— É sempre um prazer falar com você. Como está, Louise?

— Se eu estivesse me sentindo melhor neste exato momento, seria presa por atentado ao pudor. Como vê, no campo pessoal está tudo ótimo. No campo profissional estou sobrecarregada de trabalho, mas isso é exatamente o que eu curto. Estou torcendo para você e Dallas arranjarem um tempinho para visitar o abrigo uma hora dessas. Acabamos de inaugurar mais três salas e a área de recreação já está completa. O abrigo *Dochas* já está tendo um impacto importante na vida das pessoas.

— Vamos passar num dia em que você esteja de plantão.

— Que bom! Dallas está aí perto? Tenho informações para ela.

— Está bem aqui, sobrecarregada de trabalho também. A gente se vê em breve, Louise. Mande um abraço para Charles.

— O *meu* abraço ele certamente terá. — Assim que Dallas apareceu na tela, Louise começou a falar mais depressa: — Acho que encontrei algo útil relacionado com o dever de casa que você me passou. Eu me lembro de ter ouvido conversas em casa a respeito do escândalo, quando ainda era menina. As histórias eram sobre um médico que fez residência com um tio meu. Parece que seu comportamento na vida particular era inadequado e ele se escondeu por trás do jaleco durante anos. Curtia mulheres jovens. Muito jovens. Algumas delas eram suas clientes. Os colegas não o protegeram quando veio a público a informação de que ele eliminava pacientes sem autorização específica deles.

— Sabe o nome desse médico?

— Não sabia, mas liguei para uma prima que mora em outra cidade. Vou te contar, Dallas...! Você me deve um favorzão, porque essa minha prima Mandy é uma diva insuportável que fez questão de me interrogar a respeito da minha vida amorosa, das minhas atividades sociais, e me passou um sermão por eu desperdiçar meus talentos com a escória da humanidade, lá na clínica. *Et cetera.*

— O nome, Louise! Reclame da vida depois.

— Eli Young. Ele era chefe dos residentes e dos internos no Kennedy Memorial antes de passar a trabalhar apenas em seu consultório particular. — Louise parou de falar e ergueu as sobrancelhas elegantes. — Posso ver pela sua cara que você já tem os dados sobre ele. Por que fui desperdiçar meu tempo?

— Não desperdiçou, não. Você acaba de me livrar de um trabalhão. Obrigada. — Eve olhou na direção de Roarke, mas logo virou o rosto para a tela novamente. — Ahn... escute, Louise... eu pedi um favor especial a Charles hoje, mas estou meio desconfortável com o lance.

— A visita íntima na penitenciária de Dockport?

— Ah, então, ele já comentou o caso com você.

— Sim, ele me contou. — Louise deu uma gargalhada curta. — Dallas, não esquente a cabeça. Por falar nisso, Peabody estava linda. *Love is in the air*, como dizia a canção.

— Ah, certamente tem algo no ar — resmungou Eve ao desligar. — E você, tá rindo de quê? — perguntou a Roarke.

— Estou rindo por ver que, apesar de tudo, existem coisas a respeito de sexo que ainda deixam você embaraçada.

— Não estou embaraçada, estou atônita. Esquece! Sei que isso não é da minha conta.

— O grande lance do amor é que ele não tem razão para existir. Simplesmente acontece.

Eve olhou demoradamente para ele.

— Acho que eu sei disso — afirmou ela, afastando-se da mesa. — Vou fazer uma visitinha a esse tal de Eli Young para ver o que eu descubro.

— Vou com você. E não me venha com aquela lenga-lenga de eu ser um civil, tenente. Digamos que estou com vontade de dar uma volta de carro com a minha esposa. A noite está linda. Além do mais... — Ele passou o braço por sobre os ombros dela no instante em que saíam do escritório. — Se não me falha a memória, esse doutor malvado reside em um prédio de minha propriedade. Você não terá dificuldades para se encontrar com ele, estando comigo, não é verdade?

Isso certamente oferecia algumas vantagens. Quando o painel de segurança eletrônica informou que o dr. Young não estava, Eve ergueu uma das mãos para manter Roarke atrás dela e, com a outra, exibiu o distintivo para a tela.

— Ele não está no prédio ou não está recebendo visitas?

NÃO ESTOU AUTORIZADO A FORNECER ESSA INFORMAÇÃO ESPECÍFICA. DEVIDO À NECESSIDADE DE PROTEGER A PRIVACIDADE DE NOSSOS MORADORES, DEVO REPETIR APENAS QUE O DR. YOUNG NÃO ESTÁ DISPONÍVEL NESTE MOMENTO. A SENHORA PODE ESCOLHER NO MENU QUE APARECERÁ NA TELA SE DESEJA DEIXAR UM RECADO PARA O DR. YOUNG OU QUALQUER OUTRO MORADOR. PEÇO-LHE DESCULPAS, TENENTE EVE DALLAS, POR NÃO SER CAPAZ DE ATENDER AO SEU PEDIDO.

— Sou obrigado a admitir — comentou Roarke —, que esse sistema de segurança é excelente, além de muito educado.

— Aposto que se eu enfiar um mandado na bunda eletrônica do sistema ele não será tão educado.

NÃO É PERMITIDO CIRCULAR PELAS DEPENDÊNCIAS DESTE PRÉDIO SEM SER MORADOR NEM CONVIDADO AUTORIZADO E APROVADO. SE A SENHORA NÃO DESEJA ENTRAR EM CONTATO COM OUTRO MORADOR, NEM PRETENDE DEIXAR UMA MENSAGEM, DEVO SOLI-

CITAR QUE SAIA DESTE SAGUÃO. EM QUARENTA E CINCO SEGUNDOS OS SEGURANÇAS DO PRÉDIO SERÃO INFORMADOS DE SUA RECUSA EM COOPERAR E DEVIDAMENTE ACIONADOS. DESCULPE QUALQUER INCONVENIÊNCIA.

— Será que *agora* não seria um bom momento? — perguntou Roarke, baixinho. — Tenente, você sabe o quanto eu fico excitado quando você rosna para mim.

— Vamos logo, coloque-nos do lado de dentro de uma vez e pare de se sentir tão convencido.

Roarke simplesmente colocou a palma da mão sobre um sensor e digitou uma senha.

BOA-NOITE, ROARKE, SEJA BEM-VINDO. — EM QUE POSSO AJUDÁ-LO?

— Vamos até o vigésimo segundo andar. Libere os elevadores.

SIM, SENHOR. OS ELEVADORES JÁ ESTÃO LIBERADOS. POR FAVOR, APROVEITE A SUA VISITA E O RESTO DA NOITE, E AVISE-ME SE EU PUDER LHE OFERECER ASSISTÊNCIA EM MAIS ALGUMA COISA.

— Você não fica cansado de todo mundo e até as máquinas puxarem o seu saco? — quis saber Eve.

— Claro que não, por que deveria? — Ele fez um gesto largo com a mão para o elevador no instante em que duas portas espelhadas se abriram sem barulho algum. — Vigésimo segundo! — ordenou pelo sistema de voz. — Pode ser que Young realmente não esteja em casa.

— Quero confirmar por mim mesma. Existe uma boa probabilidade de ele ser o fornecedor de veneno para Julianna Dunne, ou talvez saiba algo. Não quero desistir sem falar com ele.

Ela saltou no vigésimo segundo andar, virou no fim do corredor e foi até a segunda porta à direita. Tocou a campainha e manteve o distintivo no alto para que ele pudesse ser visto pelo sistema de segurança do apartamento.

O DR. YOUNG NÃO SE ENCONTRA EM CASA E NÃO AUTORIZOU NINGUÉM A ENTRAR NO APARTAMENTO DURANTE SUA AUSÊNCIA. QUER DEIXAR ALGUMA MENSAGEM?

A segunda resposta computadorizada da noite deixou Eve agitada. Sem emitir nenhum comentário, ela se virou e tocou a campainha do apartamento em frente.

A porta foi aberta por uma mulher que usava um robe vermelho esvoaçante e segurava um copo de coquetel com uma bebida azul-claro. Um telão instalado na sala exibia um programa com o volume quase no máximo.

— Polícia? — espantou-se ela. — O que aconteceu?

— Não aconteceu nada, senhora. Desculpe incomodá-la. Por acaso a senhora sabe onde eu poderia encontrar Eli Young?

— O dr. Young? — Ela piscou e olhou por sobre o ombro de Eve. — Marty, uma policial está aqui. Ela quer ver o dr. Young.

— Ele mora na porta em frente! — berrou uma voz lá de dentro, duelando com o som do telão.

— Eu sei que ele mora no apartamento em frente — explicou Eve, tentando manter a paciência. — É que ele não está atendendo a porta. A senhora sabe me dizer quando o viu pela última vez?

— Ah, já faz alguns dias, eu acho. — Ela tomou um gole da bebida. Pelo brilho do seu rosto ela já devia estar bebendo desde cedo. — Ahn, deixe-me pensar... Talvez ele nem esteja na cidade. Acho que viajou faz umas duas semanas.

— Mencionou para onde ia?

— Não, não foi ele quem comentou isso comigo, não, foi a sobrinha.

— Sobrinha? — repetiu Eve, já com a mente em estado de alerta.

— Sim. Ela estava saindo do apartamento um dia, na hora em que eu voltava das compras. Que moça simpática! Ela disse que ia passar alguns dias em companhia do tio e estava muito feliz porque ele aceitara viajar de volta com ela para o interior, a fim de visitar seus pais. Em Ohio. Ou Indiana. Talvez fosse Idaho. — Tomou mais um gole. — A sobrinha também comentou que aquela ia ser uma longa viagem.

— Como era a aparência dela?

— Ah, jovem e bonita. Tinha cabelos curtos, escuros, com um penteado muito chique.

Eve pegou o computador de mão e colocou na tela a imagem de Julianna em sua foto como Janet Drake.

— A senhora conhece esta mulher?

A mulher virou a cabeça meio de lado para enxergar melhor a foto e então sorriu.

— Ora, mas é ela! A sobrinha do dr. Young. Eu até fiquei surpresa, pois nem sabia que ele tinha parentes.

— Obrigada. — Eve guardou o computador no bolso. — A senhora costuma assistir aos noticiários?

— Noticiários? Marty só quer saber de esportes e filmes de suspense, mais esportes e mais filmes de suspense. Mal consigo dez minutinhos por dia para assistir ao meu programa sobre moda.

— Acho que a senhora deveria assistir ao noticiário de hoje à noite. Obrigada pela ajuda.

Eve foi embora, deixando a vizinha com um olhar intrigado. Em seguida ligou o gravador.

— Consegui uma identificação positiva da principal suspeita deste caso. Julianna Dunne esteve em contato com o dr. Eli Young na casa dele. O dr. Young não atende a porta, mas não há indícios de que esteja tentando enganar a polícia. Tenho base legal para entrar em sua residência, a fim de assegurar o bem-estar físico de Eli Young e/ou investigar sua cumplicidade com Julianna Dunne. Em minha companhia está o civil Roarke, proprietário do prédio. Ele concordou com esta linha de ação e vai testemunhá-la.

— Acho que isso cobre os requisitos legais — comentou Roarke.

Eve ficou diante da porta e usou sua chave mestra para destrancá-la.

— Ligar gravador! — Eve ordenou, ao mesmo tempo que pegava a arma, enviando uma mensagem sutil a Roarke, que poderia estar armado sem o conhecimento dela.

Ela empurrou a porta e ficou de frente para a escuridão.

Nem precisou ordenar que as luzes se acendessem para sentir o cheiro da morte.

— Por Deus! — Ela inspirou pela boca, sugando o ar entre os dentes, e sentiu a boca se encher com o ar viciado e fedorento. — Temos um arenque. Fique no corredor, Roarke. Não há nada que você possa fazer. Acender luzes em brilho total! — ordenou.

As lâmpadas se acenderam, revelando uma sala de estar finamente decorada, com as telas de privacidade das amplas janelas completamente fechadas. Young estava no sofá, mas o estofamento do móvel nunca mais seria o mesmo. Ele usava o que parecia um roupão, mas como os gases do corpo haviam se expandido e os fluidos corporais tinham se espalhado à sua volta, era difícil descrever a roupa que vestia.

Havia uma garrafa de conhaque e um cálice de vinho na mesinha de centro, e uma taça estava caída sobre o tapete; provavelmente fora largada ali pelos dedos do defunto, agora inchados como salsichões.

— Certamente você vai precisar do seu kit de serviço — afirmou Roarke.

— Vou, sim.

— Tome isto. — Ele lhe ofereceu um lenço para ela cobrir o nariz e a boca. — É o melhor que eu posso conseguir, no momento.

— Obrigada. — Ela usou o lenço e esperou na porta até ele voltar com o spray selante; enquanto isso, gravou a cena com toda a calma. Então, pegou o comunicador no bolso e deu o alarme.

Ela fez sexo com ele antes de matá-lo. Talvez já fossem amantes antigos, mas Eve pressentiu que não. Julianna simplesmente utilizara o seu método mais eficiente para distrair um homem, e depois o matara com o veneno que ele mesmo conseguira para ela.

Era lógico, claro, frio. Era a cara de Julianna Dunne.

Eles a viram nas gravações dos discos da segurança do prédio de Young. Essas gravações haviam sido feitas alguns dias antes do assassinato de Walter Pettibone. Foi quando ela adquiriu a primeira remessa de veneno. Estava ruiva naquela semana, refletiu Eve.

Depois a viram novamente, morena. Dessa vez, voltara para eliminar a ponta solta.

Muito provavelmente também encontrariam registros de ligações no *tele-link* da vítima, feitas por ela ou para ela. Mas Julianna Dunne não seria tola o bastante para atender a essas ligações do *tele-link* de sua casa, nem em uma linha pessoal. Eles verificariam isso, é claro, mas descobririam que as conversas tinham sido feitas e recebidas de *tele-links* públicos.

Young estava morto fazia quatro dias. Quatro dias muito fedorentos. Ela acabara de sair do primeiro assassinato e, antes mesmo de o defunto esfriar, completara o serviço cometendo outro.

O corpo já fora removido do local, mas o ar continuaria fedendo a material em estado de putrefação por mais algum tempo. Mesmo depois que as equipes de faxina viessem limpar o ar, um restinho de cheiro continuaria lá, como uma camada fina e maligna.

— Tenente. — Peabody chegou por trás de Eve. — Estou com os discos de segurança.

Com ar distraído, Eve os pegou.

— Vou anexar cópias de tudo na pasta e analisá-los com atenção hoje à noite, mas não creio que surja alguma surpresa.

"Ela veio aqui um dia depois de ter matado Walter Pettibone. Exibindo um novo penteado, sentindo-se muito bem, muito energizada. Ele a recebeu. Talvez pudessem fazer novos negócios. Ela lhe contou a respeito do assassinato. Quem seria mais indicado para compartilhar tanta emoção do que o homem que lhe vendera a arma do crime? Um homem que estaria morto. Então o seduziu."

Eve entrou no quarto. Os lençóis tinham sido arrancados da cama e enviados para o laboratório, mas alguns traços de sêmen já haviam sido encontrados ali. *Foi como tirar doce de uma criança. Estou tão excitada, tão energizada, depois de todos esses anos solitários na prisão. Preciso de alguém que me toque. Você é o único homem com quem posso estar, o único que sabe o que estou sentindo neste momento.*

— Ele deveria ter percebido — murmurou Peabody. — Logo ele, entre tanta gente, deveria ter desconfiado.

— Os olhos dela deviam estar brilhando, com um monte de mentiras cintilando por dentro. — Eve imaginou a cena. — Ele tem idade para ser seu avô e, no entanto, ali está ela, jovem e linda, com o corpo firme e a pele lisa. Ele gosta de mulheres jovens. Muito jovens. Mais novas até do que Julianna, mas ela está ali, bem diante dele. Ela o deixa fazer o que quer com ela, deixa-o curtir todo o tempo que deseja. Para ela, nada daquilo importa. Ele já está morto, mesmo. A cabeça de Julianna já está na vítima seguinte, mesmo quando ela geme, se contorce e finge gozar. Depois de tudo, ela elogia o desempenho dele. Foi maravilhoso. Surpreendente. Ela sabe o que dizer e como dizer para deixá-lo se achando o poderoso fodão do pedaço. Deve ter feito pesquisas cuidadosas sobre ele também.

Eve se virou e olhou mais uma vez para a sala de estar.

— Ela sabe que ele gosta de conhaque. Colocou veneno na garrafa enquanto ele estava no chuveiro ou, quem sabe, urinando. Não vai levar muito tempo, agora. Não faz diferença se ele vai tomar o conhaque agora ou mais tarde, mas ela prefere que seja agora, para poder observar de perto. Se aconchega junto dele no sofá, toda dengosa, e lhe conta o que vai fazer e quem vai ser sua próxima vítima. Posso tomar um pouco de vinho? Posso ficar com você mais um pouquinho? É tão bom ter alguém com quem eu posso conversar e estar junto.

"Ele serve o vinho para ela e o conhaque para si. O vinho é dele, o conhaque também, e ele não se preocupa. Provavelmente ela bebe alguns goles antes, enquanto batem um papo animado, os dois quase explodindo de energia e entusiasmo. Ele sorri para ela enquanto bebe, completamente cativado por seu jeito, saciado de sexo e perguntando a si mesmo se conseguirá uma nova ereção para uma segunda transa. Quando sente o veneno na bebida já é tarde demais. Mostra-se chocado, horrorizado. Ele, não! Aquilo não é possível. Mas percebe tudo no rosto dela. Ela faz questão que ele veja. É um prazer frio. Depois ela se arruma com calma, tranca o apartamento. Encontra-se por acaso com a vizinha e bate um papo amigável. *Tio Eli vai ficar fora da cidade por várias semanas, isso não é o máximo?"*

— E vai embora calmamente — completou Peabody.

— Isso mesmo. Vai embora. Lacre a cena do crime, Peabody. Preciso ir à Central preparar o relatório e depois vou para casa.

Capítulo Doze

Se o charme dos calmos bairros residenciais nos arredores de Nova York já deixava a imperturbável e absolutamente urbana Eve Dallas completamente desconcertada, as infindáveis extensões de terra do Texas lhe pareciam tão alienígenas quanto as paisagens lunares. Mas o Texas também tinha cidades; cidades imensas, muito espalhadas e populosas.

Por que será que alguém escolheria voluntariamente morar em meio a imensas extensões de capim, em uma pradaria de onde se enxergava muitos quilômetros e onde a pessoa se via rodeada de infinitos espaços que se propagavam para todos os lados?

No entanto havia muitas cidades, é claro, com prédios que bloqueavam a visão plana e perturbadora, além de estradas com retas compridas como flechas que se despejavam em trevos rodoviários com o formato de pretzels; portas de entrada e de saída da civilização.

Eve certamente compreendia a pressa com que as pessoas dirigiam seus veículos *na direção* dessas cidades e edifícios; mas nunca conseguiria compreender o que as levava a *se afastar* deles para mergulhar nas amplidões vazias.

— Qual é a graça de morar aqui? — perguntou Eve, enquanto eles seguiam zunindo por uma dessas estradas. — Não há nada neste lugar a não ser grama, cercas e animais de quatro patas. Imensos, por sinal — acrescentou, ao passar por uma manada de cavalos que a fez sentir suspeitas e cautelas.

— Yippee-ky-yay! — gritou Roarke.

Ela olhou com ar de estranheza para ele, mas só por breves segundos. Preferiu vigiar os animais, por garantia.

— Esse cara é cheio da grana — afirmou ela, levemente incomodada pelo ruído de um helicóptero que sobrevoava um campo próximo. — Dirige um negócio próspero e muito bem-sucedido em Dallas, mas prefere morar aqui. De livre e espontânea vontade. Existe algo de doentio nisso.

Dando uma gargalhada, Roarke pegou a mão dela, a mesma que estava sempre pronta para pegar a arma, e a beijou.

— Existe todo tipo de pessoas no mundo.

— E a maioria delas é zureta. Caraca! Aquilo são *vacas*? Vacas não deviam ser assim tão grandes, você não acha? Isso é anormal.

— Mas pense nos bifes, querida.

— Eu sei, só que é esquisito. Tem certeza de que esse é o caminho certo? Não pode ser... Não existe nada à nossa frente.

— Você não viu as várias casas pelas quais estamos passando, à beira da estrada?

— Sei, mas acho que as vacas é que devem morar nelas. — Eve teve uma fantasia mental na qual bovinos desempenhavam diversas atividades dentro das casas baixas e largas. Assistiam a alguns filmes no telão, promoviam festas com os rebanhos da vizinhança, fazendo amor em lindas camas de quatro pilares. Estremeceu. — Puxa, tudo isso é de dar arrepios. Odeio o campo.

Roarke olhou para o GPS do painel. Ele vestia jeans, uma camiseta branca e um par de óculos estilosos, pretos. Aquela era uma roupa absolutamente casual, mas simples demais para ele. Mesmo assim, Roarke parecia vir de um ambiente urbano. E tinha cara de rico, refletiu Eve.

— Devemos chegar daqui a alguns minutos — avisou ele. — Vejo um pouco de civilização à frente.

— Onde? — Ela se arriscou a afastar os olhos das vacas por um instante, olhou pelo para-brisa e viu a silhueta de uma cidade ao longe. Edifícios, postos de combustível, lojas, restaurantes e mais residências. O frio que sentia na barriga começou a desaparecer aos poucos. — Finalmente! Isso é ótimo.

— Só que não vamos para lá. Viramos aqui. — Dizendo isso, ele saiu da larga rodovia pavimentada como um tapete e entrou em uma estrada secundária. Uma estrada que, na opinião de Eve, seguia junto demais das imensas extensões relvadas.

— Essas cercas não me parecem muito resistentes.

— Se houver algum estouro de boiada, não haverá nenhum problema, querida, pois nossa velocidade é maior que a dela.

— Aposto que você acha tudo isso muito engraçado. — Ela umedeceu os lábios e engoliu em seco.

Mas Eve ficou um pouco mais tranquilizada ao notar que havia outros veículos na estrada. Muitos carros, caminhões, trailers compridos e possantes caminhonetes sem capota.

Prédios começaram a aparecer. Não eram casas, reparou Eve. Eram construções típicas de fazendas, ranchos ou sabe-se lá o quê. Celeiros, galpões e abrigos para animais. Estábulos também, ela supôs. Reservatórios para grãos ou sei lá como se chamavam. Silos, lembrou. *Que palavra estranha.* Tudo parecia uma pintura, com toda aquela grama, as plantações, o gado com cara de tédio, a infinidade de anexos e depósitos pintados de vermelho ou de branco.

— O que aquele sujeito está fazendo? — perguntou ela, erguendo-se um pouco do banco para olhar além do perfil de Roarke.

— Aparentemente, está montando um cavalo.

— Isso eu sei, dá para ver. Mas por quê?

— Não faço ideia. Talvez esteja com vontade de cavalgar.

— Viu só? — Para reforçar o que dizia, deu um tapa no ombro de Roarke. — Isso é doentio. As pessoas são todas doentes mentais. — Soltou um suspiro de alívio ao ver a casa principal da propriedade.

Era enorme, se espalhava para todos os lados e tinha um único andar. Partes dela eram pintadas com o mesmo tom ofuscante de branco, mas em outros locais o revestimento era de pedras unidas firmemente, como em um quebra-cabeça. Havia paredes inteiras de vidro, e Eve quase estremeceu à ideia de ficar diante de uma delas olhando para fora, para o campo, atrás do qual havia outro campo, e outro e mais outro. E saber que os animais lá fora a olhavam de volta.

Havia também áreas menores, devidamente cercadas. Apesar de haver cavalos nelas, também rolava uma considerável atividade humana. Isso a tranquilizou, apesar de os humanos usarem chapéus de caubói.

Adiante havia um pequeno heliporto e vários veículos. Alguns deles ela mal conseguiu identificar. Por fim, supôs que fossem utilizados para algum tipo de trabalho rural.

Eles passaram por dois imensos pilares de pedra no alto dos quais havia cavalos esculpidos, com o corpo empinado.

— Vamos lá... Ele sabe que estamos vindo visitá-lo, mas não está muito feliz com essa história — começou Eve. — É bem capaz de se mostrar hostil, se colocar na defensiva e cooperar pouco. Mas não é burro e sabe que eu posso complicar a vida dele remexendo o passado e pressionando os tiras locais para aumentar o calor. Não quer que os podres apareçam bem no seu quintal. Resolver tudo em seu território vai fazê-lo pensar que tem mais controle sobre as coisas.

— E por quanto tempo você vai deixá-lo curtir essa impressão?

— Vamos ver como a coisa rola. — Eve saltou do carro e quase ficou sem ar, devido ao calor opressivo.

Calor semelhante ao de um forno, avaliou, muito diferente do mormaço de um verão nova-iorquino. Sentiu o cheiro de grama e também outro aroma desagradável, que só podia ser esterco.

— Que *clack-clack* é esse? — perguntou a Roarke, aguçando os ouvidos.

— Não tenho certeza absoluta, mas acho que são galinhas.

— Meu santo Cristo poderoso! Se você me mandar pensar em omeletes, vou acabar te dando umas porradas.

— Combinado. — Ele seguiu ao lado dela pelo caminho pavimentado. Conhecia-a bem o bastante e sabia que a preocupação com o cenário local poderia ajudá-la a manter a mente longe dos próprios medos e preocupações. Ela ainda não comentara nada sobre ir ao centro de Dallas, nem o que faria ou visitaria ao chegar lá.

As portas tinham três metros de largura e pareciam coroadas pelos chifres descolorados de algum animal gigantesco. Roarke analisou aquilo e seus pensamentos vagavam sobre o tipo de personalidade de uma pessoa que curte decorar sua casa com animais mortos no instante em que Eve tocou a campainha.

Momentos depois, a imagem viva do Velho Oeste americano escancarou a porta.

O homem vestia couro, era alto como uma montanha e largo como um rio. Usava botas com pontas finas como um estilete e cobertas por crostas de sujeira. Seu jeans era em tom escuro de índigo e parecia tão duro que era capaz de permanecer em pé mesmo sem ninguém dentro. A camisa era em xadrez vermelho e branco. Seus cabelos tinham um tom comum de grisalho e vinham penteados para trás, exibindo um rosto duro muito vermelho, marcado por rugas e um olhar de poucos amigos.

Quando falou, sua voz chocalhou como cascalho solto em um balde muito profundo.

— Vocês são os tiras da cidade?

— Tenente Dallas. — Eve exibiu o distintivo. — Este é meu auxiliar de campo...

— Sei quem ele é. — Apontou o dedo rechonchudo como uma salsicha de soja na direção de Roarke. — Você é Roarke. Eu o conheço. Você não é tira.

— Louvado seja o Senhor por isso! — confirmou Roarke. — Acontece que sou casado com uma.

— É... — Ele assentiu com a cabeça enquanto analisava Eve. — Reconheço você também. Tira famosona de Nova York. — Fez cara de quem ia cuspir no chão, mas se conteve. — Sou Jake T. Parker e não preciso conversar com você. Na verdade, os meus advogados me desaconselharam isso.

— É verdade. O senhor não tem nenhuma obrigação legal para falar comigo, sr. Parker. Mas posso obrigá-lo por determinação judicial. Certamente seus advogados também o informaram disso.

Ele enfiou os polegares gordos em dois dos passadores da calça. O couro ressecado do cinto estalou com o movimento.

— Vai levar algum tempo até você conseguir essa ordem judicial, não vai?

— Tem razão, senhor. Muito tempo. Fico imaginando quantas pessoas mais Julianna Dunne conseguiria matar antes de os advogados conseguirem a ordem. O senhor arrisca algum palpite?

— Não tenho nada a ver com ela, já faz mais de doze anos. Encontrei a paz neste lugar e não preciso que nenhuma tira famosa de Nova York apareça aqui para jogar lama no meu rosto.

— Não vim aqui atirar lama em ninguém, sr. Parker, e também não estou aqui para julgá-lo. Vim para tentar descobrir qualquer coisa que me ajude a impedir Julianna de tirar mais vidas. Uma delas, inclusive, pode ser a sua.

— Merda! Desculpe meu linguajar — acrescentou. — Aquela garota não passa de um fantasma do passado e sou menos que isso para ela.

Eve pegou algumas fotos em sua bolsa.

— Este é Walter Pettibone. Não era nada para ela também. Este aqui é Henry Mouton. Eles tinham famílias, sr. Parker. Possuíam vida pessoal. Ela destruiu tudo.

Ele olhou para as fotos e desviou o rosto.

— Nunca deveriam ter soltado essa mulher da prisão.

— Não sou eu que vou discordar dessa afirmação. Fui eu quem ajudou a colocá-la atrás das grades. Agora, estou pedindo para que o senhor me ajude a fazer isso novamente.

— Tenho uma vida pessoal também, tenente. Levei muito tempo para tê-la de volta e mais tempo ainda para conseguir acordar de manhã e me olhar no espelho.

Ele pegou um chapéu Stetson castanho desbotado em um cabide de três pés do lado de dentro da porta e o colocou na cabeça. Então saiu e bateu a porta atrás de si.

— Não quero tratar disso dentro de casa. Sinto muito não ser hospitaleiro, mas não a quero dentro da minha casa nem sob a forma de palavras. Vamos conversar lá fora. Preciso dar uma olhada no gado, mesmo.

Fazendo uma concessão ao brilho ofuscante do sol, Eve colocou os óculos escuros.

— Ela entrou em contato com o senhor alguma vez?

— Nunca mais ouvi falar dessa garota desde que ela saiu de casa, no dia em que completou dezoito anos. Foi também o dia em que ela contou à mãe o que aconteceu. E o dia em que ela riu na minha cara.

— O senhor sabe se ela tem contato com a mãe?

— Não saberia dizer. Nunca mais tive notícias de Kara depois que ela me deixou. Ouvi dizer que arrumou um emprego fora do planeta, num satélite de agropecuária. Pode-se dizer que é o mais longe possível de mim que ela conseguiria estar.

Eve concordou com a cabeça. Ela sabia onde Kara Dunne Parker estava. A mãe de Julianna tornara a casar fazia quatro anos e se recusara a conversar com Eve a respeito da filha. Para ela, sua filha estava morta, segundo informou em um breve contato por *tele-link*. Eve imaginava que Julianna tinha a mesma atitude em relação à mulher que lhe dera a vida.

— O senhor estuprou Julianna, sr. Parker?

O rosto dele se tornou mais duro, como couro esticado em uma moldura.

— Se quer saber se eu a forcei a fazer sexo comigo, não, eu não forcei. Já paguei muito caro pelo que fiz, tenente.

Ele parou diante de um pequeno curral, apoiou uma das botas sobre a trave inferior da cerca e observou cuidadosamente seus homens e cavalos.

— Houve uma época em que eu colocava nela toda a culpa pelo que aconteceu. Levei muito tempo antes de enfrentar tudo de frente e lidar com o problema. Julianna tinha quinze anos, pelo menos em termos cronológicos. Quinze aninhos, e um homem com mais de cinquenta não tem o direito de destruir esse tipo de virtude. Ainda mais um homem casado com uma boa mulher... Na verdade um homem casado com qualquer tipo de mulher não tem o direito de tocar na filha dela. Não há desculpa para isso.

— Mas o senhor tocou nela.

— Sim. — Ele esticou os ombros volumosos para trás, como se tentasse se livrar de um peso. — Vou lhe contar minha versão, mas reconheço logo de cara que o que fiz não poderia ser mais errado. Assumo a culpa e a responsabilidade por isso.

— Muito bem, sr. Parker. Agora me conte sua versão.

— Ela flanava pela casa como uma borboleta, praticamente nua. Sentava no meu colo e me chamava de papai, mas não havia nada de filial no jeito com que fazia isso.

Ele cerrou os dentes com força, desviou o olhar de Eve e fitou um ponto ao longe, em suas terras.

— O pai dela maltratava as mulheres, mas praticamente idolatrava aquela garota, pelo menos foi o que a mãe dela me contou. Para ele, Julianna nunca fazia nada de errado e, quando fazia, ele sempre culpava a mãe. Eu amava muito aquela mulher. Adorava minha esposa — afirmou, dando um passo para trás e voltando a fitar o rosto de Eve, antes de continuar a falar. — Ela era uma boa pessoa, frequentava a igreja, tinha uma natureza sossegada, era uma mulher muito forte. Só tinha um ponto fraco, que era aquela menina. Julianna tem um jeito especial de cegar as pessoas para o que ela é.

— Quer dizer que ela se comportava de forma provocante com o senhor.

— Merda! Desculpe o palavreado. Tinha só quinze aninhos, mas sabia muito bem como obrigar um homem a comer na sua mão e fazer tudo que ela quisesse. Ela despertou em mim algo que não devia ter sido despertado. Eu não devia ter deixado isso acontecer. Comecei a pensar nela e olhar para a menina de um jeito capaz de me levar direto para o inferno, mas não consegui parar. Talvez nem quisesse fazê-lo, pelo menos naquela altura. Sei o que é certo e o que é errado, tenente. Sei muito bem onde fica o limite entre as coisas.

— Mesmo assim, ultrapassou esse limite.

— Sim. Uma noite, quando a mãe dela estava fora, em uma reunião com as amigas, ela foi ao meu escritório e se aconchegou no meu colo. Não vou entrar em detalhes sobre o que aconteceu em seguida, mas afirmo que não a forcei a fazer nada. Ela era uma menina muito atirada, mas a verdade é que eu passei dos limites, e isso é uma coisa que um homem nunca consegue desfazer.

— O senhor teve momentos de intimidade com ela.

— Tive. Naquela noite e sempre que tinha chance de fazê-lo, durante pelo menos três anos. Ela facilitava as coisas para mim. Convencia a mãe a sair com as amigas em viagens de fins de semana, para fazer compras fora da cidade. E eu deitei com minha enteada na mesma cama que compartilhava com a minha mulher. E amava aquela diabinha, Deus é testemunha disso. Eu a amava de um jeito insano. E acreditei que ela sentisse o mesmo por mim.

Ele balançou a cabeça diante da própria insensatez.

— Eu era um homem adulto o suficiente para saber das coisas. Eu lhe dei dinheiro, só Deus sabe quanto ao longo daqueles três anos. Comprei carros para ela, roupas de grife, tudo o que ela me pedia. Dizia a mim mesmo que um dia fugiríamos dali. Assim que ela chegasse à idade adulta, eu abandonaria sua mãe e iríamos para qualquer lugar que ela escolhesse. Fui um idiota. Já aprendi a aceitar isso. Muito mais difícil foi conviver com os pecados que cometi.

Eve conseguia imaginá-lo sentado no banco das testemunhas no julgamento de Julianna contando tudo de um jeito objetivo, como acontecia naquele momento. As coisas teriam corrido de forma diferente se ele tivesse feito isso.

— Depois da prisão de Julianna e durante o julgamento, ela alegou que o senhor a estuprara e tinha abusado dela. Ela usou esse argumento para conseguir uma sentença menor. Nessa ocasião, o senhor não esboçou nenhuma tentativa de contar a versão correta de tudo o que aconteceu e se defender.

— Não, não me defendi. — Ele olhou para Eve sob a larga aba do chapéu. — Alguma vez em sua vida a senhora fez algo, tenente, que a fez sentir tanta vergonha de si mesma que isso lhe colocou medo na garganta e provocou fisgadas na barriga?

Eve pensou na cidade de Dallas e no que estava à espreita lá.

— Sei o que é ter medo, sr. Parker.

— Pois eu tinha medo daquela menina. Tinha medo do que eu me tornei ao lado dela. Se eu tivesse testemunhado sobre como as coisas aconteceram, continuaria a ser o homem adulto que cometera adultério com a filha da própria esposa, menor de idade. Foi mais ou menos nessa época que eu comecei a fazer análise, tentando aceitar minha responsabilidade. Não havia nada que eu pudesse fazer pelos homens que ela matara. Além disso, seria a palavra dela contra a minha, e a verdade é que se o fato não tivesse acontecido comigo, eu teria acreditado nela.

— Alguma vez ela demonstrou um comportamento violento, durante o tempo em que morou com o senhor?

— Nossa! — Ele soltou uma gargalhada curta. — Tinha um gênio do cão! Atacava rápido, era certeira e atingia fundo. De repente se acalmava. É fácil ver agora o que não consegui enxergar na época. Ela é fria até o fundo da alma. Teve ódio de mim desde que comecei a sair com sua mãe. Só agora entendo isso. Ela me odiava com aquele seu jeito gelado porque eu era um homem, e um homem que podia se meter na sua vida e decidir as coisas. Foi por isso que ela distorceu tudo até passar a ser a mandona do pedaço. Então me humilhou porque eu era fraco, humilhou sua mãe porque havia me amado. Saiu porta afora e nos deixou destroçados. Bem do jeito que queria.

— Mas o senhor não ficou destroçado para sempre — apontou Eve. — Reconstruiu sua vida. Ela deve saber disso. Julianna Dunne está cobrando velhas contas, sr. Parker. É grande a chance de o senhor fazer parte dos planos dela.

— A senhora acha que ela pode vir atrás de mim?

— Exatamente. Mais cedo ou mais tarde. É melhor colocar sua segurança em estado de alerta. Verifique com muito cuidado todos os empregados novos em seu local de trabalho e em sua casa. É aconselhável conversar a respeito disso com as autoridades locais, como eu farei. Desse modo eles saberão quem e o que procurar.

— Mas aquela menina mal podia esperar o momento em que iria tirar o Texas da sua vida! — Ele olhou para as pontas das botas e balançou a cabeça. — Não posso imaginá-la vindo até aqui para matar um homem que, para ela, valia menos que a poeira da rua. — Expirou com força. — Por outro lado, estou com sessenta e seis anos. Sou velho o bastante para saber que não se deve ficar coçando o saco, esperando, enquanto uma cascavel vem subindo pela sua perna. Vinha planejando tirar umas férias daquelas em que a gente descansa carregando pedra; pensei em ir até a Europa dar uma olhada em novos touros para a fazenda. Talvez antecipe esses meus planos.

— Ficaria agradecida se o senhor me informasse para onde vai viajar, e quando.

Ele analisou Eve mais uma vez e sentenciou:

— Acho que a senhora vai conseguir agarrá-la novamente, não vai, garota da cidade?

— Sim, senhor. Vou, sim.

— Acredito nisso. Só não sei se alguma coisa do que eu contei aqui poderá ajudá-la, tenente, e não imagino aquela menina perdendo tempo comigo. Não fui o primeiro homem dela.

— Como é que o senhor sabe?

— Ela já não era virgem quando veio se sentar no meu colo na primeira noite. Pelo menos esse pecado eu não cometi.

— E o senhor sabe com quem ela havia estado antes?

Parker mudou os pés de posição, desconfortável.

— Tenente, contar histórias de mim mesmo é uma coisa, falar da vida dos outros é diferente.

— Não se trata de fofoca. Esta é uma investigação de assassinato!

— Também não precisa ficar nervosa — disse ele, com toda a calma, soprando o ar das bochechas com força. — Na época, eu suspeitei que ela andava rolando entre os lençóis com Chuck Springer. Pelo menos a mãe dela tinha preocupações a esse respeito. Por outro lado, lembro que ele começou a sair com uma das garotas Larson. Ou talvez tenha sido a filha dos Rolley. Todos eles eram crianças, para mim — explicou —, e eu não prestava muita atenção ao que faziam. Depois que comecei a me relacionar com Julianna, aí mesmo é que não prestei atenção em mais nada.

— Sabe onde posso encontrar Chuck Springer?

— Ele é um dos meus vaqueiros, mas agora está casado; tem um filho pequeno e outro a caminho.

— Vaqueiro? Que é isso? Um caubói?

Parker soltou uma risada divertida e ajustou a aba do chapéu.

— Nova York! — exclamou, balançando a cabeça. — O que mais um vaqueiro poderia ser, além de um caubói?

— Gostaria de conversar com ele.

Parker suspirou.

— Vamos procurá-lo. — Ele circulou o curral e apontou com a cabeça na direção dos cavalos, que se exercitavam e empinavam. — Temos belos animais por aqui. A senhora cavalga?

— Não cavalgo em nada que tenha mais pernas do que eu — respondeu Eve, e ele quase passou mal de tanto rir.

— E você? — ele perguntou a Roarke.

— Já cavalguei.

Isso fez Eve parar de repente e olhar para ele.

— Num cavalo? Você já andou *a cavalo*?

— E sobrevivi, querida. Na verdade, é uma atividade estimulante. Você provavelmente gostaria, se experimentasse.

— Humm... Acho que não.

— É só deixar bem claro para o animal quem é o chefe — explicou-lhe Parker.

— Os cavalos são maiores do que eu e muito mais fortes. Eu diria que isso os torna os chefes.

Ele riu de novo e gritou para um dos ajudantes, perguntando:

— Onde está Springer?

— Foi para o pasto leste.

— É um local bom para cavalgar — comentou Parker, com naturalidade, e espetou a bochecha por dentro com a língua. — Eu poderia lhe conseguir um cavalo experiente, tranquilo e simpático.

— Vou fingir que não o ouvi fazendo ameaças a uma oficial de polícia.

— Gostei de você, garota da cidade. — Ele apontou para trás. — Vamos pegar o jipe.

Provavelmente, cavalgar era uma atividade estimulante. Pelo menos pareceu a Eve que Roarke estava adorando. Quanto a ela, a coisa não era nada divertida. Ela e Parker, dentro do jipe, sacolejavam em terreno perigoso, cheio de bovinos imensos, cocô de vaca e sabe-se lá o que mais escondido no meio do capim.

Ao longe, Eve reparou em outro jipe. Naquele prado liso, ele poderia estar a quase um quilômetro de distância, ou talvez mais perto. Seguia ao longo de uma cerca, com três homens atrás, a cavalo. Parker desviou o jipe na direção do grupo de vaqueiros, dando buzinadas leves que tiravam o gado do caminho entre mugidos de protesto.

— Preciso trocar umas palavrinhas com você, Chuck.

Um homem magro e esbelto usando o que parecia ser o uniforme do rancho, botas, jeans, camisa xadrez e chapéu, fez um sinal qualquer para sua montaria. Vieram trotando e Eve resolveu continuar sentada no banco do jipe.

— Chefe! — ele cumprimentou Roarke e deu uma batidinha na aba do chapéu. — Dona!

— Esta jovem senhora aqui é a tenente Dallas, policial que veio de Nova York. Ela precisa falar com você.

— Comigo?! — Ele possuía um rosto comprido e tão bronzeado que exibia um tom dourado como o do pelo de um cervo. Estava intrigado e chocado, ao mesmo tempo. — Eu nunca estive em Nova York.

— O senhor não está em apuros, sr. Springer, mas vim procurá-lo porque talvez possa me ajudar em uma investigação. — *Mas como é que ela conseguiria conversar com ele direito se o sujeito estava lá em cima, no alto de um cavalo?* — Será que eu poderia ter uns minutinhos do seu tempo?

— Tudo bem. — Ele se remexeu na sela, que estalou. — Se o chefe mandou...

Ele desmontou, entre mais rangidos de couro. No entanto, o fez com uma naturalidade e fluidez que fez Eve imaginar água escorrendo por uma rocha muito lisa. Manteve as rédeas em uma das mãos quando seu cavalo abaixou a cabeça e começou a pastar.

— A conversa tem relação com Julianna Dunne.

— Ouvi dizer que ela saiu da prisão. Dizem que matou um homem.

— Ela já está com mais três assassinatos nas costas — corrigiu Eve. — O senhor a conhecia na época em que ela vivia aqui.

— Sim.

— Tiveram algum contato depois que ela foi embora?

— Não.

— Eram amigos quando ela morava aqui?

— Não exatamente.

Eve esperou alguns instantes. O ritmo ideal para um interrogatório no Texas, decidiu, era completamente diferente do de Nova York.

— O que, então, vocês eram, sr. Springer?

— Eu a conhecia. Ela era a enteada do patrão do meu pai. Que era meu patrão também, por sinal. Nunca mais eu soube de Julianna, desde que ela se mandou. Nem haveria razão para isso. Chefe, agora eu preciso vistoriar as cercas.

— Chuck, a tenente Dallas está tentando fazer o trabalho dela. Se você está encucado, achando que eu vou ficar puto por alguma coisa que rolou entre você e Julianna na época em que os dois eram adolescentes desmiolados, pode tirar essa ideia da cabeça. Você me conhece muito bem e sabe tudo pelo que passei. — Parou de falar quando Chuck franziu o cenho, enquanto olhava fixamente para as botas. — Sei que você não tem nenhuma mágoa de mim, e eu digo o mesmo com relação a você. A tenente quer saber se você comeu a Julianna.

O rapaz enrubesceu vivamente. Eve observou, fascinada, o vermelho-rosado surgir sob o bronze dourado da sua pele.

— Puxa, Jake T, não dá para conversar esse tipo de coisa com uma mulher.

Eve pegou algo no bolso.

— Fale olhando para o distintivo.

— Sr. Parker... — Roarke entrou na conversa. — Será que não poderíamos caminhar pelo prado por alguns instantes? Eu possuo uma fazenda de gado em Montana e me interesso muito pelo seu trabalho.

— Cuidado ao caminhar, pois o terreno é irregular — aconselhou Parker, saltando do jipe. — Chuck, faça o que é correto fazer nessa situação.

Como se sentia idiota sentada ali no jipe sozinha, Eve se arriscou a saltar. Na mesma hora, o cavalo de Chuck ergueu a cabeça e bateu com o focinho no ombro dela, de leve. Eve não deu um soco no animal com o punho fechado, mas chegou bem perto disso.

— Ele está conferindo se a senhora tem algo mais interessante do que capim para oferecer a ele. — Chuck passou a mão sobre o focinho do animal, com carinho. — Este aqui está sempre a fim de alguma coisa diferente para mastigar.

— Diga a ele que não tenho nada comestível nos bolsos. — Eve saiu meio de lado e fez questão de colocar Chuck firmemente entre si e o cavalo. Quando ele relinchou, o som pareceu o de uma risada. — Fale-me de Julianna, Chuck.

— Puxa, o que posso dizer? Eu tinha dezesseis anos. — Empurrou o chapéu um pouco para trás e pegou um lenço colorido para enxugar o suor que lhe escorria da testa. — Quando um garoto tem essa idade ele não pensa com o cérebro. Entende o que eu quero dizer?

— Você fez sexo com ela?

— Pois é... Ela apareceu no estábulo. Limpar a lama do chão e os detritos era uma das minhas tarefas. O cheirinho de Julianna era maravilhoso e ela usava uma blusa agarrada no corpo e shorts curtíssimos. Minha nossa, ela parecia uma pintura de tão bonita! Começamos a circular juntos por aí, como os adolescentes fazem. Depois, começamos a ir mais longe. — Ele olhou para as botas novamente. — Costumávamos sair da casa-grande de fininho, e fizemos isso muitas vezes naquele verão. Íamos transar em uma das baias. Eu sempre colocava feno limpo e novo. Depois de um tempo ela começou a ir até a minha casa e entrava pela janela do meu quarto. Tudo era muito excitante no começo, mas se a minha mãe descobrisse o que estava rolando iria me esfolar vivo, entende? Além do mais, puxa vida, eu tinha dezesseis anos e havia um monte de outras garotas. Um cara nessa situação sempre começa a olhar em volta, né?

Julianna era mandona, mal me deixava respirar, e aquilo começou a me incomodar.

— Você terminou com ela?

— Tentei fazer isso uma vez, mas ela me atacou com violência, parecia uma gata selvagem enfurecida. — Ele ergueu a cabeça. — Mordeu, bateu, arranhou. Avisou que não admitia que ninguém a dispensasse. Aquilo me apavorou, e ela me pareceu meio louca. Logo depois começou a chorar, implorar e... Bem, uma coisa leva a outra e em poucos minutos já estávamos transando novamente. Só que no dia seguinte ela foi até a minha casa, entrou pela cozinha e contou a minha mãe que eu estava trepando com ela, e que se minha mãe não me mandasse para algum lugar bem distante daqui ela iria contar tudo ao meu padrasto e pedir para ele despedir meu pai.

Ele parou de falar e, para surpresa de Eve, sorriu.

— Minha mãe nunca foi de aturar desaforo de ninguém, nem da filha do patrão. Mandou que Julianna nunca mais aparecesse lá em casa sem ser convidada. Avisou que não ia tolerar que uma piranhazinha, foi esse o termo que usou, fosse até a casa dela para ameaçar sua família. Mandou-a cair fora e a alertou: se Julianna andava trepando com alguém, era melhor parar, e disse que iria contar tudo à mãe dela.

— E contou?

— Quando minha mãe diz que vai fazer alguma coisa, pode ter certeza de que faz. Acho que ela contou, sim. Nunca me disse como foi o papo em detalhes, só sei que Julianna passou o resto do verão sem aparecer no estábulo. Também não a vi mais circulando pela fazenda. Quanto a mim, fiquei de castigo, dentro de casa, por um mês, ouvindo sermões que faziam arder minhas orelhas.

— E depois desse verão?

— Nunca mais conversei com ela. Um dia ela apareceu quando eu estava em companhia de uma garota e disse coisas insultantes sobre uma parte da minha anatomia. Falou tudo com uma voz tranquila e muito fria, acompanhada de um sorriso de deboche. Teve outra vez que encontrei um gambá morto na minha cama, debaixo das cobertas. Imaginei que aquilo fosse obra dela, e então...

— E então?

— Nunca contei isso a ninguém. — Ele mexeu um pouco o corpo e seu maxilar pareceu mais duro. — Na véspera do meu casamento, que fez seis anos no mês passado, ela me ligou. Disse que queria me desejar tudo de bom. Mas foi o jeito como ela falou isso que me incomodou. Era como se ela dissesse, com o perdão da palavra, para eu me foder. Falou que tinha certeza de que eu pensaria nela na minha noite de núpcias, e que ela também estaria pensando em mim. Falou que talvez aparecesse para me ver uma hora dessas e nós conversaríamos sobre os velhos tempos. Eu sabia que ela estava na prisão. Aquilo me deixou meio abalado, mas não achei importante contar para ninguém. Afinal, ia me casar no dia seguinte.

— E ela voltou a entrar em contato com você?

— Não, mas no Dia dos Namorados deste ano recebi um pacote. Havia um rato morto dentro. Pelo visto, fora envenenado. Também não comentei isso com ninguém, só me livrei da coisa. Dona, eu tinha dezesseis anos. Tudo que fizemos foi rolar no feno durante uns dois meses naquele verão. Tenho mulher, filho e um bebê a caminho. Por que diabos ela continua querendo me prejudicar depois de todo esse tempo?

— Ele a rejeitou — contou Eve a Roarke, quando eles voltaram para o carro. — Julianna correu atrás de um garoto da sua idade e ele deixou de gostar dela antes de ela abandoná-lo. Ainda por cima a mãe dele a enfrentou. Foram duas bofetadas no ego. Algo intolerável.

— Se ela fosse uma garota normal, isso a deixaria abalada apenas durante algum tempo, e ela acabaria tocando a vida em frente. Em vez disso, no entanto, resolveu seduzir o padrasto. Homens mais velhos, como o seu pai, eram mais fáceis de controlar e talvez lhe parecessem mais inclinados a não enxergar os defeitos dela.

— A coisa foi além de simplesmente seduzi-lo. Ela usou o sexo para destroçá-lo, junto com sua mãe. Puni-los e lucrar com isso. Assassinato ainda não tinha entrado em sua cabeça, nessa época, mas foi só uma questão de tempo. Por que apenas causar danos se é possível destruir alguém por completo? Ela conseguiu o que queria do seu jeito, mas não esqueceu aquela rejeição.

Eve não conseguia se lembrar de como era ter quinze anos. Não é de espantar, refletiu, porque nunca fora uma adolescente normal. Como Julianna Dunne também não tinha sido, pelo visto.

— Ela ligou para o ex-namorado na véspera do casamento dele — continuou Eve. — Tomou muito cuidado com o que disse, para o caso de ele dar parte dela, mas sua mensagem foi o suficiente para deixá-lo chateado e abalado; ela sabia que ele não conseguiria deixar de pensar nela em plena noite de núpcias. Ela plantou essa semente na cabeça dele.

— O que vai fazer a respeito dele?

— Ele está tão preocupado em proteger a família que não vai querer colaborar com a polícia local. Certamente vai conversar com Parker, e minha impressão é de que o patrão vai despender uma grana extra com a segurança do rancho. Vou conversar com os tiras daqui também, só para me assegurar de que eles vão cumprir com sua obrigação. Depois cumprirei a minha, que é encontrar Julianna.

— Então podemos voltar para Nova York?

Ela olhou para fora, pela janela do carro.

— Não. — Fechou os olhos. — Vamos até Dallas.

Capítulo Treze

A silhueta da cidade de Dallas que apareceu na estrada, em meio a ondas de calor, não despertou nenhuma lembrança em Eve. Em vez disso, trouxe uma sensação de vaga perplexidade. Ali havia os edifícios altíssimos, a atmosfera fortemente urbana, os espaços apertados, mas tudo era muito diferente de Nova York.

A idade, percebeu, era parte disso. Tudo aquilo era novo quando comparado à Costa Leste. De certa forma, mais ousado e sem fronteiras. Dallas era, afinal de contas, um dos muitos povoados que haviam crescido até se tornarem cidades, depois cidades que cresceram e se tornaram metrópoles. Tudo isso muito depois de Nova York, Boston ou Filadélfia terem se estabelecido.

A arquitetura não exibia o estilo elaborado encontrado nos prédios mais antigos da Costa Leste que haviam sobrevivido às Guerras Urbanas ou foram restaurados depois disso. Ali as torres eram elegantes, reluzentes e, na maior parte das vezes, sem adornos.

Dirigíveis e cartazes holográficos anunciavam rodeios, caravanas de boiadas e liquidações de botas e chapéus de caubói. Os churrascos reinavam na vida gastronômica da cidade.

Era quase o mesmo que estar passeando por Vênus.

— Aqui tem mais céu — comentou Eve, de um jeito quase distraído. — Tem muito mais céu. Quase em demasia.

O sol refletia, ofuscante, nas torres de aço, nas muralhas de vidro e nas passarelas aéreas em formato circular. Eve conferiu se os óculos de sol estavam bem presos.

— Mais estradas também — disse ela, e percebeu que sua voz estava firme. — Aqui não tem tanto tráfego aéreo.

— Quer ir direto para o hotel?

— Não, eu... Talvez seja melhor você continuar dirigindo por aí, dando umas voltas...

Ele colocou a mão sobre a dela e embicou o carro em uma das saídas que levavam ao centro.

Os lugares começaram a parecer mais apertados, com o céu servindo de tampa sobre os edifícios e pressionando as ruas cheias, com carros demais se movendo a uma velocidade exagerada em todas as direções.

Eve sentiu uma espécie de tonteira, e lutou para superá-la.

— Não sei o que estou procurando aqui. — Certamente não era aquela sensação abrupta de pânico. — Ele nunca me deixava sair da droga do quarto, e quando eu... Depois que escapei, estava em estado de choque. Além do mais, isso já faz mais de vinte anos, e as cidades mudam.

A mão dela estremeceu de leve sob a dele, e Roarke apertou o volante com mais força. Parou em um sinal de trânsito e se virou para olhar para Eve, que estava muito pálida.

— Eve, olhe para mim!

— Estou bem. Estou ótima. — Mas foi preciso uma boa dose de coragem para virar a cabeça e encontrar os olhos dele. — Estou bem.

— Podemos ir direto para o hotel e deixar isso de lado, por agora. Para sempre, se você preferir. Podemos ir direto para o aeroporto e voltar para Nova York. Ou podemos ir até o local onde a encontraram. Você sabe onde fica. Está registrado no seu arquivo.

— Você leu meu arquivo?

— Li.

Ela tentou recolher a mão, mas os dedos dele a apertaram com mais força.

— Você fez mais alguma coisa? Rodou alguma pesquisa específica? — ela quis saber.

— Não. Não pesquisei nada porque sei que você não ficaria feliz. Mas isso pode ser providenciado, se você quiser, ou quando quiser.

— Não quero nada desse jeito. Não quero saber. — Ela começou a sentir fisgadas no estômago. — O sinal abriu.

— Dane-se o sinal.

— Não. Dirija, por favor. — Ela respirou fundo quando as buzinas começaram a trombetear atrás deles. — Dirija por aí mais um pouco. Preciso me acalmar.

Ela se deixou afundar um pouco no banco e lutou uma guerra feroz com os próprios medos.

— Você não se decepcionaria comigo se eu pedisse para você dar a volta e me levar embora daqui?

— Claro que não.

— Mas eu, sim. Isso seria uma decepção para mim mesma. Quero lhe pedir uma coisa.

— Pode pedir qualquer coisa.

— Não me deixe recuar. Não importa o que eu diga mais tarde, quero resolver isso aqui e agora, não importa onde a coisa vai dar. Se eu não fizer isso, vou me odiar depois. Sei que é muito para pedir, mas não me deixe sair correndo de forma covarde.

— Então, vamos até o fim.

Ele costurou em meio ao tráfego, entrando em ruas não tão largas nem tão limpas. Muitas lojas ali estavam isoladas por tábuas, e as que permaneciam abertas tinham a fachada imunda.

Então a paisagem começou a melhorar de aspecto lentamente, como se um androide doméstico muito laborioso tivesse começado a limpar o bairro do fim da rua para o início.

Surgiram lojinhas, butiques, lanchonetes, prédios de apartamentos recentemente reformados e casas geminadas. Aquilo mostrava uma gradual recuperação das áreas recentemente liberadas para venda a pessoas jovens com mentalidade urbana, dinheiro, energia e tempo.

— Isso está diferente. O lugar não era assim. — Olhando para fora da janela do carro, ela reconheceu a decadência de alguns prédios públicos, os vidros quebrados e as luzes berrantes do passado em um quarteirão de edifícios velhos que haviam sido substituídos ou reformados.

Roarke entrou em um estacionamento, achou uma boa vaga e desligou o motor.

— Talvez seja melhor sairmos para dar uma volta a pé.

As pernas de Eve estavam fracas, mas ela conseguiu sair do carro.

— Eu lembro que caminhei depois que saí de casa, mas não sei por quanto tempo. Fazia muito calor, tanto quanto hoje.

— Dessa vez você vai caminhar comigo. — Ele tomou a mão dela.

— As ruas não eram tão limpas como agora. — Ela agarrou a mão dele com mais força no instante em que saíram do estacionamento e seguiram pela calçada. — Estava escurecendo, as pessoas gritavam e havia música. — Ela olhou em volta através do presente para tentar enxergar o passado. — Havia uma boate de striptease. Eu não sabia exatamente o que era isso, mas música em volume alto saía lá de dentro sempre que alguém abria a porta. Olhei lá para dentro e pensei em entrar, porque me pareceu sentir o cheiro de comida. Eu estava morrendo de fome. Mas também senti outros aromas: sexo e álcool. Ele cheirava assim. Eu fugi dali tão rápido quanto consegui, e todo mundo começou a gritar na minha direção.

Sua cabeça ficou leve e o estômago se contorceu com a sensação de fome penetrante que lhe surgiu na lembrança.

— Garotinha... garotinha... Ele me chamava assim. Eu atravessei a rua correndo, no meio dos carros. As pessoas gritaram, os automóveis buzinaram. Acho... acho que eu caí, mas tornei a me levantar rapidinho.

Roarke continuou de mãos dadas com ela enquanto atravessavam a rua.

— Não consegui correr muito depressa porque meu braço doía muito e eu estava tonta e enjoada.

Ela estava enjoada agora também. Uma náusea inesperada lhe subiu do estômago e quase alcançou a garganta.

— Ninguém prestou mais atenção em mim. Havia dois homens. — Ela parou. — Estavam bem aqui. Começaram a brigar. Deve ter sido alguma transação com drogas que acabou dando errado. Um deles tropeçou e caiu por cima de mim. Acho que eu apaguei por um minuto. Devo ter desmaiado, porque quando voltei a mim um deles estava caído na calçada ao meu lado. Sangrando e gemendo. E eu fui me arrastando. Até aqui. — Ela apontou.

Eles estavam diante de um beco, sujo no passado, mas tão limpo agora quanto um banco de igreja, inclusive com um reciclador de lixo novinho em folha.

— Não consigo encarar essa barra, Roarke.

Ele sentiu vontade de pegá-la no colo e levá-la embora dali. Para qualquer lugar, menos ficar ali. Mas ela pedira e ele prometeu obrigá-la a ir até o fim.

— Consegue, sim — incentivou ele.

— Não dá para entrar nesse beco.

— Vou com você. — Ele levou as mãos geladas dela aos lábios. — Estou com você, Eve, e não vou abandoná-la.

— Escureceu e eu senti frio. — Ela se obrigou a dar o primeiro passo para dentro do beco, e então deu o segundo. — Tudo começou a doer novamente e eu só queria deitar e dormir. Mas o cheiro...

o fedor do lixo era terrível. O reciclador estava quebrado e havia lixo espalhado por todo o beco. Alguém chegou e eu tive de me esconder. Se ele vier atrás de mim e me encontrar, vai me levar de volta para o quarto e fazer coisas horríveis comigo. Eu me escondi no escuro, mas não era ele. Era outro homem; ele chegou, urinou junto do muro e foi embora.

Ela cambaleou de leve e não reparou que foi a mão de Roarke que lhe devolveu a firmeza.

— Estou tão cansada, tão cansada... e com fome. Quero me levantar e procurar outro local para me esconder. Um que não esteja fedendo tanto e que não seja tão escuro. Está terrivelmente escuro aqui, e eu não sei o que se esconde no escuro.

— Eve. — Ele se preocupou ao perceber que ela falava como se as coisas estivessem acontecendo naquele exato momento. Sua voz foi ficando mais fina e trêmula, como se ela sentisse dor. — Você não está com dor agora, não está sozinha e não é mais criança. — Ele a pegou pelos ombros e os apertou com firmeza. — Você consegue se lembrar de tudo sem precisar voltar ao passado, querida.

— Sim... Está certo. — Mas ela estava com medo. Sua barriga parecia formigar de dor. Ela concentrou a atenção no rosto dele, no azul limpo e claro dos olhos dele, até se sentir firme novamente. — Eu estava com medo de ficar no escuro e com medo de sair do beco. Mas... — Ela girou o corpo e ficou de frente para o lugar onde havia se encolhido. — De qualquer modo, eu não conseguia me levantar porque estava novamente enjoada. Depois não me lembro de mais nada até ficar novamente claro.

Ela ergueu a mão trêmula para apontar.

— Foi aqui. Eu estava aqui, me lembro bem. Havia pessoas em volta de mim, quando acordei. Pessoas com farda azul-escura. Policiais. Se você conversar com os tiras eles vão te colocar num buraco com cobras e insetos que vão comer você. Roarke!

— Calma! Estou bem aqui. Segure-se em mim.

Ela se virou para ele e o agarrou com mais força.

— Não consegui escapar deles. Mal conseguia me mover. Não me lembrava de onde estava nem quem era. Eles continuavam a me fazer perguntas, mas eu não sabia as respostas. Eles me levaram dali para um hospital. Havia um cheiro diferente lá, mas também era assustador, e eu não podia mais fugir. Eles não me deixaram escapar. Só que não me colocaram em um buraco com cobras. Era mentira. Mesmo quando eu não consegui dizer a eles quem era, eles não tentaram me machucar.

— Não. — Ele acariciou os cabelos dela enquanto especulava onde ela tinha conseguido tanta coragem para lutar por um distintivo e consegui-lo. — Os policiais queriam ajudar você.

Ela emitiu um suspiro trêmulo e descansou a cabeça no ombro dele.

— Eu não podia lhes contar o que não sabia. Mas não contaria, mesmo que soubesse, porque eles me levariam de volta para aquele quarto, e isso seria pior do que qualquer buraco. Eu fiz algo terrível naquele quarto. Não lembrava exatamente o quê, mas era uma coisa má e eu não podia voltar lá. Também não consigo mais respirar aqui.

Ele enlaçou a cintura dela com o braço e a levou para fora do beco, onde ela se inclinou para frente, apertou as coxas com as mãos e respirou fundo algumas vezes.

— Está melhor agora?

— Estou. — Ela fez que sim com a cabeça. — Estou bem. Só preciso de mais um minutinho. Desculpe...

— Não me peça desculpas por isso. — A voz dele parecia irritada, invadida por uma fúria que não conseguiu disfarçar. — Não me peça desculpas. Leve o tempo que quiser.

— O quarto ficava em um hotel — disse ela. — Um lugar velho. Havia proteção antitumulto nas janelas mais baixas e o prédio ficava no meio do quarteirão. Do outro lado da rua havia um sex club. Sexo ao vivo. Tinha uma luz vermelha. — O estômago dela se apertou e ela sentiu vontade de vomitar, mas aguentou firme. —

O quarto ficava em um andar alto. Ele sempre escolhia um andar alto, para eu não poder fugir pela janela. Nono andar. Eu contei as janelas do prédio que ficava no outro lado da rua. Havia um cartaz luminoso em frente, com letras que desciam. Era uma língua estrangeira, porque eu não conseguia ler direito. Reconhecia as letras, mas não sabia o que queriam dizer. C, A... C, A, S, A. Casa... Casa Diablo.

Ela soltou um riso curto e endireitou o corpo. Seu rosto estava suado, branco como vela, mas firme.

— A Casa do Diabo. Que nome perfeito! Você consegue descobrir onde ela ficava?

— Se é isso que você quer, sim, eu consigo descobrir.

— Agora, então, antes que eu perca a coragem.

Antes, ele voltou ao carro. Queria tirá-la do beco e dar um tempo para ela recuperar as forças. Enquanto ficou sentada, com a cabeça recostada no banco, ele pegou um computador de mão e começou a busca.

— Você já aguentou muita coisa para um dia só, Eve.

— Quero terminar.

Um ano antes, Roarke finalmente tinha voltado ao beco onde seu pai conhecera alguém ainda mais cruel que ele. Essa pessoa também era mais rápida que o seu pai e conseguira lhe enfiar uma faca na garganta. Ele lembrou a fúria, a dor e, por fim, o alívio que sentiu ao voltar lá não mais como um rapazinho, mas como um homem, olhando para o local onde o crime aconteceu e sabendo que estava tudo acabado.*

— O hotel continua no mesmo lugar — informou ele, e a viu se encolher. — O nome mudou, agora é Traveler's Inn, um estabelecimento de três estrelas. Fica a cinco quilômetros daqui.

Quando ela abriu os olhos e olhou para ele, Roarke balançou a cabeça.

---

* Ver *Vingança Mortal.* (N. T.)

— Estou com você até o fim, Eve, mas por Deus! É sofrimento demais saber que você caminhou uma distância tão grande, ainda mais ferida, com fome e perdida.

— Foi por isso que você foi sozinho quando resolveu voltar ao lugar onde morou em Dublin? Porque não queria compartilhar esse sofrimento comigo?

Ele guardou o computador de mão novamente no bolso.

— Por favor, me dê uma folga. Me deixe querer colocar você em um lugar seguro o mais rápido que eu conseguir.

— Você está agitado. — Ela passou as costas da mão sobre o rosto úmido, sem saber se ele estava molhado por suor ou lágrimas. — Seu sotaque irlandês aumenta quando você fica agitado.

— Droga!

— Pronto, já me sinto melhor só por ver você tão agitado. Vá entender... — Ela se inclinou e colocou os lábios de leve sobre o rosto dele. — Obrigada.

— Fico feliz por poder ajudar. Está pronta, então?

— Estou.

Nada lhe parecia especialmente familiar. Eve achava que eles tinham chegado àquele lugar à noite. Sim, talvez à noite. E de ônibus. Isso mesmo, talvez de ônibus.

Que diferença fazia?

A cidade propriamente dita não foi uma grande revelação para ela. Não houve nenhuma súbita epifania que respondeu de uma vez só a todas as perguntas. Eve não sabia se queria respostas para todas as perguntas; sabia apenas que precisava fazer uma coisa.

Precisava fazer aquilo, especificamente, corrigiu para si mesma. Porém, apesar do controle de temperatura que mantinha o ar do carro confortavelmente frio, um filete de suor lhe escorreu pelas costas.

Roarke estacionou o carro junto do meio-fio e ergueu a mão para impedir a chegada de um solícito porteiro uniformizado que já se aproximava para recebê-los.

— Fique tranquila — disse a Eve. — Leve o tempo que quiser.

O prédio em frente tinha um único bloco, coroado por telhas onduladas. Fora revestido em estuque e pintado em um agradável tom de rosa-pêssego, e em vez dos letreiros horrorosos havia um pórtico sombreado na porta, com dois imensos vasos de concreto transbordantes de flores multicoloridas.

— Tem certeza que é aqui? — Ela sentiu a mão dele se fechar docemente sobre a dela. — Sei, é claro que você tem certeza. É que o prédio não era assim.

— Foi todo reformado em fins da década de 2040. Pelo visto, eu diria que a maior parte desse bairro recebeu os mesmos cuidados.

— Provavelmente lá dentro também vai estar tudo modificado. Talvez isso seja uma perda de tempo. Eu devia estar conversando com a polícia local a respeito de Julianna Dunne.

Ele não disse nada, simplesmente esperou a decisão dela.

— Estou apavorada. Absolutamente apavorada. Estou até com a boca seca. Se isso fosse algo ligado ao meu trabalho, eu nem hesitaria. Entraria por aquela porta de peito aberto.

— Vou entrar pela porta ao seu lado. — Tornou a beijar-lhe a mão, porque ele mesmo precisava daquilo. — Já passamos por outras portas antes, podemos encarar mais essa.

— Certo. — Ela respirou fundo, sugando o ar por entre os dentes. — Vamos logo, então! — E saiu do carro.

Eve não ouviu o que Roarke disse ao porteiro do hotel, nem soube quanto dinheiro mudou de mãos naquela breve troca de palavras, mas o fato é que o carro ficou estacionado exatamente onde estava.

Eve sentiu um troar na cabeça, de puro medo, adrenalina e terror. Tudo aquilo trovejava ali, diminuindo sua audição em tal medida que ela se sentiu caminhando dentro d'água, ao entrar no saguão.

O piso era em vários tons de azul, e isso só fez aumentar a sensação de passar em meio a uma massa de líquido suave. Havia agradáveis conjuntos estofados próximos a vários elevadores com portas prateadas em um dos lados e um comprido balcão de check-in do outro, gerenciado por um casal com ar simpático.

Havia cravos brancos espetados na lapela de seus paletós em um tom vivo de vermelho, além de uma generosa tigela de balas sobre o balcão.

— Ali havia um robô com olhos engraçados. — Eve começou a se movimentar pelo arrumadíssimo saguão e recordou o encardido buraco onde um único androide atendia quem chegava. — Um dos olhos olhava para todos os lados e o outro se mantinha fixo em você. Ele fedia a queimado. *Essa porra desse androide está com alguns circuitos queimados.* Foi isso que meu pai disse. *Fique aqui, garotinha. Fique quietinha aqui ao lado das malas e mantenha o bico calado, senão vai sobrar para você.* Ele foi até o balcão e pediu um quarto.

— Você se lembra do número do quarto?

— Nove-um-um. Emergência. *É melhor não ligar para o 911, garotinha, senão os tiras vão arrebentar a sua cara.* Ó Deus!

— Olhe para mim, Eve. Olhe para mim!

Ela fez isso e viu um monte de coisas no rosto de Roarke. Preocupação, fúria e traços de pesar.

— Eu consigo fazer isso. Consigo ir em frente — garantiu ela, dirigindo-se ao balcão. A mão dele uniu-se à dela mais uma vez.

— Boa tarde. — A funcionária sorriu para ambos, esbanjando simpatia. — Gostariam de um quarto?

— Precisamos do quarto 911 — informou Roarke.

— O senhor fez reserva?

— Nove-um-um — Roarke repetiu.

O sorriso dela hesitou por um breve segundo, mas ela se pôs a analisar a tela.

— Este quarto está reservado para um hóspede que vai chegar ainda hoje. Se o senhor desejar outro quarto, equipado com uma pequena cozinha, talvez...

Roarke viu Eve remexer no bolso e percebeu que ela ia sacar o distintivo. Apertou-lhe a mão com mais força.

— É do quarto 911 que nós precisamos. — Roarke já analisara a atendente. Algumas pessoas eram subornáveis; outras só respondiam à intimidação; havia as que precisavam ser elogiadas. Por último, vinham as que ele simplesmente atropelava. — Meu nome é Roarke. Minha esposa e eu precisamos especificamente desse quarto, por alguns instantes. Se houver algum problema quanto a isso, creio que você deveria consultar o seu supervisor.

— Um momentinho só, senhor. — O rosto dela já não parecia tão amigável agora e seu tom de voz esfriara para o nível do "já vi que você é um criador de caso". A jovem saiu por uma porta atrás do balcão. Levou menos de vinte segundos para um homem surgir lá de dentro correndo, na frente dela.

— Desculpe-nos por fazê-lo esperar, sr. Roarke. Receio que nossa atendente não tenha compreendido sua solicitação. Não estávamos esperando...

— Precisamos de um quarto. O número é 911. Certamente você me compreendeu, correto?

— Claro, claro! — Ele tocou a tela com dedos nervosos. — Faremos qualquer coisa para atendê-lo. Sejam bem-vindos ao Traveler's Inn. Angelina, entregue ao sr. Roarke o cartão do quarto e os brindes para os novos hóspedes. Temos dois restaurantes em nosso hotel — continuou ele. — O Marc's dedica-se à gastronomia fina, e o Corral é mais popular. O senhor deseja que providenciemos uma reserva para o jantar?

— Isso não será necessário.

— O Sunset Lounge está aberto das onze da manhã até as duas da madrugada, e nossa lojinha oferece uma infinidade de roupas, lembranças, snacks e itens diversos. — As palavras saíam aos tropeços da sua boca e ele parecia levemente aterrorizado. — Permite que eu lhe pergunte quanto tempo o senhor e a sua esposa planejam ficar em nossa companhia?

— Pouco tempo. — Roarke lhe entregou um cartão de débito.

— Ah, sim... obrigado. Deixe-me passar o cartão na máquina. Ficaremos felizes em lhes oferecer assistência para quaisquer planos ou necessidades durante sua estada em Dallas. Transportes, passeios turísticos, ingressos para teatro...

— Apenas o quarto, por favor.

— É claro. Sim... Pronto! — Ele devolveu o cartão de débito e entregou um outro cartão com chip que funcionava como chave, além de um pacotinho com brindes. — Os senhores precisam de alguma ajuda com a bagagem?

— Não. Cuide apenas para que não sejamos incomodados, está bem?

— Claro. Sim... Se precisar de mais alguma coisa... qualquer coisa!... — continuou, ao vê-los se dirigir para os elevadores.

— Ele deve estar achando que vamos subir só para uma transa rapidinha — decidiu Eve. — Você não é dono deste lugar, é?

— Não, não sou o dono atual, mas o gerente certamente está se perguntando se eu serei o futuro dono.

O elevador se abriu diante deles como um bocejo lento, dado por uma boca muito larga. Foi exatamente essa a impressão de Eve, ao entrar.

— Eu poderia ter usado o meu distintivo e mantido o seu nome fora disso.

— Do meu jeito também foi rápido.

— Foi mesmo. Pelo menos eu me distraí observando a sua interação com as pessoas. Mais dez segundos e ele ia começar a gaguejar.

As portas do elevador se abriram novamente. Eve permaneceu onde estava, olhando para o corredor silencioso.

— Estava escuro — disse ela, por fim. — Acho que era de noite, e ele estava revoltado com alguma coisa. Mas existiram tantos outros lugares que eu nem sei se estou misturando as bolas. Só estive fora do quarto duas vezes desde que nos mudamos. Uma foi na chegada.

Outra foi quando eu fugi. Tenho certeza disso. Quase sempre era assim.

— Ele não pode mais encarcerar você.

— Não. — Ela se empinou e saiu do elevador. — Isso aqui cheirava a meias úmidas. Pelo menos foi o que me pareceu. Meias sujas e úmidas, e eu estava caindo de cansaço e morrendo de fome. Torci para que ele saísse e me trouxesse alguma coisa para comer. Mais que isso... torci para ele ir embora de vez. É por aqui. — Ela fez um gesto indicando o lado esquerdo do corredor. Sabia que o quarto ficava à esquerda, na quinta porta.

— Estou quase borrando as calças de medo. Não permita que eu fuja.

— Você não vai fugir, Eve. — Ele virou o rosto para olhá-la e a beijou docemente. — Você sempre foi mais forte do que ele. Sempre.

— Vamos ver se você está certo. Abra a porta.

Basta passar pela porta, disse Eve a si mesma. *Basta fazer isso.*

Quantas vezes ela fizera exatamente isso, sabendo que a morte estava do outro lado, esperando para pegá-la? Não havia ninguém do outro lado daquela porta, a não ser fantasmas.

O troar dentro da sua mente era quase um grito quando ela entrou.

O lugar estava arrumado, limpo e bem decorado. Discos com filmes estavam dispostos de forma artística em uma mesinha baixa, ao lado de um arranjo de flores artificiais. O piso era acarpetado em bege.

Será que havia restos de sangue sob o carpete?, perguntou-se ela. *Será que o sangue dele continuava ali?*

A cama estava coberta com uma colcha estampada com o que Eve achou que deviam ser papoulas. Uma pequena estação de trabalho fora montada em um dos cantos do cômodo e exibia um centro de comunicações portátil e prático. A quitinete estava separada do quarto de dormir por uma bancada. Havia uma tigela sobre ela com frutas de casca áspera.

Pela janela, Eve olhou para o prédio em frente, mas não havia cartazes, nem luzes piscando, nem luminosos imundos em néon vermelho.

— Pelo visto, eles redecoraram tudo. — A frágil tentativa de fazer graça pareceu ecoar em sua cabeça. — Nunca ficávamos em um lugar assim tão agradável, que eu me lembre. Nada tão limpo e bem cuidado, como este quarto aqui. Às vezes havia dois quartos e eu tinha minha própria cama. Outras vezes eu dormia no chão. Dormia no chão.

Seu olhar foi atraído para o piso, no fundo do quarto. Ela conseguiria ver a menininha ali, caso se permitisse; conseguiria se ver encolhida no chão, sob um cobertor fino.

— Faz frio. O aquecedor está quebrado. Está tão frio que meus ossos doem. Não há água quente e eu detesto tomar banho frio, mas preciso tirar esse cheiro de mim. Pior do que sentir frio é sentir o cheiro dele grudado em mim depois de ele...

Ela apertou os braços em torno do corpo e estremeceu.

Ele viu o instante exato em que a sensação a invadiu, e também se sentiu despedaçar por dentro. A dor atravessou seu coração e ele pareceu sentir o próprio sangue escorrer por ela.

Os olhos dela se arregalaram, ficaram desfocados, e seu rosto ficou mais do que pálido. Pareceu transparente.

— Eu dormia ali. Tentava dormir ali. Há uma luz que atravessa a vidraça, acendendo e apagando. Vermelho, depois preto... Vermelho, depois preto, mas o vermelho permanece no ar como uma névoa. Ele sai muito. Há lugares para ir, pessoas para visitar. *Fique quietinha e calada como um camundongo, garotinha, senão as cobras vêm te pegar. Às vezes elas te engolem inteira, mas você continua viva lá dentro. Gritando.*

— Por Deus! — Roarke mal disfarçou um xingamento e teve de enfiar os punhos nos bolsos, pois não havia nada nem ninguém com quem lutar ou a quem punir por aterrorizar a menina que agora era sua mulher.

— Quando alguém chega, eu tenho de me esconder no banheiro. Crianças não devem ser vistas nem ouvidas. Quando ele traz mulheres, faz com elas o mesmo que faz comigo, mas elas não choram nem imploram para ele parar, a não ser quando ele as espanca. Eu não gosto de ouvir nada disso.

Ela cobriu os ouvidos com as mãos.

— Ele não costuma trazê-las mais de uma vez, porque não é seguro. Às vezes ele está bêbado, muito bêbado. Mas nem sempre. Quando não está, ele me machuca. Ele me machuca muito.

Inconscientemente, ela colocou a mão entre as pernas, como para se proteger, e balançou o corpo para frente e para trás.

— Se eu não ficasse quietinha, se eu chorasse, gritasse ou implorasse, ele me machucava ainda mais. *É assim que você deve ficar. É melhor aprender, garotinha, Logo, logo você vai ganhar o próprio sustento, lembre-se do que eu lhe disse.*

Ela olhou para Roarke como se enxergasse através dele, e deu um passo cambaleante em sua direção. Não viu os móveis, nem as lindas flores, nem o carpete claro e limpo.

— Tenho tanto frio! Tenho tanta fome! Talvez ele não volte hoje. Mas ele sempre volta. Bem que podia acontecer algo de ruim com ele, para ele não voltar. Talvez então eu conseguisse um lugar mais quente. Tenho tanta fome!

Ela deu um passo na direção da quitinete.

— Não devo tocar em nada. Não devo comer nada, a não ser que ele deixe. Ele esqueceu novamente de me dar comida. Tem um pouco de queijo. Está verde-acinzentado, mas se eu tirar essa parte fora, fica bom. Talvez ele nem perceba se eu comer só um pedacinho. Ele vai me bater se descobrir, mas me bate de qualquer jeito, e estou morrendo de fome. Esqueço que não devo comer porque sempre quero mais, sempre mais. Meu Deus, ele está chegando!

Sua mão fechada se abriu e ela ouviu a faca cair no chão.

O que você está fazendo, garotinha?

— Preciso pensar rápido e inventar desculpas, mas não adianta. Ele sabe e não está bêbado demais. Ele me dá uma bofetada; eu sinto gosto de sangue, mas não choro. Talvez assim ele pare. Mas ele não para e agora me agride com socos. Ele me derruba no chão. — Ela se colocou de joelhos. — Não consigo evitar e imploro para ele parar. Pare, por favor, não, não! Por favor, por favor, está doendo! Ele vai me matar se eu reagir, mas não consigo evitar. Está *doendo*! Eu reajo e o machuco.

Ela olha para as mãos; lembra-se de ter enterrado as unhas no rosto dele e de como ele uivou. Ainda conseguia ouvi-lo.

— Meu braço! — Ela agarrou o próprio braço. Ouviu e sentiu o estalo seco de um osso infantil se quebrando e a dor terrível e profunda. — Ele está se forçando para dentro de mim, dentro de mim, resfolegando no meu rosto. Cheiro de bala de hortelã — ela percebeu, quase de forma indistinta. — Hortelã com uísque. Horrível, horrível, pertinho do meu rosto. Eu vejo o rosto dele. Todos o chamam de Rick, ou Richie, e seu rosto começa a sangrar quando eu o arranho. Ele pode sangrar também. Ele também pode ficar ferido.

Ela chorava agora, e as lágrimas lhe escorriam pelo rosto. Acompanhando tudo e sabendo que não lhe restava alternativa a não ser deixá-la reviver o pesadelo, Roarke se despedaçou ainda mais por dentro.

— Estou com a faca na mão. Meus dedos se fecham em torno do cabo da faca caída no chão. De repente, a faca está dentro dele. Ela penetra na pele fazendo um estalo aguado. De repente, ele grita e para. A faca o faz parar, então eu torno a enfiá-la. Mais uma vez. Mais uma vez. Ele rola de lado, mas eu não paro. Ele fica imóvel, mas eu não paro. Ele me fita com os olhos arregalados, mas eu *não* paro. Sangue... o sangue está em toda parte, nele e em mim. O sangue dele está em mim.

— Eve. — Ela estava de gatinhas no chão, rosnando como um animal. Roarke se agachou diante dela e a tomou nos braços. Ela sibilou alto, mas ele a apertou com mais força e as mãos dele tremeram. — Fique aqui. Fique comigo. Olhe para mim, Eve!

Ela tremia violentamente e lutava para conseguir respirar.

— Estou bem. Consigo sentir o cheiro. — Ela se deixou vencer e desmanchou-se nos braços dele. — Ó Deus! Você não consegue sentir o cheiro?

— Vamos embora agora. Vou levar você para longe deste lugar.

— Não. Simplesmente me abrace. Me abrace forte. Eu me lembro de como tudo aconteceu. Era como se eu não fosse mais humana. Era como se o animal que mora dentro de todo ser humano tivesse escapado. Então eu fui engatinhando até ali.

Ela estremeceu ainda uma vez ao olhar para o canto, mas se obrigou a ver tudo, a ver a si mesma e como tudo tinha acontecido.

— Fiquei vigiando-o durante muito tempo, esperando que ele se levantasse a qualquer momento para fazer com que eu me arrependesse do que fizera. Mas ele não se levantou. Quando amanheceu, eu saí do canto e lavei todo o sangue dele com água fria. Depois coloquei minhas roupas numa sacola. Como é que eu fui pensar nisso? Sentia uma dor distante no braço e também onde ele, mais uma vez, me estuprara, mas a dor estava oculta pelo choque. Mesmo assim, não usei o elevador. Fui esperta nessa hora. Desci pelas escadas. Saí do prédio de fininho e cheguei à calçada. Não me lembro de muita coisa depois disso, só que o céu estava muito claro e meus olhos arderam. Perdi a sacola. Ela caiu em algum lugar e eu fui em frente. Caminhei sem parar.

Ela se recostou.

— Ele nunca me chamou pelo nome. Porque eu não tinha nome. Agora eu me lembro. Meus pais nem se deram ao trabalho de me dar um nome porque eu não era uma criança para eles, apenas uma coisa. Não consigo me lembrar dela, mas me lembro dele. Lembro-me do que ele disse na primeira vez que me estuprou. A frase que ele disse, e que era para eu nunca esquecer. Ele me disse que aquele era o motivo de ele me manter por perto, e, quando eu entendesse as coisas, era assim que eu teria de pagar pelo meu sustento. Ele ia me prostituir. Nada melhor do que uma xereca jovem, ele dizia, então era melhor eu aprender a aguentar tudo sem choramingar nem gritar. Ele tinha feito uma porra de um investimento em mim, e eu teria de pagar tudo de volta para ele. Íamos começar aqui. Aqui em Dallas, porque eu estava com oito anos e já tinha idade bastante para começar a me sustentar sozinha.

— Tudo morreu aqui — afirmou Roarke, enxugando as lágrimas do rosto dela. — E o que nasceu naquele dia, querida Eve, foi você.

Capítulo Quatorze

Roarke ignorou o pedido dela para ir direto até a Central de Polícia e foi para outro hotel, um que pertencia a ele e onde a suíte especial do proprietário estava preparada para recebê-los.

O fato de ela estar tão cansada que não reclamou foi a prova de que ele estava certo, mais uma vez. Ela precisava de algum tempo para se reestruturar.

Eve passou direto pelo enorme saguão da suíte e entrou no igualmente suntuoso quarto principal, deixando Roarke com o rapaz que os levara até ali. Começava a se despir quando ele entrou.

— Preciso de uma ducha. Preciso... preciso me limpar.

— Você precisa é se alimentar, assim que sair do banho. O que prefere comer?

— Espere um pouco, tudo bem? — Ela sentiu uma necessidade súbita e desesperada por jatos de água quente, ondas de limpeza e muito sabonete perfumado. — Depois eu decido o que vou querer.

— Vou esperar aqui no quarto, então.

Ele a deixou sozinha, tanto por si mesmo quanto por ela. A raiva que conseguira refrear ameaçava se soltar a qualquer momento. Ele precisava usar os punhos em algo. Queria socar qualquer coisa até seus braços implorarem para que ele parasse.

Ela devia estar tomando um banho com água pelando, pensou ele, porque uma vez fora obrigada a se lavar com água fria. Ele quis que ela nunca mais sentisse frio novamente; providenciaria para que ela nunca mais tremesse do jeito que tremera naquele quarto onde os fantasmas e os horrores do passado tinham sido tão tangíveis que ele mesmo os enxergara.

Vê-la reviver tudo aquilo, como muitas vezes acontecia em sonhos, o partira em dois. Aquilo o deixou sem ação, sentindo-se inútil, e com uma sensação de violência represada, gerada pela fúria que ele não tinha em que descarregar.

Um homem a tinha gerado, criado, surrado e estuprado unicamente para vendê-la a outros homens que não passavam de escória, como ele. Que tipo de deus fazia criaturas daquele jeito e as deixava atacar inocentes?

Levado pela fúria em estado bruto, ele despiu a camisa ao entrar na pequena sala de musculação da suíte. Colocou o saco de pancadas no lugar e o atacou com as mãos nuas.

A cada soco a raiva de Roarke crescia, espalhando-se por dentro dele como um câncer. O saco de pancadas tinha um rosto que ele não conhecia. O rosto do pai de Eve. Depois, passou a se parecer com o pai dele. Roarke o golpeou sem parar, com uma raiva concentrada que cresceu e se transformou em ódio mortal. Golpeou e golpeou sem parar, sentindo a névoa escura desse ódio escurecer sua visão. Golpeou e golpeou ainda mais, até as juntas dos dedos ficarem em carne viva e começarem a sangrar.

Mesmo assim, ele não conseguia matá-lo.

Quando uma das correntes do saco de pancadas arrebentou, Roarke olhou em volta, em busca de algo mais para golpear.

E a viu em pé na porta.

Ela tinha vestido um dos roupões brancos do hotel, e seu rosto, muito pálido, estava quase da mesma cor do roupão.

— Eu devia ter imaginado o quanto isso iria fazer você sofrer, mas não refleti a respeito — lamentou Eve. O tórax dele brilhava de suor e suas mãos sangravam. Quando a viu parada ali, seu coração se estilhaçou.

— Não sei o que fazer por você. — A voz dele estava rouca de emoção, com o sotaque que lhe tomava conta quando suas defesas ficavam prejudicadas. — Não sei nem o que dizer para você.

Quando ela deu um passo em sua direção, ele balançou a cabeça para os lados e recuou.

— Não. Não posso tocar em você, agora. Estou fora de mim. Posso partir você ao meio. Sério! — A voz dele se tornou mais grave quando ela deu mais um passo.

Ela parou. Compreendeu que não era apenas ela que estava destroçada.

— A dor é tão grande em você quanto é em mim. Às vezes eu me esqueço disso — lamentou Eve novamente.

— Quero vê-lo morto, mas ele já está morto. — Ele flexionou os dedos, mas as juntas não paravam de sangrar. — Não há nada que eu possa fazer a respeito. Mesmo assim, a vontade que eu tenho de arrebentar a cara dele com meus punhos não passa. Queria ter podido arrancar o coração dele fora do peito antes de ele ter colocado as mãos em você pela primeira vez. Daria tudo o que eu tenho em troca desse momento, mas não adianta. Não há nada que eu possa fazer.

— Roarke...

— Meu pai estava lá. — Ele ergueu a cabeça e olhou fixamente para ela. — Talvez naquele mesmo quarto. Não sei se as várias taras nojentas que ele curtia envolviam garotinhas, mas se o momento e o lugar fossem um pouco diferentes, você poderia ter sido vendida para ele. — Roarke balançou a cabeça, lendo a verdade no rosto dela. — Estou percebendo que essa ideia também passou pela sua cabeça.

— Mas não aconteceu. Já sofremos o bastante, não precisamos acrescentar isso. E não diga que não há nada que você possa fazer por mim. Durante a maior parte da minha vida eu mantive tudo isso enterrado, escondido nas sombras. Ao longo do ano que passou, eu me lembrei de mais coisas do que em todos esses anos, desde que tudo aconteceu. Foi por você estar ali que eu consegui enfrentar o passado. Não sei se algum dia vou lembrar de tudo. Não sei se um dia vou *querer* lembrar tudo. Depois de hoje, sei que isso nunca desaparecerá da minha vida de vez. Estará sempre lá.

Ela cerrou uma das mãos e a colocou entre os seios.

— Está tudo aqui, dentro de mim, e de vez em quando vou sentir algumas mordidas do passado, sempre que a dor conseguir vir à tona. Mas vou conseguir enfrentar isso porque você vai estar ao meu lado; porque você vai entender o sentimento. Você é o único que conseguirá entendê-lo de verdade, porque é o único que me ama o bastante para sentir. Quando você olha para mim e eu percebo tudo isso, sei que sou forte e consigo encarar qualquer coisa.

Ela deu o último passo até ele, abraçou-o com carinho e o puxou para perto de si.

— Fique comigo — pediu.

Ele enterrou o rosto entre os cabelos dela. Seus braços a agarraram com força, apertando-os, enquanto a raiva lhe escorria da alma.

— Eve — murmurou ele.

— Simplesmente fique comigo. — Roçou os lábios sobre todo o rosto dele até encontrar sua boca, e se deixou derramar sobre ele.

Tudo dentro dele se abriu para ela, se expandiu para ela; para que ela pudesse preencher, por meio dele, todos os cantos escuros. A violência que vivia em ambos pareceu encolher.

Bocas esmagadas de paixão, ele a ergueu, embalando-a por um momento, como faria com algo precioso, algo raro. Ele a levou para a cama, onde o sol forte se irradiava pelo vidro.

Ele se amariam ali, banhados pela luz. Ele a colocou sobre a cama larga, bem no centro dos lençóis macios. Queria proporcionar a ela a suavidade, o conforto e a beleza que, um dia, ambos ansiaram ter. Ele precisava mostrar a Eve a beleza absoluta do que aquele ato significava, uma beleza tão forte que apagaria o horror no qual algumas pessoas o transformavam.

As mãos que haviam distribuído golpes com fúria até sangrarem eram suaves quando ele a tocou.

Foi ela quem o puxou, abraçando-o bem junto dela. Foi ela quem suspirou no mesmo instante que ele. Agora, iriam oferecer conforto um ao outro.

Os lábios dela se encontraram novamente com os dele e se abriram um pouco mais, em um acasalar de corpos e almas, o mais suave de todos. As mãos dele acariciaram-lhe as costas, ao longo do feixe duro de músculos que ela exibia ali, e o corpo dele foi se encaixando de cima a baixo no dela.

Ela adorava o peso, as linhas e superfícies, o cheiro e o sabor dele. Quando os lábios dele vagaram pelo seu rosto e foram descendo para a garganta, ela jogou a cabeça para trás, a fim de lhe oferecer mais.

Havia ternura naqueles beijos longos, naquelas carícias lentas e contínuas. E calor também, fervendo por sobre a pele e depois por baixo, até que seus ossos pareceram se dissolver.

Ele entreabriu o roupão dela e foi se deixando deslizar em beijos preguiçosos ao longo da sua pele. Impregnado dela, ele tracejou com a ponta dos dedos suas curvas sutis, demorando-se um pouco mais sempre que ela suspirava ou tremia. E observou seu prazer aumentar à medida que a cor voltava e florescia em seu rosto.

— Querida Eve. — Os lábios dele tornaram a se encontrar com os dela e roçaram de leve ali, com suavidade. — Você é tão linda.

— Não sou linda.

Ela sentiu os lábios dele se abrirem em um sorriso sobre os dela.

— Este não é o momento de discutir com um homem. — Ele fechou a mão de leve sobre um dos seios dela e se afastou um pouco para apreciá-la. — Seios pequenos e firmes. — Ele balançou o polegar sobre um dos mamilos e a ouviu perder a respiração. — E esses seus olhos, feitos em tons de ouro velho. É fascinante como eles conseguem enxergar tudo, exceto o que eu vejo ao olhar para você.

Ele baixou a cabeça para mordiscar-lhe a boca.

— Lábios macios. Irresistíveis. Queixo teimoso, sempre disposto a levar um soco. — Ele enfiou a ponta da língua na covinha do queixo. — Adoro este ponto aqui, e este também — sussurrou, tracejando os lábios ao longo do maxilar.

— Minha Eve, tão magra e tão esbelta. — Ele passou a mão para cima e para baixo ao longo dela. E quando a cobriu com o próprio corpo, ela já estava quente e molhada. — Vamos lá, querida, deixe-se deslizar.

Foi o que ela fez, em completo abandono e com um gemido fraco de puro prazer e rendição.

Ele a fazia se sentir linda. Ele a fazia se sentir limpa. Ele a fazia se sentir completa. Ela elevou o corpo na direção dele e os dois rolaram juntos, em uma espécie de dança, sem calor nem pressa. O sol se espalhou sobre seus corpos e o ar ficou mais denso, com suspiros e murmúrios. Ela tocou, provou e deu, como ele. Perdeu a si mesma, como ele.

Quando ela se ergueu mais e ele deslizou suavemente, penetrando-a, a visão dela se enevoou entre lágrimas.

— Não chore. — Ele apertou o rosto contra o dela. — Por favor, não chore.

— Tudo bem. — Ela emoldurou o rosto dele com as mãos e deixou que as lágrimas rolassem. — Está tudo absolutamente certo. É tão perfeito. Você não está vendo? — Ela se ergueu um pouco mais, esfregando o corpo contra o dele. Você não vê? — Ela sorriu enquanto as lágrimas brilhavam em suas faces. — Foi você que me tornou linda.

Ela manteve o rosto dele entre as mãos enquanto seus corpos se movimentavam em um deslizar sedoso e harmônico. Quando ela o sentiu estremecer e viu o azul dos seus olhos ficar mais escuro e profundo, percebeu que era ele que se rendia agora.

Permaneceram quietos, abraçados um ao outro. Ele esperou até os braços dela se tornarem frouxos em torno dele, pois era assim que ele sabia que ela havia adormecido. Como isso não aconteceu, ele beijou-lhe os cabelos, com carinho.

— Já que você não quer dormir, tem que comer.

— Não estou cansada. Preciso terminar meu trabalho aqui.

— Depois de comer.

Ela podia ter reclamado, mas lembrou dele golpeando sem piedade o saco de pancadas.

— Tem que ser algo leve e rápido. — Ela levantou a mão dele e examinou suas juntas. — Belo trabalho, hein? Você precisa cuidar disso.

— Já fazia um bom tempo desde a última vez que eu arrebentei as juntas desse jeito. — Ele flexionou os dedos. — São só arranhões. Nada grave.

— Teria sido mais esperto usar luvas.

— Mais esperto, mas muito menos catártico.

— É verdade. Para relaxar, nada melhor do que transformar alguém em ketchup com as mãos nuas. — Ela trocou de lugar e montou nele. — Descendemos de gente violenta, temos isso dentro de nós. A diferença é que não deixamos o sentimento solto quando ele bem entende, nem descontamos a raiva em quem está perto. Existe algo dentro de nós que nos impede de fazer isso e nos torna pessoas do bem.

— Alguns são mais do bem que outros.

— Diga-me uma coisa: você já bateu em uma criança?

— Claro que não. Santo Cristo!

— Já espancou ou estuprou uma mulher?

Ele se sentou de um jeito em que ela se viu forçada a envolver a cintura dele com as pernas.

— Já pensei em te dar umas porradas básicas, algumas vezes — brincou ele, fechando os dedos com força, formando um punho e encostando-o de leve no queixo dela, mesmo com as juntas machucadas. — Sei o que você quer dizer, e acho que tem razão. Não somos o que eles eram. Não importa o que nos fizeram, eles não conseguiram nos transformar no que eram.

— Nós mesmos nos construímos. E agora, acho que estamos construindo um ao outro.

— Muito bem colocado — elogiou ele, sorrindo para ela.

— Eles nem me deram um nome. — Ela soltou o ar lentamente. — Foi doloroso pensar nisso quando estava naquele quarto. Eu me senti pequena e inútil. Agora estou feliz por eles não terem escolhido um nome para mim. Não conseguiram me rotular. Mais uma coisa, Roarke... Estou feliz por ter vindo; neste momento eu me sinto muito feliz por ter feito isso. Tudo o que eu quero, agora, é conseguir as informações que preciso com a polícia local para, depois, cair fora. Não quero ficar aqui mais tempo do que o necessário. Quero ir para casa ainda hoje.

Ele se inclinou na direção dela.

— Então vamos para casa.

Eles voltaram para Nova York tão cedo que Eve conseguiu informar a Roarke que ainda precisava passar na Central sem que isso parecesse absurdo. Ela percebeu que ele não se convenceu muito da urgência, mas deixou passar.

Talvez ele entendesse que Eve precisava de um pouco de espaço, precisava do trabalho. Tinha necessidade da atmosfera que a fazia lembrar quem era e o que fazia no mundo.

Ela passou direto pelo cubículo de Peabody, entrou em sua sala sem fazer alarde, fechou a porta e passou a chave, algo que raramente fazia.

Sentou-se à sua mesa e se viu invadida por um súbito e absurdo conforto pela maneira com que o assento se adaptou ao formato do seu traseiro. Prova, refletiu, das muitas horas em que se sentara ali, fazendo seu trabalho, pensando, cuidando da papelada, fazendo ligações pelo *tele-link*, formulando dados e teorias sobre os casos que resolvia.

Aquele era o seu lugar.

Ela se levantou e foi até a janela. Sabia exatamente quais as ruas que iria ver, quais os prédios e até como estava o tráfego àquela hora do dia.

A porção dela que ainda tremia, a parte que ela usara de todas as forças para esconder de Roarke, se acalmou um pouco mais.

Ela estava ali como devia, fazendo as coisas às quais estava destinada.

O que viera antes, todos os horrores, os medos, tudo convergia para o aqui e o agora, certo? Quem garante que ela estaria ali se não tivesse passado por tanta coisa? De certo modo, a policial em que ela se tornou tinha ainda mais determinação para viver em função das vítimas exatamente por ter sido, ela mesma, uma vítima.

Não importa como a coisa funcionava, o fato é que havia trabalho a ser feito. Ela se virou, caminhou até sua mesa e mergulhou no trabalho.

Solicitou e conseguiu se encontrar rapidamente com Mira. Saindo de fininho, do mesmo jeito que entrara, foi até a sala da psiquiatra.

— Achei que a senhora já tinha ido embora — comentou Eve.

— Está quase na minha hora. — Mira apontou para uma das poltronas de encosto envolvente. — Quer chá?

— Obrigada, doutora, mas isso vai ser rápido.

Mira, porém, já estava programando o AutoChef. Eve se resignou a tomar o líquido à base de flores que a doutora tanto curtia.

— Você prefere café — comentou Mira, de costas. — Mesmo assim aceita meu chá, e eu agradeço a cortesia. Mais tarde você pode se encher de cafeína, se desejar.

— Como é que... eu estava aqui matutando como é que a senhora consegue se manter ligada com esse troço à base de ervas.

— A questão é aquilo a que seu organismo está acostumado, certo? No meu caso, o chá me acalma a mente, e quando minha mente se sente calma, eu tenho mais energia. Ou penso ter, o que é quase a mesma coisa. — Ela voltou e ofereceu a Eve uma das suas delicadas xícaras.

— Em outras palavras, a senhora engana o próprio cérebro para se sentir ligadona, mesmo quando não está?

— Essa é uma boa descrição.

— Interessante. Bem, o fato é que consegui mais dados sobre Julianna Dunne, e quis trazê-los para a senhora o mais rápido possível. Acho que não temos muito tempo antes de ela atacar novamente. Conversei com o padrasto dela...

— Você foi a Dallas?

— Cheguei de lá faz mais ou menos uma hora. Quero resolver isso logo de uma vez — disse Eve, com tanta firmeza que fez a médica erguer as sobrancelhas. — Tudo bem para a senhora, doutora?

— Tudo bem.

Eve relatou a conversa com Parker, citando os fatos conforme lhe foram passados e indo em seguida para sua entrevista com Chuck Springer.

— O primeiro homem com quem ela esteve na vida, isto é, menino, era alguém da mesma idade — comentou Mira. — Ele pertencia à classe trabalhadora. Foi também o primeiro a rejeitá-la. O último, pelo que sabemos, a se dar ao luxo de fazer isso. Ela nunca esqueceu essa rejeição.

— Mas seus alvos não são homens como Springer. Ela persegue homens como o seu padrasto.

— Porque descobriu que conseguia controlá-los. Eles aumentaram o grau de confiança dela, e também sua conta bancária. Mas ela punia Springer todas as vezes que se deitava com outros homens. "Veja só isso... veja o que eu posso conseguir. Não preciso de você."

Ao longo do tempo, Springer se tornou menos uma afronta pessoal e mais um símbolo. Os homens são inúteis, mentirosos, traidores, fracos e impulsionados pelo sexo.

— Desse modo ela não se irritaria com o fato de que, no fundo, ela é que era impulsionada pelo sexo.

Mira ergueu as sobrancelhas e concordou com a cabeça.

— Sim, exatamente. Você a compreende muito bem. Springer disse que eles fizeram sexo depois de ele ter terminado com ela; depois de ela o ter atacado fisicamente. Isso só serviu para mostrar a ela que o sexo era a chave. Em sua mente, esse era o ponto fraco dos homens. Deixou de sentir ódio e dedicou-se a usar essa fraqueza para se satisfazer.

— É... Eu compreendo, mas isso não me ajuda a descobrir quem ela vai atacar agora. Rodei o programa de probabilidades com os nomes de Parker, de Springer e de Roarke. Parker e Springer continuam quase empatados, e Roarke está mais de vinte pontos percentuais atrás deles. Confio na sua opinião mais do que no computador, doutora.

— Não será Springer. Ainda não. Ela pode brincar algum tempo com ele, mas creio que vai poupá-lo por agora. Como um gato que brinca com o rato antes de matá-lo. O padrasto? É possível, mas não creio que ela se volte para ele. Afinal, ele representa a sua primeira vitória, foi uma espécie de ferramenta para ela pegar prática. Ela vai querer saboreá-lo mais um pouco, com calma.

Mira colocou o chá de lado.

— Apesar dos resultados do programa de probabilidades contrariarem essa ideia, acho que ela se voltará para Roarke, ou para outro homem completamente diferente. Ela ainda não encerrou sua missão aqui, Eve. Ainda não acabou de acertar as contas com você.

— Sim, foi o que eu imaginei. Vou manter Roarke protegido, e isso vai deixá-lo pau da vida, mas ele conseguirá superar o trauma. Obrigada, doutora. Desculpe eu ter atrasado sua saída.

— Você está bem?

Era tolice negar que Eve estava ali tanto por motivos pessoais quanto profissionais.

— Eu me lembrei de como foi a sensação de matá-lo. Recordei o momento exato em que fui invadida pelo ódio e pela fúria primitivos. Sei que isso está dentro de mim, e sei que posso controlá-lo. Sei que matá-lo, para mim, naquele momento, era a única forma de sobreviver. Posso conviver com isso.

Ela se levantou.

— Se a senhora planeja me mandar para uma bateria de testes, a fim de ter certeza de que estou estável, vou avisando que não concordo. Não vou aceitar.

Mira colocou as mãos cruzadas no colo, mas manteve o corpo imóvel.

— Você acha que eu faria você passar por isso? Conhecendo você e compreendendo as circunstâncias, acha que eu usaria essa confiança para seguir os procedimentos ao pé da letra? Achei que você e eu já tínhamos ultrapassado essa fase.

Eve percebeu a mágoa e o desapontamento na voz da médica, e se forçou a ceder.

— Talvez eu esteja mais abalada do que supus. Desculpe. — Ela apertou a base das mãos sobre as têmporas. — Droga!

— Oh, Eve! — Mira se levantou, mas quando se aproximou mais, Eve se afastou.

— Preciso encontrar meu ponto de equilíbrio. Preciso focar meu trabalho e deixar isso de lado. Ele estava me treinando! — Ela desabafou. — Me treinando para me vender a outros homens. — Lentamente, abaixou as mãos ao olhar para o rosto de Mira. — A senhora já sabia!

— Suspeitava. Isso fazia sentido, de uma forma terrível. A vida dele ficaria mais leve, mais ágil e mais barata sem uma criança. Você não servia de nada para ele. Pelo que sei e pelo que você conseguiu me contar, ele não se encaixava no perfil padrão do pedófilo. Tinha relações com mulheres, normalmente. Você foi a única criança de quem ele abusou sexualmente, pelo que sabemos. Se o interesse dele fossem as crianças, ele poderia se beneficiar disso sem a inconveniência de ter uma sob o mesmo teto.

— Ele me mantinha trancada. É assim que se treina alguém... à base de lavagem cerebral. Basta deixar a pessoa trancada e totalmente dependente. O agressor convence a vítima de que ela não tem escolha, a não ser permanecer onde está, porque o que está lá fora é muito pior. O agressor deixa a vítima passar fome, a deixa sem conforto, apavorada, e mistura isso com pequenos agrados. Pune de forma imediata e severa qualquer infração, e acostuma a vítima à tarefa à qual ela está destinada. Embrulhe tudo com muito medo e a vítima pertence ao agressor.

— Você nunca pertenceu a ele. Apesar de tudo o que ele fez e de todos os anos que se passaram, ele nunca conseguiu se apossar de você.

— Mas nunca me deixou ir embora — disse Eve. — Preciso aprender a conviver com isso. Roarke também. Isso o deixou desequilibrado. Acho que ele ficou mais abalado do que eu. Estamos numa boa agora, mas... puxa, isso dá um nó na cabeça de qualquer um.

— Quer que eu converse com ele?

— Quero. — A tensão que lhe fisgava a base do crânio cedeu um pouco. — Seria ótimo, doutora.

Não se tratava de adiar a volta para casa. O fato é que Eve precisava acrescentar as observações de Mira à pasta de Julianna Dunne. Isso foi bom, porque lhe deu tempo para se acalmar de vez e também para atualizar, copiar e enviar os arquivos novos para sua equipe e seu comandante.

Quando acabou tudo e ouviu o movimento que aumentava do lado de fora de sua sala, mostrando que a Central estava em plena troca de turno, Eve programou uma última xícara de café e ficou parada diante da janela, bebendo lentamente.

O tráfego para o norte de Manhattan, onde ela morava, ia ser de amargar.

Em uma sala pequena exatamente do outro lado da rua lotada e do céu muito movimentado, Julianna Dunne mantinha-se sentada junto a uma mesa de metal de segunda mão. A porta onde se lia, pelo lado de fora, a expressão REPRESENTAÇÕES DAILY fora trancada por dentro. O escritório consistia apenas em uma sala apertada e um lavatório minúsculo. A mobília era mínima e barata. Ela não via necessidade para Justine Daily, o *alter ego* sob o qual a sala fora alugada, gastar mais que o necessário.

Ela não ficaria ali por muito tempo.

O aluguel fora muito mais caro do que deveria e a privada disparava, quando acionada. O carpete fino e barato fedia a mofo.

Mas a vista dali não tinha preço.

Pelos binóculos, ela desfrutava de uma visão privilegiada da sala de Eve e da própria tenente.

Tão séria, tão fechada, refletiu Julianna. Tão dedicada e devotada, venerando continuamente o altar da lei e da ordem. Que pena!

Tanta capacidade, tanta energia e tanta *determinação* desperdiçadas em um distintivo. E em um homem. Sob diferentes circunstâncias, elas teriam formado uma equipe incomparável. Do jeito que as coisas eram, porém, pensou Julianna com um suspiro, elas haviam se tornado instigantes adversárias.

Oito anos e sete meses haviam proporcionado a Julianna uma abundância de tempo para examinar seus erros e repetir mentalmente seus movimentos. Não havia dúvida, em sua cabeça, de que ela teria conseguido passar a perna em todos os tiras do sexo masculino; poderia ter passado aqueles oito anos e sete meses fazendo o que mais gostava de fazer.

Uma mulher, porém, era sempre um animal mais astuto do que um homem. E a detetive Eve Dallas, recentemente promovida na época, fora a mais astuta de toda a equipe. Trabalhara sem descanso.

O pior é que nem mesmo teve a cortesia de reconhecer publicamente as vitórias e habilidades de sua oponente.

Mas agora as coisas eram diferentes. Ela mesma mudara. Era fisicamente mais forte e tinha a mente mais clara. A prisão costumava desbastar as arestas das pessoas. Naquele mesmo espaço de tempo, Eve também devia ter tido suas arestas aparadas. No entanto, havia uma diferença fundamental entre elas... Uma fraqueza essencial na tira.

Ela se importava. Com a vítima, com os colegas tiras, com a lei. E, o mais importante, se importava com seu homem.

Era essa fraqueza naquilo que Julianna considerava uma máquina quase perfeita que acabaria por destruí-la.

Mas ainda não. Julianna colocou os binóculos de lado e verificou as horas em seu relógio de pulso. Estava na hora de um pouco de diversão.

Eve cruzou com Peabody na saída da sala de ocorrências.

— Olá, tenente! Pensei que a senhora tivesse ido ao Texas.

— Fui mesmo, mas voltei cedo. Há atualizações do caso esperando por sua análise. Você está sem sua farda, policial — ralhou Eve, analisando, de cima a baixo, o vestido preto de gala e os sapatos com saltos de um quilômetro de altura.

— Eu sei. Estou fora do horário de serviço. Acabei meu turno e troquei de roupa aqui mesmo. Aliás, estou a caminho de sua casa para pegar meus pais. McNab resolveu nos levar para jantar num restaurante chique. Não sei o que deu nele. McNab não curte lugares sofisticados, tenho certeza que morre de medo deles. Meus pais também não curtem jantares elegantes. Há algo novo sobre o caso que eu deva repassar para McNab?

— Pode ficar para amanhã de manhã. Vamos fazer uma reunião da equipe no escritório da minha casa. Oito em ponto.

— Ótimo. Ahn... Você está indo para casa agora, Dallas?

— Não. Meu plano era dar uma passadinha pela África antes, para ver as zebras.

— Rá-rá. — Peabody seguiu atrás de Eve pisando miudinho, na velocidade mais rápida que conseguiu em seus sapatos de salto altíssimo. — Sabe o que é? Estava pensando em lhe pedir uma carona, já que vamos para o mesmo lugar e ao mesmo tempo.

— Você também vai para a África?

— Dallas!

— Sei, sei, tá legal. — Eve forçou passagem para entrar no elevador lotado e ouviu algumas reclamações.

— Você me parece meio esquisita — comentou Peabody, aproveitando a entrada de Eve no elevador para se espremer lá dentro também.

— Estou bem! — Ela percebeu a ponta de irritação na própria voz e fez um esforço para suavizá-la. — Estou numa boa — repetiu. — Foi um dia longo, apenas isso. Você teve tempo de pesquisar algo novo sobre o caso Stibbs?

— Sim, senhora. — O elevador parou e vários passageiros saltaram como a rolha de uma garrafa de champanhe. — Estava louca por uma chance de conversar a respeito. Pretendo intimar Maureen Stibbs a dar um depoimento oficial amanhã.

— Você está preparada?

— Acho que sim. Estou! — corrigiu. — Estou superpreparada. Conversei com alguns dos antigos vizinhos. A suspeita não estava se relacionando com ninguém na época. Namorava um sujeito, mas terminou tudo poucas semanas depois de se mudar para o prédio dos Stibbs. Quando uma das testemunhas se sentiu mais à vontade, comentou que não se surpreendeu nem um pouco quando Boyd Stibbs se casou com Maureen. Essa pessoa contou que ela partiu para o ataque bem depressa, logo depois da morte da esposa de Boyd. Levava refeições para ele, arrumava seu apartamento, esse tipo de coisa. Atitudes de boa vizinha, até a gente pesquisar mais fundo.

O elevador parou oito vezes, regurgitando alguns passageiros e aceitando outros.

Um detetive da Divisão de Drogas Ilegais, disfarçado como mendigo, entrou devagar usando um casacão que ia até os pés e parecia manchado com vários tipos de fluidos corporais. O fedor era repugnante.

— Caraca, Rowinsky! Por que você não usou a porcaria de uma passarela aérea para descer, de preferência contra o vento? — perguntou Eve.

Ele sorriu, exibindo dentes amarelados.

— Funcionou que é uma beleza, não acha? É mijo de gato e suco de peixe morto. Para melhorar, estou sem tomar banho há uma semana, então o cê-cê deve estar insuportável.

— Você está com esse disfarce há tempo demais para o meu gosto, meu chapa — reclamou Eve novamente, respirando pela boca até ele sair do elevador. Ela não se arriscou a curtir uma boa lufada de ar pelo nariz até o elevador chegar à garagem.

— Tomara que esse futum não tenha passado para mim — disse Peabody, esperançosa, fazendo clique-clique com os saltos atrás da sua tenente. — Esse tipo de cheiro penetra nas fibras da roupa.

— Esse tipo de cheiro penetra pelos poros da gente e se propaga.

Com esse comentário alegre, Eve entrou no carro. Saiu da vaga, girou o volante e seguiu rumo à saída. Foi forçada a acionar os freios com toda força quando um homem que mais parecia uma montanha pulou diante do veículo. Seus sapatos molambentos fizeram um barulho agudo quando ele deu um passo à frente e borrifou no para-brisa do carro um líquido imundo saído de um spray de plástico tirado do bolso de uma jaqueta suja dos Yankees.

— Maravilha! Hoje deve ser meu dia de aturar mendigos. — Enojada, Eve saltou do carro batendo a porta com força no instante exato em que o homem limpava o vidro molhado com um trapo.

— Este é um veículo da polícia, seu boçal. É um carro de tiras!

— Posso limpá-lo, dona — ofereceu ele, balançando a cabeça enquanto espalhava mais lama sobre a lama. — Cinco pratas e eu limpo tudinho.

— Cinco pratas uma ova! Eu te dou é cinco segundos para cair fora.

— Limpo tudinho — repetiu ele, com uma voz cantarolada, enquanto continuava a esfregar o vidro. — Estou fazendo como ela mandou.

— Pois o que ela mandou foi: cai fora! — Eve resolveu se lançar contra ele, mas percebeu um movimento com o canto dos olhos.

Do outro lado da rua, cintilando em um colante vermelho berrante e com os cabelos dourados brilhando muito, estava Julianna Dunne. Ela sorriu e acenou alegremente, dizendo:

— Você está com um tremendo abacaxi nas mãos, tenente. A propósito, parabéns pela promoção.

— Filha da mãe!

A mão de Eve foi direto para a arma e ela se lançou ao ataque. Mas a montanha lhe deu um tabefe com as costas da mão e seu rosto pareceu explodir. Eve voou pelo ar e sentiu o corpo dormente quando aterrissou na calçada. Em seguida sentiu uma pontada forte nas costelas quando um pé que mais parecia um tijolo coberto de farrapos a chutou e a fez rolar. Em meio ao zumbido nos ouvidos, ela ouviu os gritos de Peabody e os berros furiosos da montanha.

— Cinco pratas! Quero minhas cinco pratas!

Eve balançou a cabeça com força para se reanimar e se levantou depressa, atingindo-lhe o espaço entre as pernas com o ombro. Ele não uivou de dor, simplesmente se encolheu e tombou.

— Dallas! Que diabo foi isso?

— Julianna Dunne! — Ela conseguiu dizer, pegando as algemas e lutando para colocar um pouco de ar nos pulmões. — Ela está do outro lado da rua, com colante vermelho e cabelos louros. — Ofegou, tentando se livrar da dor que começava a chegar com força. O lado direito do seu rosto ardia muito. — Foi para o lado oeste a pé. Dê o alarme! — ordenou, ao mesmo tempo que puxava o pulso largo do mendigo e o algemava à porta do carro. — Depois me dê cobertura.

Ela pulou do chão com a velocidade de um corredor ao ouvir o tiro de largada. Ziguezagueou em meio ao tráfego e quase foi atropelada por um táxi da Cooperativa Rápido. As explosões de buzinas e xingamentos a seguiram até o outro lado da rua.

Conseguiu enxergar o vermelho berrante da roupa de uma mulher que fugia a quase um quarteirão de distância, correndo como um demônio.

Com as pernas impulsionando-a velozmente, Eve desviou de pedestres e empurrou os que não tinham o bom-senso de sair do caminho de uma mulher com uma arma letal na mão. Um homem trajando um terno impecável, com um *tele-link* portátil no ouvido, berrou de choque ao ver Eve chegando a toda velocidade. Tomado de pânico, esbarrou em uma carrocinha de lanches, derrubando-a e espalhando pelo chão muitas latas de Pepsi e salsichas de soja, provocando a fúria do vendedor, que se pôs a esbravejar.

Eve saltou por cima dele e desviou, virando em uma esquina no rumo norte. Já ganhara distância e estava mais perto da fugitiva.

— Cadê o reforço, droga? Onde é que está?! — berrou ela para o comunicador, enquanto corria. O lado direito do seu corpo doía como um dente podre. — Policial precisando de ajuda! Estou perseguindo uma suspeita a pé. Trata-se de Julianna Dunne, que está na Sétima Avenida, esquina com a rua Bleeker. Todas as unidades na vizinhança respondam!

Eve corria loucamente pela calçada, contra a luz do sol. Pulou por sobre o capô de um sedã e catapultou o próprio corpo adiante.

— Droga! Estou perseguindo uma suspeita loura, de trinta e quatro anos, um metro e sessenta e cinco, usando um colante vermelho! — berrou para o comunicador.

Guardando-o com raiva, Eve xingou a multidão, que tornava impossível o uso da sua pistola. Colocou a arma no coldre e abaixou a cabeça para adquirir mais velocidade.

Havia sangue em sua boca e um filete lhe escorria ao lado do olho direito, mas ela conseguira uma dianteira de mais alguns metros sobre Julianna.

Ela é rápida, pensou Eve, e a descarga de adrenalina fazia sua cabeça zumbir. *Ela se manteve em boa forma e é boa de corrida.*

Eve ouviu sirenes se aproximando e continuou firme. Estava a poucos metros atrás de Julianna quando esta deu uma rápida olhada para trás e lançou um sorriso afetado.

Eve foi atingida por trás por um corpo que veio a uma altura baixa e a lançou pelo ar como uma catapulta. Ela só teve tempo de pensar *Que diabo foi isso?*, antes de cair de costas, ouvindo um estranho chocalhar de ossos. A parte de trás de sua cabeça bateu violentamente na calçada e transformou o mundo em estrelas que giravam. Vozes iam e vinham como ondas do mar.

Ela conseguiu se virar de lado, com ânsias de vômito, e ficou de quatro sobre o cimento.

— Consegui? Eu consegui? — Uma voz muito empolgada parecia martelar seu cérebro. Ela piscou uma vez e olhou para os rostos sardentos de dois meninos. Mais uma piscada e os rostos se sobrepuseram, transformando-se em um só.

— Foi legal, não foi? Pareceu verdadeiro, né? Puxa, você *voou legal*! — Agarrado a uma prancha de skate aéreo pintada de verde fluorescente, ele dançava feliz, sem sair do lugar. — Acertei você, exatamente como eu tinha de fazer.

Eve rugiu alguma coisa, cuspiu sangue e se obrigou a ficar de joelhos.

— Tenente! Dallas! Meu Jesus Cristinho! — Parecendo um furacão, Peabody abria caminho à força em meio à multidão. — Ela derrubou você?

— Não, foi esse pequeno... — Ela não conseguiu achar uma palavra boa. — Estou bem. Vai! Vai! Ela continua pela rua, correndo para o norte.

Lançando um olhar de preocupação para a tenente, Peabody saiu, voando baixo.

— Você! — Eve chamou o menino com o indicador curvado. — Venha aqui!

— Puxa, esse sangue é igual ao de verdade. Que sinistro!

O rosto dele pareceu se enevoar, tornou a se dividir em dois, e ela rosnou para ambos.

— Escute aqui, seu babaquinha. Você atacou uma policial no instante em que ela perseguia um suspeito.

Ele se agachou junto de Eve e cochichou.

— Ainda estamos sendo filmados?

— Você ouviu o que eu falei?

— Onde é que vocês arrumam dublês tão bons assim? Como é que vocês conseguem não se machucar quando caem?

— Eu *estou* machucada, seu idiotinha, seu... — Ela engoliu o resto das palavras e tentou trazer a visão de volta, pois ela continuava indo do cinza trêmulo para o preto sólido. O menino tinha no máximo dez anos e sua cara empolgada começava a demonstrar sinais de preocupação e confusão.

— Você se machucou no duro, no duro, ou só para parecer que sim na filmagem?

— Isto não é uma filmagem.

— Mas ela me disse que era um vídeo, e que quando você viesse correndo atrás dela eu devia acertá-la com a minha prancha. Ela me deu cinquenta dólares e prometeu mais cinquenta se eu fizesse um bom trabalho.

Dois policiais chegaram pelo meio da multidão, mandando que as pessoas se afastassem.

— A senhora precisa de cuidados médicos, tenente?

— Vocês a pegaram?

Eles olharam um para o outro, e depois para Eve.

— Desculpe, senhora, nós a perdemos de vista. Temos patrulheiros a pé e viaturas circulando pela área. Talvez ainda a peguemos.

— Não. — Eve colocou a cabeça entre os joelhos ao sentir a violenta náusea que girava em seu estômago. — Não vão pegar, não.

— Você é uma tira de verdade? — O menino puxou a ponta do casaco de Eve, com cautela agora. — Estou encrencado? Cara, minha mãe vai me esfolar vivo.

— Peguem uma declaração desse menino e depois liberem-no. — A rua pareceu um mar que ia, vinha e tornava a ondular, mas ela conseguiu se colocar em pé.

— Senhora. — Com o rosto vermelho, suada e resfolegando como um cão, Peabody voltou, mancando. — Desculpe. Não vi nem sinal dela. Montamos uma rede de patrulheiros circulando pela área, mas...

— Sei... ela se desfez no ar.

— É melhor a senhora se sentar. — Peabody agarrou Eve pelo braço quando ela meneou o corpo para frente e para trás. — Vou chamar os paramédicos.

— Não quero porra de paramédico nenhum!

— Mas a senhora está muito ferida.

— Já disse que não quero esses caras perto de mim. Cai fora! — Ela começou a se desvencilhar e reparou que o rosto preocupado de Peabody se multiplicou por três. — Ai, merda! — Ainda conseguiu falar, e sentiu os olhos girarem para trás um segundo antes de desmaiar.

Capítulo Quinze

O que Eve percebeu logo em seguida é que estava deitada de costas na calçada com dois paramédicos debruçados sobre ela.

— Já disse que não!

Um deles passou um sensor pelo rosto dela.

— Não quebrou o maxilar nem o queixo. Pura sorte. Parece que foi atingida no rosto por um punho feito de tijolo.

— Afastem-se de mim!

Ambos a ignoraram, o que a incomodou muito. Ao tentar se sentar, foi impedida com facilidade.

— Ombro deslocado... As costelas foram golpeadas, mas não há fraturas. Tremenda sorte. Recebeu uma pancada fortíssima na parte de trás do crânio. Qual é o seu nome?

— Tenente Eve Dallas, e se colocar mais um dedo em mim eu mato você.

— Que bom, ela sabe quem é. Como está sua visão, tenente?

— Estou vendo você muito bem, babaca.

— Que bom! A tenente mantém o charme juvenil e alegre de sempre. Acompanhe a luz da lanterna. Só com os olhos, sem mover a cabeça.

— Dallas. — Peabody se agachou ao lado. — Você está muito ferida. Tem de deixar que eles examinem você.

— Você mandou chamá-los mesmo eu tendo dito que não. Sabia que eu posso rebaixar você a cocô do cavalo do bandido só por causa disso?

— Aposto que você não faria tal coisa se pudesse ver o estado em que está.

— Vá apostando...

— A luz, tenente! — O paramédico segurou-a pelo queixo para manter sua cabeça firme. — Siga a luz.

Primeiro ela xingou, mas acompanhou a luz.

— Pronto, agora me deixe levantar daqui — pediu ela.

— Se eu deixá-la levantar daí, a senhora vai tornar a cair. Sofreu uma concussão na cabeça, está com o ombro deslocado, suas costelas sofreram sérios golpes, há um corte fundo em seu quadril, uma série de contusões e arranhões, sem falar no rosto, que parece ter batido de frente com um maxiônibus. Vamos levá-la para o hospital.

— Nem pensar!

Peabody ergueu a cabeça e soltou um suspiro de alívio.

— Pode se preparar — comentou, saindo de lado quando Roarke se ajoelhou ao lado dela.

— Que diabo é isso? — A irritação cedeu lugar ao pânico. — Peabody, você está ferrada comigo!

— Calada! — ordenou Roarke, com uma confiança tão natural que os dois paramédicos o olharam com reverência, como se ele fosse uma divindade. — Qual é o estado dela? — quis saber ele.

A descrição dos ferimentos e contusões foi muito mais coerente e profissional, encerrada com a recomendação de que a vítima fosse transportada para o hospital mais próximo, a fim de receber tratamento e se submeter a novas avaliações.

— Eu não vou!

— Vai, sim. — Ele passou os dedos de leve sobre o rosto arrasado de Eve e uma raiva doentia o tomou por dentro. — Ela precisa de algo contra a dor.

— Roarke...

— Acha que eu não estou vendo o seu estado? — ralhou ele, mas logo se controlou e mudou de tática. — Seja uma tira corajosa, deixe os paramédicos bonzinhos fazerem o que é necessário, e se você se comportar direitinho, eu lhe trago um sorvete.

— Vou chutar sua bunda por causa desse mico.

— Mal posso esperar para ver você forte o bastante para tentar.

Ela se remexeu ao ver o brilho de uma seringa de pressão.

— Não quero essa merda. Ela me deixa abobada. Levei um tombo, apenas isso. Onde está aquele garoto? Vou sapatear em cima do narizinho sardento dele.

Eve viu Roarke se inclinar mais e o rosto dele encheu seu campo de visão.

— Você deixou um menininho derrubá-la? — Na mesma hora, viu que a pergunta e o tom jocoso com que fora feita funcionaram. Ela parou de se debater e olhou fixamente para ele.

— Escute aqui, garotão... Droga, droga! — Ela corcoveou uma vez ao sentir a leve pressão da seringa.

— Relaxe e curta, querida — sugeriu ele, sentindo a pressão diminuir na mão que o segurava com força. — Isso, boa menina.

— Você se acha muito esperto, né? — Seu corpo e a mente começaram a flutuar. — Mesmo assim, é bonito. Tão bonito! Me dê um beijo. Adoro a sua boca. Gosto de mordê-la.

Em vez de beijar-lhe a boca, ele beijou-lhe a mão, que se tornou mole e sem força.

— Ela não vai lhes dar mais trabalho.

— Aposto que voei uns três metros. Uêêê-ba... — Virou a cabeça para o lado assim que foi colocada sobre a maca. — Oi, Peabody! Você tá sem farda. Sem sapatos também.

— Eu me livrei deles para poder correr melhor. Você vai ficar bem, Dallas.

— Superbem! Mas não vou para nenhum hospital vagabundo. Nada disso! Vou para casa. Onde está Roarke? Nós vamos para casa agora, não vamos?

— Daqui a pouco.

— Tudo bem — disse ela, com ar resoluto, e apagou antes mesmo de a colocarem na ambulância.

— Ela vai ficar revoltadíssima quando sair lá de dentro — avisou Peabody enquanto andava de um lado para outro na sala da emergência.

— E como! — concordou Roarke, tamborilando de leve na caneca de café que tinha na mão e que ele ainda nem provara. — Você fez a coisa certa, Peabody, chamando os paramédicos e ligando para mim.

— Será que você se incomodaria de mencionar isso quando ela pular na minha garganta? Nem sei como ela conseguiu se levantar para perseguir a fugitiva, para começo de conversa. Aquele cara era do tamanho de um gorila e derrubou Dallas com muita violência. Provavelmente ela deslocou a clavícula quando deu uma "ombrada" no saco dele, e segundos depois já o tinha derrubado e algemado ao carro. Eu devia ter sido mais rápida.

— Pois eu diria que você foi bem rápida. Como estão seus pés?

Ela flexionou os dedinhos. Tinha tirado a meia-calça arruinada no toalete feminino.

— Estão bem. Não têm nada que uma bacia de água quente e uma boa massagem não consertem. A grande perda foram os sapatos. Eles eram novinhos e absolutamente superfashion. Mesmo sem eles, não consegui acompanhar Dallas. Ela parece um relâmpago.

— Tem pernas compridas — explicou Roarke, e pensou no sangue que vira ensopando as calças de sua mulher quando ela estava estirada na calçada.

— E como! Ela teria conseguido alcançar a suspeita se não fosse o menino com a prancha de skate aéreo. Não dá para ganhar de Dallas. Ela é... — Peabody parou de falar e ficou agitada quando a médica da emergência saiu pela porta que dava para as salas da enfermaria.

— O senhor é o marido? — perguntou a profissional, acenando com a cabeça para Roarke.

— Sou. Como ela está?

— Não para de xingar. Está elocubrando coisas terríveis para fazer com o senhor. E se por acaso a senhorita se chama Peabody, também está nos planos dela.

— Que bom! — Peabody respirou aliviada. — Isso quer dizer que ela está ótima!

— A tenente levou um golpe forte no rosto. Houve uma concussão, mas não passou disso. Tratamos do ombro dela, mas a paciente deve evitar levantar peso ou exercer atividades por dois ou três dias, no mínimo. O quadril vai doer um pouco e as costelas também, mas alguns analgésicos vão diminuir o desconforto. Cuidamos dos cortes, colocamos compressas nas contusões; a pior delas foi a da face. Gostaria de mantê-la internada esta noite, para observação. Na verdade, o ideal seria mantê-la aqui por quarenta e oito horas.

— Posso imaginar a reação dela à sua ideia.

— Pois é. O fato é que não devemos levar na brincadeira um golpe tão forte na cabeça. Seus outros ferimentos já seriam sérios o bastante para mantê-la aqui, pelo menos até amanhã. Ela precisa ser observada e monitorada.

— E será, doutora, mas em casa. Ela tem fobia de hospitais. Eu lhe asseguro que ela se recuperará mais depressa e melhor de todas as lesões, em casa. Há uma médica que é muito amiga nossa e podemos convocá-la para obrigar minha mulher a pegar leve e aceitar o tratamento. O nome dela é Louise Dimatto.

— O anjo da clínica na Canal Street? — A médica anuiu com a cabeça. — Vou dar alta à tenente, então, mas deixarei prescrições específicas que deverão ser observadas e seguidas. Gostaria também de acompanhar o caso por meio da dra. Dimatto.

— Combinado, doutora. Obrigado.

— A paciente está na Sala de Tratamento 3 — acrescentou, enquanto se afastava.

Quando ele entrou lá, alguns minutos depois, Eve tentava calçar as botas, sem conseguir.

— Na hora em que eu conseguir enfiar essas botas nos pés, vou usá-las para chutar seu saco até fazê-lo encostar no queixo.

— Querida, isso não é hora de pensar em sexo. — Ele foi até a mesa de exames e ergueu o queixo dela com a ponta do dedo. Sua face direita era um pesadelo de contusões em cores variadas que, só de olhar, davam enjoo. O olho direito estava horrível e se transformara em um inchaço vermelho onde mal se distinguia uma fenda. A boca estava em carne viva.

— Tenente. — Ele tocou a testa dela com os lábios. — Parece que você levou uma tremenda surra.

— Você deixou que eles me drogassem.

— Deixei.

— E que me arrastassem para cá.

— Culpado, Meritíssima. — Os dedos dele deslizaram até a parte de trás da cabeça e mediram o galo, suavemente. — Sua cabeça é dura, mas até ela tem seus limites. Por falar em cabeça, devo citar que quase perdi a minha quando vi você caída lá, cheia de contusões e ferimentos.

— Peabody vai ser escalpelada por ter ligado para você.

— Não vai, não. — Só nessas três palavras a voz dele já demonstrou firmeza e tom de comando. — Ela está lá fora, andando de um lado para outro, descalça, machucando os pés feridos e morrendo de preocupação por você. Portanto, pegue leve com ela.

— Qual é, vai me ensinar a trabalhar agora?

— Não, vou ensinar o seu coração a funcionar. Ela acha que, se tivesse sido mais ágil, você não estaria aqui.

— Nada a ver! Eu saí na dianteira e ela correu atrás, mesmo com aqueles sapatos idiotas.

— Exato. Por acaso você sabe que número ela calça?

— Como assim?!

— Deixa pra lá, eu cuido disso. Pronta para ir embora?

Ela desceu da mesa devagar, e não recusou a mão que ele estendeu para ajudá-la.

— Cadê meu sorvete?

— Você não se comportou bem; não vai ganhar presente.

— Isso é maldade!

Eve sentiu-se furiosa ao saber que Roarke tinha chamado Louise, mas quando comparou isso à possibilidade de Roarke convocar Summerset como paramédico particular dela, a pílula amarga ficou mais fácil de engolir.

Ainda mais quando Louise entrou no quarto trazendo uma tigela imensa de sorvete de chocolate com pedaços de chocolate crocante.

— Me dê logo isso! — pediu ela.

— Só depois que me der sua palavra de honra de que não vai me causar problemas durante os exames.

— Já fui examinada.

Sem replicar, Louise saboreou, lentamente, uma colherada do sorvete que trouxera.

— Tá legal, tá legal! Puxa vida! Passe logo esse sorvete e ninguém se machuca.

Louise entregou a tigela e, na mesma hora, se sentou na beira da cama e colocou a maleta de médica no colo. Apertou os lábios ao analisar o rosto de Eve.

— Ai! — exclamou a médica.

— Essa é sua opinião profissional, doutora?

— A primeira. Pelo estado em que seu rosto ficou, diria que você teve muita sorte de não ter esmagado a maçã do rosto.

— Eu sabia que hoje era meu dia de sorte. Não está doendo tanto agora — acrescentou, com a boca cheia de chocolate. —

Aquelas compressas doem pra caramba, mas funcionam. Roarke está me enchendo o saco com essa história, e eu estou em minoria aqui. Portanto, se você puder me dispensar logo para eu voltar a trabalhar...

— Claro, claro... — Louise fez um gesto de aquiescência.

Meio desconfiada, mas disposta a colaborar, Eve colocou os pés para fora da cama e conseguiu se colocar em pé sozinha. Durante três segundos, porém, sua cabeça pareceu explodir e o mundo girou à sua volta. Louise pegou a tigela de sorvete na mesma hora, e Eve despencou de volta na cama.

— Grande médica você, hein?

— Sou mesmo. Muito eficiente. Isso foi ótimo, porque nos poupou uma discussão.

Deitada de bruços, Eve apertou os lábios doloridos e sentenciou:

— Acho que não gosto mais de você.

— Puxa, não sei o que vou fazer da minha vida agora. Você vai ficar de molho até eu dar ordem em contrário. — A médica pegou um *tablet* na bolsa e baixou uma cópia do prontuário de Eve. — Sabe por quanto tempo ficou inconsciente?

— Como é que eu vou saber? Estava desmaiada!

— Bom argumento. Vou fazer alguns exames e lhe aplicar uma nova rodada de compressas. Posso lhe passar também alguma coisa para o desconforto.

— Não quero tomar nenhuma droga. O negócio estará desfeito se você pegar uma seringa.

— Tudo bem. Eu prefiro não dar nada para a concussão. Vamos usar bloqueadores externos de dor para tirar essa dor de cabeça colossal que você deve estar sentindo.

Ela voltou à sua maleta e gritou "Entre!", ao ouvir alguém bater na porta.

— Desculpem! — Sam deu um passo apenas para dentro do quarto. — Roarke me pediu para dar uma subidinha e perguntar se posso ser útil.

— Você é médico? — perguntou Louise.

— Não, não sou médico. Sou Sam, pai de Delia.

— Estamos numa boa aqui — respondeu Eve, cautelosa, colocando a tigela de sorvete de lado. — Louise já está fazendo tudo o que é preciso.

— Sim, claro. — Ele recuou, meio sem graça.

— Você trabalha com cura, então? — quis saber Louise, analisando-o com interesse.

— Sou um sensitivo. — Seu olhar foi atraído para Eve mais uma vez, e uma expressão de dor surgiu em seu rosto.

— Do tipo empático?

— Um pouco. — Ele desviou os olhos suaves, pousou-os em Louise e sorriu. — Os médicos não dão crédito algum a sensitivos, empáticos ou não.

— Gosto de manter minha mente, opções e crenças em aberto. Meu nome é Louise Dimatto. — Ela se levantou, desceu da plataforma onde ficava a cama e estendeu-lhe a mão. — É um prazer conhecê-lo, Sam.

— Por que vocês não descem e vão tomar um drinque — sugeriu Eve, com a voz seca —, para se conhecerem melhor?

— Infelizmente — Louise olhou para Eve por cima do ombro —, não posso sugerir que a grosseria dela seja resultado dos ferimentos. Ela já nasceu assim, pobrezinha. Obviamente trata-se de um problema genético além do alcance da ciência médica.

— Se uma pessoa não puder ser grossa nem no próprio quarto de dormir, onde mais? — Eve pegou a tigela de volta e fechou a cara.

— Será que eu posso trocar uma palavrinha com ela, em particular? — pediu Sam.

— Claro. Vou ficar no corredor, esperando.

Quando ficaram a sós, Sam foi até a cama.

— Você está com muita dor.

— Já passei por coisas piores.

— Sim, certamente que sim. — Ele se sentou na beira da cama. — Você não quer bloqueadores químicos para a dor, e apesar de saber que a dra. Dimatto pode aliviar um pouco do seu desconforto externo, eu consigo mais. Pode deixar que aquilo não vai acontecer novamente, Eve — avisou ele, antes de ela ter chance de protestar. — Agora estou preparado. Sei que você não tem certeza quanto a confiar nisso, mas eu lhe asseguro que sim. Eu nunca minto, e não iria oferecer ajuda se não tivesse certeza de garantir sua privacidade.

Ela remexeu no sorvete com a colher. Aquilo era verdade. Ele não mentia.

— O que você pode fazer vai me ajudar a sair da cama mais depressa?

— Tenho certeza que sim, ainda mais combinado com os medicamentos.

— Então vamos nessa, vamos resolver logo o assunto. Tenho muito trabalho pela frente.

Era humilhante que nem o curador nem a médica tivessem se dado ao trabalho de mencionar que ela teria de ficar nua em pelo para se submeter aos exames e tratamentos. Ambos discutiam a sua anatomia como se ela fosse um androide para estudos científicos em um laboratório. Como defesa, acabou fechando os olhos. Deu uma sacudidela, em reflexo, ao primeiro toque que sentiu na pele, e depois com o frio que se espalhou, seguido pelo calor ao longo do osso da bacia, que batera duas vezes, com violência, na calçada.

A palma de outra mão foi pressionada contra sua face machucada e Eve cerrou os dentes. Mas a fisgada passou e ela se sentiu boiando. Não do jeito que os analgésicos potentes a faziam sentir, ou como se estivesse em um carrossel louco. Aquilo era mais como flutuar sobre uma nuvem.

Ela conseguia ouvi-los conversando, mas suas vozes pareciam distantes e incorpóreas.

— Ela apagou — disse Louise, baixinho. — Você é muito bom.

— O quadril é que está lhe provocando mais dores. A maioria das pessoas estaria aos berros com uma dor dessas.

— Ela não é como a maioria das pessoas, não é verdade? Se você trabalhar nos ossos da pelve, eu cuido dos ferimentos da cabeça. Acho que dá para diminuir esse inchaço mais um pouco.

— Estou atrapalhando?

Roarke. O som da sua voz fez Eve tentar voltar à superfície.

— Fique quietinha, querida. Shhh... — disse ele. — Estou bem aqui.

Como ela sabia disso, deixou-se relaxar outra vez.

Quando acordou novamente, estava escuro. Houve um momento terrível em que ela pensou que havia ficado cega. Quando tentou se sentar, percebeu uma sombra e sabia que era ele.

— Que horas são? — perguntou.

— Tarde da noite. — Ele se sentou na beira da cama. — Você deve descansar. Ligar luzes a dez por cento! — ordenou ele.

O brilho suave lhe proporcionou uma onda de alívio tão grande que ela não reclamou nem quando ele chegou mais perto para examinar suas pupilas.

— Que dia é hoje? — ele perguntou a ela.

— Depende. Já passa da meia-noite?

— Espertinha.

— Sei onde estou e sei também que dia é. E sei mais: vamos comemorar um aniversário daqui a alguns dias. E tem mais uma coisa, Carlo... nunca amei você tanto!

— Sinto exatamente a mesma coisa por você, Miranda. — Ele levou os lábios dele à testa dela, um modo disfarçado de verificar se ela estava com febre. — Se você estiver se sentindo melhor, posso chamar as crianças. Carlo Júnior, Robbie, Anna e a pequena Alice estão ansiosos para rever a mamãe.

— Tentando deixar uma inválida apavorada, né, seu canalha cruel?

— Volte a dormir. — Ele colocou a mão no rosto dela e acariciou sua face.

— Já que sou obrigada! Mas não quero dormir com você me rondando e espreitando no escuro.

— Vejo que você sabe que eu estava velando, de forma valente, minha amada arrebentada. — Ele deslizou para a cama, ao lado dela, e colocou sua cabeça machucada sobre o próprio ombro. — Está doendo?

— Um pouquinho só. Ei! Lembra que eu fui atingida no rosto pouco antes do nosso casamento?* Está virando uma tradição.

— Uma tradição que tem a nossa cara. Agora se acalme e volte a dormir.

Ela fechou os olhos.

— Roarke?

— Humm?

— Eu quase consegui pegá-la.

Quando ela tornou a acordar, o quarto estava na penumbra. Eve passou os primeiros vinte segundos achando que dessa vez *estava* cega, mesmo, e só então percebeu que ele baixara as telas de privacidade e todas as fontes de luz, inclusive a da claraboia que ficava sobre a cama.

Tudo bem. Ela reconheceu que sua mente ainda não estava tão aguçada. Permaneceu imóvel e fez um inventário mental das dores e fisgadas. Nada mal, foi seu veredicto. Quando tentou se sentar na cama, com muito cuidado, ficou feliz ao perceber que nada latejou nem lhe causou tonteiras.

Foi arrastando o corpo de lado, devagarzinho, até a beira da cama, e colocou os pés no chão. Depois de respirar fundo, se levantou. O quarto pareceu balançar um pouco, mas se estabilizou

---

* Ver *Eternidade Mortal.* (N. T.)

depressa. Parecia que sua cabeça estava presa em um torno, mas pelo menos ninguém apertara os parafusos.

Como ainda estava nua, franziu o cenho ao sentir o inchaço nas costelas, que pareciam estar quase do tamanho de uma bola de futebol, sem falar na área do quadril, toda esfolada. O roxo do inchaço em ambas as áreas se modificara ligeiramente e assumira um tom cinza-amarelado; isso era um bom sinal. Estou a caminho da cura, decidiu, e testou o ombro.

Meio duro, mas sem dor. Ela virou a cabeça para examinar a gigantesca equimose na região.

Roarke saiu do elevador nesse momento.

— Você não pode se levantar sem receber autorização para isso.

— Quem é que disse?

— O bom-senso, embora você nunca dê ouvidos a ele.

— Quero tomar uma ducha.

— Assim que Louise examinar você. Ela vai chegar a qualquer momento, está tomando o café da manhã.

— Tenho uma reunião às oito em ponto.

— Ela foi remarcada para as nove. — Ele pegou um roupão para ela no closet. — Se não houver mais adiamentos.

Ela pegou o roupão e o teria enfiado sobre o corpo com raiva se o ombro tivesse cooperado. Em vez disso, vestiu-o devagar. Mas quando se levantou e começou a andar, Roarke a impediu.

— O que você vai fazer?

— Xixi — reagiu ela. — Isso está liberado?

— É até recomendado. — Achando aquilo divertido, ele foi com toda a calma até o AutoChef, enquanto ela marchava para o banheiro da suíte. Ele contou o tempo mentalmente, apostando consigo mesmo que ela levaria oito segundos para se espantar.

— Puta merda!

— Levou sete — murmurou. Foi mais rápida do que ele esperava. — Você devia ter visto sua cara há algumas horas, querida. —

Ele se colocou atrás dela e ficou ali, em pé, enquanto ela analisava o próprio reflexo.

A mesma combinação exuberante de cinza e amarelo — com um toque de verde-claro — que encontrara nas costelas e no quadril florescia por todo o lado direito do seu rosto. Era um padrão matizado, mais marcante ao longo do maxilar e em volta do olho, onde a pele esticara e desinflara como um balão esvaziado. Seus cabelos mantinham-se espetados e apontando para todas as direções, emaranhados em sangue e suor, pelo que lhe pareceu.

O lábio inferior parecia mais sensível e, quando ela enfiou um dedo nele, percebeu que estava mesmo.

— Puxa, ele me arrebentou de verdade.

— Devia ter um punho de aço.

— Era um cara imenso — lembrou ela, virando o rosto meio de lado para se ver a meio-perfil. A imagem não melhorou nem um pouco. — *Odeio* tomar um soco na cara. As pessoas olham para você e soltam piadinhas imbecis ou comentários idiotas, do tipo: "Uia, cê bateu de frente com uma parede?", ou então: "Nossa! Tá doendo?"

Ele teve de rir.

— Só mesmo você para ficar mais revoltada com os comentários do que com o soco.

— Ele era um imbecil sem noção. Não sabia o que estava fazendo. A vadia me armou uma armadilha, não teve colhões para me enfrentar cara a cara.

— Como você já esperava.

Os olhos dela se encontraram com os dele no reflexo.

— Quando eu a agarrar, ela vai pagar caro por isto. — Ela dedilhou de leve o maxilar. — Ela não vai parecer tão linda quando eu a jogar dentro da cela.

— Vai ter briga de mulher? Posso assistir?

— Tarado. — Ela foi para baixo da ducha e ordenou que os jatos caíssem em temperatura máxima.

Preocupado de que talvez ela tivesse tonteiras e caísse, e porque curtia vê-la, Roarke encostou o quadril na pia e observou a silhueta sinuosa de Eve por trás do vidro jateado.

Só virou a cabeça quando Louise entrou.

— Sua paciente já está circulando por aí, doutora.

— Estou vendo. — Colocando a bolsa sobre a bancada, Louise foi até o boxe. — Como você acordou?

Eve deu um grito e girou o corpo, com os cabelos pingando. Por instinto, cruzou os braços sobre os seios.

— Que susto! Pode entrar, fique à vontade.

— Deixe-me lembrá-la de que sou médica, já vi você nua e tenho equipamentos anatômicos iguais aos seus. Está com alguma dor?

— Não. Estou tentando tomar um banho em paz.

— Vá em frente. Está com a cabeça zonza?

— Não! — rosnou Eve, enfiando a cabeça debaixo da água que descia em jatos.

— Se tiver alguma tonteira, sente-se no chão. Sente-se onde quer que esteja. É melhor do que cair. Como estão os movimentos do ombro?

Eve respondeu erguendo os braços e passando xampu nos cabelos.

— E o quadril?

Eve empinou a bunda e fez Louise gargalhar.

— Que bom você estar tão alegrinha.

— Não estou alegrinha. Mostrei o traseiro para você como forma de insulto.

— Mas você tem uma bundinha tão linda.

— Como eu sempre afirmei — concordou Roarke.

— Caraca, você ainda está aí? Vá embora! Todo mundo, vão embora, os dois. — Ela colocou os cabelos para trás, se virou e soltou um guincho de irritação quando Peabody entrou perguntando:

— E aí? Como você está se sentindo?

— Nua. Estou me sentindo nua e com gente demais em volta.

— O rosto até que não está tão mal. — Peabody olhou para trás. — Ela está aqui, McNab, e parece muito melhor.

— Se ele entrar aqui dentro, alguém morre! — ameaçou Eve.

— Banheiros são locais realmente perigosos — confirmou Roarke. — Por que não me deixa levar Peabody, McNab... e Feeney — acrescentou, ao ouvir a voz do capitão da DDE — até o seu escritório. Louise ficará mais um pouco em sua companhia, para verificar se você está em condições de voltar ao trabalho.

— Estou em condições de dar porrada se mais alguém colocar os olhos nos meus peitos hoje de manhã.

Ela se virou e tentou se cobrir de água e vapor.

— Você teve muita sorte — garantiu Louise depois, fechando a maleta. — Você podia ter sofrido uma fratura de crânio, em vez de apenas uma luxação. Mesmo assim, é um milagre você estar em pé no dia seguinte. Sam tem um dom poderoso. Foi de grande ajuda.

— Sim, devo muito a ele. — Eve abotoou a blusa. — Devo a vocês dois.

— Então aqui está minha conta... Na noite de sábado vai acontecer um evento para arrecadação de fundos. Precisamos comprar três ambulâncias para a clínica. Enviei um convite e já recebi confirmação da presença de vocês. Provavelmente foi Roarke quem respondeu. Sei que você sempre arruma um jeitinho de escapar de eventos desse tipo. Dessa vez, quero que você compareça.

Eve não disse nada. Teria de pagar o favor a Louise em outra oportunidade e de outro jeito. Roarke não iria aparecer em público até que Julianna Dunne estivesse trancafiada.

Louise olhou para o relógio de pulso.

— Preciso ir. Combinei de pegar Charles no aeroporto. Ele está voltando de Chicago agora de manhã.

— Tudo bem. — Hesitante, Eve pegou o seu coldre. — Louise, você realmente não se incomoda com o que ele faz?

— Não, não me incomodo. Acho que estou me apaixonando por ele, e isso é lindo. — Seu rosto pareceu irradiar felicidade. — Sabe aquilo que acontece quando um casal está sozinho e a gente sente aquele formigamento por dentro?

— Sim, sei, acho que sei.

— O resto são só detalhes. Quanto a você, Dallas, não abuse. Quando se sentir cansada, sente-se; se ficar trêmula, deite-se; não se meta a heroína. Tome um comprimido em caso de dor ou desconforto. — Ela virou a cabeça meio de lado ao chegar à porta. — Um pouco de maquiagem vai ajudar a disfarçar essas marcas roxas.

— Disfarçar para quê?

Rindo, Louise seguiu para a porta da casa, e Eve foi para o elevador.

Capítulo Dezesseis

Eve sentiu cheiro de café, pães e bolos recém-preparados no instante em que as portas do elevador se abriram dentro do seu escritório. Tudo isso estava sendo consumido com visível entusiasmo por sua equipe. Roarke parecia satisfeito apenas com o café.

— Você tem uma teleconferência às nove — lembrou-lhe Eve.

— Minha assistente vai cuidar disso. — Ele entregou uma caneca de café a Eve. — A atualização da minha agenda de hoje já está na sua mesa. Coma um brioche. — Ele escolheu um na bandeja, recheado com geleia de mirtilo que escorria pelos lados.

— Não importa qual a sua agenda, você deve segui-la. Estou seguindo a minha.

— Uma agenda na qual eu tenho um interesse que me é garantido por lei. Force a barra com relação a isso — acrescentou ele, falando mais baixo —, e eu forço do lado de cá também. Duvido que você esteja recuperada a ponto de representar um desafio.

— Não tenha tanta certeza. Quanto à sua agenda, se você quiser perder seu tempo assistindo a esta reunião, por mim, tudo bem

— Uma sorte para nós dois. — Ele saiu e foi se servir de café.

Para se impedir de ameaçar algo desagradável que não poderia cumprir, Eve enfiou o brioche na boca e se sentou na ponta da mesa.

— Preciso das informações conseguidas sobre o cara que me agrediu ontem e sobre o menino do skate aéreo.

— Tá na mão! — Feeney acabou de engolir um biscoito dinamarquês e pegou o computador de mão para ajudá-lo. — O sujeito se chama Emmett Farmer e tem licença para mendigar. Circula pelos quarteirões próximos à Central, nos cruzamentos, e usa a garrafinha de esguichar água nos para-brisas para conseguir uns trocados. Muitos policiais o conhecem e dizem que ele é muito estourado, mas inofensivo.

Ele ergueu os olhos e apertou os lábios ao observar o olho inchado de Eve.

— Diante das circunstâncias, Dallas, acho que você não concorda com a parte de ele ser inofensivo. No depoimento, ele contou que a loura lhe deu cinco dólares e o mandou esperar pelo seu carro para limpar o vidro. Garantiu que você lhe daria mais cinco dólares. Ela explicou que ele deveria fazer você sair do carro, senão ele não receberia a grana. Farmer costuma ser muito insistente quanto a receber o dinheiro.

— Isso quer dizer que ela o contratou especificamente para sujar meu para-brisa e me impedir de persegui-la de carro? Depois, me colocou diante do Rochedo de Gibraltar só para ganhar uma boa dianteira?

Feeney concordou e completou:

— Se você fosse agredida, como foi, ela ainda sairia no lucro. A explicação que o menino do skate, Michael Yardley, deu no local do incidente, foi mantida. Sua idade e o fato de ele nunca ter se metido em encrencas ajudam a confirmar sua versão. Julianna se apresentou a ele como produtora de vídeos, armou a cena e o garoto engoliu a história. Ele está se cagando de medo de ir para a cadeia por ter derrubado você.

— Havia um monte de possíveis furos no plano. — Eve franziu o cenho ao beber o café. — Se um dos eventos acontecesse alguns segundos antes ou depois, se um dos dois patetas que ela contratou não fizesse a coisa certa ou não tivesse conseguido me imobilizar, era ela quem teria caído de cara no cimento.

Puxa, pensou, massageando o ombro dolorido, *que momento glorioso teria sido.*

— Mesmo assim, ela assumiu os riscos — continuou Eve. — Isso me diz que a entrevista com Nadine a atingiu em cheio.

— Ela queria ferir você. — Peabody ainda trazia na mente o punho gigantesco de Farmer vindo pelo ar e atingindo Eve com tanta força que ela voou.

— Sim, mas ela queria mais: queria me atingir psicologicamente, abalar minha confiança. A coisa é pessoal.

Com ar distraído, Eve pegou a pequena estátua de alabastro que Phoebe lhe dera e a girou na mão.

— Tudo é pessoal com Julianna — continuou. — Ela armou para cima de mim, e armou tudo em pouco tempo. Como é que ela sabia a hora exata em que eu ia sair da Central? Não podia se dar ao luxo de manter o mendigo e o menino circulando por ali, à minha espera. Se eles ficassem de saco cheio de esperar, ela perderia a chance. Também não podia se arriscar a ficar de bobeira na frente da Central, pois algum tira poderia reconhecê-la.

— Não é tão difícil descobrir nossa escala e nossos turnos — argumentou McNab.

— Eu sei, mas muitas vezes nós entramos e saímos fora do horário fixo. Ontem, por exemplo, eu saí depois da troca de turno. Isso quer dizer que ela estava me vigiando. Anda me vigiando para ver se consegue um padrão. Identificar padrões é uma das suas especialidades.

Eve colocou a estátua novamente no lugar.

— McNab, procure os prédios que ficam de frente para a minha sala na Central. Quero imagens deles.

— Você acha que ela estava de tocaia? — perguntou Peabody quando McNab pulou para seguir as ordens de Eve.

— Ela vigia suas vítimas e aprende tudo o que pode sobre elas. Suas rotinas, seus hábitos. Aonde vão, o que fazem, quem são. — Eve olhou para Roarke. O quanto será que Julianna conseguiria descobrir sobre Roarke?

Tanto quanto ele permitia que o público descobrisse, refletiu. *Mesmo assim, metade era ficção.*

— Ela consideraria uma vantagem manter minha sala sob vigilância. — Eve se virou para o telão quando a grade de ruas começou a aparecer.

— Como se fosse um jogo? — insistiu Peabody.

— Não, isso não é um jogo, pelo menos para ela. Da primeira vez, eram negócios. Agora, é guerra. O pior é que, até o momento, foi ela quem venceu as batalhas mais importantes. — Eve pegou uma caneta com laser e apontou a luzinha sobre a tela. — Esses três prédios oferecem a melhor visão da janela da minha sala. Preciso da lista dos inquilinos.

Ela percebeu a troca de olhares entre Feeney e Roarke, e olhou para o capitão de forma expressiva quando Roarke foi para seu escritório, ao lado.

— Ele vai conseguir mais depressa. — Feeney ergueu sua caneca de café, mas não a tempo de esconder o sorriso que surgiu em seus lábios.

Eve fingiu não reparar.

— Vamos procurar por uma sala alugada há pouco tempo. Contrato por um mês é o mais provável. Ela não iria passar muito tempo lá, mesmo. Deve ter instalado um equipamento de vigilância que envia dados para outro local de onde ela pode acessá-los e estudá-los em segurança. Mas certamente estava lá em carne e osso ontem à tarde, porque decidiu me atacar.

Eve se viu na véspera, parada diante da janela de sua sala, olhando para fora. Tentou se transportar mentalmente para lá, por trás da vidraça estreita, e avaliar os prédios e janelas do outro lado da rua.

— Voto neste aqui. — Ela girou o ponto luminoso, formando círculos em torno de um dos prédios. — Ou se não houver salas disponíveis em um desses andares... — Ela englobou cinco andares com o ponto luminoso. — Seria neste aqui. Esses são os melhores ângulos. Esperem um instantinho.

Ela foi até a sala de Roarke, onde ele estava sentado diante de um equipamento que zumbia com eficiência.

— Tenho um local prioritário — disse ela. — Quero que você liste os locatários de um prédio para rodarmos um programa de probabilidades.

Ela olhou para a tela e reparou que ali estava a mesma imagem da outra sala, e o prédio que ela havia marcado brilhava.

— Seu exibido!

— Sente aqui no meu colo e repita isso. Imagino que esteja procurando por contratos de curta duração, e vou direcionar a busca para começar pelos mais recentes. Como estou indo?

— Seu objetivo é tornar permanente aquele acordo para a polícia usar você como consultor civil especializado?

— Não seria divertido? — Ele deu uma batidinha no próprio joelho, mas ela o ignorou. — Que pena, nada de benefícios extras. Suas probabilidades estão surgindo na tela, tenente. Escolhi essas com base nos melhores ângulos de visão. Vai ser fácil pegar os dados dela nos seus arquivos e misturar tudo para concentrar a busca ainda mais.

— Espere um instante... — Ela leu rapidamente os nomes que ele colocara na tela. — Bingo! Representações Daily. Justine Daily é a proprietária. Eis a nossa garota!

Ela queria entrar em ação de forma rápida e dura, mas precisou se conter.

— Primeiro, nós temos de ter certeza. Jogue esses dados para o meu computador, sim? Vamos manter essa investigação em nível razoavelmente oficial.

— Claro. Tenente? Quero ir até lá com você para fazer essa batida. Espere! — ele disse, assim que ela abriu a boca para protestar. —

Mesmo que as chances de encontrá-la no local sejam mínimas, quero fazer parte da operação. Tenho contas a ajustar com ela.

— Você não pode tomar minhas dores toda vez que eu levo umas porradas no trabalho.

— Por quê? — O ritmo melodioso desaparecera da voz dele, que se tornou gélida. — O plano dela é atingir nós dois, então eu faço parte da história. Quero estar lá na hora em que você a agarrar. Seja lá quando for, seja lá onde for.

— Só não se esqueça de quem vai derrubá-la. — Eve voltou para a sua sala. — Feeney, encontramos uma inquilina chamada Justine Daily no prédio em frente. Os dados já estão no meu computador. Faça uma busca sobre ela e a empresa Representações Daily.

— Ela gosta de se manter fiel às suas iniciais. — Ele se levantou e pegou o lugar de McNab na cadeira de Eve. — São esses pequenos detalhes que estragam a vida dos bandidos.

— E eu vou ser o grande detalhe que vai estragar a vida dela. — Eve foi até o *tele-link* e solicitou um mandado de busca e apreensão, além da força-tarefa necessária para executá-lo.

Em menos de uma hora, Eve já estava no corredor da sala alugada em nome das Representações Daily. As escadas foram bloqueadas, os elevadores, desligados, e todas as saídas do prédio, vigiadas.

No fundo, porém, Eve sabia que não encontrariam Julianna Dunne.

Mesmo assim, pagou para ver e foi até o fim, posicionando sua equipe com sinais manuais. Pegou sua arma, posicionou a chave mestra para abrir as fechaduras.

E recuou um passo.

— Esperem. Ela deve ter pensado nisso. Deve estar contando com isso. — Eve olhou para a porta barata, a fechadura simples, e se agachou para avaliar melhor. — Preciso dos micro-óculos, para ver se há alguma bomba aqui.

— Você acha que ela instalou uma armadilha explosiva na porta? — Feeney apertou os lábios e se agachou junto de Eve. — Ela nunca usou explosivos antes.

— Dá para aprender muita coisa sobre bombas caseiras na prisão.

— Isso é verdade — concordou Feeney.

— Vê algo suspeito?

— As trancas são antigas — disse Feeney. — E muito vagabundas. Pelo jeito do painel eletrônico, temos apenas dispositivos-padrão de segurança. Quer que eu convoque o esquadrão antibomba?

— Talvez. Estou tentando pensar adiante dela, e não quero pedaços da minha equipe espalhados pelo corredor. — Ela olhou para cima. Roarke já se colocava ao seu lado.

— Por que não me deixa dar uma olhada? — Ele já estava em ação, agachado e passando os dedos ágeis ao longo do painel e do portal. Pegou o *tablet* no bolso, digitou um código de busca, criou uma interface com o painel da porta e o ligou ao aparelho, utilizando um cabo mais fino do que um fio de cabelo.

— Isso está preparado para explodir — confirmou.

— Para trás! Todos para trás! — Eve fez gestos enérgicos para sua equipe, ao mesmo tempo que pegava o comunicador. — Evacuar todos os civis deste andar, e também os do andar de cima e do andar de baixo!

— Isso não é necessário, tenente. Basta você me dar um minutinho aqui. — Roarke já abrira o painel quando ela olhou de volta.

— Caia fora daí! — gritou Eve, dando dois passos para trás e, então, parando. Ela já vira Roarke desarmar dispositivos muito mais destrutivos do que uma bomba ligada a uma porta.

— Pronto — disse Roarke para Feeney, com a maior calma do mundo, enquanto trabalhava com microscópicas ferramentas prateadas. — Está vendo isso aqui?

— Agora estou — disse Feeney. — Essa não é a minha especialidade, mas já vi algumas bombas caseiras.

— Uma bomba amadorística, mas eficiente. Ela teria feito melhor se tivesse gasto mais tempo, acrescentando alguns disparadores secundários ou instalado, pelo menos, um gatilho falso. A bomba estava preparada para explodir quando a porta abrisse. Muito elementar. A assassina devia ter uma senha para desativá-la, é claro, para não arruinar o trabalho da manicure explodindo seus dedinhos.

As mãos dele estavam absolutamente firmes. Ele parou uma única vez, para afastar os cabelos que lhe haviam caído sobre o rosto. Quando isso aconteceu, Eve percebeu sua concentração fria e determinada.

— O dispositivo não é muito poderoso, não. Pouparia qualquer pessoa que estivesse a mais de dois metros de distância. Pronto, vai dar tudo certo. — Ele guardou as ferramentas e se colocou em pé.

Eve não perguntou se ele tinha certeza de que tudo iria dar certo. Ele *sempre* tinha certeza. Simplesmente fez sinal à equipe para avisar que estava tudo bem, se deu ao luxo de deixar a chave mestra dentro do bolso e chutou a porta.

Varreu a sala de um lado a outro com a arma apontada e fez um gesto na direção de Feeney para que ele vistoriasse o banheiro anexo.

Havia apenas duas cadeiras velhas e uma mesa de metal com o tampo amassado. Além de um perfume no ar que era, ao mesmo tempo, feminino e caro. Julianna deixara para trás o centro de comunicações e um arranjo pequeno e exótico de flores recém-colhidas.

Eve caminhou até a janela, olhou para fora e viu a própria sala no prédio em frente.

— Ela deve ter usado equipamentos especiais. Não dá para ver muita coisa daqui a olho nu. E devia ser um equipamento de boa qualidade, pois ela não quis deixá-lo aqui. Comecem a fazer perguntas aos vizinhos! — ordenou, girando o corpo. — Falem com os outros inquilinos e vejam se alguém sabe ou viu alguma coisa. Liguem para o administrador do prédio e peçam-lhe que venha aqui. Quero todos os discos de segurança. Feeney, verifique os arquivos do *tele-link* e do centro de comunicações.

— Senhora. — Peabody pigarreou com força. — Isto estava entre as flores.

Ela entregou um pequeno envelope onde se lia EVE DALLAS. Dentro, havia um cartão escrito a mão e um disco de dados. No cartão havia as seguintes palavras:

Faço votos para que você se recupere depressa.
Julianna

— Vaca! — rosnou Eve, girando o disco na mão. — Feeney, dispense os homens. Não vamos encontrá-la aqui, mesmo. Peabody, chame os técnicos da perícia.

Ela virou o disco mais uma vez e o colocou para rodar no computador da mesa.

— Abrir arquivos! — ordenou.

O rosto de Julianna apareceu na tela. Agora ela era uma loura com olhos azuis, o mais perto que chegou do seu visual real desde que começara a mais recente série de assassinatos.

"Bom dia, tenente", disse ela, com um sotaque texano meio arrastado do qual Eve se lembrava bem. "Imagino que a saudação seja adequada à hora da manhã. Duvido muito que você tenha conseguido ir tão longe ontem à noite, mas deposito muita confiança nas suas habilidades, e tenho certeza de que você está rodando o disco antes do meio-dia. Espero que esteja se sentindo melhor. Como você está assistindo a esta gravação, é sinal de que conseguiu detectar e desarmar meu pequeno presente de boas-vindas, uma ideia que me ocorreu só no fim do plano."

Ela virou a cabeça meio de lado e continuou a sorrir, mas era o seu olhar que Eve observava. Olhos que pareciam gelo sobre um abismo vazio e profundo.

"Preciso lhe contar o quanto adorei me encontrar novamente com você. Pensei muito em você durante todo o período da minha... reabilitação. Nossa, me senti superorgulhosa quando soube que você foi promovida a tenente. E Feeney a capitão, é claro. Só que minha ligação com ele nunca foi tão forte quanto a que eu tinha com você. Havia algo de especial entre nós, não acha?"

Ela se inclinou de leve para frente e pareceu mais concentrada.

"Existe algo profundo e estranho entre nós, Dallas. Uma ligação verdadeira. Um reconhecimento mútuo. Acredita em reencarnação? Talvez tenhamos sido irmãs em outra vida. Ou amantes. Você alguma vez especula consigo mesma sobre essas coisas? Provavelmente não", afirmou, com um leve aceno da mão. "Você é uma mulher de mente prática. Isso é muito atraente, de certo modo. Será que seu novo marido considera essa parte de você atraente? Aliás, minhas felicitações pelo casamento. Já faz quase um ano desde a feliz cerimônia, não é? Puxa, o tempo passa...

"Mas passa mais devagar dentro de uma cela." Seu sotaque ficou mais duro e seco, como a poeira das pradarias sob o céu quente do Texas. "Eu lhe devo todos aqueles anos, tenente. Você deve entender a necessidade de revide. Nunca compreendeu o que eu fiz, por que fiz, nunca respeitou isso. Mas sei que entende o que é vingança."

— Sim... — disse Eve, em voz alta, coçando a face machucada com os dedos. — E como entendo!

"Observei você, sentadinha em sua sala, dando duro no trabalho e depois junto à janela, como se o peso e as preocupações da cidade inteira estivessem sobre seus ombros. Andando de um lado para outro naquele seu espaço apertado. Pensei que uma tenente tivesse uma área de trabalho maior e melhor. Por falar nisso, você bebe café demais, sabia?

"Instalei alguns equipamentos aqui. Agora você já sabe disso. Achei melhor não deixar nada para trás. Esse é o meu lado prático, como sabe. Gravei várias horas de imagens suas. Você está se vestindo muito melhor atualmente. Continua com um jeito largadão, mas exibe um estilo que não existia antes. Influência de Roarke, certamente. É bom ser rica, não é? Muito melhor do que não ser. Às vezes eu me pergunto... será que o dinheiro corrompeu você em algum canto escuro da alma? Qual é, Eve, seja boazinha..." Riu de leve. "Pode me contar. Afinal, quem conseguiria entender você melhor do que eu?"

Você está tagarelando demais, pensou Eve. *Anda se sentindo solitária, Julianna, sem ninguém que considere do mesmo nível que o seu para bater um papinho?*

"Aposto que ele é ótimo de cama, se é que você dá importância a essas coisas, Eve."

Ela se recostou e fez um movimento, provavelmente cruzando as pernas. Estava se sentindo mais à vontade e continuou a suposta troca de confidências.

"Eu sempre achei que trepar era uma atividade valorizada demais, e muito humilhante para as duas partes. O sexo, no fundo, não passa de uma mulher se deixando ser saqueada, penetrada. Invadida. E um homem se enterrando nela loucamente, como se sua vida dependesse disso. Aliás, como sabemos, no caso dos homens com quem eu trepo, a vida deles *realmente* depende disso. Por um curto espaço de tempo, pelo menos. Matar é muito mais excitante do que fazer sexo. Você já matou, então sabe disso. Adoraria se tivéssemos a oportunidade de bater papo, tipo conversar de verdade, mas acho que isso não vai rolar. Você quer me impedir de matar, quer me colocar de volta em uma cela. Lembra o que você disse para mim? Você se recorda do que falou? Que teria me deixado lá para sempre, se dependesse de você. Teria me deixado passar o resto da vida enjaulada como um animal. E então me virou as costas como se eu não fosse nada. Pois é... você não conseguiu o que queria, afinal. Mas eu consegui. *Sempre* consigo que as coisas saiam do meu jeito. É melhor se lembrar disso. É melhor *respeitar* isso."

Sua voz se elevou e a respiração acelerou. De repente ela respirou fundo e afofou o cabelo com os dedos, como se tentasse se recompor.

"Pensei em você quando matei Pettibone e Mouton. Venho pensando em você há muito, muito tempo. Como é que você se sente agora, sabendo que eles morreram por sua causa? Isso a deixa chateada, Eve? Isso a deixa zangada?"

Julianna jogou a cabeça para trás e gargalhou.

"Vingança é uma coisa terrível, e eu ainda nem comecei. Quero o que sempre quis. Fazer o que me traz prazer e viver muito, muito bem. Você me roubou oito anos, sete meses e oito dias, Eve. Vou equilibrar a balança. Posso fazer isso e o farei, atirando corpos de homens velhos e tolos aos seus pés. E para que você saiba o quanto isso é fácil para mim, vou até lhe dar uma dica. Hotel Mile High, em Denver. Suíte 4020. O nome dele é Spencer Campbell. Nós nos veremos em breve. Muito breve."

— Sim, você com certeza vai me ver — retorquiu Eve, no instante em que a tela apagou. — Peabody, entre em contato com esse hotel pelo *tele-link*. Quero falar com o chefe da segurança.

A suíte havia sido reservada em nome de Juliet Darcy, que dera entrada na noite anterior, pagando duas diárias adiantadas pelo quarto.

— A vítima é Spencer Campbell, da firma Campbell Consultoria de Investimentos. Ele é o dono. — Na sala de conferências da Central, Eve colocou sua foto no telão. — Sessenta e um anos, divorciado, atualmente separado da segunda mulher. Ele marcou um encontro de negócios, onde iria dar uma consulta pessoal a Juliet Darcy em sua suíte. O encontro foi marcado para o desjejum, às oito da manhã pelo horário de Denver. Mais ou menos a mesma hora em que eu estava chutando a porta da sala alugada aqui em Nova York. Ela realmente está muito atrevida ultimamente. Campbell já estava morto havia menos de trinta minutos quando os seguranças arrombaram a porta. Julianna nem se deu ao trabalho de fechar a conta. Simplesmente pegou sua mala, acendeu o aviso de "favor não incomodar" na porta e saiu com a maior calma do mundo. A autópsia e os relatórios da perícia certamente vão confirmar que o café de Campbell estava envenenado.

— Ela foi até Denver só para apagar esse cara? — Feeney passou a mão pelos cabelos em desalinho. — Para quê?

— Para provar que pode fazê-lo. Ele não representava nada para ela. Foi apenas um peão fácil de sacrificar, só para me provar que ela continua a destruir as pessoas que quer, quando deseja e onde bem entende, enquanto eu fico girando feito uma perua tonta, tentando agarrá-la. Ela mudou novamente de padrão para me mostrar que é imprevisível.

Além do mais, pensou Eve, *não quer que eu perceba que ela está de olho em Roarke*. Pega vítimas que se enquadram no que ela denomina "homens velhos e tolos"; ela os mata para me despistar do seu último e verdadeiro objetivo.

Eles morreram por sua causa.

Eve bloqueou a voz de Julianna e a culpa que sentia. Quase toda, pelo menos.

— Julianna selecionou alvos em potencial, antes de sumir, e pode continuar a escolher e pesquisar novas vítimas a partir de onde está.

— Ela fez acompanhamentos e vigiou eletronicamente Pettibone e Mouton pelos computadores da prisão — confirmou Feeney. — Conseguimos detectar partes e rastros dessas pesquisas. Não encontramos nada sobre essa nova vítima nem sobre outros homens, por enquanto. Também não há nada na área de finanças, negócios pessoais, imóveis; ela também não fez pesquisas sobre viagens.

— Usou o pessoal que trabalhava para ela. — O supervisor Miller, pensou Eve, indignada, ia ter de lhe explicar muita coisa antes de ela acabar com ele. — O mais provável é que ela tenha usado os computadores da prisão, no início, mas depois arrumou gente para pesquisar dados que ela não queria que fossem rastreados.

Eve caminhou de um lado para outro dentro da sala.

— Ela tem grana, muita grana. Meu consultor para assuntos financeiros garante que ela provavelmente guarda esse dinheiro em contas numeradas, espalhadas por diversos locais. Não temos nenhuma pista que nos leve ao dinheiro. Loopy me garantiu que Julianna tem um apartamento próprio em Nova York. Ela confirmou essa informação durante o interrogatório com a polícia de Chicago, mas não soube dizer ou não quis contar mais nada. Meu palpite é que ela não sabe o endereço. Julianna passava muito tempo batendo papo com Loopy, mas é claro que não entregou de bandeja nada que pudesse ser rastreado.

— Estamos investigando todos os imóveis particulares através da DDE — disse Feeney, pegando um punhado de amêndoas no saquinho. — Só que, sem saber a época em que ocorreu a compra ou a locação do apartamento, sem saber o bairro, sem nomes ou referências a partir das quais cavar, continuamos tateando no escuro.

— Ela certamente gastou dinheiro consigo mesma em roupas e acessórios — avaliou Eve, lembrando como Julianna estava bem-vestida e maquiada no vídeo. — Mas ela é esperta e certamente usou dinheiro vivo. Podemos fazer perguntas em lojas de grife, salões sofisticados e restaurantes finos, mas Nova York é o nirvana dos consumidores, e não vamos conseguir nada nessa linha de investigação.

Eve tentou clarear as ideias.

— Vamos deixar as coisas assim, por enquanto. Colocamos algumas pessoas para pesquisar em lojas. Talvez alguém consiga identificar o terninho vermelho que ela usou na gravação. Sabemos a sua altura exata e o seu peso, pelos arquivos da prisão. Vamos ver qual é o equivalente em número de roupa, para tentar cruzar os dados com vendas recentes de terninhos vermelhos nesse tamanho.

— Ela pode ter comprado essa roupa em Chicago ou em outro lugar qualquer — apontou Peabody. — Terninhos vermelhos são vendidos aos milhões.

— Sim, é um tiro meio no escuro. Vamos continuar verificando cada detalhe até acharmos algo palpável. Ao mesmo tempo, vamos checar todos os voos em jatos de companhias comerciais, e também os particulares, que aterrissaram ou decolaram de Denver. Vamos acabar descobrindo o transporte que ela usou. Quando isso acontecer, ela já estará longe novamente, mas teremos novos dados.

— Ela está se arriscando mais — comentou Peabody. — Nos contou sobre Campbell sem ter certeza da hora exata em que assistiríamos ao vídeo. Se ela não falasse nada, iriam se passar muitas horas antes de ele ser encontrado.

— Correr riscos torna a vitória mais empolgante. Essa briga é baseada em rancores do passado, e não será satisfatória se o inimigo não sangrar. Além do mais, ela pretende me deixar abalada. Não deseja me matar, mas quer que eu me sinta um alvo. Ela me quer viva, mas com perdas. Ela quer Roarke, e essa é a nossa vantagem. Ela não imagina que eu sei dos seus planos.

No centro, Roarke encerrou uma reunião e já se preparava para outra. As atividades da manhã acabaram por atrasar um pouco a sua agenda. Ele trabalharia até um pouco mais tarde naquela noite, mas arranjaria um jeito de fazer isso de casa. Pretendia ficar tão junto de Eve quanto suas respectivas agendas permitissem.

Pelo *tele-link* interno, Roarke se comunicou com sua assistente.

— Caro — chamou ele. — Transfira o encontro com o pessoal da Realto para o meu escritório. Faremos uma reunião holográfica às sete e meia da noite. Transfira também o almoço com os executivos da Finn and Bowler para o salão de refeições daqui do prédio mesmo. E comunique à tenente Dallas essas modificações na agenda.

— Sim, senhor. A dra. Mira está aqui para vê-lo. O senhor tem dez minutos antes da próxima reunião, caso queira recebê-la agora. Se preferir, posso marcar um horário para ela.

— Não. — Ele franziu o cenho e calculou o tempo disponível. — Vou recebê-la agora. Se os representantes da Brinkstone chegarem antes de eu terminar, peça-lhes que me esperem um pouco.

Ele desligou, levantou-se da cadeira e circulou pela sala. Mira não era o tipo de pessoa que chega sem avisar, muito menos de fazer visitinhas sociais no meio de um dia de trabalho. Isso era sinal de que havia questões que ela julgava importantes o bastante para encaixar nas agendas apertadas de ambos.

Com ar distraído, foi até o AutoChef e programou o chá que a médica tanto apreciava.

Quando a assistente bateu de leve na porta, ele mesmo a abriu e estendeu a mão a Mira.

— É um prazer recebê-la, doutora.

— Não creio que seja um prazer. — Ela apertou a mão de Roarke. — Mesmo assim, obrigado por arrumar um tempinho para mim. Fiquei maravilhada ao caminhar da recepção até aqui. Sua passarela aérea de vidro é fantástica!

— Ela serve para os concorrentes refletirem sobre a queda que vão sofrer se tentarem me alcançar aqui em cima. Obrigado, Caro. — Ele recebeu a doutora enquanto a assistente se retirava, fechando a porta silenciosamente.

— Este ambiente aqui... — Mira olhou em torno, analisando o espaçoso escritório, a mobília de altíssima qualidade e beleza, as obras de arte esplendorosas e os equipamentos de última geração — ... certamente combina com você. Consegue ser suntuoso e eficiente ao mesmo tempo. Sei que você está ocupadíssimo, Roarke.

— Nunca estou ocupado demais para vê-la. Toma chá, não é, doutora? Jasmim, normalmente?

— Sim. — Ela não se mostrou surpresa por ele se lembrar de um detalhe tão pequeno. Sua mente parecia um computador. Ela se sentou em um sofá lindo e confortável que lhe foi indicado e esperou que ele se juntasse a ela. — Não vou desperdiçar seu tempo com conversa-fiada.

— Obrigado. Foi Eve quem a mandou aqui?

— Não, mas ela sabe que eu pretendia conversar com você. Ainda não estivemos juntas hoje, mas vou vê-la mais tarde. Soube que ela foi ferida ontem à noite.

— Sim, mas é resistente. Não tanto quanto imagina, mas a verdade é que se recupera bem. Está contundida quase que no corpo inteiro. Seu crânio praticamente se partiu como se fosse um ovo. Na verdade, teria quebrado a cabeça se ela não fosse dura como rocha.

— Esse é um dos motivos de você amá-la.

— Não há como negar.

— Mesmo assim, você se preocupa. Estar casado com uma policial exige um enorme compromisso e muita resistência. Eve compreende tal fato, e esse é um dos motivos de ela ter tentado resistir e negar o que sentia por você. Um dos motivos, apenas. — Mira estendeu a mão para cobrir a dele. — O outro motivo foi o pai dela. Eve me contou que vocês estiveram em Dallas.

— Ótimo. É muito bom ela ter conseguido desabafar com você a respeito disso, doutora.

— Você não consegue fazer o mesmo. — Ela sentiu a tensão envolvê-lo como um manto. — Roarke, você já conversou francamente comigo antes. Poucas pessoas sabem das circunstâncias de tudo. Também não há muita gente com quem você possa se abrir.

— O que quer que eu diga? Esse pesadelo não é meu, é dela.

— Mas é claro que é seu. Você a ama.

— Sim, eu a amo e sempre estarei ao lado dela. Farei tudo o que me for possível, o que é pouquíssimo. Sei que conversar com uma terapeuta de vez em quando acalma a mente dela. Sou-lhe grato por isso, Mira.

— Ela está preocupada com você.

— Pois não devia. — Ele sentiu a raiva lhe subir pela garganta e a impediu de sair, mas sentiu como se sangrasse. — Você também não deveria se preocupar. De qualquer modo, foi gentil de sua parte vir até aqui.

Ela percebeu o frio repúdio no rosto dele, um véu fino que mal cobria seu calor interno. Colocando o chá de lado, alisou a saia de seu terninho azul-claro.

— Muito bem. Sinto muito ter interrompido seu trabalho. Não vou atrasá-lo mais.

— Que inferno! — Ele se ergueu de um salto. — De que adianta eu desabafar com você aqui? O que isso traria de bom para ela?

— Talvez ajudasse um pouco, sim. — Mira continuou impassível e tornou a pegar a xícara de chá.

— Como?! — Ele olhou em volta, com fúria e frustração estampadas no rosto. — Isso não vai mudar nada. Você quer saber em detalhes como foi ficar lá, vendo-a sofrer, acompanhando de perto enquanto ela se lembrava das coisas e sentia como se tudo estivesse acontecendo naquele exato momento? Ela pareceu indefesa, aterrorizada, perdida, e eu, por vê-la daquele jeito, me senti do mesmo jeito. Sempre corro atrás do que me ameaça e costumo fazer isso antes do inimigo, só que dessa vez...

— Dessa vez não há o que perseguir, não do jeito que você gostaria. — Como isso devia ser difícil para um homem como aquele, pensou a médica. Um homem que se parecia e pensava como um guerreiro e se via, de repente, sem uma lança para proteger o que mais amava.

— Isso não pode ser mudado — acrescentou Mira. — Você não pode impedir que aconteça porque já aconteceu. Então esse fantasma ataca você, como ataca Eve.

— Tem noites em que ela grita no meio da madrugada. — Ele suspirou. — Às vezes simplesmente chora baixinho, como um pequeno animal assustado ou com dor. Outras vezes dorme bem, com facilidade. Eu não posso entrar nos seus sonhos e matá-lo por ela.

A objetividade profissional de Mira não conseguiu enfrentar o tsunami das emoções dele, nem o transbordar das suas. As lágrimas pareceram se reunir em sua garganta quando ela falou.

— Não, você não pode, Roarke, mas está sempre ao lado dela quando ela acorda. Consegue perceber a diferença que isso faz para ela? O quanto você lhe deu coragem para enfrentar o próprio passado; e compaixão para ela aceitar o seu?

— Analisando de forma realista, sei que somos o que somos por causa do que fomos e de como trabalhamos isso. Acredito em sina, em destino, e também acredito que podemos dar um empurrãozinho no próprio destino quando ele não vai por onde queremos. — Vendo que Mira sorriu ao ouvir isso, Roarke sentiu os próprios ombros relaxando. — Sei que aquilo que está feito está feito, mas isso não me impede de desejar poder voltar atrás e usar esses punhos nele. — Fechou os dedos com força e depois tornou a abri-los.

— Acho que essa foi uma atitude muito saudável para ambos.

— Acha mesmo?

— Espero que sim, pois muitas vezes me sinto do mesmo jeito que você. Eu também amo Eve.

Ele olhou para a médica, para seu rosto sereno e os olhos cheios de suave compreensão.

— Sim, sei que você a ama, doutora.

— Amo você também, Roarke.

Ele piscou uma vez, lentamente, como se estivesse tentando traduzir essa frase a partir de um idioma estranho. Ela riu baixinho e se levantou.

— Vocês dois sempre se mostram atônitos e desconfiados quando alguém lhes oferece afeição gratuita. Você é um bom homem, Roarke — disse ela, e lhe pousou um beijo no rosto.

— Nem tanto.

— Sim, é um homem bom, sim. Espero que você se sinta à vontade para me procurar e conversar comigo sempre que tiver necessidade. Agora vou deixá-lo voltar às suas reuniões. Eu mesma estou atrasada para uma das minhas.

Ele a levou até a porta e perguntou:

— Alguém consegue resistir a você?

— Não por muito tempo. — Ela piscou para ele.

Capítulo Dezessete

Enfrentando a burocracia com a *finesse* e a sutileza de um trator, Eve rastreou o jatinho particular que Julianna havia contratado para sua viagem de ida e volta a Denver. A Diamond Express se anunciava como a mais rápida e luxuosa companhia de jatos executivos dentro do território norte-americano.

Uma rápida pesquisa comprovou que a propaganda estava certa, já que a empresa se situava entre as três primeiras do mercado, atrás de duas outras que pertenciam a Roarke.

Julianna não tinha tido cara de pau suficiente para contratar uma das companhias aéreas de Roarke, refletiu Eve, enquanto circulava de carro em meio às aeronaves, veículos de transporte e vagões de carga que serviam aos hangares da Diamond Express.

Sua dor de cabeça voltou, parecendo um bate-estaca na parte de trás do crânio, no ponto onde ele se chocara com a calçada. Eve sentia uma necessidade quase desesperada de tirar uma soneca, e isso foi o sinal de alerta de que ela devia fazer uma pausa logo, ou acabaria despencando com a cara no chão, de cansaço.

— Como é mesmo o nome do piloto, Peabody?

— Mason Riggs. — Peabody se virou para Eve e a olhou de perfil. — Dallas, você está se sentindo bem? Não precisa ficar chateada com a pergunta. É que você está muito pálida, com o rosto brilhante.

— Que diabos isso quer dizer, "rosto brilhante"? — Eve estacionou o carro e aproximou o rosto do espelho retrovisor para se autoexaminar. Droga, ela realmente estava com o rosto brilhando. — É verão, está quente. As pessoas suam. E não, não estou me sentindo bem. Vamos resolver logo esse lance.

— Mas na volta eu dirijo.

Já com uma das pernas fora do carro, Eve girou o corpo.

— Que foi que você disse?

— Eu disse... — repetiu Peabody, colocando valentemente a própria vida em perigo. — Que eu vou dirigir o carro na volta. Você não devia estar atrás do volante, e eu prometi a Louise que faria você tirar períodos de descanso quando parecesse instável.

Lentamente, Eve tirou os óculos escuros que vinha usando por pura concessão ao brilho excessivo do sol, à dor de cabeça avassaladora e à aparência do seu rosto machucado. As marcas roxas acrescentaram um ar de ameaça ao seu olhar penetrante.

— Você vai me *obrigar*, policial?

Peabody engoliu em seco, mas se manteve firme.

— Você não me assusta nem um pouco com essa cara branca como cera e o rosto cintilante. Sou eu que vou pilotar o carro quando acabarmos aqui. Deite-se no banco de trás e tire uma soneca... Senhora.

— Acha que me chamar de "senhora" com esse tom respeitoso vai salvá-la da minha ira implacável?

— Pode ser que não, mas garanto que consigo correr mais do que você, considerando seu estado de saúde. — Ela ergueu dois dedos. — Quantos desses você está enxergando?

— Os dois que vou arrancar e enfiar em você, um em cada orelha.

— Estranho como ouvi-la falar desse jeito me tranquiliza, tenente.

Com um suspiro, Eve se obrigou a sair do carro. O barulho ensurdecedor do hangar pareceu atravessar seu crânio como uma lança. Com a esperança de evitar que a cabeça explodisse, fez sinal para uma mulher que usava um macacão com o logotipo da Diamond Expresss bordado no peito.

— Quero falar com o piloto Riggs — gritou Eve. — Mason Riggs.

— Aquele avião parado ali, passando pela manutenção semanal, é o dele. — Ela apontou para uma aeronave junto à porta do hangar. — Riggs deve estar lá perto pajeando seu bebê ou então na sala de descanso.

— Onde fica a sala de descanso?

— Segunda à esquerda. Desculpe, mas só funcionários da empresa podem circular pelo hangar e pela sala de descanso. Se você quiser, eu posso localizá-lo e pedir para ele vir até aqui.

Eve exibiu o distintivo.

— Pode deixar que eu o localizo com o auxílio disso, OK?

— Tudo bem. — A mulher ergueu as mãos enluvadas, com as palmas para cima. — Só que eu não iria até lá sem protetores de ouvido, porque é proibido. Ela levantou a tampa de uma caixa e pegou dois aparelhos pesados, semelhantes a fones de ouvido antigos. — Entrar lá sem isso é suicídio.

— Obrigada. — Eve colocou os protetores e na mesma hora sentiu o alívio imediato da agressão sonora.

Seguiu para dentro do hangar, onde havia três aeronaves no momento, cada uma delas coberta por um enxame de mecânicos que empunhavam ferramentas de aspecto complicado ou conversavam em linguagem de sinais.

Eve avistou dois pilotos uniformizados, uma mulher e um homem, e seguiu para a parte central do hangar. O barulho era um chiado contínuo que atravessava os protetores auriculares, e os cheiros eram de combustível e graxa, além do toque de um apimentado sanduíche de almôndegas que devia ser o almoço de alguém.

Esse último aroma fez o estômago de Eve se remexer de fome. Ela tinha um fraco por almôndegas.

Eve cutucou o ombro do piloto para chamar sua atenção. Ele era bonito como um astro de cinema. Sua pele era muito lisa e exibia o tom caramelado das pessoas com herança racial mista. O rosto era anguloso, com feições marcantes.

— Você é o piloto Riggs? — perguntou Eve, fazendo mímica com a boca, lentamente, e exibindo o distintivo quando ele confirmou quem era com olhar educado, mas confuso. Ela apontou para a sala de descanso.

Ele não pareceu muito satisfeito com a interrupção, mas atravessou o hangar depressa e digitou uma senha no painel da porta, que se abriu de imediato. No instante em que se viu lá dentro, ele tirou protetores minúsculos dos ouvidos e os atirou em uma caixa grande.

— Aquela é minha aeronave — apontou. — Vou realizar todos os testes de segurança nela daqui a vinte minutos. Estou com o horário apertado.

Eve tirou os protetores pesados que usava. Não conseguira ouvir uma única palavra do que ele dissera, mas entendeu o sentido da frase. Ele ergueu uma das sobrancelhas ao ver o estado do rosto de Eve.

— Bateu com a cara na porta, tenente?

— Já esperava a primeira gracinha do dia.

— Está com aspecto de quem está sentindo dor. Então... em que posso ajudá-la?

— Você fez um voo particular ontem à noite para Denver, e voltou agora de manhã. Juliet Darcy era a passageira.

— Posso confirmar a viagem, mas não posso discutir os assuntos dos clientes. Questão de privacidade, entende?

— Não venha vomitar suas regras pra cima de mim não, Riggs, senão você não completa a próxima rodada de testes em seu avião.

— Escute, dona...

— Não sou "dona", sou uma tira, e esta é uma investigação policial. Sua cliente foi até Denver ontem à noite, pediu uma ceia excelente no hotel e provavelmente curtiu uma boa noite de sono. Hoje de manhã ela assassinou um homem chamado Spencer Campbell no quarto do hotel, pegou um táxi para o aeroporto, entrou na sua aeronave e você a trouxe de volta para Nova York.

— Ela... ela *matou* uma pessoa? A sra. Darcy? A senhora não pode estar falando sério.

— Quer ver o quanto é sério? Podemos levar você para prestar depoimento na Central de Polícia.

— Mas ela... espere um instantinho, preciso me sentar. — Ele se largou sobre uma poltrona preta larga. — Acho que a senhora está em busca da mulher errada. A sra. Darcy era charmosa, muito bem educada. Passou a noite em Denver porque participou de um evento beneficente.

Eve estendeu a mão. Peabody lhe entregou uma foto.

— É esta a mulher que você conheceu como Juliet Darcy?

Era uma imagem retirada do disco achado na sala das Representações Daily, e idêntica à foto enviada pela segurança do hotel.

— Sim, é ela... minha nossa! — Ele tirou o boné e passou os dedos pelos cabelos. — Isso é de abalar qualquer um.

— Tenho certeza que Spencer Campbell também ficou abalado. — Eve se sentou. — Fale-me da viagem.

A partir do instante em que o piloto decidiu cooperar com Eve, não parou mais de falar. Entrou em contato com a aeromoça, que complementou a história com novos detalhes, e Eve conseguiu um relatório completo da viagem.

— Ela era educadíssima. — Riggs tomava a segunda caneca de café. — Tinha um jeito amigável. Li, no registro do voo, que ela fez questão de viajar desacompanhada. Não podia haver mais nenhum passageiro na aeronave. Quando embarcou, achei que devia ser alguma mulher famosa. Atendemos muitas celebridades, e até gente que não é muito famosa e insiste em voar sozinha, mas não quer o trabalho e as despesas para compra e manutenção de um jato particular.

— Ela não me pareceu assim tão amigável — declarou Lydia, a aeromoça, bebendo água mineral de uma garrafa. Ela já estava vestida para o próximo voo, com um uniforme azul-marinho em estilo militar, dotado de pequenas dragonas douradas.

— Como você a descreveria? — quis saber Eve.

— Uma esnobe. Não que ela não fosse agradável, mas era só verniz. Usava um tom do tipo patroa-empregada ao falar comigo. Geralmente oferecemos caviar e champanhe acompanhados de frutas e queijos para nossos passageiros de primeira classe, mas ela reclamou da marca do champanhe. Disse que nunca conseguiríamos ultrapassar nossas concorrentes, a Platinum e a Five-Star, se não melhorássemos o serviço de bordo.

— Ela fez ou recebeu alguma ligação durante o voo?

— Não. Trabalhou um pouco em seu computador pessoal, e teve todo o cuidado de manter a tela em um ângulo que eu não pudesse enxergar, como se eu me importasse, no momento em que voltei à cabine para lhe oferecer café, antes de aterrissarmos. Fez questão de me chamar pelo nome todas as vezes em que falou comigo. Era Lydia isso, Lydia aquilo, do jeito que as pessoas agem quando querem se mostrar calorosas e amigáveis, mas de algum modo fazem com que as pessoas se sintam insultadas.

— Comigo ela foi muito agradável — assegurou Riggs.

— Porque você é homem. — Lydia conseguiu que essa observação soasse suave e ácida ao mesmo tempo. Eve decidiu que ela devia ser uma excelente profissional.

— E quanto à volta, hoje de manhã? Como estava o estado de ânimo dela?

— Alto-astral. Ela estava feliz, animada, relaxada. Parecia ter transado com alguém ontem à noite.

— Lydia!

— Ah, corta essa, Mason, aposto que você pensou a mesma coisa. Ela tomou o desjejum completo: ovos Benedict, croissant, geleia, frutas vermelhas e café. Comeu como uma atleta e depois mandou ver nas mimosas, os nossos coquetéis de suco de laranja com champanhe. Escolheu música clássica para ouvir no fone e manteve a luz de privacidade acesa o tempo todo. Eu liguei a tela de entretenimento no noticiário, logo de manhã, mas ela mandou que eu a desligasse. De forma muito impertinente, diga-se de passagem. Acho que agora sabemos por quê. Pobre homem!

— Quando ela saiu do avião havia algum carro à sua espera?

— Ela entrou no terminal. Achei aquilo esquisito. — Lydia balançou a cabeça. — Gente esnobe como ela normalmente tem um carrão com motorista à disposição, mas ela foi para o terminal.

Entrando pelo terminal, pensou Eve, ela poderia sair e pegar qualquer meio de transporte. Seja de táxi, ônibus, carro particular ou até usando a droga do metrô, o fato é que ela literalmente desapareceu.

— Obrigada. Se algum de vocês se lembrar de mais algum detalhe, entre em contato comigo na Central, por favor.

— Espero que a senhora a agarre, tenente. — Lydia lançou um olhar solidário ao analisar o rosto de Eve e perguntou: — Está doendo?

Ao sair, Eve massageou o pescoço dolorido.

— Vamos direto até a Central para ver o que os tiras de Denver descobriram até agora. Se eles confirmarem oficialmente que a assassina é Julianna, teremos um caso de homicídio em vários estados, o que tornará este um caso federal.

— Não podemos permitir que os federais assumam a investigação — reagiu Peabody.

— Gostaria de poder dizer que eu a entregaria para eles em uma bandeja de prata sem pestanejar, se eles tivessem condições de agarrá-la, mas estaria mentindo. Quero pegá-la com minhas próprias mãos. — Eve soltou um longo suspiro. — Tomara que o pessoal de Denver empaque na identificação dela por alguns dias.

Eve pegou os óculos escuros no bolso e os colocou. Na mesma hora se sentiu melhor.

— Que tal levar o carro na volta, Peabody? Quero tirar uma soneca no banco de trás.

Contorcendo os lábios, Peabody se aboletou atrás do volante.

— Boa ideia, tenente. Deixe que eu dirijo.

— Isso que estou vendo em seus lábios é um risinho convencido?

— Droga! — Peabody beliscou as próprias bochechas. — Achei que estava disfarçando tão bem!

— Dê uma paradinha em uma delicatéssen pelo caminho. Quero um sanduíche de almôndegas. — Eve se largou no banco de trás, fechou os olhos e caiu em sono profundo na mesma hora.

Carne não era exatamente o ingrediente principal no sanduíche de almôndegas. Ele consistia em dois pedações de pão borrachudo amaciado por um mar de molho de tomate com cor de ferrugem, em meio ao qual flutuavam três bolotas de uma substância que parecia, talvez, uma parenta distante da família da carne. Para disfarçar essa ligação tão frouxa, tudo vinha coberto por uma camada de substituto de queijo e tanto tempero que daria a qualquer mortal a sensação de um incêndio bucal, mas servia para limpar as vias respiratórias e curava até sinusites.

Tudo parecia nojento e delicioso. O cheiro forte demais acordou Eve, que dormia profundamente.

— Comprei o jumbo e pedi para o cortarem em duas partes. — Peabody já se afastava da delicatéssen dirigindo na velocidade constante e cautelosa que normalmente deixava Eve louca. — Escolhi uma Pepsi, porque acho que é o que você iria querer tomar a essa hora do dia.

— O quê? Ah, sim. — A mente de Eve estava mais lenta do que música de câmara. — Puxa, por quanto tempo eu estive apagada?

— Uns vinte minutos. Dormiu como uma pedra. Estava esperando uns roncos a qualquer momento, mas você ficou tão apagada que parecia morta. Pelo menos seu rosto está um pouco mais corado.

— Acordei com o cheiro das almôndegas. — Eve abriu a lata de Pepsi e tomou um gole imenso, antes de fazer o inventário de como se sentia. A dor de cabeça tinha passado e levou consigo a vaga sensação de estar em outro universo que rondava Eve desde que ela se machucara. — Para onde estamos indo, Peabody, e em que século vamos chegar, se continuarmos nessa velocidade de lesma?

— Estou apenas obedecendo às leis de trânsito e demonstrando cortesia e respeito pelos colegas motoristas. Mas estou contente por você estar se sentindo melhor, tenente. Aliás, já que estamos no centro e o dia está lindo, podíamos comer nossos sanduíches na praça central do Rockefeller Center. Seria ótimo encher a pança, rir um pouco dos turistas e pegar um tiquinho de sol.

Até que a ideia não era má.

— Mas nada de compras de nenhum tipo — impôs Eve.

— Essa ideia nunca passou pela minha cabeça... Isto é, só por alguns segundos.

Peabody diminuiu a velocidade ao chegar à travessia para pedestres na rua 50, encostou a roda da frente no meio-fio, estacionou o carro e ligou o sinal de VIATURA EM SERVIÇO.

— O que foi mesmo que você disse agora há pouco sobre obedecer às leis de trânsito, Peabody?

— Aquilo era dirigir, isso é estacionar. Não devemos ser tão inflexíveis com essas coisas.

Elas saltaram do carro, circularam entre hordas de turistas, funcionários em hora de almoço, mensageiros e trombadinhas que adoravam aglomerações. Acabaram por se largar sobre um dos bancos da praça, de costas para o rinque de patinação.

Peabody dividiu uma pilha de guardanapos que trazia em uma das mãos, entregou a Eve metade do sanduíche e ambas se lançaram à importantíssima ocupação que era comer.

Eve nem se lembrava de quando tinha sido a última vez em que tirara uma hora de almoço de verdade. Fazia muito tempo que ela não curtia uma imitação de comida como aquela em outro local sem ser sua mesa ou o carro.

O lugar estava barulhento, cheio de gente, e a temperatura parecia indecisa entre se manter em um grau agradável ou subir ao nível do insuportavelmente quente. O sol refletia nas vitrines das lojas e um homem ao lado de sua carrocinha de lanches entoava a ária de uma ópera italiana, com ar sonhador.

— *La Traviata.* — Peabody emitiu um suspiro alto. — Assisti a algumas óperas com Charles. Acho que ele curte. Geralmente é legal, mas essa ária, por exemplo, parece ainda mais bonita quando ouvida aqui na rua. Esse é um dos grandes baratos de Nova York. É possível ficar sentado ao ar livre numa tarde de verão comendo um sanduíche de almôndegas absolutamente delicioso e, ao mesmo tempo, ver todo tipo de gente passar enquanto um carinha apregoa cachorros-quentes de soja e canta em italiano.

— Hummm. — Foi o melhor que Eve conseguiu responder com a boca cheia, salvando por pouco a sua blusa de uma esguichada violenta de molho.

— Às vezes a gente se esquece de olhar em volta para curtir e apreciar toda essa diversidade, coisa e ta. Quando eu me mudei para Nova York, passava o tempo todo caminhando pelas ruas e abrindo a boca de espanto, mas depois me acostumei e deixei de perceber as coisas. Há quanto tempo você não vinha aqui, no centro de Manhattan?

— Sei lá. — Franzindo a testa, Eve deu mais uma mordida no sanduíche. Ela saíra do orfanato e perdera os cuidados do serviço social no instante em que completou dezoito anos. Dali foi direto para a Academia de Polícia, outro tentáculo do mesmo sistema que a acolhera. — Deve fazer uns doze ou treze anos, algo em torno disso.

— Muito tempo. A gente deixa de se ligar nos detalhes.

— Uh-huh — concordou Eve, continuando a comer, mas sua atenção foi atraída para um grupo de turistas que se aproximava e para o astuto skatista aéreo que circulava entre eles. Ele os roubava sem ser percebido, enfiando os dedinhos ágeis nos bolsos traseiros dos transeuntes sem perder o equilíbrio nem o ritmo de voo. As carteiras desapareciam no ar em meio às suas manobras e piruetas radicais.

Eve simplesmente esticou a perna, atingindo-o à altura das canelas e mandando-o pelo ar em um mergulho curto, mas gracioso. Quando ele rolou de lado, ela pisou em sua garganta com a ponta da bota. Acabou de mastigar o sanduíche com toda a calma, enquanto a vista dele clareava. Então encostou o distintivo no nariz do rapaz e apontou com o polegar para Peabody, que estava de farda.

— Sabe de uma coisa, garotão? Não sei se você é burro ou exibido, afanando carteiras assim, na frente de duas tiras. Peabody, quer fazer o favor de confiscar o conteúdo dos bolsos deste imbecil?

— Sim, senhora. — Peabody entrou em ação no mesmo instante, apalpando todos os bolsos das calças largas do rapaz, mais os três da camisa solta. Recolheu, ao todo, dez carteiras.

— As duas que você pegou no bolso do joelho esquerdo pertencem àqueles dois. — Apontou para dois turistas que tiravam hologramas um do outro, felizes e alheios ao que acontecia à sua volta. — Um é o sujeito de cabelos castanhos e óculos escuros; o outro é o louro com boné dos Strikers. Devolva as carteiras deles, poupe-os do susto e do desapontamento. Depois, chame o androide que patrulha esta área e deixe-o cuidar da parte burocrática.

— Sim, senhora. Puxa, tenente, eu nem me liguei no lance.

Eve lambeu um restinho de molho dos dedos.

— Cada pessoa repara em coisas diferentes, Peabody.

Ao ver uma das policiais se afastando, o ladrãozinho resolveu arriscar a sorte. Porém, ao tentar se desvencilhar, Eve apertou um pouco mais a bota, fechando-lhe a traqueia por dez infindáveis segundos de advertência. — Nã-nã-ni-nã... — Ela balançou o dedinho enquanto acabava de tomar a Pepsi.

— Dá um tempo, dona!

— O que você quer? Que eu diga "Vá e não peque mais?" Tenho cara de freira, por acaso?

— Tira nojenta!

— Agora sim! — Ela ouviu os turistas, atônitos, recebendo suas carteiras de volta com agradecimentos balbuciados. — Sou realmente uma tira nojenta. Que tarde agradável, você não acha?

— Pode deixar que eu dirijo agora — anunciou Eve, depois que seu pequeno almoço de trabalho foi encerrado —, senão quando chegarmos à Central já vai estar na hora de eu me aposentar. — Consultou as horas em seu relógio. — Você também tem de correr, se quiser pegar Maureen Stibbs e rebocá-la para interrogatório ainda hoje, Peabody.

— Pensei que você quisesse adiar isso para daqui a um ou dois dias.

Eve olhou para sua auxiliar enquanto se ajeitava atrás do volante.

— Peabody, você me disse que estava pronta.

— Estou, mas... É que você anda muito ocupada esses dias, e ainda não está cem por cento. Preciso que você observe a entrevista, para o caso de eu me meter em apuros. O interrogatório pode esperar até você ficar numa boa.

— Já estou numa boa, e não me use como desculpa para empurrar isso com a barriga.

Peabody sentiu uma fisgada no estômago.

— Se você tem certeza...

— Você é que precisa ter certeza! Se já está tudo pronto, entre em contato com o policial Trueheart. Dois tiras fardados intimidam mais que um, na hora de pegar alguém de jeito. Convoque-o e faça-o ir com você; depois, coloque-o de guarda do lado de dentro da sala de interrogatório. Ele deve ficar calado o tempo todo, fazendo cara de mau. Se é que ele consegue... Peça uma patrulhinha para transporte da suspeita, e diga que a operação foi autorizada por mim.

— Quem deve dirigir o carro, eu ou ele?

— Deixe que ele dirija. Mande-o lançar um olhar sem expressão para ela de vez em quando, pelo espelho retrovisor. Você é quem deve falar o tempo todo, e tente evitar que ela ligue para o advogado logo de cara. É papo rápido, só para esclarecer alguns pontos. Você sabe que ela está disposta a cooperar porque era amiga da vítima, esse procedimento de rotina vai colocar um ponto final para o marido, blá-blá-blá. Traga-a para dentro da sala de interrogatório e comece a brincadeira.

— Só preciso de um favorzinho... se eu começar a perdê-la ou meter os pés pelas mãos, você entra para me socorrer?

— Peabody...

— Vou me sentir melhor e mais confiante se souber que tenho uma rede de segurança.

— Tudo bem. Se houver algum tropeço, eu ajudo você.

— Obrigada. — Peabody pegou o comunicador, ligou para Trueheart e contou-lhe toda a história.

Eve foi direto para uma conferência via *tele-link* com o investigador principal do homicídio de Denver. O detetive Green parecia muito experiente e se mostrou irritado.

Eve gostou dele na mesma hora.

— Estou com um monte de indícios recolhidos nos quartos. Tenho declarações de duas camareiras e de um cara da manutenção que mexeu no sistema de entretenimento do quarto depois de uma reclamação dos últimos ocupantes. Eles já foram identificados: Joshua e Rena Hathaway, de Cincinnati. Ficaram no quarto por três noites, mas saíram no mesmo dia que nossa garota entrou. Já os investiguei. Estão limpos. A vítima esteve apenas na sala de estar da suíte. Recolhemos digitais na mesa de café, no garfo, na faca, na xícara, no pires e no copo de suco. Encontramos impressões digitais de Julianna Dunne em toda parte.

Ele fez uma pausa e tomou um gole de café.

— Temos imagens da suspeita nos discos de segurança do hotel — continuou o detetive. — Ela foi reconhecida pelo carregador de malas e também pelo pessoal da recepção. Estamos realizando um exame de DNA num fio de cabelo encontrado no ralo do banheiro, só para dar o último nó.

— Dar o último nó na montagem do caso não é o grande problema. O importante é agarrá-la logo. Você já entrou em contato com os federais? — quis saber Eve.

Green se remexeu na cadeira, deu um riso de desdém, tomou mais um gole de café e afirmou:

— Não vejo necessidade de tanta pressa para chamar os federais.

— Estamos cantando a mesma canção, detetive. Vejo que aí existe um monte de indícios que precisam de confirmação. Talvez leve algum tempo para analisar todas as provas para, então, focar em Julianna Dunne.

— Pode ser que sim. O pior é que as coisas sempre costumam dar errado por aqui. Vamos levar pelo menos quarenta e oito horas para investigar tudo. Talvez setenta e duas, se houver algum problema com o equipamento ou eu estiver seguindo outras pistas.

— Há muitos dados sobre ela no CPIAC, o Centro de Pesquisa Internacional de Atividades Criminais, mas eu tenho informações novas. Se você conseguir esperar um pouco mais, eu lhe envio tudo, inclusive minhas anotações pessoais.

— Seria ótimo, mas vou logo avisando que costumo ler muito devagar. É importante a gente esperar para ter tudo bem amarrado e com um laço bonito antes de incomodar os agentes federais, pois eles sempre estão ocupados demais para tratar de assuntos secundários, como assassinatos. Antes de comunicar tudo oficialmente, prometo ligar para você e lhe dar uma boa dianteira, tenente.

— Obrigada.

— Campbell era um homem decente. Um sujeito bom de verdade. Agarre essa assassina, tenente, e pode contar conosco aqui em Denver para ajudar a amarrá-la por todos os lados, para que ela nunca mais escape da jaula.

Assim que acabou de transmitir os dados para Green, Eve se afastou da mesa e foi até a janela. Olhou para a sala que ficava no prédio em frente.

Gravei várias horas de imagens suas, foi o que Julianna disse. *Então você andou me observando*, refletiu Eve, *mas não por dentro. Não viu o que pensa ter visto. Irmãs uma ova! O único vínculo que existe entre nós duas é assassinato.*

Encostando-se no peitoril estreito, Eve deixou a mente clarear enquanto acompanhava o movimentado tráfego aéreo. Um dirigível publicitário passou lentamente, anunciando apartamentos para alugar na costa de Nova Jersey.

Eve fora até as praias de Nova Jersey uma única vez, em companhia de Mavis, e curtira um fim de semana estranho, regado a muita bebida. Mavis se lembrou, com saudades, do verão em que trabalhou no calçadão, procurando otários para aplicar pequenos contos do vigário. Dois anos antes de Eve prendê-la por fazer a mesma coisa na Broadway.

Isso, sim, era um vínculo. Se Eve tinha alguma irmã de alma, essa irmã era Mavis.

Geralmente, Mavis trocava de aparência mais vezes do que um adolescente troca de cueca. Julianna fazia o mesmo, mas não por motivos relacionados a moda.

Ou quem sabe isso fizesse parte do pacote. Talvez tudo tivesse a ver com aquele lance tipicamente feminino que sempre deixava Eve desconcertada. A história de se reinventar e experimentar novos visuais. Para atrair alguém? Talvez, talvez, matutou, se afastando da janela e começando a caminhar pela sala. Mas tinha de haver mais coisa, algo que satisfizesse à própria pessoa, antes. Qualquer mulher gostava de se olhar no espelho e enxergar algo novo, revigorante e diferente.

Quando o assunto era cuidar dos cabelos e aplicar maquiagem, Eve sempre se sentia invadida, tanto no espaço pessoal quanto em seu controle sobre si mesma. Só que, de repente, lhe ocorreu que acontecia o contrário disso com a maioria das pessoas. Todos *gostavam* de ter as atenções dos outros voltadas para si mesmos ou para sua aparência.

Julianna devia sentir falta disso na prisão. Utilizar o salão de beleza da penitenciária certamente não lhe dava prazer.

Será que ela daria a si mesma esse gostinho exatamente ali? Não nesta cidade, Eve decidiu. Julianna não seria tola a ponto de se arriscar a marcar hora com uma consultora de beleza na mesma arena onde matava pessoas, onde seu rosto aparecia estampado nos noticiários diariamente e em toda parte.

Não... Eles estavam dando tiros na água, procurando ali.

Os profissionais que trabalhavam com rostos, feições, cabelos e corpos *reparavam* exatamente nisso nos outros. Quantas vezes ela ouvira Mavis tagarelar com Trina, a competente e assustadora consultora de beleza, sobre a aparência desta ou daquela pessoa.

Eve não tinha dúvida de que Julianna andava cuidando sozinha do próprio cabelo. O mais estranho é que a maioria das mulheres sabia fazer isso, mesmo as que podiam pagar um bom salão. Mas Julianna devia estar louca por um dia de mordomia e relaxamento, quem sabe um fim de semana para tratamento em um spa?

Mas esse spa teria de ser o melhor dos melhores.

Na Europa, decidiu. Eve continuaria a pesquisar os principais salões de beleza e spas de Nova York, mas certamente o dinheiro de Julianna estava sendo gasto em Paris ou Roma.

— Computador! — Ela se colocou de frente para a mesa. — Faça uma pesquisa global sobre salões de beleza, spas e centros de tratamento estético. Quero a lista dos vinte melhores... não... dos cinquenta melhores do planeta.

PROCESSANDO...

— Busca secundária: quero as cinco maiores companhias aéreas que prestam serviços entre Nova York e a Europa.

BUSCA SECUNDÁRIA ATIVADA. PROCESSANDO...

— Vamos lá, vale a pena arriscar. — Ela olhou para o relógio de pulso e xingou baixinho. — Quando acabar a pesquisa, favor salvar os dados no sistema e copiá-los em disco.

ENTENDIDO...

Satisfeita com a nova linha de investigação que abrira, Eve fez uma ligação rápida pelo *tele-link* e saiu para cumprir a promessa que fizera a Peabody.

A caminho, foi fazendo malabarismos com coisas que anotara mentalmente. Veneno, analisou, ao entrar em uma passarela aérea. Trata-se de um método pessoal e, ao mesmo tempo, distante; é uma arma mais tradicionalmente feminina do que lâminas ou porretes.

Matar sem contato físico. Isso era importante para Julianna. O sexo fora apenas um mal necessário, no passado.

Humilhante para ambas as partes, foi o que ela disse, lembrou Eve. Ser penetrada. Ser saqueada.

Não, ela jamais utilizaria uma lâmina. Enterrá-la na carne da vítima era parecido demais com sexo.

Essa é outra diferença entre nós, refletiu Eve, antes de conseguir evitar o pensamento. Enxugou nas calças a palma das mãos subitamente suadas.

Você já matou. A voz de Julianna ecoava em sua cabeça. *Você sabe.*

Não por prazer, recitou Eve para si mesma. *Nem por lucro.*

No entanto, tirara a vida de outra pessoa pela primeira vez quando tinha oito anos. Essa marca, nem mesmo Julianna conseguia superar.

Sentindo um leve enjoo, Eve passou as mãos pelo rosto.

— Sala de Interrogatório C.

Quando ela pulou de susto, McNab a segurou pelo cotovelo.

— Puxa, desculpe! Não pretendia assustá-la, tenente. Entrei na passarela logo atrás, achei que a senhora tinha percebido minha presença.

— Eu estava pensando. E você, o que faz aqui?

— Quero ver Peabody em ação. Não avisei que vinha para não atrapalhá-la, distraí-la ou algo assim, mas pensei em ficar na sala de observação por, pelo menos, dez ou quinze minutos. Tudo bem se eu fizer isso, tenente?

— Tudo bem, claro. McNab...

— Sim?

Ela pensou em falar alguma coisa, mas balançou a cabeça.

— Nada, nada...

Seguiram por um corredor estreito, passaram por portas pintadas de cinza-escuro que levavam a uma área comum e digitaram a senha para entrar na sala de observação.

Era pouco mais que outro corredor, tendo numa das paredes um vidro espelhado por dentro da sala. Não havia cadeiras. A iluminação era mínima e sombria, com cheiro de loção após barba com aroma de pinho aplicada em excesso, ou desinfetante também de pinho. De um jeito ou de outro, o ar cheirava a floresta.

Eles poderiam ter optado por uma das três salas confortáveis, dotadas de telão, onde havia cadeiras, um AutoChef movido a fichas de crédito e um equipamento especial que lhes permitiria ver e ouvir o interrogatório, mas Eve achava que as salas maiores mantinham o observador muito distante e alheio. Ela preferia o vidro.

— Quer que eu lhe traga uma cadeira?

Distraída, ela olhou para McNab.

— O quê?

— Ora, uma cadeira, caso você se sinta cansada por ficar em pé.

— Qual é, McNab, você acha que isto é um encontro de amor?

Ele enfiou as mãos nos bolsos e fechou a cara.

— Caraca, eu tento ser atencioso com uma pessoa que rachou o crânio ao meio e teve as fuças arrebentadas e vejam só o que eu recebo.

Eve se esquecera por completo do estado lastimável do seu rosto, e se irritou por ser lembrada disso.

— Se eu precisar de uma cadeira, eu mesma pego uma. De qualquer modo, obrigada.

Quando a porta se abriu do outro lado do vidro, ela se animou visivelmente.

— Lá vem ela — empolgou-se McNab. — Pegue-a de jeito, gatinha.

— Policial Gatinha — corrigiu Eve e se acomodou melhor para assistir ao show.

Capítulo Dezoito

Eve acompanhou com atenção o momento em que Peabody ofereceu uma cadeira para Maureen Stibbs, junto à mesa desengonçada, ligou o gravador e perguntou se a entrevistada queria um copo d'água.

Objetiva, profissional, aprovou Eve, balançando a cabeça para frente. Nada de muito ameaçador. Ainda não.

Lá estava o policial Troy Trueheart, posicionado ao lado da porta, com a cara de um jovem pracinha norte-americano... E com a expressão séria de um cãozinho cocker spaniel.

Eve conseguiu perceber o nervoso de Peabody através dos olhos dela, nos breves instantes em que olhou para o vidro, enquanto servia água.

Mas a farda dava muita moral, decidiu Eve, ao ver os olhos de Maureen pularem como bolas de pingue-pongue entre Peabody e Trueheart.

As pessoas geralmente enxergam o que esperam enxergar.

— Continuo sem compreender o motivo de eu ter de vir até aqui. — Maureen tomou um gole curto de água, como uma borboleta que mal toca uma flor. — Meu marido e minha filha vão chegar em casa daqui a pouco.

— Isso não vai levar muito tempo. Agradecemos muitíssimo a sua cooperação, sra. Stibbs. Tenho certeza de que o seu marido também vai apreciar a sua disposição em nos ajudar. Deve ser difícil para ambos saber que o caso continua em aberto.

Muito bem, muito bem, coloque a bomba no colo dela, apressou Eve. Torne-a parte de tudo, cite o marido todas as vezes que puder.

Eve trocou o peso de uma perna para outra e enfiou os polegares nos bolsos da frente, enquanto Peabody levava Maureen a rever toda a história e recordar o depoimento que dera, pedindo para que ela repetisse ou explicasse melhor certos detalhes.

— Na DDE nós não fazemos muitos interrogatórios. — McNab brincava sem parar com as argolas miúdas que usava na orelha esquerda. — Como ela está se saindo?

— Bem, está indo muito bem, determinando o ritmo da conversa.

Por dentro, Peabody não se sentia tão confiante, mas continuava insistindo.

— Já relatei tudo isso antes, um monte de vezes. — Maureen colocou o copo d'água de lado. — De que serve nos fazer passar por todo esse horror novamente? Ela já se foi há anos.

— A interrogada não diz "ela morreu" — comentou Eve. — Nem pronuncia o nome de Marsha. Não consegue fazê-lo, porque isso traria a vítima para muito perto dela. Peabody deve tirar vantagem disso.

— Na época, a morte de Marsha deve ter sido um choque para a senhora, sra. Stibbs. Vocês eram amigas íntimas.

— Sim, sim, claro que foi. Todos nós ficamos muito chocados e abalados, mas viramos essa página.

— A senhora e Marsha eram amigas íntimas — repetiu Peabody. — Amigas e vizinhas. Mas a senhora afirmou que ela nunca comentou que estava insatisfeita no casamento, nem falou de nenhum relacionamento com outro homem.

— Existem coisas que nem mesmo amigas íntimas e vizinhas compartilham.

— Manter um segredo como esse deve ser difícil e estressante.

— Não saberia dizer. — Maureen pegou o copo d'água de volta e bebeu. — Nunca traí meu marido.

— O seu casamento está seguro, então. É sólido.

— Claro que sim. Claro!

— Mas a senhora teve um grande obstáculo a transpor.

Um pouco d'água transbordou pela borda do copo quando a mão de Maureen tremeu.

— Como assim?

— Marsha. Ela era um obstáculo.

— Não sei o que quer dizer. O que está insinuando?

— Temos uma primeira esposa que, segundo todos os relatos, desfrutava de um casamento feliz. A senhora concorda com isso e declarou durante a investigação que Boyd Stibbs amava Marsha, e que a senhora nunca notou nenhum problema ou atrito entre eles.

— Sim, mas...

— A senhora e outras pessoas também declararam, nas gravações, que Boyd e Marsha eram devotados um ao outro, curtiam a companhia um do outro, tinham muitos interesses e amigos em comum.

— Sim, mas... isso foi antes. Antes de tudo acontecer.

— A senhora mantém sua afirmação, sra. Stibbs, de que Boyd amava muito sua primeira mulher, Marsha Stibbs?

— Sim. — Ela ficou rouca. — Sim.

— Pelas suas observações e conhecimento pessoal, Marsha Stibbs mantinha o compromisso com Boyd e com seu casamento?

— Ela passava muito tempo no trabalho. Quase nunca se preocupava em preparar refeições para ele. Era ele quem cuidava da roupa da casa, mais do que ela.

— Entendo. — Peabody apertou os lábios e fez que sim com a cabeça. — Então a senhora diria que ela o negligenciou, e também deixou o casamento de lado.

— Não disse isso... não quis dar essa impressão.

— Force a barra — ordenou Eve, por trás do vidro. — Force a barra, agora!

— Qual a impressão que quis dar, sra. Stibbs?

— Só que ela não era tão perfeita quanto todo mundo pensava e dizia. Às vezes era muito egoísta.

— Alguma vez Boyd reclamou com a senhora da negligência da esposa?

— Não. Boyd nunca reclama de nada. Tem uma natureza muito sossegada.

— Ninguém tem uma natureza tão sossegada assim. — Peabody usava um sorriso, agora, grande e largo, em estilo "de mulher para mulher". — Aposto que, se ele desconfiasse que sua mulher estava saindo com outro homem, teria reclamado.

— Não, não. — Eve se inclinou e ficou na ponta dos pés. — Não fique dando voltas, não lhe dê chance de pensar.

— Que foi? — Alarmado, McNab agarrou o braço de Eve. — O que ela fez de errado?

— Ela devia continuar insistindo na questão da vítima, devia arrancar os ressentimentos ocultos da suspeita e obrigá-la a falar deles. É preciso colocá-la em confronto com a imagem do marido, para que ela perceba que talvez nós estejamos desconfiando *dele*, afinal de contas. A interrogada tem obsessão pela figura de Boyd Stibbs e o mundo perfeito que ela construiu em torno dele. Peabody tem de abalar as fundações disso e fazê-la sentir que tudo está desmoronando. Peabody mencionou o outro homem agora; isso dará à suspeita a chance de reconstruir essa fantasia, e vai ajudá-la a acreditar que realmente *havia* outro homem.

— Ela está perdendo o controle?

Eve passou as mãos pelos cabelos.

— Algum terreno ela perdeu, sim.

— Talvez fosse melhor você entrar lá.

— Não, ela pode recuperar a posição.

O tempo ultrapassou em muito os quinze minutos que McNab tirou para estar ali, mas Eve não o mandou de volta para o trabalho. Notou a confiança de Maureen voltar enquanto a de Peabody cedia. Houve um instante em que Peabody olhou para o vidro com pânico nos olhos, e Eve se viu entrando na sala pisando duro e assumindo a entrevista.

— Você tem algo aí onde eu possa escrever? — perguntou Eve.

— Algo como? Papel?! — perguntou McNab. — Sou da DDE, nunca usamos papel. Isso seria muito errado!

— Então me empreste sua agenda eletrônica. — Ela pegou o aparelho e digitou algumas frases curtas. — Dê a volta e bata na porta. Tente parecer um tira durão, para variar. Entregue isto a Trueheart, peça-lhe para passar a Peabody e caia fora de lá. Sacou tudo direitinho?

— Molinho! — Ele deu uma olhada na pequena tela enquanto caminhava até lá.

Destrua as fantasias dela.
Envolva o marido no assassinato.
Obrigue-a a chamar a vítima pelo nome.
A história do obstáculo que ela teve de superar foi boa,
use-a mais.
Observe as mãos da suspeita. Ela gira a aliança
quando fica nervosa.
Dallas

McNab sorriu e precisou de alguns instantes para fazer cara séria antes de bater na porta.

— Dallas mandou isto — sussurrou ao ouvido de Trueheart, sem esquecer de lançar um olhar duro para Maureen.

— Por favor, policial Peabody — disse Trueheart, aproximando-se da mesa. — Estes dados acabam de chegar.

Ele entregou a agenda eletrônica na mão de Peabody e voltou ao seu posto.

Quando Peabody leu as notas, teve uma sensação de alívio e sentiu-se um gêiser, cheia de energia renovada. Com todo o cuidado, pousou a agenda sobre a mesa e cruzou as mãos sobre ela.

— Que foi? — quis saber Maureen. — O que ele quis dizer com "dados"?

— Nada importante — disse Peabody, com um tom de voz que indicava exatamente o contrário. — Poderia me contar, sra. Stibbs, quando foi que a senhora e o sr. Stibbs começaram a se considerar mais que amigos?

— Que diferença isso faz? — Maureen olhou com temor para a agenda. — Se está insinuando que aconteceu algo entre nós antes de Boyd se tornar um homem livre...

— Estou tentando montar uma linha do tempo aqui, uma imagem antes e depois da morte de Marsha. As mulheres sabem quando um homem tem interesse nelas. Boyd demonstrou interesse pela senhora?

— Boyd nunca, *nunca*, trairia seus votos de homem casado. Para ele, o casamento não é questão de interesse.

— Como acontecia com Marsha.

— Ela não o apreciava como ele merecia, mas ele jamais a culparia por isso.

— Mas a senhora a culpava.

— Não foi o que eu disse. Simplesmente quis mostrar que ela não era tão devotada ao casamento quanto parecia por fora.

— Mas, sendo amiga tanto de Boyd quanto de Marsha, a senhora estava por dentro de tudo e reparava nos pontos falhos. Boyd estava ainda mais por dentro do relacionamento, e tais falhas devem ter parecido muito claras para ele. Seria penoso ele sentir que Marsha era descuidada com o casamento e com a felicidade dele.

— Ela nunca perceberia que ele era infeliz.

— Mas a senhora percebeu. Viu que ele era infeliz e o consolou quando ele abriu o coração.

— Não. Não. Nunca... Ele nunca... ele... ele é um homem muito tolerante. Nunca disse uma única palavra negativa sobre Marsha. Nunca. Eu preciso ir para casa.

— Será que ele seria tolerante o bastante para aceitar infidelidade? Para cuidar da roupa e preparar as próprias refeições enquanto a mulher se esgueirava para transar com outro homem? Eu nem desconfiava que ainda existiam santos no mundo. Não a preocupa, sra. Stibbs, que a senhora possa estar casada com um homem que tramou a morte da primeira esposa?

— Está louca? Boyd nunca faria isso... seria incapaz. Vocês não podem estar achando que ele teve alguma coisa a ver com isso, não do jeito que tudo aconteceu. Ele nem estava *lá*.

— Uma viagem para fora da cidade é um álibi excelente. — Peabody se recostou na cadeira e assentiu com a cabeça, pensativa. — A senhora nunca se perguntou se ele desconfiava que sua mulher dormia por aí com outro cara? As cartas estavam na gaveta. Pode ser que ele tenha deixado a situação em fogo brando durante semanas, meses, até que a coisa ferveu e transbordou. A ponto de ele pagar alguém para ir à sua casa enquanto estava fora, atingi-la na cabeça e colocar seu corpo na banheira. Depois ele voltou e bancou o marido enlutado.

— Não admito que diga uma coisa dessas! Não aceito ficar aqui ouvindo isso. — Ela se afastou da mesa com tanta força que entornou o copo d'água. — Boyd nunca tocaria num fio de cabelo dela. Ele nunca magoaria ninguém. É um homem bom e gentil. Um homem decente.

— Um homem decente é capaz de muita coisa quando descobre que a mulher que ama trepa com outro homem na sua cama.

— Ele nunca colocaria a mão em Marsha, nem permitiria que alguém o fizesse.

— Quem sabe num momento de raiva, ao encontrar as cartas?

— Como ele poderia encontrá-las se elas nem estavam *lá*?

Maureen ficou com os olhos arregalados e muito ofegante. Peabody sentiu um controle frio tomar conta do próprio peito.

— Não, as cartas não estavam lá, porque foi *você* quem as escreveu e as colocou na gaveta, depois de tê-la matado. Você matou Marsha Stibbs porque ela representava um obstáculo para chegar a Boyd, um homem que você desejava e que ela não valorizava. Você queria o marido de Marsha, a vida dela e o casamento dela, então lhe tomou isso.

— Não. — Maureen apertou as faces com força e balançou a cabeça. — Não. Não.

— Ela não o merecia. — Peabody estava com a marreta na mão, e a usava com frieza para destruir Maureen com golpes rápidos e duros. — Mas você, sim. Ele precisava de você. Precisava de alguém que cuidasse dele do jeito que ela não fazia. Ela não o amava, não tanto quanto você.

— Ela não precisava dele. Não precisava de ninguém.

— Você bateu de frente com ela quando Boyd viajou? Você lhe disse que ela não era boa o bastante para ele? Que ele merecia coisa melhor? Que ele merecia você?

— Não! Quero ir embora. Preciso ir para casa.

— Ela brigou com você ou simplesmente riu na sua cara? Provavelmente não a levou a sério, como Boyd também não levaria se sua esposa não saísse de campo. Ele nunca repararia em você, a não ser que ela estivesse fora do caminho. Você teve de matá-la para que pudesse começar a viver de verdade. Não foi exatamente assim, Maureen?

— Não foi desse jeito. — Lágrimas grossas lhe escorriam pelas faces. Ela estendeu as duas mãos e depois as juntou com força, como se rezasse. — Você tem de acreditar em mim.

— Então me conte como foi. Conte-me o que aconteceu na noite em que você foi ao apartamento de Marsha.

— Eu não pretendia fazer aquilo. — Soluçando muito, ela se largou na cadeira, colocou a cabeça sobre a mesa e a cobriu com os braços. — Foi um acidente. Não planejei nada. Venho agindo de maneira correta desde aquela noite. Fiz tudo para merecê-lo. Eu o amo. Sempre o amei.

Observando tudo, McNab ria como um bobo alegre.

— Ela conseguiu! Ela a desmontou. Fechou um caso em aberto que já estava arquivado. Preciso... puxa, eu preciso oferecer flores para ela, ou algo assim. — Ele se preparou para sair dali correndo, mas se virou e completou: — Dallas, ela fez tudo certinho?

— Fez... — Eve continuou a olhar pelo vidro e reparou no pesar que surgiu nos olhos de Peabody. — Ela fez tudo certinho.

Depois de mandar Maureen Stibbs para ser fichada, Peabody estava exausta. Sentia como se todos os seus órgãos tivessem passado por um espremedor gigante que lhe sugara todo o suco, transformando-a num bagaço.

Quando chegou à sala de ocorrências, seus pais se levantaram de um banco e foram em sua direção.

— O que estão fazendo aqui? — perguntou ela. — Não tínhamos marcado nada até a noite, quando vamos ao jantar elegante que foi adiado ontem.

— Estamos tão orgulhosos de você! — Sua mãe emoldurou-lhe o rosto e plantou um beijo quente em sua testa. — Orgulhosos de verdade!

— Que bom... Por quê?

— Eve nos ligou. — Phoebe abaixou um pouco a cabeça e esfregou a face contra a da filha. — Ela arranjou tudo para que nós observássemos você trabalhando.

— O interrogatório que eu fiz? — O queixo de Peabody caiu. — Vocês viram?

— O que você fez foi muito difícil. — Phoebe a apertou junto do peito.

— É o meu trabalho.

— Um trabalho muito difícil. Mas é a profissão que você abraçou e desempenha bem. — Ela afastou um pouco a filha para analisar o seu rosto. — Saber disso é bom. Quando formos embora, amanhã, a despedida vai ser mais fácil.

— Amanhã? Mas...

— Já está na hora. Conversaremos mais à noite. Você tem trabalho agora.

Sam também abaixou a cabeça e apertou a mão da filha, com força.

— Policial Peabody. — Ele sorriu de orelha a orelha. — Vá trabalhar!

Com os olhos enevoados de lágrimas, ela os viu caminhar em direção à passarela aérea. Mas logo as lágrimas secaram e se transformaram em um choque divertido quando ela avistou McNab subindo pela passarela ao lado com uma braçada de margaridas brancas e amarelas.

— Onde é que você conseguiu isso?

— Nem queira saber! — Ele entregou as flores a Peabody e quebrou o acordo mútuo ao levantá-la no colo e lhe aplicar um beijo ardente em público. — She-Body, você botou pra quebrar! — elogiou ele, rindo.

— Quase estraguei tudo.

— Que nada! Você mandou bem, fez o serviço e fechou o caso. Fim da história. — McNab estava tão orgulhoso que parecia que os botões cor-de-rosa de sua camisa roxa iam pular a qualquer momento. — E ainda conseguiu ser muito sexy durante toda a entrevista. Podemos brincar de interrogatório logo mais à noite. — Ele piscou para ela.

— Você estava olhando?

— E você achou que eu iria perder isso? Era um momento de decisão, tipo "ou dá ou desce" para você, e isso fez com que virasse "ou dá ou desce" para mim também.

Ela suspirou, cedeu e enterrou o rosto entre as flores que certamente haviam sido roubadas.

— Às vezes, McNab, você é muito doce.

— Doce? Então tá legal, eu deixo você me lamber todo mais tarde. Agora vá à luta, que eu vou logo atrás.

Levando as flores, ela entrou na sala de ocorrências e ficou morrendo de vergonha, deliciada, confusa e embaraçada quando vários detetives gritaram, dando-lhe congratulações. Ruborizada, foi até a sala de Eve.

— Tenente?

Eve ergueu a mão pedindo que ela esperasse alguns segundos, enquanto continuava a analisar os resultados da pesquisa de probabilidades sobre os spas. Ela e o computador haviam chegado à conclusão de que a Europa era o destino mais provável, pelo perfil de Julianna, com Paris um pouquinho mais à frente que as outras cidades.

— Não sei, não — duvidou Eve. — Cidade grande, muita mídia, muitos policiais. Por que não foi citado aquele outro lugar, como se chama mesmo? Provença. Ou o outro na Itália, perto da fronteira com a Suíça?

A SUSPEITA PREFERE ATMOSFERA URBANA COM ACESSO FÁCIL A TEATROS, RESTAURANTES E SHOPPINGS. AS OPÇÕES OFERECIDAS FICAM NO CAMPO, E SÃO ATRAENTES APENAS PARA PESSOAS COM TENDÊNCIAS BUCÓLICAS E POUCO/NENHUM DESEJO DE EXERCER ATIVIDADES AO AR LIVRE. L'INDULGENCE É O MAIS IMPORTANTE E FAMOSO CENTRO DE TRATAMENTO ESTÉTICO NA CIDADE DE PARIS. POSSUI SALÃO DE BELEZA TOPO DE LINHA, SPA, OFERECE SERVIÇOS DE ESCULTURA CORPORAL E TEM INSTALAÇÕES ESPECÍFICAS PARA CUIDAR DO BEM-ESTAR EMOCIONAL DA CLIENTELA.

SEUS PRODUTOS TÊM FÓRMULAS À BASE DE INGREDIENTES NATURAIS E SÓ PODEM SER CONSUMIDOS POR CLIENTES DO CENTRO. OS TRATAMENTOS OFERECIDOS PARA A PELE E PARA O CORPO SÃO...

— Se eu quisesse ouvir uma propaganda do lugar, eu teria lhe pedido isso. Como se marca hora lá?

RESERVAS PARA UM DIA COMPLETO, ACOMPANHADO OU NÃO DE SERVIÇOS DE HOTELARIA, DEVERÃO SER FEITAS PESSOALMENTE PELO CLIENTE, POR SEU REPRESENTANTE LEGAL OU POR AGÊNCIA DE VIAGENS AUTORIZADA. RECOMENDA-SE QUE OS PEDIDOS DE RESERVA SEJAM FEITOS COM ANTECEDÊNCIA MÍNIMA DE SEIS SEMANAS.

— Seis semanas? — Eve ponderou a informação, tamborilando na mesa.

— Vai passar alguns dias num spa em Paris, tenente? — perguntou Peabody.

— Vou, mas só se alguém me der uma porretada, me deixar sem sentidos, me algemar e arrastar meu corpo desacordado até lá. Mas acho que ir a um spa desses tem a cara de Julianna. Afinal, toda garota precisa de um tempo entre um assassinato e outro para relaxar, ser paparicada, se manter jovem e com a pele aveludada como pétala de rosa.

Ela ergueu os olhos e apontou para as flores.

— Já vi que McNab conseguiu. De onde ele as roubou?

— Sei lá. — Peabody as cheirou, com ar sentimental. — O que vale é a intenção. Você deixou meus pais entrarem e assistirem. Você não gosta de civis assistindo a interrogatórios.

— Abri uma exceção.

— Eles disseram que estão orgulhosos de mim.

— Você é uma boa policial, por que não deveriam se orgulhar?

— Significou muito ouvi-los dizer isso. Obrigada por me enviar aqueles lembretes e me colocar de novo nos trilhos. Eu senti que a estava perdendo, mas não conseguia descobrir onde tinha errado.

— Você retomou o ritmo e deu conta do recado. Como se sente com a vitória?

— Bem, eu acho. Sinto-me ótima. — Mas ela deixou cair os braços e as flores ficaram de cabeça para baixo. — Puxa vida, Dallas, senti a maior pena de Maureen. O mundo dela se despedaçou em mil caquinhos. Foi um acidente. Ela afirma isso categoricamente. Resolveu enfrentar Marsha e lhe disse o que sentia por Boyd. Elas brigaram, a coisa partiu para a agressão física, ela empurrou Marsha, que caiu para trás de mau jeito e bateu com a cabeça. Maureen entrou em pânico e tentou acobertar o que aconteceu.

— Os advogados dela vão pedir para a acusação ser modificada para homicídio culposo. Poderia ser doloso.

— Mas tenente...

— Talvez ela tenha entrado em pânico por um ou dois minutos. Tudo bem, ela entrou em pânico, se arrependeu e ficou em estado de choque. Nesse momento, o que fez? Pediu ajuda? Diante de uma mínima chance de Marsha Stibbs ser reanimada ou salva, ela chamou alguém? Não, simplesmente aproveitou a oportunidade. Não só encobriu o crime, mas foi além. Plantou falsas evidências que retratavam a morta como adúltera, e deixou o pobre marido, um homem que ela afirma amar, com muita dor e dúvida, completamente arrasado diante da possibilidade de sua mulher ter mentido para ele, enganando-o e traindo-o. Além disso, colocou uma nuvem negra sobre a vida que ela roubou, para que todos que conhecessem Marsha Stibbs olhassem-na através dessa nuvem e vissem uma mulher que traía o marido. Com isso, ganhou tempo e pavimentou a estrada para, depois de alguns meses, tomar o lugar da morta.

Eve balançou a cabeça.

— Não gaste sua pena com ela, Peabody. Se quer ter pena de alguém, tenha de Marsha Stibbs, que teve sua vida arrancada sem razão, a não ser a de possuir um homem que outra mulher queria.

— Sim, sei que você tem razão. Acho que minha ficha ainda não caiu.

— Peabody, você ficou ao lado de Marsha Stibbs durante todo o interrogatório. E fez um bom trabalho por ela.

O rosto de Peabody se acalmou um pouco e as dúvidas que ainda persistiam evaporaram.

— Obrigada, tenente.

— Vá para casa e se coloque bem bonita para esse programa sofisticado que você marcou para hoje à noite.

— Mas ainda não acabou meu turno.

— Estou dispensando você uma hora mais cedo e você ainda reclama?

— Não, senhora! — Peabody pegou uma das margaridas amarelas do apanhado que tinha na mão e a ofereceu a Eve.

— Está repassando mercadoria roubada, policial? — Divertindo-se com tudo aquilo, Eve girou a flor pelo cabo e foi atender ao *tele-link* interno que tocava.

— Tenente. — O rosto de Whitney encheu a tela. — Quero você e sua equipe em minha sala. Quinze minutos.

— Sim, comandante. Desculpe, Peabody, você não vai poder sair mais cedo. — Eve se levantou rapidamente. — Quer sua flor de volta?

Quinze minutos não foram suficientes para Eve compilar e analisar os dados necessários para servir de apoio ao seu palpite sobre Julianna estar tirando alguns dias de folga na Europa. Em vez disso, a caminho da sala do comandante, ela preparou mentalmente uma apresentação oral onde defenderia aquela ideia.

A apresentação sumiu da sua cabeça quando ela entrou na sala e deu de cara com Roarke.

Ele estava sentado em uma das cadeiras em frente ao comandante e parecia muito à vontade. Seus olhares se cruzaram e se fixaram um no outro por poucos instantes, tempo suficiente para Eve descobrir que o que estava acontecendo ali não era do seu agrado.

— Olá, tenente. — Whitney acenou com a cabeça, convidando-a a entrar. — Policial Peabody, soube que você desvendou e encerrou um caso de homicídio agora à tarde, depois de conseguir uma confissão completa durante o interrogatório.

— Sim, senhor. Foi o caso Marsha Stibbs.

— Bom trabalho.

— Obrigada, comandante. Na verdade, a tenente Dallas...

— Teve a mais absoluta confiança na capacidade da policial Peabody em investigar e fechar este caso — interrompeu Eve. — Essa confiança foi justificada. A policial Peabody cuidou da investigação basicamente durante seu tempo livre, sem interrupção dos seus serviços como minha auxiliar e como parte da equipe formada para apurar os homicídios cometidos por Julianna Dunne. Uma recomendação testemunhando seu excelente desempenho foi adicionada à sua ficha funcional.

— Muito bem — disse Whitney, observando que Peabody perdera a voz, de espanto. — Pode entrar! — gritou, ao ouvir uma batida na porta. — Olá, capitão. Boa tarde, detetive. — Acenou para Feeney e McNab.

— Bom trabalho! — Feeney deu uma piscadela para Peabody, acompanhada de uma cotovelada carinhosa, enquanto se juntava ao grupo. — Olá, Roarke. — Assim que se sentou, o capitão enfiou as mãos nos bolsos e balançou de leve seu saquinho de amêndoas açucaradas. Havia um cheiro de novidade no ar, percebeu, e devia ser algo interessante.

— Julianna Dunne — recitou Whitney, devagar, fazendo uma pausa para observar a reação das pessoas reunidas em sua sala. — Ela cometeu três homicídios nesta cidade. Cometeu um quarto em outra cidade, embora a Secretaria de Segurança de Denver pareça relutante em confirmá-lo oficialmente. — Seus lábios formaram um sorriso quase imperceptível quando olhou para Eve. — A mesma suspeita também foi responsável por ferir seriamente uma policial da minha equipe.

— Comandante...

Ele cortou os protestos de Eve olhando-a com os olhos semicerrados.

— É uma sorte você ter se recuperado tão depressa, tenente. Tudo isso são fatos, e fatos que a mídia está apresentando continuamente nos noticiários, e em toda parte. Fatos aos quais o nosso departamento deve responder devidamente. Duas das vítimas eram homens proeminentes, com ligações importantes. Os familiares de Walter Pettibone e Henry Mouton entraram em contato com este gabinete, e também com Harry Tibble, o secretário de Segurança de Nova York, exigindo respostas e justiça.

— Eles terão justiça, comandante. Minha equipe está perseguindo todas as pistas de forma incansável. Um relatório atualizado dos nossos progressos estará sobre a sua mesa antes do fim do turno.

— Tenente. — Whitney se recostou na cadeira. — Na verdade, sua investigação está empacada.

— Esta investigação é multifacetada. — Eve engoliu a fúria que queimava sua garganta. — Com todo o respeito, comandante, discordo que ela esteja empacada. Trata-se de um caso complexo e com vários níveis. Nem sempre conseguimos servir à justiça de forma imediata.

— Se a assassina tivesse sido mantida onde estava, não haveria nem mesmo uma nova investigação, para início de conversa. — As palavras de Feeney pareciam estalar de raiva. — Nós a prendemos uma vez. Agora, por causa de um monte de sujeitos sem noção, um bando de idiotas metidos a bondosos que lhe abriram a porta da jaula, temos de agarrá-la novamente. Isso é um fato palpável, comandante. Foi Dallas quem a colocou atrás das grades, e acho que a mídia, este gabinete e o gabinete do todo-poderoso secretário deviam se lembrar disso.

Quando Eve colocou a mão em seu braço, ele a repeliu.

— Não me diga para eu me acalmar! — bradou ele, embora Eve não tivesse emitido uma única palavra.

— Estou totalmente a par dessa história. — A voz de Whitney permaneceu calma. — O secretário Tibble também. Quanto à mídia, posso lhes assegurar que vamos lembrá-la de tudo isso. É com o dia de hoje que temos de lidar. Julianna Dunne permanece à solta, e esse é um problema imenso. Ela zombou de você — ele se dirigiu a Eve. — A opinião geral é de que ela continuará a agir assim. Você concorda, tenente, que Julianna Dunnes escolheu Nova York para encenar seus crimes como uma forma de vingança? Concorda que o trabalho dela não passa de um ataque pessoal a você?

— Concordo, comandante, que a suspeita abriga grandes ressentimentos, e apesar de o seu trabalho ser satisfatório para ela mesma, por si só, é claro que, agindo aqui, ela ganha o benefício adicional de me envolver no combate.

— A suspeita não demonstrou interesse particular nem ligação especial com os homens que matou. Isso torna sua investigação mais problemática — reconheceu o comandante.

— É pouquíssimo provável que consigamos rastreá-la e agarrá-la tentando identificar o próximo ou os próximos alvos. — Eve sentiu um latejar de advertência na base do crânio. — A investigação certamente avançaria mais se nos concentrarmos no padrão da suspeita, e estou falando do seu padrão de comportamento pessoal: como ela vive, trabalha e se diverte. Julianna Dunne não é uma mulher de negar a si mesma os confortos e luxos que sempre acreditou merecer e que lhe foram negados durante quase nove anos de prisão. Estou compilando e analisando dados dentro dessa linha de pensamento, a fim de montar uma base de sustentação para o que julgo ser uma teoria válida.

— Estou muito interessado em rever esses dados e ouvir sua teoria. Porém, nesse meio-tempo, vamos recuar um instante. — Ele juntou as mãos como se fizesse uma prece e bateu os dedos indicadores um contra o outro. — Os resultados das probabilidades se opõem à ideia da dra. Mira e da investigadora principal a respeito da identidade de um dos possíveis alvos. Acredito, depois de rever nossos dados e relatórios, que esse possível alvo seja o objetivo principal da assassina desde o início. Esse indivíduo, por sinal, está disposto a cooperar conosco, e isso poderá resultar na prisão de Julianna Dunne em menos tempo, e no encerramento deste caso.

O latejar se tornou um martelar.

— Comandante, utilizar civis...

— É um expediente muito útil — completou Whitney —, particularmente quando esse civil possui... habilidades em determinadas áreas.

— Peço permissão para conversar com o senhor em particular, comandante.

— Negado.

— Comandante. — Roarke falou pela primeira vez com um tom suave na voz, que contrastou com a crescente tensão da sala. — O senhor me permite? Ela virá atrás de mim mais cedo ou mais tarde, Eve. Se pudermos fazer com que isso ocorra mais cedo, teremos vantagem sobre ela, e talvez salvemos uma vida.

— Eu me oponho a usar um civil como isca! — Ela olhou diretamente para Whitney. — Não importa quem seja, nem quando. Como investigadora principal deste caso, tenho o direito de recusar o emprego de táticas que poderão gerar riscos inaceitáveis para meus homens ou para civis.

— E na qualidade de seu comandante, eu tenho o direito de anular sua recusa, de obrigá-la a empregar tais táticas ou de substituí-la como investigadora principal.

Dessa vez foi Feeney quem agarrou o braço de Eve, mas Roarke já se levantava da cadeira.

— Jack! — exclamou o capitão. Sua voz não pareceu mais tão calma agora que se dirigia a Whitney. Deliberadamente, Roarke se pôs entre o comandante e Eve, posicionando-se num ângulo tal que ela não teve escolha, a não ser olhar direto para ele.

— Você terá todo o controle — disse Roarke, olhando para Eve. — Até agora, foi ela quem mandou no jogo. Você vai atraí-la até o lugar que bem quiser e do jeito que escolher. Esse é o primeiro ponto. O segundo é que eu não vou ficar de braços cruzados, esperando que ela escolha a hora e o lugar para me pegar. Estou pedindo a sua ajuda e lhe oferecendo a minha.

Era fácil ver por que ele era tão bom no que fazia. Tão bom em dobrar as pessoas e fazê-las agir do seu jeito e com bom-senso, pelo menos de início. Para depois usar o método que funcionasse melhor.

Mas ela não era uma empresa que estava para ser incorporada, nem uma intimação que pudesse ser questionada por um recurso judicial.

— Você não está pedindo nem oferecendo nada! E não está me dando controle algum, está simplesmente tomando-o.

— Isso depende de como você vê a questão.

— Eu a vejo muito bem. Pode recuar, Roarke, você não tem o controle disso aqui... pelo menos ainda não.

Algo cintilou nos olhos dele, algo mortífero. Isso só serviu de combustível para uma explosão que estava prestes a acontecer. Quando ela se moveu na direção de Roarke, Feeney a agarrou pelo braço pela segunda vez e Whitney se levantou.

— Pega leve, garota — murmurou Feeney.

— Tenente Dallas! — A voz de Whitney estalou como um chicote. — Meu gabinete não é lugar para desavenças matrimoniais.

— Foi o senhor que o transformou nisso. Isto é uma emboscada para driblar minha autoridade e a colocar em xeque diante da minha equipe.

Whitney abriu a boca para falar alguma coisa, mas fechou-a logo em seguida, apertando os lábios.

— Tem razão. Sua equipe está dispensada da reunião.

— Prefiro que eles fiquem, a essa altura da situação, senhor. Terminar esta reunião a portas fechadas não passa de um gesto inútil agora.

— Você é um osso duro de roer, tenente, e está muito próxima de ultrapassar os limites.

— Sim, realmente estou, mas o senhor já ultrapassou os seus. Afinal, eu demonstro respeito tanto pela sua autoridade quanto pelo seu gabinete.

Ele teve de respirar fundo.

— Está insinuando que eu não demonstro respeito por você?

— Isso depende — ela olhou com firmeza para Roarke — de como o senhor vê a questão.

— Que tal você analisar a situação de forma objetiva, em vez de usar uma raiva talvez justificável, e expor suas opções ao que lhe está sendo apresentado, tenente?

— Tenho fortes razões para acreditar que Julianna Dunne está fora do país ou que talvez tenha planos de deixar Nova York por um curto período de tempo. Se me for permitido seguir essa linha de investigação, acredito que possa confirmar sua localização ou local de destino em poucas horas.

— E sua crença é baseada em quê?

— Nos meus instintos e no meu considerável entendimento dos mecanismos mentais da suspeita. — *Apresente sua teoria agora*, ordenou Eve para si mesma, *e faça isso com muita garra.*

— Ela é mulher — começou Eve. — Sente uma necessidade profunda de satisfazer sua feminilidade das formas mais exclusivas e luxuosas possíveis. Anda trabalhando incessantemente nas últimas semanas, planejando e executando sua agenda de horrores. Deve estar querendo alguns dias de folga. No passado, ela costumava tirar férias curtas entre uma investida e outra. Frequentava resorts, de preferência, e escolhia centros de tratamento estético do mais elevado nível. É o seu padrão. Ela atacou suas vítimas em rápida sucessão dessa vez, e fez isso depois de muitos anos de inatividade forçada, na prisão. Está precisando se renovar, recarregar as baterias; seu local favorito para isso seria um spa sofisticado onde ela pudesse ser paparicada e relaxar um pouco antes de...

Ela parou de falar, mas resolveu mergulhar de cabeça.

— Antes de atacar o que acredito que era, desde o início, seu alvo principal. Ela vai querer se arrumar muito bem, esteticamente, e de forma apurada, antes de investir sobre esse alvo. Submeti essa teoria aos nossos programas de cálculo de probabilidades e alcancei mais de noventa por cento de chance de estar certa. Ela não muda, comandante. No fundo, no fundo, ela não muda.

— Aceitando essa teoria como adequada e correta, devemos lembrar que existem inúmeras instalações dessa natureza; só nesta cidade elas alcançam um número inimaginavelmente alto.

— Não seria aqui, senhor. Ela iria preferir um local no exterior. Isso é uma indulgência pessoal, um prêmio, e ela nunca correria o risco de se tratar com um consultor de beleza que tivesse visto seu rosto estampado em todos os noticiários. Ela tem cérebro. O mais provável é que procure um lugar fora do país, onde a cobertura da mídia sobre os assassinatos em Nova York não seja intensa.

Eve observou a expressão do comandante. Percebeu que ele considerava sua ideia com atenção e concordava com ela.

— Já estreitei a área de busca. Fiz uma lista curta de locais com esse perfil e vou começar a verificá-los.

— Então faça isso. Entretanto, não se esqueça de que esse ângulo de abordagem não elimina a necessidade de montar um plano B. Se você conseguir localizá-la com sucesso, tenente, e também persegui-la e agarrá-la, a segunda opção será deixada de lado. Se, por outro lado, sua ideia não gerar resultados, já temos uma armadilha preparada. Acomode-se em sua cadeira, tenente, e ouça o plano.

Whitney se virou para Roarke e assentiu com a cabeça, incitando-o a falar.

Capítulo Dezenove

— Daqui a três dias — começou Roarke — haverá um evento beneficente aqui em Nova York. Um jantar seguido de baile para levantar fundos para a compra de ambulâncias e outros veículos de transporte médico, em prol da clínica Canal Street. Imagino que a dra. Dimatto tenha comentado isso com você, tenente.

— Sim, eu já soube da festa.

— Aceitei o convite para ir a esse evento há várias semanas. Isso foi divulgado e é de conhecimento geral, caso alguém esteja querendo saber quando será a minha próxima aparição social na cidade. O baile será realizado em um dos salões do Grand Regency Hotel. O qual, por um feliz acaso, me pertence.

— Como? É um espanto descobrir que você possui um hotel inteiro — disse Eve, com sarcasmo escorrendo pelo canto da boca como mel envenenado. — Surpreendente!

— Felizmente a titularidade não é minha, isto é, uma das minhas subsidiárias é que aparece como proprietária do local, e não vai ser fácil me identificar como dono do hotel. Não que todas as taxas e impostos do negócio não sejam pagos de imediato — acrescentou, com um ar de divertida frieza —, mas, em uma pesquisa básica, nem mesmo alguém muito curioso conseguiria ligar meu nome à propriedade. Isso cancela qualquer relutância que nossa Julianna possa ter quanto a atuar em território meu, por assim dizer. Isso também nos oferece a vantagem de conhecer o sistema de segurança de cabo a rabo. Teremos condições de ajustar essa estrutura às nossas necessidades específicas.

Embora tivesse parado de falar, Roarke não obteve resposta nem reação de Eve, mas também não contava com isso.

— Para tornar a coisa ainda melhor, acabou de vazar para a mídia, por obra do meu pessoal de relações públicas, que eu não apenas comparecerei ao evento, como também farei uma doação expressiva. Essa doação será vultosa o suficiente para atrair muita atenção da mídia nos próximos dias.

Ele assumira o controle da sala, percebeu Eve. Não apenas mandava na discussão, mas na droga da sala inteira. Ele estava no comando agora. E isso a deixava enfurecida.

— A essa altura, se ela já não sabia disso, já deve ter descoberto que eu estarei presente em um evento público onde haverá muita gente, muita comida, muita bebida e um monte de empregados e funcionários. Deve saber que a minha esposa vai comparecer também. Esta é uma oportunidade feita sob medida, e certamente Julianna Dunne vai agarrá-la. É provável até que já esteja planejando tudo.

— Não podemos ter certeza absoluta disso — corrigiu Eve. Embora ela soubesse do evento, contava com um jeito de fazer com que Roarke tirasse o corpo fora. — Se ela acabou de saber da festa, existe uma janela de tempo muito apertada para conseguir planejar tudo certinho, se misturar com os convidados ou empregados, e essa janela é pequena para nós também acessarmos e ajustarmos os sistemas de segurança com o sigilo necessário, a fim de proteger os civis. Você não vai ser o único bambambã podre de rico no lugar. Essa ideia colocará os outros em risco.

Ele desmontou as objeções dela e afastou suas preocupações com um simples encolher de ombros, gesto que sabia que a deixaria ainda mais revoltada.

— O evento vai acontecer comigo lá ou não. Se o alvo dela é outro ricaço, ele já está correndo risco. Aliás, mesmo que Julianna tenha outro alvo em mente, a tentação de mudar de objetivo e focar em mim vai ser muito grande. É a você que ela deseja atingir, tenente; eu sou apenas a arma que ela tem contra você. Por acaso acha que eu vou me permitir ser usado para isso? Ou para qualquer outra coisa?

— Na sua opinião... — a voz de Whitney quebrou o silêncio pesado que se seguiu — ... a suspeita desconfia que você sabe da sua intenção de atacar Roarke?

— Como é que eu posso saber o que ela...

— Tenente — cortou Whitney —, quero a sua opinião.

O treinamento que Eve recebera entrou em conflito com sua raiva, mas venceu a batalha.

— Não, senhor. Este alvo não se encaixa nos padrões de atuação da suspeita, e ela me informou especificamente sobre o tipo de homem que pretende atacar. Não teria razão para achar ou desconfiar que eu tenho dúvidas e poderia olhar fora do limite que ela mesma determinou. Julianna me respeita, mas certamente acredita que estou correndo atrás da pista falsa que ela me deixou.

— Arme o circo, Dallas — ordenou Whitney, se levantando. — Pesquise os ângulos, feche os furos, vá em frente e encerre o caso. Não importa quanto equipamento nem quantos homens serão necessários, tudo será liberado. Vamos discutir o plano mais profundamente amanhã. Amanhã! — repetiu ele, antecipando-se ao protesto de Eve. — Quando os ânimos não estarão tão acirrados. Respeito o seu gênio estourado, tenente, e saiba que também respeito sua patente e suas habilidades. Agora, todos dispensados!

Sem confiar em sua capacidade de responder a isso com calma, Eve assentiu levemente com a cabeça e se retirou.

Quando Peabody a seguiu, quase aos pulos, o rosnar de Eve foi suficiente para mantê-la longe.

— Fique fora da linha de fogo — aconselhou Roarke, colocando a mão no ombro de Peabody. — É a mim que ela quer transformar em pedacinhos pequenos e ensanguentados, mas você pode ser pega no fogo cruzado e estragar seu dia, que até agora foi muito bom.

— Em minha opinião, é você quem merece ser atingido mesmo, Roarke. Não acha que ela foi golpeada o bastante ontem?

Para surpresa de Roarke, Peabody girou sobre os calcanhares e marchou, empinada, na direção oposta. Com uma fúria que aumentou do ponto de fogo baixo para fervura, ele foi, a passos largos, atrás da sua mulher. Alcançou-a no instante em que ela chegava à sua sala, e conseguiu segurar a maçaneta um décimo de segundo antes de a porta ser batida na sua cara.

— Cai fora! Sai da minha cola! — Ela pegou alguns discos e os enfiou, com raiva, em uma pasta. — Aqui ainda é o meu espaço.

— Vamos conversar.

— Não tenho nada para conversar com você. — Ela jogou a pasta na bolsa, colocou-a no ombro e o empurrou quando ele bloqueou seu caminho para a porta.

— Tá querendo brigar, então? Por mim, está ótimo, porque eu também estou a fim disso. Mas vamos levar a discussão para um território neutro.

— Território neutro uma ova! Não *existe* território neutro em Nova York, você é dono da porra da cidade inteira.

— Pois é melhor levarmos essa discussão para fora daqui, tenente, a não ser que você queira uma briga violenta e cheia de gritos diante de algumas dezenas de tiras colegas seus. Estou pouco ligando para isso, mas você certamente vai se arrepender do barraco mais tarde, quando a ficha cair.

— Minha ficha já caiu! — Como isso era verdade, ela conseguiu manter a voz baixa. — Vamos lá para fora, meu chapa.

— Vamos logo, então.

Eles não se falaram, mas a força do silêncio fez vários tiras empurrarem a cadeira para trás, a fim de acompanhar melhor a jornada deles até o elevador. Eve saltou na garagem na frente dele, e deu um tapa na mão de Roarke quando ele tentou abrir a porta do motorista.

— Eu levo o carro! — ele disse. — Você ainda está com muito sangue pisado no olho para poder dirigir.

Decidindo escolher as batalhas certas, Eve contornou o carro e se sentou no banco do passageiro.

Ele não saiu a toda velocidade da garagem, embora tivesse vontade de fazer isso. Ela adoraria mandar prendê-lo por alguma violação das leis do tráfego, pensou, com crueldade; mas ele também resolvera escolher as batalhas certas. Mesmo assim, costurou pelo tráfego com uma espécie de violência controlada que fez os outros motoristas saírem da sua frente como num passe de mágica. Em outra hora ela teria admirado isso, mas, naquele instante, as habilidades dele só serviam para reforçar seus ressentimentos.

Ele estacionou o carro junto a uma calçada do lado oeste do Central Park, saltou e bateu a porta com força, enquanto ela fazia o mesmo pelo outro lado.

— Não sou dono disto. — Ele apontou para o parque.

— Aposto que esse fato te incomoda.

— As coisas das quais sou dono ou não, o que compro ou não compro, é irrelevante.

— Você não é dono do meu distintivo.

— Eu não quero a porra do seu distintivo! — Ele atravessou a calçada e continuou caminhando ao longo do lindo gramado de verão.

— Controlar algo é a mesma coisa que ser dono dele.

— Não tenho vontade nenhuma de controlar seu distintivo nem de controlar você, antes que pergunte.

— Palavras pouco convincentes, vindas da boca de quem acabou de fazer as duas coisas.

— Pelo amor de Deus, Eve, não foi nada disso que aconteceu! Use a cachola por um minutinho. Pare de ser tão orgulhosa e teimosa, pare de enxergar em qualquer coisa um ataque pessoal. Você acha que Whitney teria concordado em ver a coisa por esse ângulo se não acreditasse que essa é uma forma viável de deter essa mulher? Não é esse o seu objetivo mais importante?

— Não venha me dizer qual é o meu objetivo principal. — Ela o cutucou no peito com o dedo indicador. — Nem venha me dizer qual é o meu trabalho. Sou tira desde o tempo em que você lidava com mercadorias contrabandeadas, e *sei* das coisas.

Ela se afastou dele, com raiva. *Orgulhosa? Teimosa?* Mas que filho da mãe! De repente ela se virou novamente e desabafou:

— Você passou por cima de mim, agiu pelas minhas costas e não tinha o direito, não tinha o *mínimo* direito de procurar o meu superior para impor suas ideias para essa investigação, de um jeito que minou a minha autonomia e me desautorizou diante da minha equipe. Se alguém tivesse feito a mesma coisa com você, aposto que a cabeça do pobre coitado estaria em uma bandeja a essa altura, e você estaria usando o sangue dele como molho.

Ele ia responder, mas engoliu seu próprio orgulho em seco e disse apenas:

— Isso é muito irritante.

— Irritante? Ainda por cima você...

— É irritante — ele a interrompeu —, quando você tem razão. Quando está completamente certa e eu estou errado. Peço desculpas. Com toda a sinceridade.

— Quer uma sugestão de onde você pode enfiar sua sinceridade?

— Dispenso. — Chateado consigo mesmo e com ela, ele se sentou, meio largado, num banco. — Sinto muito pelo método que usei. Estou falando a verdade. Não pensei nas consequências disso para você, e devia ter pensado.

— Que nada! Você simplesmente teve uma ideia genial e foi correndo contá-la para seu bom amigo Jack.

— E se eu tivesse ido procurar você para conversar, antes de falar com ele, será que a cara tenente teria alguma consideração pela ideia? Não me venha com uma resposta esperta, tenente, pois nós dois sabemos que você teria descartado a sugestão logo de cara. Eu iria insistir e acabaríamos brigando por causa disso.

— Sim, até você conseguir as coisas do seu jeito.

— Não. Até você tirar os grilos da cabeça, esses grilos que fazem você achar que eu sou idiota o bastante para ser derrubado por uma piranha maluca qualquer. Deve achar que eu cheguei aqui trazido pelo último toró.

— Que diabos isso quer dizer?

Ele se recostou e riu.

— É uma expressão irlandesa. Nossa, você traz à tona o irlandês que existe dentro de mim. Por que será? Faz alguma ideia? Venha cá, senta aqui. Você não está com uma aparência tão boa quanto deveria.

— Não venha me dizer o que fazer!

Ele refletiu por três segundos.

— Ai, caceta! — reagiu ele, por fim, levantando-se do banco e indo na direção dela. Depois de se desviar de uma cotovelada, ele a agarrou com força e a tirou do chão. — Pronto, agora você vai ficar aí! — Colocou-a sentada no banco. — Sabia que eu nunca conseguiria imobilizar você com tanta facilidade se você estivesse em seu estado normal? Agora você vai ter de me ouvir.

Roarke manteve as mãos de Eve presas sob as dele, sentiu a raiva e a afronta vibrando através delas.

— Depois que eu acabar de falar, se você ainda sentir vontade de me dar um soco na cara, eu deixo, mas só um. O que eu disse na sala de Whitney é verdade. Teria sido melhor conversar sobre o assunto com você antes, para podermos brigar um com o outro, numa boa, mas eu não fiz isso, e peço desculpas. De qualquer modo, tudo o que eu disse lá dentro continua valendo porque é verdade.

Ele apertou as mãos dela com mais força até ela parar de tentar se desvencilhar.

— Estou pedindo a sua ajuda e lhe oferecendo a minha. Essa mulher doida quer despedaçar você. Pedacinhos do seu coração se despregam cada vez que ela coloca um novo cadáver aos seus pés, Eve. Ela está tentando fazer você se sentir culpada por matar esses homens.

— Eu não me sinto...

— Não, você sabe que não deve se sentir culpada. Mas ela fez você sangrar com aquele vídeo maldito. Seu coração sangrou. E agora ela quer acabar de derrubar você acabando comigo. Ela não conhece você. Não compreende o que se passa dentro da sua alma, nem o que significa amar alguém. Se ela conseguisse, por algum milagre, me matar, você não se despedaçaria. Iria caçá-la até no inferno, até conseguir pegá-la. Você a derrubaria e então, querida, sei que iria cortá-la em pedacinhos e comê-la com batatas.

Ele levou os punhos cerrados dela aos lábios.

— Eu faria exatamente o mesmo por você, caso esteja se perguntando.

— Puxa, isso é tranquilizador, Roarke.

— Não é? — Ele disse isso com tanta alegria estampada no rosto que ela sentiu um sorriso se formar nos cantos da boca.

— Pode me soltar, não vou socar você. Simplesmente me solte e não fale comigo por pelo menos um minuto.

Ele afrouxou as mãos dela e passou os dedos de leve sobre seu rosto machucado. Em seguida, levantou-se e deu alguns passos pela calçada, para deixá-la sozinha por alguns instantes.

Ela ficou ali, sentada onde estava. A raiva a deixara cansada, e até seus ossos lhe pareciam mais fracos. Mais que isso, percebeu Eve. Era o medo que a estava deixando esgotada. A imagem de Roarke se inclinando para frente e caindo no chão diante dela, engasgado, ofegante e moribundo, surgiu em sua mente. E Julianna estava lá, fora de alcance, totalmente fora de alcance. Sorrindo.

Ela mesma deixara isso acontecer, admitiu Eve. Tinha permitido que Julianna plantasse as sementes de medo, culpa e insegurança. E permitira que elas brotassem, em vez de arrancá-las pela raiz.

Isso a tornou ineficaz e lenta.

Roarke, por sua vez, fora direto à raiz.

Ele a deixara furiosa. Qual a novidade disso? Eles já haviam batido de frente muitas vezes antes, e isso certamente continuaria a acontecer. Fazia parte da química entre eles. Talvez fosse algo doentio, mas era assim que eles eram.

Nenhum dos dois tinha natureza pacífica.

Ele errara, mas ela também. Como tira, ela deveria ter examinado e explorado a opção de usá-lo como isca há muito tempo.

O amor acabava com a objetividade, sem dúvida.

Ele voltou com duas latas de Pepsi e um pacotinho de batatas fritas empapadas em óleo. Sentou-se em silêncio ao lado dela.

— Antes de mais nada, quero dizer que tenho todo o direito de ser orgulhosa quando o assunto tem a ver com meu trabalho. — Ela pegou uma batata frita do pacotinho e sentiu a aspereza do sal misturado com o óleo. Sabia que ele colocara sal demais nas batatas só por causa dela, e isso a fez dar um suspiro de puro sentimentalismo. — Em segundo lugar, vou logo avisando: quando você menos esperar, vou enviar um memorando para todos os gerentes do prédio em que você trabalha. Vou espalhar aos quatro ventos que você usa calcinhas de mulher por baixo desses ternos másculos, com corte e caimento perfeito.

— Puxa, isso é golpe baixo.

— Eu sei, e quando você tiver de tirar a roupa no meio de uma reunião geral só para provar que isso é uma mentira suja, minha vingança estará completa. — Ela olhou fixamente para ele. — Julianna não é só uma... do que foi mesmo que você a chamou?... piranha maluca qualquer. É muito inteligente e determinada. Não a subestime.

— Não faço isso. E também não subestimo você, Eve. Só que dessa vez, por um curto espaço de tempo e por causa de uma coisa e outra, *você mesma* se subestimou.

— Sim, reconheço, mas também não gosto que ninguém me jogue isso na cara. Tudo bem, agora eu preciso ir para casa. Há muito a fazer em pouco tempo.

Ela trabalhou primeiro com ele, analisando as opções já engatilhadas para o sistema de segurança do hotel e para o próprio evento. Fez várias perguntas, e ele respondeu a todas com a habilidade de um homem que sabia quem era o dono da bola.

O Regency Hotel não era um castelo urbano como o Palace Hotel. Era maior e mais discreto; seu público-alvo eram os homens de negócios, e não os milionários descolados.

Tinha sessenta e oito andares, cinquenta e seis dos quais dedicados a hóspedes. Os outros abrigavam escritórios, lojas, restaurantes, boates, centros para conferências e congressos, além de salões de baile.

No sétimo andar havia um bar e restaurante com piscina que funcionava a céu aberto quando o tempo permitia. Nos últimos dois andares havia oito suítes de cobertura que só eram acessadas por elevadores privativos. A academia de ginástica, no quarto andar, era aberta para todos os hóspedes do hotel e membros registrados. A entrada, feita pelo lado de dentro do hotel, exigia um cartão com senha.

Os salões de baile eram no nono e décimo andares, com entradas por dentro e por fora do prédio. O evento beneficente aconteceria no Salão do Terraço, que recebera esse nome devido ao seu imenso terraço com piso de lajotões.

— Muitas entradas e muitas saídas — declarou Eve.

— É assim que um hotel deve ser. Mas todas as saídas estarão vigiadas. Temos câmeras de segurança em todas as áreas públicas. Cobertura completa.

— Mas não nos quartos.

— Pois é. As pessoas são cheias de manias quando se trata de manter a privacidade. Mas você terá imagens de todos os elevadores e corredores do prédio. Podemos colocar monitores extras circulando pelos lugares, se for necessário. É mais provável que ela tente se misturar com os empregados, garçons ou serventes, em vez de se registrar como hóspede. Essa é minha opinião, é claro. Ela vai querer escapar do prédio depois de fazer o serviço, não precisa de um buraco para se esconder.

— Concordo, mas, mesmo assim, vamos monitorar todas as pessoas que fizerem check-in. Quero tudo montado, e também salas de controle e quartos preparados em áreas seguras tão próximas quanto for possível do salão de baile.

— Deixe comigo.

— Somente a equipe de segurança do hotel deverá ser colocada a par da operação. Não quero alertar o resto dos empregados, nem as pessoas que organizaram o evento. Quanto menos chance ela tiver de farejar problemas, melhor para nós.

— Isso quer dizer que você não pretende avisar Louise?

Eve analisou, debateu a ideia, pesou os prós e os contras.

— Não, não vou avisá-la. Vamos infiltrar tiras entre os recepcionistas, os atendentes e os homens da segurança. Você vai providenciar pessoalmente o serviço de bufê, ou sei lá como se chama, e contratar mais gente. Ninguém vai estranhar isso.

— Acho que não — concordou ele.

— Também vamos precisar cobrir os outros eventos que vão rolar no hotel nessa data. Foram marcados dois congressos e uma cerimônia de casamento. Talvez ela ataque em um desses lugares.

— Vamos cercar tudo por todos os lados. Desculpe, querida, mas tenho uma holoconferência marcada para daqui a poucos minutos e não posso mais adiá-la; já fiz isso duas vezes.

— Tudo bem, eu também tenho um monte de coisas para agitar.

— Eve...

— Hein! Que foi?

Ele se inclinou e plantou-lhe um beijo no alto da cabeça.

— Existem algumas coisas sobre as quais ainda precisamos conversar.

— Estou só ligeiramente revoltada com você, agora.

Os lábios dele, ainda próximos aos cabelos dela, abriram um sorriso.

— Essa é apenas uma de várias questões. Por agora, posso adiantar que eu também fiquei ligeiramente revoltado com você quando Mira apareceu na minha sala hoje à tarde.

Eve não ergueu os olhos, mas ficou completamente imóvel.

— Eu não pedi para ela fazer isso. Especificamente.

— Mas me ocorreu, muito de passagem, que você queria que ela fosse até lá por estar preocupada comigo. Sabia que a viagem a Dallas estava me corroendo por dentro, talvez mais do que eu mesmo percebi. Eu lhe agradeço por isso.

— De nada.

— Seria mesquinho de minha parte estragar essa gratidão assinalando que, ao mandá-la me procurar sem me contar nada antes, você agiu por cima de mim e pelas minhas costas.

Ela ergueu a cabeça, mas só um pouquinho.

— Ainda bem que você não é nem um pouco mesquinho.

— Isso não é o máximo? — Ele se inclinou um pouco mais, beijou-lhe a boca com um fogo inesperado e a deixou sozinha.

— Conseguiu dar a última palavra, né, gostosão? — comentou ela em voz alta para si mesma, mas logo jogou os cabelos para trás e trocou o foco dos pensamentos para os spas e as companhias aéreas. Talvez ainda conseguisse vencer essa pequena batalha se agarrasse Julianna antes de ela tentar atacar Roarke.

Uma hora depois, em seu escritório doméstico, Eve já estava novamente chateada e frustrada. Tinha conseguido intimidar e botar banca junto a alguns atendentes, convencendo-os a divulgar as listas de reservas de dois dos spas selecionados. Os outros estabelecimentos, porém, se mantinham firmes na política de proteger a privacidade dos clientes. Com as companhias aéreas de voos particulares aconteceu a mesma coisa.

Forçar a barra para conseguir um mandado judicial internacional, a fim de obter os dados necessários, era problemático e levaria muito tempo. O caso era tão grave que o juiz que Eve contatou pareceu disposto a colaborar, e não ficou irritado com o pedido. Mas a coisa iria levar algum tempo.

Mais uma vantagem para Julianna, refletiu Eve. Ela não precisava pular corda nem serpentear pelos meandros da lei.

Ela andou de um lado para outro, olhou para o relógio e torceu para o mandado ser cuspido logo de uma vez pela impressora.

— Algum problema, tenente?

Eve girou o corpo e olhou para a porta dupla que separava sua sala particular da de Roarke. Ele estava encostado no portal, alerta, parecendo muito satisfeito consigo mesmo.

— Acho que o tempo de alguém que eu conheço foi muito bem empregado — comentou Eve.

— E foi mesmo. A reunião correu às mil maravilhas. E o seu tempo?

— Estou com problemas burocráticos. — Ela olhou com raiva para o computador. — A papelada de sempre.

— Papelada de que tipo?

— Do tipo jurídico. Leis a favor da privacidade. Ninguém mais baixa a cabeça hoje em dia diante de um distintivo, especialmente um distintivo estrangeiro. E esses spas metidos a besta têm a boca ainda mais trancada quando se trata de contar quem fez plástica de bunda ou deu uma recauchutada na papada.

— Ah. Bem, se o problema todo é esse...

— Não. Pensei nisso, é claro, mas só por um segundo. A coisa não passa de um palpite, e não quero você xeretando por baixo da lei só por uma intuição minha.

— Quando você gasta tanto tempo e energia analisando um só ângulo, é mais que um palpite.

— Bem, sei que isso é algo que ela pretende fazer. Talvez não agora, mas em breve. Ela precisa desse tipo de paparico, e em Nova York é arriscado demais. Ela precisa se embelezar, quer se dar esse presente antes de atacar você. Não fez isso em Denver, e poderia ter feito. Só que deseja um lugar de mais prestígio, um spa mais exclusivo, com mais... como é que você fala?... classe. Só pode ser na França, na Itália, em algum lugar do Velho Mundo. Ela não sairia do planeta, pois isso seria coisa de novo-rico.

— Você vai conseguir seu mandado?

— Vou, já deve estar chegando. Mas sempre pode atrasar por causa do protocolo, da política e de outras baboseiras.

— Então qual é a grande diferença, numa visão panorâmica, entre você conseguir os dados agora ou esperar o mandado?

— É a lei.

Em menos de três dias, pensou Eve, era muito provável que a mulher que ela caçava tentasse assassinar Roarke. Não por conhecê-lo, não por odiá-lo, mas por desprezar a lei e tudo que ela representava.

E por desejar vingança.

— Sei que é difícil para você encarar uma situação que gostaria que fosse preto no branco. Só que até mesmo a lei tem tons de cinza, tenente, e nós dois sabemos disso muito bem.

Ela cedeu e concordou em entrar na área cinzenta.

— Julianna não aceitaria abrir mão de usar suas iniciais, pois quer manter sua identidade — explicou Eve. — A lista por ordem de porcentagem já está no meu computador.

— Tudo bem, então. Vamos encontrá-la. — Ele se sentou à mesa de Eve e arregaçou as mangas da camisa imaculadamente branca. — Em termos técnicos, estamos apenas adiantando o expediente.

Eve disse a si mesma que analisaria essa posição mais tarde.

— Quero vasculhar as reservas feitas a partir de ontem e que englobe as próximas quatro semanas. Talvez eu esteja obrigando Julianna a relaxar mais cedo que o planejado, ou pode ser que ela tenha resolvido tirar férias só depois de ganhar a guerra.

— Vamos pesquisar o mês que vem todo, então. Vamos começar pelo spa L'Indulgence? É absurdamente caro e tem uma equipe supereficiente. A sua avaliação dos frequentadores está no mesmo nível há dois anos, mas ele está saindo de moda.

— Deve ser por isso que você ainda não o comprou.

— Querida, se eu o tivesse comprado, providenciaria para que ele nunca mais saísse de moda. Isso vai levar um ou dois minutos. Quer um pouco de café?

— Acho que sim.

— Ótimo. Eu também aceito.

Era fácil reconhecer uma indireta dessas. Eve saiu dali na mesma hora, sem reclamar, e foi para a pequena cozinha anexa, onde programou, no AutoChef, um bule de café. Ao voltar com duas canecas grandes, Roarke já analisava uma lista de nomes.

— Encontrei algumas pessoas aqui com as iniciais certas, mas elas fizeram reserva para mais de uma pessoa.

— Julianna viajaria sozinha. Não tem comparsas, nem consegue fazer amigos. Ela só tem ferramentas.

— Certo. Vamos para os nomes seguintes, então.

Eles acharam duas possibilidades um pouco adiante na lista, mas Eve rodou alguns programas-padrão sobre antecedentes, para começar a eliminá-los. Inclinando-se sobre o ombro de Roarke, foi lendo os dados na tela ao mesmo tempo que o sistema os recitava.

— Não, essas mulheres estão limpas. Seus dados e documentos foram verificados. Não passam de ricaças dispostas a pagar uma fortuna para serem lavadas e esfregadas. Vamos em frente!

Ele invadiu o sistema de reservas de mais dois spas antes de o *tele-link* avisar que haviam chegado novos dados. Eve pegou a cópia impressa do mandado e massageou os ombros.

— Agora podemos fazer do meu jeito.

— Do meu é muito mais interessante.

— Fora da minha cadeira, meu chapa. Dessa vez é você que vai pegar o café.

O jeito de Eve oferecia outro tipo de diversão, pois lhe dava permissão para incomodar e irritar gerentes de reservas em vários países. Eles hesitavam, reclamavam e protestavam sobre o insulto que era invadir a privacidade dos clientes. Isso sempre deixava Eve muito animada.

— Estou pouco me lixando se há um monte de gente aí na fila quase gozando só de pensar em ser penetrado por um recheador de peru para fazer lavagem intestinal ou sei lá mais o que vocês oferecem. Transmita a lista, conforme a ordem do juiz autorizado, senão o próximo ruído que você vai ouvir será o estalo do seu rabo na ponta do estilingue de um incidente internacional.

— Recheador de peru para fazer lavagem intestinal? — perguntou Roarke logo depois, enquanto o sistema zumbia ao liberar a lista de reservas.

— Não sei exatamente o que eles fazem nesses lugares, mas se ninguém ainda pensou nisso é só uma questão de tempo. Ela não está aqui. Simplesmente não está. Maldição! — Ela se afastou da mesa e começou a andar de um lado para outro. — Estou perdendo tempo, quando deveria estar acompanhando a preparação do salão para o baile.

— Há vários outros spas na sua lista.

— Todos eles estão com uma porcentagem baixa no programa de probabilidades. Talvez eu esteja apenas projetando o que eu gostaria que ela fizesse, para tornar as coisas mais fáceis para mim.

— Você não conseguiria tornar as coisas mais fáceis nem que fizesse um curso para isso. O meu nome também estava com probabilidade baixa, mas você dispensou a opinião do computador, não foi? Você a conhece, Eve. Não duvide de si mesma agora.

— Estou correndo atrás de um palpite, em vez de lidar com dados reais.

— Então vá até o fim. Qual desses spas você acha que tem mais a ver com a personalidade dela?

Eve voltou à mesa e analisou os locais que ainda não tinham sido pesquisados.

— Tem um que eu escolhi desde o princípio, mas o computador o descartou porque não se encaixa no padrão dela.

— Que interessante. E por que você o escolheu?

— Porque é o mais caro de todos, fica num local histórico, é uma mansão que pertenceu a um conde, ou algo desse tipo. — Olhou para Roarke. — O dono é você?

— Sou dono de cinquenta e um por cento do lugar. Quer que eu compre os outros quarenta e nove para você?

— Droga, isso só serve para diminuir as probabilidades. Ela não quer chegar tão perto de você, pelo menos por enquanto. Por outro lado... — Eve considerou a ideia — pode ser que ela se empolgue exatamente com isso. Vai lá só para se emperiquitar, depois vai embora numa boa e fica o tempo todo imaginando que dali a poucos dias eliminará o cara que é dono do lugar. Sim, vamos pesquisar este spa.

Ela bateu de frente com a mesma relutância e hesitação da assistente de reservas, só que dessa vez com sotaque italiano.

— Você não está conseguindo ler o mandado? — perguntou Eve. — Ele foi emitido em um monte de idiomas, inclusive em italiano.

A assistente era jovem, linda e se mostrou ligeiramente irritada.

— Não, signorina, o problema não é esse.

— O nome é tenente. Tenente Dallas, da Secretaria de Polícia e Segurança Pública da Cidade de Nova York. Estou investigando um caso de múltiplos homicídios Pode ser que esse estabelecimento esteja, neste exato momento, abrigando uma assassina em suas dependências. Como acha que os outros hóspedes vão se sentir ao saber disso?

— A Villa de Lago tem uma política severa de sigilo e proteção da privacidade dos seus hóspedes.

— Quer saber de uma coisa? Eu também tenho políticas severas. — Ela esticou a mão e tocou na barriga de Roarke, impedindo-o de entrar na frente do *tele-link*. Eve não queria que ele facilitasse as coisas. — A legislação internacional também é muito severa. Quer que eu a informe das penalidades para quem se recusa a cumprir um mandado internacional?

— Não, signorina tenente. Acho que este assunto está acima da minha alçada. Prefiro que a signorina converse com a gerente de reservas.

— Tudo bem. Para mim, está ótimo. Agite isso rápido, então.

— Seria ainda mais rápido — ressaltou Roarke — se você me deixasse falar diretamente com ela.

— Tem que ser do meu jeito, garoto do café.

Obediente, ele despejou o resto do segundo bule de café na caneca dela.

— Tenente Dallas. — Outra mulher apareceu na tela. Era mais velha, mas tão linda quanto a primeira. — Sou Sophia Vincenti, a gerente de reservas. Desculpe-me por fazê-la esperar. Estou com seu mandado em mãos. Por favor, entenda que minha assistente estava apenas cumprindo a nossa política de proteger os hóspedes de violação à privacidade.

— Acho que seria igualmente importante proteger os hóspedes de mergulharem na mesma piscina aquecida que uma assassina.

— Sim. Entenda que cumpriremos a determinação do mandado, certamente. A senhora tem a nossa total cooperação. Em uma tentativa de poupar hóspedes inocentes de um eventual interrogatório, pediria apenas que a senhora me dissesse o nome da pessoa que está procurando. Isso seria possível?

— Não tenho certeza de sob que nome ela está registrada. Seja qual for, provavelmente as iniciais são J e D.

— Espere um instantinho, por favor... Tenente, para o período solicitado, encontrei três hóspedes do sexo feminino que têm nomes com essas iniciais. Justina D'Angelo é a primeira delas. Está sendo esperada para a próxima semana. Conheço a senora D'Angelo pessoalmente. Ela já esteve várias vezes em nosso estabelecimento.

— Quantos anos tem essa senora D'Angelo?

— Tenente, essa é uma pergunta delicada.

— Ah, qual é?

— Ela admite ter cinquenta anos, e isso já acontece há dez.

— Está limpa. Número dois.

— Jann Drew é esperada para o fim deste mês. É a primeira vez que ela se hospedará conosco. Deixe-me pesquisar a pasta dela.

— Ah, assim está melhor — declarou Eve, recostando-se para tomar um pouco de café.

— Tenente, a srta. Drew nos informou de que mora em Copenhague. Fez reservas para dez dias e dividirá o quarto com um acompanhante nos últimos três.

— Vou pedir para o meu assistente investigá-la enquanto você me fornece os dados da terceira.

— Seu nome é Josephine Dorchester, e também é a primeira vez que ela vai se hospedar conosco. Chegou ontem à noite e vai estar em nossa companhia até amanhã.

A nuca de Eve se arrepiou e ela se inclinou para frente.

— Qual sua cidade de origem?

— Ela informou apenas o estado norte-americano de onde veio: Texas. Escolheu nossas acomodações mais exclusivas. Por acaso, eu estava na recepção ontem à noite no momento em que a srta. Dorchester chegou. Ela é encantadora.

— Tem cerca de trinta anos, com compleição atlética e mais ou menos um metro e sessenta e cinco de altura?

— Sim, acho que...

— Espere um instantinho! — Eve colocou o *tele-link* em modo de espera. — Josephine Dorchester — ela berrou para Roarke. — Texas. Procure o nome dela e me consiga a foto do passaporte. É ela. Tenho certeza que é ela.

— Está na sua tela — respondeu Roarke ao voltar para a sala de Eve. — Você a descobriu, tenente.

Eve viu a imagem de Julianna surgir na tela, ainda loura e com os mesmos olhos azuis.

— Olá, Julianna. — Eve voltou ao *tele-link*. — Muito bem Signorina Vincenti, agora me ouça com muita atenção...

Quinze minutos depois, Eve rangia os dentes de raiva diante de um representante da polícia italiana.

— Não me importa que horas são aí nem quanto tempo vai levar para vocês chegarem lá, e estou pouco me lixando para o fato de vocês estarem com pouca gente.

— Tenente, eu não posso prendê-la sem um mandado específico. Mesmo assim, a operação vai levar algum tempo. Esses assuntos são muito delicados. A mulher que a senhora busca é uma cidadã norte-americana. Não podemos prender e encarcerar uma cidadã dos Estados Unidos baseados unicamente no pedido de uma policial, ainda mais feito por uma transmissão comum de *tele-link*.

— Você receberá a papelada necessária em menos de uma hora. *Pode ir* direto para o local, a fim de prendê-la assim que o mandado chegar às suas mãos.

— Mas este não é o procedimento correto, tenente. Isso aqui é a Itália, e não os Estados Unidos.

— Eu que o diga! Fique ligado, que eu tornarei a entrar em contato com você. — Eve desligou e pulou da cadeira como uma mola. — Em quanto tempo podemos chegar ao *spa*?

— Considerando os caminhos tortuosos da burocracia, mais depressa que o seu colega italiano.

— Então, vamos nessa! Vou agitar o mandado a caminho de lá.

Capítulo Vinte

Ela era uma delícia de observar, pensou Roarke, relaxando em companhia de um conhaque enquanto eles rasgavam os céus por sobre o Atlântico. Eve era energia em estado bruto, pronta para a ação.

Usava um headphone e mantinha as mãos livres para lidar com a caneca de café, um *tablet* ou um segundo *tele-link*, caso recebesse duas ligações ao mesmo tempo. Caminhava de um lado para outro ao longo do corredor estreito da cabine do seu jato mais veloz, distribuindo ordens, mastigando dados e açoitando verbalmente qualquer um que representasse um obstáculo ao seu objetivo.

Falou com Feeney, conversou com o comandante e ligou para alguém que trabalhava no consulado norte-americano — este último provavelmente teria sangramentos no ouvido pelo resto da vida. Depois, voltou a conversar com o capitão da polícia italiana, que continuava de mãos atadas, sem receber a papelada necessária. Em seguida, entrou em contato com um advogado especializado em direito internacional, acordando-o sem remorso nem misericórdia, só para colocá-lo no fogo.

— O sistema caiu? — Ela se enfureceu com o tira italiano na transmissão seguinte. — Que diabos você quer dizer com "o sistema caiu"?

— Essas coisas acontecem, tenente. Tudo será restabelecido em, no máximo, uma ou duas horas.

— Assim você vai *perder* uma ou duas horas de ação. Por que não aceita uma autorização verbal eletrônica?

— Preciso de toda a documentação em papel impresso, com selo e autorização codificados. A lei exige isso.

— Deixe-me explicar a minha lei, *amico*. Se você meter os pés pelas mãos na hora de efetuar essa prisão, eu juro que frito seus ovos para comer no café da manhã. — Ela desligou e chutou a base do móvel mais próximo.

— Estamos quase lá — avisou Roarke. — Você já fez tudo o que podia, além de aterrorizar um monte de burocratas do segundo escalão. Sente-se e durma um pouco.

— Não quero dormir.

— De qualquer modo, sente-se, pelo menos. — Ele conseguiu agarrar a mão dela e a puxou para a poltrona ao lado. — Cale a boca, tenente. Nem mesmo você consegue alterar as leis da física e nos fazer chegar lá mais depressa. — Ele a envolveu com o braço e a puxou com firmeza, obrigando-a a recostar a cabeça no seu ombro.

— Preciso atualizar os dados para o comandante.

— Quando aterrissarmos. Agora, descanse e imagine a cara que Julianna vai fazer quando a suíte dela for invadida. Depois, pense no monte de tiras italianos que você vai poder esculachar.

— É... — Ela bocejou. — Uma bela sequência de imagens. — Deixando-se embeber por esses pensamentos agradáveis, caiu em um sono superficial.

— Um helicóptero a jato? — Eve ficou em pé, olhando com os olhos enevoados de receio para o pequeno e sofisticado jetcóptero com quatro lugares. — Você não me avisou que iríamos ter de fazer a última etapa da viagem em um jetcóptero.

— E isso fez você dormir mais depressa. — Roarke se aboletou atrás dos controles. — Vamos levar apenas oito minutos de um heliporto a outro. Muito menos tempo do que se tivermos de cobrir o percurso por terra, através das estradas italianas, enfrentando o tráfego, em meio aos montes e depois contornando o lago, para então...

— Tá bom, tá bom, já me convenceu. — Ela sugou o ar por entre os dentes. — Todo mundo tem de morrer um dia, mesmo.

— Vou tentar não tomar isso como um insulto às minhas habilidades como piloto. Aperte o cinto, tenente.

— Você sabe muito bem — disse ela, fechando a fivela do cinto e confirmando duas vezes se ela estava bem presa — que eu detesto voar nesses troços.*

— Não consigo imaginar por quê. — Assim que recebeu autorização, Roarke fez o jetcóptero subir direto e velozmente na vertical por mais de sessenta metros, no mesmo intervalo de tempo que o estômago de Eve levou para executar um salto duplo *twist* carpado, o primeiro de muitos.

— Pare com isso!

— Desculpe, você disse alguma coisa? — Rindo sem parar, ele acionou o sistema de propulsão a jato e zuniu como uma flecha pelo céu raiado de cor-de-rosa.

— Por que você acha isso tão engraçado? — Eve enterrou os dedos nas laterais do banco como se fossem garras de aço. — Seu filho da mãe sádico.

— Acho que isso é uma coisa tipicamente masculina: não dá para dispensar a adrenalina. Minha nossa, olhe só para esse céu!

— Que foi? Tem algo errado com o céu? — Imagens de horrendas intempéries se juntaram ao seu medo visceral de altura.

---

* Ver *Lealdade Mortal.* (N. T.)

— Não, está tudo ótimo. Esse visual é de tirar o fôlego, você não acha? Não é todo dia que a gente tem a oportunidade de ver o sol nascer sobre os Alpes italianos. Quando conseguirmos uma brecha na agenda, deveríamos passar alguns dias aqui.

— Legal. Boa ideia. Fantástico. Desde que eu me veja o mais rápido possível em terra firme. Não vou olhar para baixo, não vou olhar para baixo, não vou olhar para baixo.

É claro que foi exatamente o que ela fez, e sentiu a cabeça girar da direção oposta à da barriga.

— Merda, merda, merda! Já estamos chegando?

— Quase. Já dá para ver o lago e os primeiros raios de sol velejando sobre suas águas.

Essa frase só serviu para Eve pensar nos horrores de um pouso de emergência na água.

— Aquele é o lugar? — perguntou ela.

— Exato.

Eve viu o revestimento em pedras brancas e rosadas da velha mansão, reparou nos gramados e jardins que se espalhavam em todas as direções e nas joias azuis que eram as piscinas e fontes. Em vez de ver a beleza de tudo, porém, Eve só enxergou uma linha de chegada.

— Pelo menos aquele idiota do capitão Giamanno já está a caminho. Estou louca para voar na garganta dele assim que encerrarmos as formalidades.

— Isso aqui é a Itália, e não os Estados Unidos — disse Roarke, imitando com perfeição o sotaque do italiano.

— Você está sempre certo, Roarke. — Eve sorriu para ele.

— Lembre-se para o resto da vida do que você acabou de dizer. — Ele lançou o jetcóptero em um mergulho profundo, rindo muito ao ouvir o grito agudo que sua mulher emitiu no instante em que o aparelho pousou. — Isso é bom para a circulação.

— Estou odiando você profundamente neste exato momento.

— Eu sei, mas vai conseguir superar. — Ele desligou o motor. — Sinta a pureza desse ar, querida. Fabuloso! Dá para sentir o perfume dos jasmins que se abriram durante a madrugada.

Eve conseguiu saltar e tentou exibir um semblante de dignidade, mas acabou desistindo, dobrou o corpo para frente e esperou sua respiração voltar ao normal.

— Tenente Dallas? — Eve continuou olhando para o chão enquanto ouvia os passos de alguém chegando, até que viu um par de refinados sapatos pretos diante de si, no instante em que se sentia um pouco mais calma.

— Sim. Você é a signorina Vincenti?

— Isso mesmo. A senhora está passando bem, tenente?

— Estou ótima. — Eve empinou o corpo. — Estava só recobrando o fôlego. E o capitão Giamanno?

— Ainda não chegou. Suas instruções foram rigorosamente cumpridas. Imediatamente após nossa conversa, entrei em contato com a segurança. Um homem foi colocado de guarda na porta da signorina Dunne. Ele continua lá, conforme suas ordens. Ninguém saiu nem entrou.

— Ótimo. Não vou esperar pelas autoridades locais. Vou prendê-la do modo mais rápido e silencioso que conseguir.

— Eu lhe seria muito grata. Nossos hóspedes, bem... — Ela espalmou as mãos. — Não gostaríamos de incomodá-los. Como vai, signore? — Ela estendeu a mão para Roarke. — Seja bem-vindo de volta à Villa, apesar das circunstâncias. Por favor, me avise de qualquer coisa que o senhor e a tenente precisarem.

— Sua atuação foi impecável, signorina Vincenti. Não me esquecerei disso.

— Muito bem — disse Eve. — Avise sua segurança de que eu cheguei. Quero homens naquele andar. Mantenham os outros hóspedes fora do caminho. Nenhum funcionário deverá subir àquele andar até eu prender a suspeita e removê-la para um local seguro, onde o capitão Giamanno e eu poderemos finalizar os documentos para sua extradição.

— Já reservei uma sala no andar térreo para essa finalidade. Agora eu devo acompanhá-la até a suíte?

Eve não sabia se aquilo era sinal de coragem ou simples cortesia, mas admirou a gerente do mesmo jeito. A oferta foi feita como se Eve fosse uma celebridade de passagem pelo lugar para um fim de semana de descanso.

— Não, só até o elevador. Vou precisar de um cartão codificado para abrir a porta.

— Eu os trouxe. São dois — disse a gerente, apontando para a linda entrada lateral que dava para o lago, enquanto explicava o sistema. — Quando um hóspede se retira para o quarto, nós recomendamos que acione a fechadura noturna e o alarme, para sua própria segurança. Essas trancas só podem ser abertas pelo lado de dentro, ou por meio de um segundo cartão, caso alguém da equipe de funcionários precise entrar no aposento, em emergências de qualquer natureza.

Ela pegou dois cartões finíssimos no bolso de seu terninho elegante.

— O branco, com o logotipo da Villa, abre a fechadura normal. O vermelho é para o sistema noturno.

— Entendi. — Eles passaram por uma espécie de pórtico enfeitado com parreiras que enchiam o ar com um aroma de baunilha. Portas duplas com uma imagem da villa em vidro jateado se abriram para os lados à sua passagem.

Os três entraram em um amplo salão de estar muito colorido, com móveis estofados em veludo, onde a luz do sol penetrava em finos raios de ouro por janelas em arco, refulgia e se espargia pelo ambiente a partir dos cristais em forma de gota dos braços de um lustre belíssimo. Do lado de fora, em um terraço com piso de pedra, um casal com roupões brancos caminhava de braços dados.

— Belas instalações — elogiou Eve para a signorina Vincenti.

— Temos muito orgulho do local. Talvez, quando vocês não estiverem às voltas com negócios oficiais, possam nos fazer uma visita. A vida é por si só tão estressante, não é verdade, tenente? De vez em quando é importante termos essas pequenas ilhas de tranquilidade. Ah, este é o signore Bartelli, nosso chefe de segurança.

— Tenente — ele a cumprimentou com uma reverência. — Senhor — disse ele, curvando-se novamente na direção de Roarke. — Devo acompanhá-los?

Eve o analisou. Ele era grande, estava em forma e tinha jeito de durão.

— Claro, isso seria ótimo.

— Meu homem não saiu do seu posto — informou ele, enquanto o grupo chegava a uma área mais ampla onde se abria um saguão de dois andares com piso e colunas em mármore rosa. Uma larga escadaria subia dali, a certa altura se separava em uma curva e seguia graciosamente pelos dois lados até o segundo andar. — Tive o cuidado de monitorar todo o corredor daquela ala desde que recebemos sua transmissão.

— Ela poderia sair do quarto de algum modo, sem precisar passar pelo corredor?

— Só se pulasse do terraço. Como ele fica a quatro andares do chão, isso não seria recomendável.

— Coloque um homem no térreo, do lado de fora, só por precaução.

— Como queira, tenente. — Ele pegou um pequeno comunicador e deu a ordem quando entrava no elevador.

— Quero que todos os civis permaneçam em seus quartos. Ela resistirá à prisão se puder, e talvez fuja e pegue alguém como refém, se tiver oportunidade.

— A segurança dos nossos hóspedes é nossa maior prioridade. Cuidaremos da proteção deles.

Quando as portas dos elevadores se abriram, Eve colocou a mão na coronha da arma. Avistou de imediato o guarda postado diante de uma larga porta dupla. Estava sentado e tomava café.

Um comando áspero de seu superior, dado em italiano, o fez pular na mesma hora, balbuciando uma resposta.

— Ela não tentou escapar — disse Bartelli a Eve. — Ninguém tentou entrar. Duas pessoas, uma do quarto ao lado e outra do fim do corredor, deixaram seu aposentos. Temos atividades matinais — ele explicou. — As academias para musculação e as piscinas ficam abertas vinte e quatro horas por dia, para conveniência dos hóspedes.

— Que bom. Agora, saia da frente e espere aqui do lado.

Ela tirou a cadeira da frente da porta e passou o primeiro cartão.

— Para que lado fica o quarto?

— À esquerda, depois de uma passagem em arco, a cerca de quatro metros da porta de entrada.

— E à direita fica o quê?

— Uma sala de estar.

Eve passou o segundo cartão.

— Vá pela direita — disse a Roarke.

Ela empurrou a porta com cuidado, silenciosamente, e varreu o ar com a ponta da arma erguida. A sala de estar da suíte estava em penumbra, com as telas de privacidade das janelas completamente cerradas. Não se ouvia um único som.

— Venha até a porta — sussurrou para Bartelli, e deslizou para dentro do aposento.

Suas botas afundaram no conforto macio de um tapete antigo e, em seguida, clicaram de leve sobre o piso de porcelanato. Eve se moveu com rapidez pela passagem em arco, sem emitir um único som, e entrou no quarto escuro. Sentiu um perfume feminino, floral, mas não ouviu nada.

— Ligar luzes no máximo! — ordenou.

Sua arma estava apontada para a cama quando as lâmpadas acenderam e ela descobriu o que seus instintos já haviam lhe sussurrado. A cama estava vazia. Havia uma camisola preta transparente largada sobre uma cadeira, ao lado de um par de sapatos pretos de salto alto. Sobre a penteadeira, estava uma escova de cabelos de prata e um frasco de perfume em vidro fosco. No espelho diante dela, escrito em uma caligrafia elegante com uma tintura labial vermelho-sangue, estavam apenas duas palavras:

CIAO, EVE

— Ela não fugiu porque teve um pressentimento pouco antes do amanhecer. Julianna soube que eu estava chegando. — Eve olhou para a gerente de reservas com tanto fogo nos olhos que daria para derreter uma pedra. — Alguém lhe contou que ela havia sido encontrada.

— Tenente Dallas, eu lhe asseguro que não falei com mais ninguém, a não ser com a senhora e os homens que a senhora mesma autorizou que fossem informados da operação. — Ela olhou para a mensagem no espelho por cima do ombro de Eve. — Não sei como explicar isso.

— Obviamente a nossa suspeita percebeu a sua movimentação.

O capitão Giamanno, que finalmente chegara em companhia de três homens, espalmou as mãos e afirmou:

— Colocaram um guarda na porta assim que a senhora determinou. Existem câmeras de segurança no corredor. Ela não pode ter simplesmente evaporado no ar, como um fantasma.

— Não, ela certamente não *evaporou* no ar. Saiu a pé. — Eve se virou para o computador do quarto e ordenou que a máquina reproduzisse a mesma parte do disco que ela já tinha visto. — Pronto, está bem ali.

A tela mostrou o guarda sentado meio sonolento na cadeira, do lado de fora da porta da suíte. O relógio da tela marcava quatro horas e cinquenta e seis minutos. Uma porta se abriu no quarto ao lado dos aposentos da suspeita. Uma mulher usando um dos roupões brancos do hotel, um chapéu de palha de aba larga, uma echarpe e uma gigantesca bolsa de palha saiu no corredor. Seu rosto estava encoberto pela aba do chapéu, mas ela murmurou um *buon giorno*, em voz baixa, para o guarda, e seguiu em direção ao elevador.

— Esse não é o quarto dela — enfatizou Giamanno. — Não há passagem para a suíte ao lado a partir desta, tenente. Como pode ver, não existem portas de comunicação entre os aposentos.

Eve olhou para o capitão por pelo menos dez segundos. Como é que ele podia ser tão tapado?, perguntou a si mesma ao seguir, furiosa, para a sala de estar, a fim de escancarar as portas que davam para o terraço.

Todos saíram correndo atrás dela. Eve foi até o canto do terraço, se agachou uma vez, depois uma segunda, e então, inesperadamente, escalou a parede divisória e pulou para o terraço vizinho.

Seus tornozelos reclamaram um pouco quando ela tocou o chão do outro lado, mas ela ignorou a dor.

— Será que você vai ficar muito surpreso, capitão Giamanno, ao saber que as portas da suíte ao lado estão destrancadas?

Ela as abriu, olhou lá dentro, deu um passo adiante, saiu e tornou a fechá-las.

— Será que o capitão vai se espantar ao saber que há duas pessoas na cama do quarto roncando como duas locomotivas?

— Locomotivas?

— Dormindo profundamente, seu...

— Tenente! — Roarke interrompeu o que, sem dúvida, teria sido uma ofensa grave o bastante para destruir todas as relações amigáveis entre a Itália e os Estados Unidos por uma década. — Acredito, capitão, que a tenente tenha deduzido que, depois de ter sido alertada de algum modo, a suspeita escapou de seus aposentos da forma que acaba de ser demonstrada. Deixou o hotel e, provavelmente, o país, antes da nossa chegada.

— Sabe o que vai salvar suas bolas miúdas e enrugadas, Giamanno? — Eve se debruçou sobre a sacada. — A suspeita escapou antes de você ter chegado aqui para alertá-la, mesmo que tivesse agitado seu rabo gordo assim que uma colega policial pediu. Agora temos de descobrir como ela soube. Vamos para a sua sala — disse, apontando para a signorina Vincenti. — Agora!

Entrando na suíte vizinha e passando ao lado do casal adormecido, Eve saiu pela porta que dava para o corredor.

Ela recusou a oferta de café, e isso mostrou a Roarke que sua ira estava além do ponto de explosão. Sua gerente de reservas também mostrava um pouco do seu gênio. As duas mulheres se olhavam de cara feia, enquanto o capitão italiano bufava de raiva e o chefe da segurança revia os discos.

— Ela saiu pela piscina — informou este último. Seu rosto permanecia sério enquanto seguia os movimentos de Julianna desde a suíte até o elevador, do elevador para o jardim junto à recepção, seguindo dali em direção à piscina.

— Minhas desculpas, tenente Dallas. Eu devia ter previsto isso.

— Bem, só sei que *ela* previu, ou não teria saído às pressas, deixando quase tudo para trás.

— Eu conversei apenas com a senhora — reafirmou a signorina Vincenti. — Depois, falei com o capitão Giamanno e com o signore Bartelli. Ninguém mais soube de nada.

Quando ela cruzou os braços, preparada para enfrentar uma batalha contra Eve, a porta se abriu. Uma jovem entrou com uma bandeja de café e bolinhos.

— Espere! — Eve agarrou o braço da jovem com força. As xícaras e o bule estremeceram. — Foi você quem atendeu a minha ligação.

— Esta é minha assistente, Elena, que passou a ligação para mim.

— Sim, eu me lembro dela. — Bastou olhar para o rosto de Elena e Eve pescou a história quase toda. — Você conhece as penalidades para quem interfere com a justiça?

— *Mi scusi?* Não compreendo.

— Você fala inglês muito bem que eu sei. Sente aí!

— Tenente, não admito que a senhora venha passar descomposturas para alguém da minha equipe. Elena nunca auxiliaria uma criminosa. Ela é... — A signorina Vincenti parou de falar de repente. Também percebeu tudo o que acontecera pela expressão da assistente.

— *Maledizione!* — A partir dessa explosão de fúria, ela se lançou em uma torrente de desaforos em italiano, enquanto Elena se encolhia na cadeira e começava a chorar.

O chefe da segurança entrou na discussão; em seguida veio o capitão italiano em altos brados, até que os ouvidos de Eve começaram a zumbir. Mãos voavam para todos os lados e lágrimas escorriam. Eve abriu a boca para mandar acabar com a discussão ensandecida e chegou a pensar em disparar algumas rajadas de laser para cima quando Roarke calou todo mundo.

— *Basta!* — comandou com sua voz poderosa. O queixo de Eve caiu quando todos se calaram e ele começou a esbravejar. Em italiano.

— Peço-lhe mil desculpas. — Com visível esforço, a signorina Vincenti tentava se recompor. — Por favor, desculpe a minha explosão, tenente Dallas. Elena, conte à tenente, em inglês, o que você fez.

— Ela disse... a signora Dorchester disse que precisava da minha ajuda. — As lágrimas voltaram a pingar sobre suas mãos, que se contorciam. — O marido dela a espanca, coitada. É um homem terrível, mas é muito poderoso nos Estados Unidos. Ela me contou isso confidencialmente. Signorina Vincenti...

— Conte tudo!

A assistente baixou a cabeça ainda mais.

— Ela veio até aqui para escapar do marido e encontrar um pouco de paz, mas sabia que ele tentaria encontrá-la para levá-la de volta. Contou para mim que ele enviaria uma policial da cidade de Nova York para pegá-la. Ela me explicou que a polícia de lá é muito corrupta e faz tudo que ele manda.

— Ah, é mesmo? — reagiu Eve, com a voz baixa. Tão baixa que Roarke colocou a mão sobre o ombro de sua mulher, para impedi-la de voar.

— Foi ela quem disse tudo isso, signora — explicou Elena, se defendendo. — Eu acreditei. Morri de pena. Ela foi tão simpática comigo. Disse que eu parecia *demais* com uma irmã que ela teve e que morreu muito jovem, pobrezinha. Ela é muito tristonha e corajosa.

Aposto que sim, pensou Eve, revoltada. *Ela deve ter notado que você era uma otária assim que olhou para a sua cara.*

— Ela só me pediu que, caso uma policial chamada Dallas, a senhora, entrasse em contato com a villa para fazer perguntas, eu a avisasse. — Elena piscou depressa, tentando evitar mais lágrimas. — Assim, eu lhe daria tempo para fugir antes de a senhora chegar e levá-la de volta para o marido cruel. Ela não me pediu para mentir, só para lhe dar essa pequena chance de escapar. Então, enquanto a senhora conversava com a signorina Vincenti, eu liguei para a suíte de madame Dorchester e lhe disse que ela devia sair daqui o mais rápido que conseguisse. Não acreditei que ela fosse a assassina que a senhora descreveu, até ser tarde demais. Acreditei nela. Vou ser presa? — Novas lágrimas brotaram. — Vou para a prisão?

— Pelo amor de Deus! — Eve teve de se virar para o outro lado. A jovem era patética, o tipo de pessoa ingênua que servia aos propósitos de Julianna. — Tirem-na daqui e mandem-na para casa. Não quero mais assunto com ela.

— Ela pode ser acusada de...

— Com que propósito? — Eve interrompeu Giamanno, lançando-lhe um olhar penetrante. — Ela é uma tola. Jogá-la atrás das grades não vai consertar nada do que fez.

— Seu contrato de emprego será cancelado — garantiu a signorina Vincenti, servindo café enquanto Elena saía da sala aos prantos.

— Isso está fora da minha área de atuação — disse Eve.

— Creio que ela aprendeu uma lição valiosa. — Roarke aceitou a primeira xícara de café. — Prefiro mantê-la entre nossos funcionários, signorina. Por um período de experiência. Empregados que aprendem lições duras e valiosas acabam por se tornar excepcionais em seu trabalho.

— Como desejar, senhor. Tenente Dallas, não tenho esperança de conseguir me desculpar o bastante pela... — a gerente pareceu reunir toda a sua indignação em uma única palavra — ... *estupidez* da minha assistente e do quanto isso lhe custou. Ela é jovem e ingênua, mas isso não é desculpa, nem para ela nem para mim. Assumo toda a responsabilidade pela falha dela e comprometo-me a fazer tudo o que for necessário para ajudá-la. Elena trabalhava sob minha direção, portanto...

Mostrando-se recomposta e equilibrada, ela se virou para Roarke.

— Vou apresentar a minha demissão imediatamente. Se o senhor desejar, ficarei à disposição para treinar minha substituta.

— Sua demissão não é desejada e certamente não será autorizada, signorina Vincenti. Também não será aceita. Confio plenamente na signorina quanto a aplicar as ações disciplinares que julgar adequadas para lidar com sua assistente.

— Ex-assistente — garantiu a signorina Vincenti, com frieza. — Elena será redirecionada para uma posição inferior, e não terá contato algum com os hóspedes.

— Muito bem, então. Como disse, deixo isso ao seu critério, pois a cara signorina Vincenti me parece perfeitamente capaz. — Roarke tomou as mãos dela entre as suas, sussurrou algumas palavras em italiano e a fez sorrir novamente.

— O senhor é muito gentil. Tenente, se houver mais alguma coisa que eu possa fazer pela senhora, basta pedir.

— Ela não saiu do país a pé, então eu vou precisar verificar os serviços italianos de transporte. Ela se foi, mas vamos seguir o procedimento padrão e fazer tudo o que estiver ao nosso alcance para rastrear seus movimentos. Se eu puder usar sua sala...

— Por quanto tempo a senhora desejar.

— Fui muito dura com você, signorina.

— Sim, é verdade.

— Desculpe. — Eve estendeu a mão. — Gostei do esporro que sua assistente levou. Admiro essas coisas.

— Obrigada. — Vincenti aceitou a mão estendida. — Pode acreditar, tenente, ainda não acertei minhas contas com ela.

Julianna Dunne havia fugido pela fronteira com a Suíça, usando para isso um motorista particular que contratara, provavelmente, via *tele-link*. O carro a pegara no fim da alameda sombreada que levava aos portões da villa. Na ocasião, ela trajava um vestido azul leve, que certamente já estava usando ao sair do quarto, sob o roupão.

A partir daí, as pistas ficaram indefinidas. Companhias aéreas públicas e privadas, aeroportos e empresas de transporte rodoviário estavam sendo contatadas na busca por alguém com essa descrição.

— Ela já deve estar de volta a Nova York. — Com o cinto de segurança bem apertado, pronta para a decolagem, Eve fechou os olhos quando o jato particular de Roarke começou a taxiar na pista.

— Imagino que sim — concordou ele.

— Sempre um passo atrás. Depois que ela superar a revolta por ter suas curtas férias interrompidas, Julianna vai se sentir realmente poderosa. Enfrentou outra batalha e saiu ilesa, enquanto eu comi poeira.

— Você estava certa a respeito dela, do que faria em seguida e do que iria precisar. O que aconteceu aqui foi um tremendo golpe de sorte para ela. Sem querer diminuir a importância da sorte, aposto mais no seu cérebro e na sua garra, tenente, sem pestanejar.

— Eu não me importaria de receber um pouco dessa sorte. Agora vou dar uma relaxada para esquecer os problemas.

— Excelente ideia. — Ele apertou o botão que soltava a mesa diante dele e colocou a central de dados e comunicações em posição.

— Como é que você nunca me contou que sabia falar italiano?

— Humm? Eu não falo. Pelo menos, não fluentemente. Só sei o suficiente para fechar negócios básicos e me relacionar com os empregados. Além disso, é claro, tenho um conhecimento aceitável das mais coloridas obscenidades e expressões de conotação sexual.

Eve conseguia ouvir os cliques suaves, típicos de quando ele trabalhava manualmente no computador.

— Tudo em italiano parece ter conotação sexual ou soa como uma colorida obscenidade. Fale alguma coisa em italiano.

— *Silenzio.*

— Nã-nã-não, essa eu consigo entender. Diga algo da área sexual.

Ele olhou para Eve. Seus olhos continuavam fechados, mas seus lábios sorriam de leve. Pelo visto, sua raiva se esgotara e ela já estava pronta para uma recarga. De um jeito ou de outro.

Ele desligou o computador, apertou o botão de abaixar o console e o colocou de lado. Inclinando-se, sussurrou no ouvido dela um bom número de convites em italiano, com voz sedutora, enquanto seus dedos passeavam de forma possessiva, subindo por sua coxa.

— Sim, essas sugestões parecem bem picantes. — Ela abriu um dos olhos. — O que significam?

— Algumas expressões perdem força se a tradução não for boa. Por que não me deixa demonstrar?

Capítulo Vinte e Um

Julianna entrou como um furacão em sua casa e largou a bolsa de viagem num canto qualquer. As horas de fuga não haviam conseguido esfriar sua raiva; em vez disso, ela ficou reprimida como uma espécie de rolha rígida. Ao se ver de volta, sozinha e sem ninguém vigiando, a rolha estourou.

Agarrou a primeira coisa que lhe apareceu na frente, um vaso alto de delicada porcelana inglesa, cheio de rosas, e o atirou, com as flores dentro, contra a parede. O barulho ecoou na casa vazia e serviu de gatilho para um festival de fúria e destruição. Ela jogou luminárias no chão, lançou um imenso ovo de cristal em um espelho antigo, espatifando tudo, e pisoteou as rosas caídas até transformá-las em uma pasta disforme.

Revirou cadeiras e mesas, espalhando preciosos cálices e lindas louças pelos tapetes e pelo piso de madeira, até que o saguão e a sala de estar ficaram parecendo uma zona de guerra.

Só então ela se largou sobre o sofá, socando os almofadões, e chorou como uma criança.

Ela queria aqueles dias maravilhosos na villa. *Precisava* disso. Estava cansada, hipercansada, cheia de cuidar dos próprios cabelos e viver sem as necessidades básicas de cremes, maquiagem e manicure.

Aquela *vaca* arruinara tudo.

Ela teve de deixar para trás a camisola nova e os sapatos que nem chegara a estrear, sem falar nos acessórios lindos que havia comprado. E lamentava ter perdido as massagens com lama e o tratamento com algas.

Tudo bem, o dia da vingança estava chegando.

Fungando, virou o corpo e ficou de barriga para cima no sofá. Se aquela italianinha idiota do balcão de reservas não a tivesse avisado a tempo, ela acabaria sendo arrancada da cama pela polícia. Uma vergonha inaceitável e humilhante.

Mas isso não aconteceu. Tentando se acalmar, Julianna respirou devagar e profundamente, como aprendera a fazer na prisão. E isso só não aconteceu porque ela estava sempre preparada, sempre à frente. Foi Eve Dallas quem tinha perdido mais aquela batalha, como, aliás, perdera todas as outras na nova guerra entre elas duas.

Isso serviu para levantar um pouco o astral de Julianna. Imagine só, atravessar o Atlântico às pressas e ir até a Itália para encontrar uma suíte vazia. E aquela pequena mensagem no espelho, hein? Muito esperta. Sim, aquilo teve um toque de estilo.

De qualquer modo, ela voltara a Nova York para enfrentar Eve Dallas, especificamente. Era tolice se chatear e se estressar só porque ela provou ser uma oponente habilidosa.

Tão habilidosa, refletiu Julianna, que talvez fosse melhor ela recuar um pouco, pelo menos por enquanto. Esse último combate a deixara com os nervos à flor da pele. Por outro lado...

Foi muito excitante. Ela sentia falta daquilo: o sangue circulando mais depressa, a descarga de adrenalina de quando ela soube do perigo na villa. O único modo de tornar a sentir isso era terminar o que planejava fazer.

Destruir Eve Dallas de uma vez por todas.

E que maneira melhor para fazer isso do que matando o homem por quem ela teve a fraqueza de se apaixonar? E ainda havia o bônus de entrar para a história como a mulher que assassinara o invulnerável Roarke.

Tudo era absolutamente perfeito. Julianna ergueu as mãos, girou-as devagar diante do rosto e fez um biquinho ao notar que lascara uma unha.

Eve passou as unhas curtas e sem esmalte ao longo do salto alto de um sapato preto.

— Conseguimos convencer a polícia italiana a nos entregar todos os itens pessoais que estavam na suíte de Julianna Dunne. Estes sapatos são novos, não têm marcas nem riscos na sola. É italiano, mas a numeração é americana. Meu consultor de sapatos... — ela olhou na direção de Roarke enquanto passava as informações para a equipe — ... me informou que, provavelmente, ela os comprou em Nova York antes de ir para a Itália.

Eve jogou o sapato para McNab, que o pegou no ar.

— Pesquise por aí e veja se consegue descobrir onde ela o comprou, só para conferir.

— Ela tem pés pequenos.

— Sim, é realmente uma assassina delicada. Como todos sabem, nosso foco agora é o baile beneficente no Regency. Feeney, você está no comando da vigilância eletrônica, da segurança e assim por diante. Temos o sinal verde do comandante para colocar tantos homens nessa operação quantos sejam necessários. Agite isso. Permaneça oculto, porque a suspeita conhece você. Se ela aparecer em um baile de caridade sofisticado e der de cara com um tira que já conhece, vai tirar o time de campo.

— Tudo bem. Geralmente a comida é de primeira classe nesses lugares.

— Pode deixar que você será devidamente alimentado. Peabody, é grande a probabilidade de a suspeita conhecer você também. Ela pesquisa tudo e certamente sabe quem é minha auxiliar. Você vai ficar no controle geral.

— Não esqueça de preparar um pratinho de comida — aconselhou Feeney.

— McNab, podemos nos arriscar com você. Arrume-se de acordo com a ocasião e fique circulando pelo salão de baile.

— Uau, legal!

— Se Julianna planeja usar essa oportunidade para executar um atentado contra o alvo, é mais provável que ela faça isso disfarçada de garçonete ou de funcionária do hotel. Assim será mais fácil ela se misturar sem ser notada, e poderá chegar perto o bastante para executar o serviço. É claro que ela conhece o alvo muito bem.

— O alvo tem nome.

Eve olhou para Roarke.

— Sabemos o seu nome, e Julianna também. Ela certamente pesquisou e descobriu que você tem um sistema de segurança de altíssimo nível, além de instintos aguçados. E sabe que você terá muita cautela. Por outro lado, imagina que você desconhece o fato de que é um alvo, e acha que você estará razoavelmente à vontade nesse tipo de evento, conversando abobrinhas e se misturando com as pessoas.

E ele certamente estaria à vontade, pensou Eve, enquanto os nervos dela estariam em frangalhos.

— Julianna desconhece e não tem como saber que eu já saquei que ela vai atacar você. Seus outros alvos em Nova York eram similares e dentro dos padrões que ela determinou. Você não se encaixa nesses padrões. Ela enxergará nisso uma vantagem. O veneno virá numa bebida, ou, talvez, em um canapé. Isso significa que você não vai beber nem comer nada. Nadinha!

— Essa promete ser uma noite interminável. Tenho uma única condição para aceitá-la, se você não se importa, tenente.

— Qual é?

— Há grande possibilidade de você ser um alvo também; pode ser que ela tenha a esperança de derrubar nós dois. — Ele inclinou a cabeça de lado ao perceber que isso já havia passado pela mente de

Eve. — Diante disso, você não vai beber nem comer nada, nadinha, para me acompanhar.

— Tudo bem. A mídia já está espalhando aos quatro ventos notícias sobre a gigantesca contribuição que Roarke vai oferecer a Louise Dimatto nessa noite. Temos uma porta escancarada para Julianna, e certamente ela vai aproveitá-la. — Eve refletira muito a respeito disso. — Vai *mesmo*. Eu pisei nos calos dela hoje de manhã na Itália, estraguei suas curtas férias. Ela não gosta de ser contrariada. Vai estar putíssima, mas também estará determinada. Eu também. Sinto-me tão puta e determinada que vou fechar essa porta na cara dela.

Ela parou de falar e observou os rostos na sala, para ver se todos haviam compreendido o que ela queria dizer. Julianna Dunne era dela.

— Feeney, quero que você caia dentro na seleção da equipe que vai participar desta operação. Voltamos a conversar sobre os planos na sala da segurança. Proponho nos encontrarmos todos lá em trinta minutos. Alguma pergunta?

— Por enquanto, não. — Feeney se levantou. — Acho que vão aparecer muitas quando começarmos a entrar em ação.

— Então vamos responder a elas nessa hora. Peabody, você vai com Feeney e com McNab. Eu levo o civil.

— O civil também tem nome. — Ligeiramente irritado, Roarke se levantou. — Se você tiver um ou dois minutinhos, tenente, os Peabody gostariam de se despedir de você, antes de partir.

— Tudo bem. Nos encontramos daqui a trinta minutos — repetiu ela para sua equipe, ao sair da sala com Roarke.

— Você está tentando manter a coisa num nível impessoal, e fica se referindo a mim como um objeto. — Ele parou no alto da escada e a segurou pelo braço. — Não gosto disso.

— Que pena. Quando tudo acabar e Julianna estiver devidamente acorrentada, prometo repetir seu nome quinhentas vezes, como castigo. — Ela viu a raiva dele aumentar. — Ei, me dá um tempo, Roarke! Você pode me dar um tempinho, pelo amor de Deus? Estou lidando com isso do único jeito que sei.

— Entendo, mas você também deve compreender que *nós dois* estamos lidando com o problema, e não aceito ser relegado à condição de objeto, Eve, nem mesmo por você. — Ele agarrou a mão dela com firmeza. — Você já teve um ano para aprender como a coisa funciona por aqui.

Um ano?, pensou ela, enquanto caminhavam lado a lado. Pelo visto, Eve não conseguiria entender todos os ângulos de um casamento nem em cem anos.

Os Peabody estavam na sala de estar da frente, sentados juntinhos em um dos sofás e rindo muito. Sam se levantou no instante em que Eve entrou na sala.

— Que bom que vocês chegaram! Receávamos que não tivessem tempo de se despedirem de nós. Queríamos só uma oportunidade para dizer o quanto ficamos contentes de conhecer vocês dois.

— Foi um prazer recebê-los. — Roarke estendeu a mão. — Foi muito bom passar algum tempo com a família de Delia. Espero que voltem, e saibam que serão bem-vindos nesta casa sempre que vierem a Nova York.

— Já estamos ansiosos pela próxima visita. — Phoebe fixou os olhos em Eve por tanto tempo e com tal intensidade que ela ficou nervosa. — E quanto a você, Eve? Também nos considera sempre bem-vindos?

— Claro. Ahn... a porta estará sempre aberta.

Phoebe riu, deu um passo à frente, pegou o rosto de Eve entre suas mãos e beijou-lhe os dois lados do rosto.

— Você ainda não sabe como lidar conosco, não é? — perguntou.

— Não sei muita coisa sobre família, mas reconheço quando alguém tem boas raízes. É o caso de Peabody.

Phoebe se mostrou espantada e encantada.

— Puxa, obrigada! Essa frase é um presente de despedida maravilhoso. Cuide-se o máximo que puder — acrescentou e recuou um passo. — Vamos pensar muito em vocês.

— Muito bem! — elogiou Roarke, ao sair da casa com Eve.

— Não sou uma completa imbecil, sabia? — Ela abriu a porta do veículo com força, pelo lado do motorista, mas parou de repente, se acalmou um pouco e observou Roarke por sobre o teto do carro. — Que tal se eu chamar você de *O Civil Roarke*, como se fosse um título?

— Só se você der uma melhorada no estilo. Que tal *O Impressionante e Todo-Poderoso Civil Roarke*? Até que soa bem.

Ela estendeu a mão para pegar a dele por cima do carro e respondeu:

— Vou pensar no seu caso.

Ela comeu, bebeu, dormiu e respirou o plano. Conseguiria desenhar uma planta detalhada do Grand Regency Hotel até dormindo. Conversara com todas as pessoas mais chegadas a Roarke. Ou as fritou em azeite, como ele mesmo definiu durante uma das acaloradas discussões sobre os procedimentos da operação.

Eve passou um pente-fino no passado de cada uma das pessoas ligadas diretamente a Roarke, e embora tenha ficado muito bem impressionada pela forma criteriosa com que ele escolhia as pessoas que atuavam na sua segurança pessoal, achou que seria pouco sábio comentar isso com o marido.

Ela dormiu mal, acordando muitas vezes no meio da noite com uma sensação de enjoo e a impressão de que esquecera algum detalhe crucial. Uma simples minúcia negligenciada e ela perderia Julianna.

Ela estava de mau humor, com a língua afiada, e se moveu o dia todo à base de cafeína.

Chegou a ponto de reconhecer que *nem ela* seria capaz de se aguentar por cinco minutos, mas continuou em frente com determinação.

Na noite anterior à operação, ela estava em seu escritório estudando a imagem do salão de baile no telão, mais uma vez, quando Galahad, o gato, começou a serpentear de forma afetuosa por entre as suas pernas. Sem parar de calcular os ângulos que já avaliara, ela arrumou e rearrumou os locais e movimentos propostos pelos homens que designara para vigiar o andar.

Quando a tela escureceu de repente, ela achou que o seu cérebro é que tinha apagado.

— Já chega! — Roarke se colocou ao lado dela. — Você seria capaz de construir uma maldita réplica do hotel de cor e salteado, e com as próprias mãos.

— Sempre existe um jeito de entrar através de uma brecha, e ela é boa nisso. Quero dar só mais uma olhada.

— Não. Não — repetiu ele, massageando-lhe os ombros. — Está na hora de nós dois tirarmos isso da cabeça até amanhã. Curtir um ao outro. — Ele deu um cheirinho no pescoço dela. — Feliz aniversário de casamento.

— Eu não esqueci — replicou ela depressa, com ar culpado. — Simplesmente achei que talvez fosse melhor... sei lá, deixar isso para depois de amanhã. Até o caminho ficar desimpedido. — Ela xingou baixinho. — Até parece que o caminho algum dia vai ficar desimpedido, o que eu disse é idiotice. Mas eu não esqueci da data, não.

— Ótimo, porque eu lembrei. Escute... venha comigo. Tenho uma coisinha para lhe mostrar.

— Estou meio surpresa por você ainda estar aguentando falar comigo. Não tenho sido exatamente uma boa companhia para ninguém nos últimos dias.

— Querida, você é uma mestra na arte de atenuar os fatos.

Ela entrou no elevador ao lado dele.

— Pode ser, aceito a zoação. Mas você também não tem sido o Sr. Simpatia. Nem um pouco, meu chapa.

— Dou a mão à palmatória quanto a isso. Não gosto de ninguém questionando ou revogando minhas determinações, tanto quanto você. Proponho uma trégua. Pode ser?

— Sim, acho que seria uma boa. Aonde vamos?

— Para o passado — informou ele, e a segurou pela mão quando as portas do elevador se abriram.

O salão holográfico era um espaço gigantesco, vazio e totalmente espelhado que, naquele instante, se apresentava totalmente às escuras. Quando o elevador se fechou atrás deles, Roarke a puxou pela mão até o centro do aposento.

— Rodar programa designado, cenário duplo! — ordenou ele, em voz alta.

O preto fosco estremeceu e reverberou em ondas de cor e forma. Eve sentiu a mudança no ar, uma fragrância macia e morna que trouxe com ela um cheirinho de chuva. Ouviu o som dos pingos batendo e escorrendo, de leve, contra as janelas, que se formaram em 3D diante deles, e contra o piso da varanda de portas abertas que surgiu em seguida.

Diante de Eve, um ambiente de suntuosa beleza se formou do nada, tomando forma aos poucos.

— É o hotel em Paris — murmurou —, onde passamos nossa primeira noite de casados. Estava chovendo. Ela foi até as portas abertas, estendeu as mãos para fora e sentiu o beijo molhado da chuva nas palmas. — Fazia um mormaço de verão, mas eu quis que as portas da varanda ficassem abertas, lembra? Queria ouvir a chuva. Fiquei em pé aqui, bem aqui. Eu... eu estava completamente apaixonada por você.

Sua voz estremeceu de leve quando ela se voltou, olhou para ele e completou:

— Não imaginei que estaria um ano depois no mesmo lugar e amando você ainda mais. — Ela passou a base das mãos sobre as faces molhadas. — Você sabia que isso ia me deixar toda sentimental e chorosa.

— Você ficou bem aí, exatamente aí. — Ele foi até onde ela estava. — E eu pensei comigo: *Ela é tudo que eu quero na vida. Ela é tudo que existe.* Agora, um ano depois, você, de certo modo, é ainda mais.

Ela se largou nos braços dele, apertando os dela com força em torno do seu pescoço, fazendo os dois rirem alto quando ele foi forçado a recuar dois passos para manter o equilíbrio.

— Eu devia estar pronto para isso. — Ele riu, junto dos lábios dela. — Você se jogou em cima de mim exatamente desse jeito, há um ano.

— Foi. E fiz isso também... — Ela afastou a boca dos lábios dele e o mordeu de leve na garganta. — Nesse momento, nós dois começamos a rasgar as roupas um do outro, a caminho da cama.

— Então, para manter a tradição... — Ele agarrou a parte de trás da blusa dela com as mãos, puxou-a em direções opostas e rasgou o tecido de alto a baixo.

Ela voou na camisa dele, puxando-a com força até os botões começarem a voar, e sentiu a pele quente que havia por baixo do pano.

— Depois nós...

— Sim, estou me lembrando de tudo com mais clareza. — Ele girou o próprio corpo e a lançou de costas contra uma das paredes, esmagando seus lábios contra os dela, enquanto lhe rasgava as calças.

— As botas! — A respiração dela ficou muito ofegante, mas suas mãos se mostraram ocupadas. — Eu não estava com botas.

— Então, vamos improvisar.

Eve lutou para descalçar as botas usando os pés, ao mesmo tempo que sentia o resto de suas roupas se espalharem em todas as direções, em farrapos.

Ela deixou de ouvir a chuva. O som era sutil demais para competir com o latejar do próprio sangue. As mãos dele eram implacáveis, exigentes, e a alisavam de cima a baixo em uma espécie de posse animal, até que ela já não sentia mais nada, a não ser a pele gritando.

Ele a fez gozar ali mesmo, em pé, em um orgasmo brutal e ofuscante que transformou seus joelhos em geleia. Sua boca estava sobre a dela, engolindo-lhe os gritos como se ele pudesse se alimentar deles.

Encharcada de suor, ela caiu sobre ele e o arrastou para o chão.

Então os dois enlouqueceram, rolando sobre o delicado padrão floral do tapete e despertando todas as necessidades primais ao mesmo tempo. E elas lhes provocavam uma dor exigente que os fez exigir ainda mais.

E não havia nada mais. Nada para ele, a não ser ela. Nada, a não ser o jeito que sua pele umedecia quando as paixões a dominavam; o jeito que o corpo dela se erguia, se contorcia e deslizava sob o dele; o gosto da pele dela, que ele saboreava; e seu sangue latejava com mais força, como se estivesse sob o efeito de uma droga violenta que prometia levá-lo aos limites da loucura.

Ele se deliciou com aqueles seios e sentiu o coração dela galopar sob seus lábios famintos. *Meus*, ele pensou, agora que os tinha na boca. *Meus*.

Ele a colocou de joelhos e sentiu a própria respiração tão esfarrapada quanto suas roupas. Os músculos dele, projetados para frente, vibravam por ela.

Eve agarrou os cabelos dele com os punhos fechados.

— Mais! — ela pediu, puxando-o para junto de si.

Ela caiu por cima dele, na ânsia de se sentir atravessada por aquela força. O corpo dela era um caldo grosso de dores e glórias, tão surrado por sensações conflitantes que lhe era difícil separar a dor do prazer. Lançando-se um contra o outro, ambos sentiram a sofreguidão aumentar.

Ela se banqueteou com ele, com seu corpo duro e disciplinado, com a boca de poeta e os ombros de guerreiro. As mãos dela acariciavam-lhe o corpo inteiro. *Meu*, pensou, ecoando a mente dele. *Meu.*

Ele rolou junto com ela, colocando-a por baixo, e penetrou-a com força. Lançou os quadris com vontade e entrou mais, com muita determinação, chegando ao fundo. Manteve-se ali, enterrado, e ela gozou mais uma vez.

— Ainda tem mais. — Os pulmões dele ardiam, e o prazer profundo pareceu cegá-lo quando os músculos dela lhe apertaram o membro como um torno. — Para nós dois — arquejou ele.

Ela ergueu os quadris e o envolveu com mais firmeza, em uma luta de investidas mútuas. O desejo pareceu atravessar o coração dele, a sua mente e também o seu ponto mais sensível, entre as pernas, até que ele se rendeu ao prazer supremo e a ela.

Então, descansou a cabeça entre os seios dela. O mais perfeito travesseiro para um homem, em sua opinião. O coração dela continuava disparado, ou talvez fosse o dele. Ele sentiu uma sede imensa e torceu para conseguir a energia necessária para saciá-la, talvez em um ou dois anos.

— Eu me lembrei de mais uma coisa — disse ela.

— Humm.

— Também não conseguimos chegar à cama, naquela noite.

— Acabamos conseguindo. Mas acho que eu possuí você na mesa do jantar, antes.

— Não, fui eu quem possuiu você na mesa de jantar. *Depois* é que você me possuiu na banheira.

— É, acho que foi isso. Mais tarde é que conseguimos chegar à cama e possuímos um ao outro. Jantamos, tomamos champanhe e depois desarrumamos a mesa de um jeito muito afobado.

— Bem que eu gostaria de comer alguma coisa. — Ela passou os dedos por entre os cabelos, de forma lenta e preguiçosa. — Podíamos comer aqui no chão mesmo, para não precisarmos nos movimentar muito. Acho que minhas pernas estão paralisadas.

Ele riu baixinho, roçou o nariz no pescoço dela e levantou a cabeça.

— Tivemos um ano bom. Inesquecível. Vamos lá, eu ajudo você a se levantar.

— Podemos comer aqui?

— Claro. Já está tudo preparado. — Ele se levantou e a puxou do chão. — Basta esperar um minutinho.

— Roarke. Esse foi um presente lindo.

Ele sorriu para ela, caminhou até a parede e digitou algo em um painel.

— A noite ainda é uma criança, querida.

Um androide com cara e roupa de francês chegou empurrando um carrinho quando as portas do elevador se abriram. Por instinto, Eve cobriu os seios com um dos braços e colocou a mão entre as pernas. Isso fez Roarke rir.

— Você tem um estranho senso de recato. Vou lhe pegar um robe.

— Nunca vi androides no salão holográfico.

— Imaginei que você faria objeções se Summerset entrasse aqui para trazer o jantar. Pegue isto.

Ele lhe entregou um robe que, na verdade, nem merecia esse nome, pois não cobria absolutamente nada. Era curtíssimo, preto e completamente transparente. O sorriso dele se abriu diante da cara de estranheza dela.

— É meu aniversário também, ora bolas — justificou ele, vestindo um roupão que, Eve notou, não era tão curto nem tão transparente quanto o dela.

Roarke despejou numa taça um pouco do champanhe que o androide abriu e a entregou a Eve.

— Ao nosso primeiro ano — brindou ele —, e a todos os que se seguirão. — Ele encostou sua taça na dela, com um leve tinido.

Roarke dispensou o androide. Eve notou que ele não se esquecera de nenhum detalhe. Diante dela estava a mesma lagosta suculenta, os tenros medalhões de filé embebidos em molho delicado e o mesmo montinho de caviar brilhante que eles haviam saboreado na primeira noite de casados.

A luz suave das velas começou a tremular, e a canção da chuva recebeu um acompanhamento de cordas e flautas.

— Eu também não me esqueci de nada — disse Eve.

— Eu sei.

— Desculpe por tentar adiar este momento. Roarke. — Ela esticou o braço e fechou a mão sobre a dele. — Quero que você saiba que eu não mudaria em nada, nadinha, o que aconteceu desde a primeira vez que eu vi você. Por mais que você me deixe revoltada, às vezes.

Ele balançou a cabeça para os lados.

— Você é a mulher mais fascinante que eu conheci em toda a minha vida.

— Ah, para com isso.

Quando ela riu e tentou recolher a mão, ele a apertou com força.

— Você é valente, brilhante, irritante, divertida, enlouquecedora, determinada. Cheia de complicações, mas com muita compaixão. É sexy, surpreendentemente doce e, ao mesmo tempo, má como uma víbora. Tão distraída que nem percebe seus próprios atrativos, mas também teimosa como uma mula. Adoro cada atributo e cada pedacinho seu, Eve. Tudo em você me traz uma alegria quase insana.

— Você só está dizendo isso tudo para me levar de novo para a cama.

— Espero que funcione. Tenho um presentinho para você. — Ele apalpou o bolso do roupão e pegou duas caixinhas de prata.

— Dois presentes? — Uma expressão de surpresa tomou conta do seu rosto. — São dois presentes no primeiro aniversário? Droga! Casamento devia vir com um manual de instruções.

— Relaxe... — Sim, ela lhe trazia uma alegria insana. — São dois presentes porque existe uma espécie de ligação entre eles.

Ela estranhou e franziu as sobrancelhas.

— Quer dizer que os presentes valem por um? Então, tudo bem.

— Fico feliz por você entender. Abra este aqui, antes.

Ela pegou a primeira caixinha e levantou a tampa. Os brincos cintilaram muito. Eram duas pedras imensas e multicoloridas incrustadas em ouro branco trabalhado.

— Embora você não aprecie bugigangas e reclame que eu vivo despejando-as em cima de você — ele pegou a taça da mão de Eve, que analisava atentamente a joia —, esses brincos são especiais. Acho que você vai curti-los muito.

— São lindos! — Ela pegou um brinco e, como sabia que ele gostaria que ela os experimentasse na mesma hora, começou a prendê-lo na orelha. — Têm um jeito meio pagão.

— Combinam com você. Eu sabia que ia ficar bonito. Deixe-me colocá-los. — Ele se levantou, foi até onde ela estava, do outro lado da mesa, e os prendeu nas orelhas dela. — Você vai curtir ainda mais a história desses brincos. Eles pertenceram a Grainne Ni Mhaille, esse é o nome dela em irlandês. Era a poderosa chefe de uma tribo nômade, em uma época em que isso não era comum nem aceitável. Muitas vezes ela é chamada de Rainha do Mar, pois era capitã de um navio. Portanto...

Ele tornou a se sentar, apreciando o cintilar pulsante dos brincos de sua mulher. Sua voz assumiu um ritmo de contador de histórias, tão fluente e tão irlandês que ela perguntou a si mesma se alguma vez o ouvira falar daquele jeito, e lembrou que sim.

— Chefe tribal, guerreira, rainha, tudo o que você é. Ela viveu no século dezesseis. Uma época cruel, em um país que viu muita violência ao longo dos séculos. Grainne Ni Mhaille era famosa por sua coragem. Em sua vida ela enfrentou triunfos e tragédias, mas nunca se abateu. Na ilha do lado oeste, onde vivia, o castelo que construiu está em pé até hoje, estrategicamente colocado à beira de um rochedo. E lá, no mar ou em qualquer das muitas fortalezas que construiu, ela deteve todos os inimigos, manteve suas crenças e defendeu seu povo.

— Botava pra quebrar — disse Eve.

— E como! — Ele riu. — Botava mesmo. Igualzinho a você. Tenho certeza de que essa grande guerreira gostaria muito de ver uma mulher semelhante a ela usando essa joia.

— Isso me agrada.

— E aqui está o segundo presente.

Ela pegou a segunda caixa de prata. Dentro havia um medalhão de prata, com a imagem de um homem entalhada com esmero.

— Quem é esse cara?

— São Judas Tadeu. É o santo padroeiro dos policiais.

— Você tá brincando, né? Os tiras têm um santo padroeiro?

— Têm, sim. São Judas Tadeu, que também é o padroeiro das causas perdidas.

Ela riu enquanto olhava o medalhão contra a luz.

— Você está tentando defender todas as suas bases, né?

— Espero que sim.

— Então o que temos aqui são, no fundo... dois talismãs. Peças para atrair sorte. — Ela colocou o cordão com a imagem de São Judas Tadeu sobre a cabeça. — Gostei da ideia. É bom acrescentar sorte ao cérebro e à determinação que você mencionou no outro dia.

Dessa vez foi ela quem se levantou, deu a volta na mesa e inclinou a cabeça para beijá-lo.

— Obrigada. Essas bugigangas são do tipo bom.

— De nada. Agora, se você quiser limpar a mesa...

— Segura sua onda, garotão. Não é só você que pode me dar um presente. Só que eu tenho de ir buscá-lo. Espere aqui, quietinho.

Ela saiu do salão holográfico com muita pressa, e Roarke percebeu que ela se esquecera por completo da transparência do seu robe.

Sorrindo, ele se serviu de mais um pouco de champanhe e torceu, para a integridade física de todos os envolvidos, que ela não desse de cara com Summerset no corredor.

Como ela voltou logo e sem reclamar de nada, ele deduziu que o trajeto correra sem incidentes. Ela lhe entregou um pacote embrulhado em papel pardo reciclado.

Ele percebeu, pelo tamanho e pelo formato, que era algum quadro ou foto. Curioso, já que Eve não era exatamente uma crítica de arte, ele rasgou o papel.

Era uma pintura. Nela, os dois apareciam retratados no dia do casamento, sob o arco florido onde ocorrera a cerimônia. A mão dela estava sobre a dele e ambos se olhavam fixamente. Dava para ver a importância dos votos pelo brilho das alianças nos dedos deles.

Ele recordou o momento com ternura. Lembrava de tudo com detalhes. Especialmente o instante em que se inclinaram um sobre o outro e trocaram o primeiro beijo, como marido e mulher.

— É belíssimo.

— Mandei fazê-lo com base no vídeo do casamento. Eu adoro esse momento, então congelei a imagem, imprimi em alta definição e entreguei para um pintor amigo de Mavis. Ele é um artista de verdade, e não um daqueles caras que fazem pintura corporal. Provavelmente você conseguiria um artista melhor, mas...

Eve parou de falar quando ele ergueu os olhos e ela percebeu a emoção em estado puro que fez seu sorriso cintilar. Era difícil impressionar daquele jeito o homem que não se abalava com nada, nem com um taco de aço.

— Acho que você gostou de verdade — disse Eve.

— É o presente mais precioso que eu já recebi na vida. Gostei muito. — Ele se levantou, depois de colocar o quadro de lado com muito cuidado, enlaçou-a com os braços, puxando-a para junto de si, e esfregou o rosto no dela de um jeito tão suave que fez seu coração se derramar de ternura. — Obrigado.

— De nada. — Ela suspirou junto do pescoço dele. — Feliz aniversário de casamento. Preciso de um minuto para me acalmar agora, talvez mais um drinque. Depois, podemos limpar a mesa.

Ele passou a mão de leve sobre os cabelos dela.

— Combinado.

Capítulo Vinte e Dois

Eve talvez não soubesse nada de moda, mas escolheu com muito cuidado a roupa que usaria na operação daquela noite. Ela já estava ligada, em todos os sentidos.

A energia pulsava por dentro dela, rápida demais, quente demais. Toda aquela agitação teria de ser domada, antes de ela sair dali. Feeney já tinha fixado o transmissor no seu peito e o receptor na sua orelha.

Em pé, completamente nua diante do espelho do banheiro, ela analisava o que via com olhar crítico, e reconheceu que mal se percebia a mudança de coloração no espaço entre seus seios, onde fora instalado o microfone.

Não que isso fizesse diferença, porque a roupa que ela escolheu iria mostrar pouco da sua pele.

Isso era ótimo, porque em muitos locais ainda havia marcas roxas. Nada mal, pensou, espetando com a ponta do dedo indicador o lugar do quadril onde o tom da pele voltara quase ao normal, e só doía um pouco quando ela ficava muito tempo em pé.

E quanto ao rosto? Ela virou um pouco a face e movimentou o maxilar. Mal dava para notar os pontos escuros. Quanto ao que ainda era perceptível, ela cedeu, reconhecendo que passar um pouco de maquiagem resolveria o problema.

Esse processo levou menos de dez minutos e lhe provocou a costumeira frustração na hora da tintura labial. Aquela porcaria nunca ficava bem aplicada e não combinava com ela, pensou, ao voltar ao quarto para se vestir.

Ela escolheu uma roupa preta. O vestido em fios de prata que cintilavam sobre um colante modificado não a agradou. A flexibilidade da peça que ia ficar por cima seria fundamental naquela noite. A arma principal ficaria aninhada na parte côncava localizada na base das costas, presa no que externamente parecia apenas um cinto de prata. Ela pediu a Leonardo que lhe projetasse esse útil acessório. Ele a atendeu de imediato e criou uma peça eficiente que Eve achou muito estilosa, embora não soubesse avaliar direito essas coisas.

Como não estava acostumada a sacar uma arma presa às costas, praticou o movimento por alguns minutos, até torná-lo ágil e natural.

Satisfeita com o resultado, prendeu a arma secundária em um coldre no tornozelo direito e enfiou uma pequena faca de combate no esquerdo. Para cobrir as armas, calçou botas de cano alto em couro macio, pretas, e avaliou o resultado. A coisa ia funcionar, decidiu, e se agachou para testar a velocidade ideal para sacar as duas armas secundárias.

— Você parece uma pintura, tenente. — Roarke entrou no quarto com a camisa ainda toda desabotoada. Eve notou que Feeney instalara vários grampos eletrônicos nele. — Tem certeza de que só três armas serão suficientes? — brincou.

— Ainda não acabei. — Ela empinou o corpo, pegou um par de algemas na penteadeira e as escondeu dentro do cinto, atrás do quadril esquerdo.

— Agora, troque por botas altas com salto agulha, pendure um chicote no quadril e teremos uma imagem realmente interessante. — Ele caminhou em círculos em torno dela, analisando tudo. — Se bem que, do jeito que está, os convidados da festa já vão se sentir intimidados.

— Pensei em tudo. — Eve pegou um jaquetão preto e prata no mesmo material suave, que lhe descia até os joelhos.

Colocando a cabeça de lado, Roarke fez círculos horizontais no ar com o indicador. Mesmo irritada com o gesto dele, Eve girou o corpo duas vezes. O jaquetão rodou à volta, com elegância, insinuando as curvas provocantes do corpo sob o colante e desceu reto, encobrindo o equipamento policial instalado nas costas.

— Sim, você está convincente, numa boa — aprovou ele, passando os dedos de leve sobre o rosto dela e sobre as marcas roxas que a maquiagem disfarçava. — Só gostaria que não estivesse tão preocupada.

— Não estou preocupada. — Ela pegou o imenso diamante em forma de gota que Roarke lhe dera de presente, colocou o medalhão de São Judas Tadeu no mesmo cordão e o prendeu atrás do pescoço. — Estou bem protegida, viu só? E se alguma piranha tentar atacar meu homem, eu a derrubo na porrada. Simples assim.

— Querida, que coisa doce de se dizer.

Ela o viu pelo reflexo, enquanto prendia os brincos da Rainha do Mar, e riu ao ver o sorriso largo que ele estampava no rosto.

— Pois é, veja como eu sou... uma bundona sentimental. Você vai se enfeitar demais ou escolheu um estilo casual?

— Humm, vou procurar algo elegante, para não deixar minha esposa fashion envergonhada. — Ele se dirigiu à verdadeira loja de departamentos que chamava de closet.

— Seu transmissor já foi ativado? — quis saber Eve.

— Não. Eles testaram tudo, mas deixaram desligado. Feeney é muito severo quanto a isso, para evitar que os detetives da DDE fiquem bisbilhotando o que as pessoas conversam no quarto.

— Certo. Escute, eu sei que você não gostaria de ir desarmado, mas quero que deixe em casa qualquer arma que esteja planejando levar.

— Isso é uma ordem, tenente? — perguntou, escolhendo um terno preto fosco.

— Não banque o arrogante, Roarke. Se você levar uma das suas armas de coleção e, por algum motivo, tiver de usá-la, teremos problemas que não estou disposta a enfrentar.

— Sei lidar com os problemas que eu causo.

— Cale a boca e me escute. Deixe sua arma em casa. Vou lhe emprestar uma das minhas.

— Sério? — espantou-se ele, com uma camisa branca na mão.

— Consegui uma licença de porte de arma temporário para você, mas só para esta noite. O secretário Tibble autorizou. — Ela abriu uma gaveta e pegou uma pequena arma de atordoar. — Não é letal, mas deixa o sistema nervoso do oponente em petição de miséria. Você não precisa de mais do que isso para sua proteção.

— Olha quem fala. Uma mulher que carrega mais armas no corpo do que braços.

— Sou tira, você não é. Não me venha com essa disputa à base de masculinidade e ego. Sei que você consegue se cuidar sozinho, e até prefere fazer as coisas do seu jeito. Só que dessa vez não podemos mijar fora do penico. Se deixarmos algum furo, por menor que seja, Julianna vai usá-lo a seu favor no tribunal. Se você carregar algo sem autorização específica, estará, na verdade, colocando uma arma nas mãos dela.

Ele abriu a boca para reclamar. Eve percebeu o ar de irritação e a recusa em seu rosto.

— Por favor, faça isso por mim — pediu ela.

A irritação desapareceu, dissolvida em um suspiro longo.

— Jogo sujo, hein? Tudo bem, faremos do seu jeito.

— Obrigada.

O *por favor* e o *obrigada*, em vez de fúria e gritos, mostraram a Roarke que Eve estava muito mais preocupada do que queria demonstrar.

— Você cobriu todos os ângulos, contingências e circunstâncias — ele afirmou.

— Não. — Ela abriu a bolsa de festa que levaria para o evento. O distintivo, o comunicador e mais uma arma que achou melhor não mencionar para Roarke já estavam lá dentro. — Sempre falta alguma coisa. Ela estará lá, tenho certeza. Meus instintos me dizem isso. Mas esta noite nós encerramos o caso.

— Tudo preparado. Nenhum sinal da suspeita. Vamos dar início a uma nova busca. Esses rolinhos folheados estão sensacionais.

A voz de Feeney soou clara como cristal no ouvido de Eve, e foi um alívio bem-vindo diante da balbúrdia das conversas em voz alta no salão de festas.

— Entendido! — replicou Eve. Deixando a conversa-fiada para Roarke, ela resolveu fazer uma busca pessoal.

Os policiais que havia selecionado se moviam pela multidão, se mesclavam e se misturavam com muita naturalidade. Nem mesmo McNab, vestido de forma relativamente conservadora, em azul-safira e amarelo-canário, atraía muita atenção. Ninguém desconfiaria que aquelas pessoas descoladas eram tiras, a não ser que eles soubessem onde procurar.

E esse lugar eram os olhos. Duros, observadores, prontos, mesmo quando riam, contavam piadas, provavam canapés e tomavam água mineral.

Das mil, duzentas e trinta e oito pessoas que participavam da festa, vinte delas circulavam pelo salão de baile armadas e conectadas. Outras dez cobriam as áreas públicas, no papel de seguranças, e seis delas cuidavam dos equipamentos na sala de controle.

A parte do evento que vinha antes da refeição, em que as pessoas se misturavam por todo o salão, estava quase acabando. Julianna ainda não tinha aparecido.

— Não podemos permitir que nossos benfeitores mais ilustres fiquem por aí sem nem mesmo um drinque na mão. — Louise chegou deslizando em um vestido prata cintilante. Fez sinal para um garçom, pegou duas taças de champanhe da bandeja e as entregou a Eve e Roarke. — Vocês já receberam um agradecimento oficial por sua generosa doação, mas quero demonstrar minha gratidão pessoalmente.

— O prazer foi nosso. — Roarke se inclinou e beijou o rosto da médica. — Você está estonteantemente linda, como sempre. Olá, Charles, é muito bom revê-lo.

— Olá, Roarke. Tenente, você está estupenda. Uma guerreira sexy. — Charles passou o braço pela cintura de Louise, num gesto que transmitia posse. — Se algum dia eu for convocado para ir à guerra, quero você liderando meu pelotão, tenente. Receávamos que vocês dois não tivessem chance de comparecer hoje. Delia me contou que você anda superatarefada por causa da caça a Julianna Dunne, Dallas.

Aquilo era um enigma constante para Eve. Diante dela estava um homem que era amante profissional, enlaçado a uma loura elegantérrima com quem se relacionava, conversando sobre a morena com quem ele saíra durante meses e ninguém achava nada esquisito nessa história.

Para piorar a situação, a morena com quem ele saíra *e também* o cara que atualmente transava loucamente com a citada morena estavam ouvindo cada palavra do papo pelo microfone de Eve, numa boa. Tudo aquilo era muito esquisito.

Relacionamentos já eram suficientemente confusos. Quando misturados com trabalho policial, então a coisa parecia sair de órbita.

— Sempre encontro um tempinho para pagar minhas promessas — respondeu Eve, olhando para Louise.

— Pois eu acho que uma contribuição de um milhão de dólares paga qualquer promessa.

— Esse assunto é com ele. — Eve fez um gesto com o polegar na direção de Roarke. — De qualquer modo, a festa está muito animada.

— Isso é um elogio estupendo vindo de você, Dallas. Obrigada. Durante o jantar, pretendemos manter os discursos que dão sono no nível mínimo, e depois vamos agitar tudo com muita dança. Mas antes de levar essa horda de gente para as mesas, preciso roubar seu marido por alguns minutos.

Eve se aproximou de Roarke e avisou:

— Só não deixo você levá-lo de vez porque já me acostumei com ele.

— Pode deixar que vou devolvê-lo com pouquíssimo uso. O prefeito pediu especificamente para trocar algumas palavras com você — disse Louise, desviando o olhar para Roarke. — Prometi levá-lo até ele.

— Claro! — Roarke colocou de lado o drinque que nem havia provado e passou a mão de leve pelas costas de Eve. — Política é um jogo que deve ser jogado.

— Nem me diga! — concordou Louise. — Charles, você pode fazer companhia a Dallas por alguns minutos, não pode?

Eve teve de lutar contra o instinto de agarrar Roarke pelo braço e puxá-lo para junto dela. É claro que ele podia cuidar de si mesmo melhor do que ninguém. O problema é que eles não tinham se afastado um do outro mais de trinta centímetros a noite toda, desde que entraram no Regency. Ela preferia manter as coisas desse jeito.

Ficou olhando para as costas de Roarke enquanto ele seguia para o outro lado do salão em companhia de Louise.

— Tenho um recado para você, Dallas.

— Hã? Que recado?

— De Maria Sanchez. Me pediu para dizer que você é muito sólida e, para uma tira, até que é uma vaca bem aceitável. — Ele tomou um pouco de champanhe. — Suponho que sejam elogios.

— Mais para você do que para mim, eu diria, Charles. É bem provável que você tenha oferecido a Maria Sanchez a melhor visita íntima desde que trancaram sua cela, e certamente será a melhor que ela conseguirá até tornarem a abri-la, no final da pena.

— Digamos apenas que, se for necessário no futuro, tenho certeza de que poderei usá-la como referência profissional. Para ser franco, ela é uma mulher interessante, com uma visão muito simples da vida.

— E que visão é essa?

— Os filhos da puta andam por aí prontos para pegar você, então é melhor pegá-los antes.

— Puxa, alguém devia bordar esse ditado numa almofada. — Ao ver que tinha perdido Roarke de vista, seu estômago se retorceu. — Ahn... Eu não consigo ver onde está Louise. Qual era mesmo a cor do vestido dela?

— Estou com Roarke na tela, Dallas — Feeney disse em seu ouvido. — Ele está sendo acompanhado pelas câmeras. Carmichael e Rusk já estão na cola dele.

— Prata — informou Charles, com ar surpreso. Ele nunca vira Eve expressar qualquer interesse em roupas. — O vestido de Louise faz com que ela pareça estar usando raios de luar.

— Você está caidinho por ela, não está, Charles?

— Estou de quatro, é um caso terminal. Nunca estive mais feliz em toda a minha vida. Sabe o que significa encontrar uma pessoa que aceita você sem questionar, aceita as coisas do jeito que são e está disposta a amar você, apesar de tudo?

Ela procurou por Roarke na multidão e se acalmou um pouco quando o avistou.

— Sei, Charles. Acho que sei, sim.

— Isso faz de você alguém melhor. Faz você se sentir uma pessoa... completa. Agora, chega de filosofia. — Ele mudou o corpo de posição por um momento e bloqueou a visão que Eve tinha de Roarke. — Esses seus brincos são absolutamente fantásticos! — Charles esticou a mão para tocar em um deles e o minúsculo fone no ouvido de Eve registrou o clique do dedo dele tocando no metal como se fosse um gongo. — Isso é uma antiguidade?

— É, sim. — Ela reposicionou o corpo e tentou focar a atenção novamente em Roarke. — Eles pertenceram a uma guerreira.

— Ficaram perfeitos em você. Há algo errado? — Ele tocou o rosto de Eve, puxando-o para si. — Você me parece perturbada com alguma coisa.

— Festas desse tipo me deixam agitada. As pessoas estão começando a se dirigir para as mesas. É melhor irmos pegar nossos acompanhantes.

— Estamos sentados juntos. Vamos nos encontrar com eles na mesa. — Charles a pegou pelo braço e ficou surpreso ao sentir seus músculos tensos, quase vibrando. — Você realmente está agitada.

Eve teve vontade de se livrar de Charles, mas não queria preocupá-lo. Por outro lado, sair correndo em meio à multidão que começava a se apertar, indo para as mesas, não era o jeito certo de passar despercebida. O problema é que um zumbido no seu sangue lhe dizia para pegar Roarke, e pegá-lo agora mesmo.

— Tem uma coisa que eu preciso falar com Roarke, mas não sei onde ele está.

O nítido tom de urgência na voz de Eve fez Charles olhar em volta, alarmado.

— Tudo bem, Dallas, o que está rolando aqui?

— Roarke está na posição de três horas — Feeney lhe disse —, a seis metros de você. A multidão está mais compacta, mas Carmichael e Rusk continuam perto dele.

— Dallas?

— Agora não! — ela disse para Charles, quase sibilando, e girou o corpo para a direita. Foi o instinto em estado bruto que a fez ir em frente. Nada de lógica, nem razão, mas um conhecimento primal de que seu marido estava em perigo naquele instante. Ela o viu de relance em meio aos brilhos e cores do salão. Percebeu o olhar bem-educado e de divertimento que ele lançou para uma socialite que conversava com ele e mais parecia uma borboleta anoréxica. Viu Carmichael ser empurrada de lado por dois sujeitos de smoking que, pelo jeito, haviam bebido demais durante o coquetel. Percebeu também o jeito irritado no olhar de Carmichael quando ela voltou à sua posição.

Ouviu a orquestra mudar o ritmo da música e passar para um agitado número de jazz. Ouviu muitas gargalhadas e reparou no tom de fofoca das conversas, percebeu o arrastar e o clique dos saltos dos sapatos no piso, que se moviam em direção às mesas.

Viu Louise se virar para conversar com alguém e bloquear a visão que Rusk tinha de Roarke.

E avistou Julianna.

Tudo se passou rápido como uma batida de coração e, ao mesmo tempo, foi lento como um século.

Julianna usava a jaqueta e a calça branca dos garçons e garçonetes. Seu cabelo estava curtinho, com um tom castanho-claro e um boné frisado que parecia um halo em torno do seu rosto. Um rosto que fora muito preparado e cuidadosamente maquiado para não chamar atenção.

Ela poderia ter passado por uma androide. Recebia a mesma falta de atenção dos convidados e seguia caminhando com suavidade, por entre as pessoas enfeitadas, na direção de Roarke.

Na mão, carregava uma única taça de champanhe.

Seu olhar se ergueu e encontrou o de Roarke. O que viu ali deve tê-la alegrado, porque ela sorriu, formando uma curva suave com os lábios sem pintura.

— Alvo avistado! — Embora Eve falasse as palavras com clareza, a distância e o burburinho eram tão grandes entre elas que Julianna não ouviu.

Mesmo assim, ela virou a cabeça e viu Eve.

Elas se moveram ao mesmo tempo, Eve para frente e Julianna para trás. Eve sentiu um gostinho especial ao ver o ar de raiva que passou pelo rosto de Julianna antes de ela se misturar com as pessoas na parte mais cheia do salão.

— A suspeita está vestida de garçonete. Cabelos e olhos castanhos, movendo-se na direção oeste, através do salão.

Ela corria enquanto falava, abaixando-se, empurrando e se lançando contra pessoas atônitas. O acompanhamento da suspeita, feito por Feeney em seus ouvidos, fez Eve virar subitamente para a direita. Ela esbarrou em um garçom com cara de espantado e ouviu o trovejar da bandeja que caiu no chão.

Eve teve outro vislumbre de Julianna no instante em que ela entregou a taça de champanhe a um homem idoso, antes de entrar como um foguete na escadaria suspensa que levava ao segundo nível do salão. As pessoas à sua frente tombavam para os lados como pinos de boliche.

— Ela está subindo! — berrou Eve. — Todos para as posições oito e dez. Vamos, vamos, vamos!

Eve voou na direção do convidado idoso que recebera o champanhe e já estava levando-o aos lábios. O líquido derramou em seu terno, a taça voou de sua mão e se estilhaçou no chão.

— Ora, mas *que absurdo*! — reagiu o convidado.

Ficou tão irritado que agarrou Eve pelo braço, mas levou uma pisada violenta no peito do pé. *Ele vai ficar mancando*, pensou Eve, depois de se desvencilhar e disparar escada acima, *mas pelo menos vai continuar vivo.*

— Ela passou por aqui, tenente — um dos dois tiras que correram em auxílio a Eve apontou para uma porta dupla —, e acabou de entrar ali. Não pude atirar nela por causa dos civis à nossa volta. Ela se trancou lá dentro. Não há saída, a não ser que ela resolva pular dez andares.

— Ela vai descobrir um jeito. — Sem hesitar, Eve apontou a arma para a fechadura e a abriu com uma rajada de laser.

A explosão veio um segundo depois. O bafo de ar quente atingiu Eve como um soco e a fez voar quase dois metros para trás. Deu uma cambalhota e sua arma lhe escorregou da mão como sabonete molhado. Seu fone de ouvido perdeu o sinal.

A fumaça densa saiu pelas portas e envolveu a antessala, sufocando e cegando todos em volta. Eve ouviu o crepitar agudo das chamas e os gritos em torno dela e no andar de baixo quando as pessoas começaram a correr em pânico.

Ela pegou a segunda arma no coldre do tornozelo e berrou junto do peito:

— Policial ferido. Policial ferido! — repetiu, torcendo para o microfone funcionar e olhando para o policial de apoio desmaiado que fora atingido pela explosão e sangrava na cabeça. — Precisamos de um médico, e também dos bombeiros. Vou pegar essa vaca!

Eve se agachou, pulou como uma mola, passou pelas portas e rolou para o lado em meio à fumaça.

Julianna pulou sobre ela em uma fúria de socos, dentadas e unhadas.

O sistema antifogo acionou os dispersores de água do teto, os exaustores giraram e os alarmes soaram. Em meio a tudo isso, as duas mulheres lutavam, rolando agarradas uma à outra como animais sobre o tapete arruinado.

Pela segunda vez, Eve perdeu a arma, ou pelo menos é o que apareceria mais tarde, no relatório. O som ao sentir seu punho firme encontrar a cara de Julianna foi como uma canção.

Eve percebeu o gosto de sangue nos lábios, cheirou-o com vontade e se alegrou.

Sua mente estava absolutamente alerta quando as duas conseguiram se levantar e começaram a andar em círculos, uma olhando fixamente para a outra.

— Você se fodeu, Julianna. Para trás! — ordenou ao ver Roarke irromper no aposento, vários passos à frente de McNab. — Não se aproximem. Ela é minha!

— Senhora...

Roarke simplesmente esticou o braço e abaixou a arma que McNab apontara.

— Deixe-a terminar isso.

— Foi você quem fodeu tudo, Dallas. Se derreteu toda por causa de um homem. Eu a respeitava mais antigamente. — Ela girou, chutou o ar e deixou de atingir o rosto de Eve por milímetros. — Ele é igualzinho ao resto dos homens. Vai dar um chute na sua bunda assim que ficar de saco cheio. Já deve estar por aí, comendo outras mulheres sempre que tem chance. É isso que os homens *fazem*. É só isso que eles sabem fazer.

Eve empinou o corpo e despiu o casaco arruinado. Julianna fez o mesmo com seu colete de garçonete.

— Vou derrubar você — avisou Eve. — É isso que eu faço. Vamos lá... venha dançar comigo!

— É melhor segurar as tropas que estão chegando, Ian — avisou Roarke para McNab, e se agachou para recolher a segunda arma de Eve, enquanto os socos e pontapés voavam diante dele. E explicou ao detetive: — Alguém pode sair machucado.

— Cara! Isso é que é briga de mulher!

Roarke apenas levantou a sobrancelha ao ouvir isso, embora sua atenção estivesse fixada em Eve.

— Você vai apanhar se a tenente tiver ouvido o que disse — declarou, e sentiu uma fisgada no peito ao ver Julianna chutar Eve.

Ela, porém, não sentiu o chute. Seu corpo registrou o golpe e se inclinou para trás, mas logo estava de volta, empinando o peito. Sua mente se recusava a demonstrar dor, e Eve sentiu uma alegria sombria ao ouvir o som de osso se quebrando no instante em que acabou o giro e enfiou um soco certeiro no rosto de Julianna.

— Quebrei a porra do seu nariz. O que você vai fazer a respeito disso?

O sangue escorria, abundante, do rosto de Julianna, estragando a sua beleza. Sua respiração estava pesada, como a de Eve, mas ela parecia longe de se dar por vencida. Gritou alto e correu na direção de Eve.

A força do ataque fez as duas mulheres voarem através das portas que davam para o terraço sobre o salão. A madeira das molduras das portas estalou e o vidro se estilhaçou. Roarke correu para o portal arruinado a tempo de ver Eve e Julianna despencarem por cima da grade, em uma confusão de pernas, braços e fúrias.

— Por Cristo! — O coração de Roarke pulou na garganta. Ele correu para a grade e as viu caindo, ainda enganchadas uma à outra como dois amantes, até que aterrissaram sobre uma passarela rolante, dois andares abaixo.

— Puxa, isso dói! — comentou McNab, ao lado. — Alguém tem de ir lá separá-las. Prefiro que não seja eu.

Roarke lançou o corpo por sobre a grade e pulou.

— Lunáticos! — McNab enfiou a arma no coldre e se preparou para pular atrás de Roarke. — Somos todos um bando de lunáticos.

A passarela suspensa balançou com os corpos que pulavam nela. Os civis que tiveram a má sorte de estar na outra ponta correram para baixo como ratos escapando de um navio que naufragava.

A camiseta regata de seda que Julianna usava sob o uniforme de garçonete estava rasgada e ensanguentada. As luzes brilharam sobre o seu seio parcialmente exposto quando ela fez uma tesoura voadora e atingiu Eve no ombro, seguida de outra.

Eve se agachou para escapar do segundo golpe, baixou a cabeça e ouviu uma explosão de ar ao aplicar um curto fortíssimo de direita na barriga de Julianna.

— Malhar na prisão não é tão eficaz quanto malhar nas ruas, sua piranha. — Para provar essa teoria, Eve enfiou o cotovelo sob o queixo de Julianna, lançando sua cabeça violentamente para trás. — Vamos ver quanto tempo livre para malhar você vai ter quando estiver novamente atrás das grades.

— Não vou voltar para lá! — Julianna lutava sem enxergar direito, ainda com mais violência. Conseguiu aplicar um golpe em Eve, que baixara a guarda, e enterrou as unhas no rosto dela.

De repente, Julianna viu os homens que desciam pela passarela atrás de Eve e ouviu os gritos e o barulho de mais tiras que chegavam por trás dela. Então, com o corpo tomado por uma dor que nunca havia experimentado, amaldiçoou a si mesma por cair na armadilha e xingou Eve por tê-la manobrado.

Mas a guerra ainda não havia terminado. Não podia acabar assim. Bata em retirada, a mente de Julianna ordenou. Seguindo esse instinto, ela pulou por cima da passarela, tomando impulso para cobrir o espaço de um metro que a separava do restaurante ao ar livre.

Os clientes acompanhavam tudo de olhos arregalados. Vários deles gritaram quando a mulher ensanguentada com o rosto coberto de fuligem, os olhos selvagens e os dentes arreganhados aterrissou entre as mesas elegantes com tampos de vidro e candelabros acesos.

Duas mulheres e um homem desmaiaram quando uma segunda mulher, igualmente ferida e com os cabelos desgrenhados, voou e caiu em pé sobre o carrinho das sobremesas.

Ouviram-se gritos e barulhos de respingo quando alguns dos clientes caíram na piscina.

Encurralada pelos policiais que entravam no restaurante e pelos outros que desciam pela passarela rolante, agora desligada, Julianna focou a atenção na única oponente que lhe interessava. Pegou uma garrafa de merlot de excelente safra e a quebrou contra uma mesa. O vinho se espalhou para todos os lados como se fosse sangue, e ela virou a garrafa cheia de pontas afiadas na direção de Eve.

— Vou matar você — disse ela com toda a calma, embora as lágrimas escorressem pelo seu rosto, abrindo sulcos na fuligem da pele.

— Não atirem! — Eve ordenou, ao ver um dos policiais fazendo pontaria. — Não quero que ninguém atire! Esta operação é minha. A prisão é minha. — Ela sentiu Roarke aterrissar ao seu lado, mesmo sem vê-lo. — Minha! — A palavra saiu rouca da sua garganta.

— Então termine isso logo — disse Roarke baixinho, de um jeito que só Eve ouviu. — Você já desperdiçou muito do seu tempo com ela.

— Vamos ver se você tem peito, Julianna, de tentar rasgar minha garganta com isso. Você tem que agir com rapidez, e se prepare, porque vai ser sangrento. Não vai ser tão limpo nem tão delicado quanto envenenar o drinque de um pobre desavisado.

Eve circulou a oponente, reconhecendo o terreno e planejando seus movimentos.

— Qual o problema, Julianna? Tá com medo de tentar me matar cara a cara?

Soltando um grito de raiva, insulto e ódio, Julianna atacou. Eve sentiu a sensação intensa de enfrentar a morte e o seu sangue pareceu gelar nas veias. Ela pulou como uma mola, esticando uma das pernas e depois a outra. Dois chutes rápidos, ambos no rosto, fizeram Julianna voar para trás e cair, desconjuntada, sobre uma das mesas com tampo de vidro.

Ela estilhaçou a mesa com o corpo e bateu no chão com muita violência, sob uma chuva de cacos de vidro.

— Regra básica de combate — disse Eve quando se agachou e levantou Julianna pelos cachos castanhos —, geralmente as pernas são mais compridas que os braços.

Ela se inclinou e sussurrou no ouvido de Julianna:

— Você não devia ter vindo pegar o que é meu. Esse foi seu grande erro.

Apesar de muito atordoada, Julianna arreganhou os dentes.

— Vou voltar... e vou matar vocês dois.

— Não aposte nisso, Julianna. Está acabada. Agora vou ler seus direitos civis e você, se quiser, poderá ficar calada. — Dizendo isso, Eve deu um soco tão violento na cara dela que a colocou a nocaute.

Eve se virou com um movimento brusco, algemou a prisioneira com firmeza e então, endireitando o corpo e se colocando em pé, recuou um passo.

— Peabody!

— Ahn... Sim, senhora. Estou bem aqui.

— Providencie para que esta prisioneira ouça seus direitos, depois seja transportada para instalações apropriadas e receba a devida atenção médica.

— Pode deixar. Tenente?

Eve virou a cabeça e cuspiu sangue, de forma deselegante.

— Que foi?

— Queria dizer apenas que a senhora é a minha deusa.

Com vontade de rir, Eve foi mancando até uma cadeira e se sentou. A dor começava a chegar, e prometia ser das grandes.

— Leve-a para fora daqui, para eles poderem limpar essa bagunça. Vou para a Central preparar os relatórios e agradecer à equipe assim que me limpar um pouco.

— Ela só vai para a Central amanhã de manhã — corrigiu Roarke. Em seguida, pegou uma garrafa grande de água, abriu-a e entregou-a a Eve.

— Estarei lá daqui a duas horas. — Eve jogou a cabeça para trás e bebeu como um camelo.

Sabiamente, Peabody optou por ficar de fora daquela batalha particular entre marido e mulher.

— Desculpe a bagunça que eu fiz no seu lindo hotel.

— Você realmente bagunçou geral. — Ele pegou uma cadeira e se sentou diante da sua mulher. O rosto dela estava roxo, ensanguentado, muito sujo; as juntas dos dedos, inchadas e em carne viva. Um corte profundo entre os muitos arranhões no seu braço iria necessitar de tratamento médico. Por enquanto, porém, ele simplesmente pegou um lenço, amarrou-o com a ajuda de um dos guardanapos de linho de uma das mesas e improvisou um curativo. — Aliás, você também arrasou com a minha linda esposa.

— Estava só me distraindo. Sabe como é... brincando um pouco.

— Ah, sim, deu para perceber, em especial quando você brincou de quase despencar de um terraço que fica no décimo andar junto com a prisioneira.

— Tudo bem, confesso que fiz tudo assim, meio sem planejar, mas foi divertido. — Eve olhou para si mesma e, por um instante, ficou paralisada e sem fala. O colante se rasgara junto do pescoço, e o pano que se soltou fazia uma espécie de tomara que caia sobre um dos seios. Outro rasgão descia pelo tórax de Eve e continuava quase até a virilha. Uma das pernas do colante estava aberta até o quadril.

— Caraca, puta merda! — Ela agarrou o que conseguiu e cobriu os seios. — Você bem que podia ter me avisado que eu estou aqui sentada praticamente nua.

— Quando um homem recua para ver duas mulheres brigando, é sempre com a longínqua esperança de vê-las acabar com as roupas rasgadas. — Mesmo assim, ele se levantou, tirou o paletó do terno e a cobriu. — Você pode escolher entre as seguintes opções: ir para o ambulatório, ir para o hospital, esperar pelos paramédicos ou ir para uma sala onde Louise possa examinar você e tratá-la devidamente.

— Eu não...

— Vai discutir comigo, agora? Você queria derrubá-la com as mãos nuas. Precisava disso. Se não fosse assim, poderia ter usado sua arma.

— Perdi minha arma quando...

— A faca continua no seu tornozelo. — Ele colocou a mão de leve sobre a dela. — Escreva o que bem quiser no relatório oficial, Eve, mas não tente fingir comigo. Você fez o que precisava ser feito, e eu compreendo. Eu teria feito a mesma coisa se alguém tentasse matar você por minha causa.

— Então, tá...

— Você fez o que precisava ser feito, e eu não interferi em nenhum momento. Acha que foi fácil?

Ela chutou alguns cacos com as botas e reconheceu.

— Não.

— Agora, você tem de me deixar fazer o que deve ser feito, sem interferir. Qual das escolhas que eu enumerei você prefere?

— Escolho Louise — disse ela, concordando com ele. — Embora eu saiba que ela vai me encher o saco por estragar sua festa de caridade.

— Isso mostra o pouco que você conhece sobre esses assuntos. Essa pequena aventura vai gerar publicidade e atrair mais atenção para a causa de Louise. Mesmo se ela tivesse planejado uma badalação dessas, não daria tão certo. Se ela não perceber isso de imediato, basta lembrar a ela o que eu acabei de dizer.

— Bem pensado. — Ela se empinou um pouco e afastou os cabelos do rosto. — Eu amo você. Acabo de sentir uma vontade súbita de dizer isso.

— E eu sempre tenho vontade de ouvir. Vamos lá, tenente, vamos nos levantar.

Ela pegou a mão dele e começou a se erguer, devagar. Ele a ouviu arquejar e silvar, mas não conseguiu suprimir um gemido.

— Tudo bem, eu desisto. — Ela se deixou cair novamente e respirou fundo. — Nem pense em me pegar no colo! — advertiu, levantando a mão antes que ele tentasse. — Não com todos esses tiras olhando. Um troço desses pode acabar com a sua reputação.

— Acho que sua reputação vai resistir, especialmente depois desta noite. Além do mais... — ele a levantou com tanto cuidado quanto conseguiu — ... você pode culpar a reação exagerada de um civil preocupado.

— Tá legal. — As dores estavam chegando todas ao mesmo tempo, como uma manada de búfalos. — Vou botar a culpa no meu marido.

— Ora, ora! "Meu marido" é um termo raro demais para sair da sua boca.

— Já não fica tão grudado na língua quanto antes. Sabe de uma coisa? Esse é um jeito muito interessante de começar o nosso segundo ano de vida de casados.

— E parece que funciona bem, no nosso caso.

Ele carregou sua guerreira ferida para fora do campo de batalha. E refletiu sobre o quanto ela ficaria aborrecida ao perceber que ele lhe dera um analgésico tão potente que a faria dormir até o amanhecer.

Fim